有爱的青春陪伴者

图书在版编目（CIP）数据

我又初恋了 / 慕吱著. -- 南京 : 江苏凤凰文艺出版社, 2025.7. -- ISBN 978-7-5594-9714-7

Ⅰ. I247.5

中国国家版本馆CIP数据核字第20250LP519号

我又初恋了

慕吱 著

责任编辑	王昕宁
特约编辑	年　年
责任校对	言　一
责任印制	杨　丹
出版发行	江苏凤凰文艺出版社
	南京市中央路165号，邮编：210009
网　　址	http://www.jswenyi.com
印　　刷	天津睿和印艺科技有限公司
开　　本	880mm×1230mm 1/32
印　　张	11.5
字　　数	486千字
版　　次	2025年7月第1版
印　　次	2025年7月第1次印刷
书　　号	ISBN 978-7-5594-9714-7
定　　价	45.80元

江苏凤凰文艺版图书凡印刷、装订错误，可向出版社调换，联系电话025-83280257

C O N T E N T S

目录

第一章
云泥之别 ············· 001

"那时走在校园里总会听到周围的人谈论你,而我连你的名字都不敢提起,生怕一不小心就泄露了我心底的秘密。"

——《十六,十七》

第二章
过程远比结局重要 ············· 020

"暗恋有什么不好的?只要我不告白,那我永远都不会被你拒绝。喜欢你成了我一个人的事,与你无关。"

——《十六,十七》

第三章
遮不住的喜欢 ············· 044

"我希望你眼里有我,却又不敢出现在你眼里。我想我是泛起褶皱的稿纸,是雪地里的泥垢,是晦涩难懂的诗,连我自己都读不懂我自己。但你望向我的时候,我想,你是稿纸,是霜雪,是诗人。"

——《十六,十七》

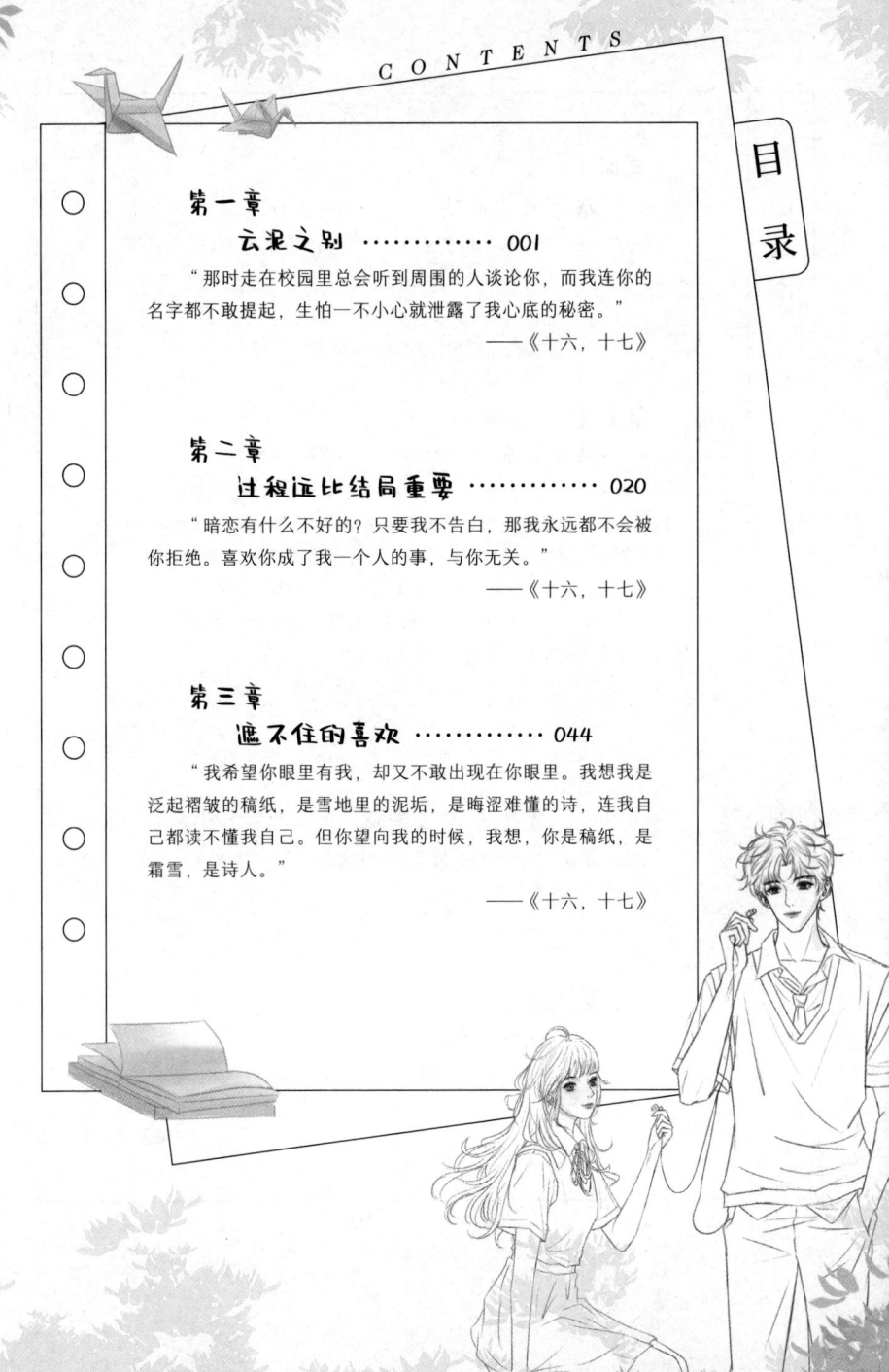

第四章
暗恋无疾而终 ············ 067

"终于鼓起勇气和你拍了张照片,但你还是记不得我的名字,不过没关系,十七岁的书吟只喜欢商从洲。"

——《十六,十七》

第五章
好久不见 ············ 092

"网上刷到有个粉丝,穿着漂亮的婚纱去看歌手的演唱会。有人问她为什么穿婚纱,她说她喜欢了这个歌手十年,她穿婚纱不是为了嫁给他,穿婚纱是为了给自己这十年的青春一份圆满的答卷。她是喜欢他,但她更喜欢长情的自己。

"嗯,如果你是那个歌手,我也会穿婚纱去见你,不为别的,只为远远地注视着你,和众人一起为你欢呼。"

——《十六,二十六》

第六章
像是发现了宝藏 ············ 115

"你看向我的时候,风雪都离我远去。"

——《十六,二十六》

第七章
情侣穿搭 ············ 137

"等到明天我就不喜欢你了,每一个明天,近在眼前却永远不会到来的明天。"

——《十六,十七》

第八章
如果这是一场梦 ·············· 166

"每次月考后老师都会重新安排座位,那次我坐在了靠窗的位置,透过窗能看到高三教学楼的走廊。运气好的时候,能在下课的十分钟里看见你出现在走廊里的身影。你来了又走,消失又出现,像是我做过的最为完美浪漫的一场梦。

多年后我才知道,这场梦结局完美,过程却满是遗憾。人们管它叫作暗恋。"

——《十六,二十七》

第九章
她喜欢了十年的人 ············ 193

"暗恋者的悲哀之处在于,甚至连吃醋都没有资格。"

——《十六,十七》

第十章
晚安吻 ············ 220

"后来我总会想,为什么明明知道你离我那么遥远,我却还要喜欢你?或许是因为,那些年喜欢你的日子里,我在慢慢变好。我那灰溜溜的青春期,是因为你才开始发光的。"

——《十七,二十七》

第十一章
告白诗 ············ 249

"我被困在了那个雨天,很多年。"

——《十七,二十七》

第十二章
具象化的爱 267

"十六七岁的时候,最爱假装。装满不在意的一个对视,装云淡风轻地擦肩而过,装不为所动的对白。没有人知道,我会在人群中一眼锁定你的背影,也没有人知道,光打在你脸上时,我有多心动。"

——《十六,十七》

第十三章
新婚夫妻 294

"我不需要人拥抱我的怯懦,我想要人相信我,肯定我,一遍又一遍地告诉我:你很好,你很优秀,你是个值得被喜欢的人。"

——《十七,二十七》

第十四章
关于暗恋成真 321

"我时常觉得命运苛责我,让我总是在和命运做抗争,总是在艰难又努力地活着;可我偶尔又会觉得命运眷顾我,在与你相遇的时候,在你温柔的问候声里。你从来都不知道,你的'举手之劳',对我而言,有多重要。

"月亮并不属于我,但月光曾有一瞬照耀在我身上。"

——《十七,二十七》

番外一
吃醋 351

番外二
谁能用爱当作筹码 355

 # 第一章　云泥之别

> 那时走在校园里总会听到周围的人谈论你，而我连你的名字都不敢提起，生怕一不小心就泄露了我心底的秘密。
>
> ——《十六，十七》

书吟出门前，在玄关处看了眼日历。

万年历是她奶奶在集市上买的，厚厚的一本，外壳是俗气的红色硬纸皮，写着大大的"福星高照"四个字。二十块钱一本，记录着2014年所有的节气和节日。

这天是2014年11月22日。

小雪。

冬季的第二个节气。

书吟换好鞋后，出发去学校。

路上，她嘀咕着节气到底是怎么设定的，明明天气好得不行，迎面吹来的风裹挟着微末的暖意。怎么看，都和"小雪"无关。

从家里到学校，公交车五站的距离。

书吟连续坐了一年的公交车，已经摸清了这路车的规律。每天早上六点二十分有一班，这班车人最少，她常坐这班车去学校。

为了赶这趟班车，她没时间在家里吃早餐，都是下车之后，在学校附近的早餐店买早餐吃。

早餐店里白雾茫茫，店门口站了许多人。

穿校服的学生、上了年纪的大爷大妈、衣冠齐整的上班族……书吟站在人群外，耐心等前面的人买完。

忽地，她听到后面传来对话声。

声音近在耳畔。

"期中考试排名什么时候出来?"

"应该就今明两天,怎么,听你这语气,好像考得挺不错啊?"

"哪有,就那样,语文古诗默写写错了两个字,扣了四分。"乍一听,说话的内容是无奈又遗憾的,可语气里却又有着呼之欲出的期望与得意。

同行的人听出来了:"你就在这儿装吧。我可听说了,你理综考了270,还挺牛。"

前面的人买完早餐了,轮到书吟了。

书吟匆忙从口袋里掏出三块钱:"老板,两个肉包、一根油条。"

"好嘞!"

笼屉抬起,雾气暖流扑面而来,烫得她脸颊热热的。

塑料袋的摩擦声中,书吟捕捉到身后传来的一句话,带着羡慕和敬佩。

"我也以为我很牛考了270,结果我去办公室时,听到年级组长在那儿夸商从洲,你知道商从洲考了多少吗?289!物理卷子就扣了一分!"

"不是说上帝为你关闭一扇门,就会为你打开一扇窗吗?那请问上帝给商从洲关上了哪扇门?"

猝不及防听到这个名字,书吟不由得愣了一下,本该接早餐的手,仍呆滞地垂在身侧。

"同学?你早餐好了。"

店老板的催促声让她理智回笼,她局促地接过早餐袋。

离开时,她转身瞄了眼早餐店外交谈的两位男生。

她刻意放慢步伐,拖延到那两位男生买好早餐。男生步子大,又没有任何顾虑,三两步就超过了她。她不得不加快步子,亦步亦趋地跟在他们身后。

像个鬼鬼祟祟的小偷。

只为偷听有关商从洲的事。

遗憾的是,他们的话题早已跳脱至下午的体育课,话里没有商从洲的踪影。

书吟觉得自己像是路边树上摇摇欲坠的树叶,熬过了一整个夏天的灼热,被秋风一吹,便垂头丧气地跌落在地上。

她有气无力地走进校门。

春晖楼和树德楼之间有个小广场。小广场一侧有八块宣传栏,其中三块是年级百名榜,一个年级一块。年级前十以照片的形式出现,其余的九十名学生便是简单的名字和班级。

远远地,书吟看到有几位老师在那儿换百名榜。昨天刚发完卷子核对好成绩,今天早上百名榜就做出来了,学校的效率真是快。

书吟收起方才低落的情绪,连忙往宣传栏走去。

等她走近,老师们正换好新的百名榜,拍拍手相继离去。书吟走到高二的百名榜前,由最末尾的位置开始找。

不消几秒，书吟找到了自己的名字。

她的名字出现在百名榜倒数第三名。

书吟抿了抿嘴角，说不上来是什么情绪。

然后，她的视线往右边一抬，右侧是高三的百名榜，高三第一名的照片映入她眼底。

附中不缺长得帅的男生。

可是商从洲不一样。

他眉眼温朗出色，眉骨像是座青山，眼里映着清凌凌的风与月，干净、清冽，却又有着不动声色的疏离。

怎么有人连证件照都拍得这么好看？

书吟在心里再一次感慨。

连她自己都没意识到，她的嘴角是什么时候弯起的。

回到教室，书吟恰好遇到吃过早餐的班主任闫永华——人送外号"阎王爷"，常年黑着脸，十分严肃。

"我正好要找你聊聊，书吟，你跟我到办公室来。"

书吟大概知晓他为什么找自己，在心里哀号一声，把书包放下后，默默跟了过去。

办公室里悄然寂静。

闫永华拿出一沓试卷，边翻找书吟的卷子，边和她说话："我昨天就想找你聊聊了，班上物理考试一共就三个人不及格。"

书吟赶忙道："……我及格了。"

闫永华笑了下："嗯，正好及格分，六十分。怎么，我看你还挺骄傲的？"

书吟羞耻又羞愧地低下头。

很快，闫永华找到书吟的答题卷。他几乎是用审视的目光，犀利地扫视着书吟的答题卷，末了，长叹一口气，正准备念叨书吟的时候。

"咚咚——"办公室的门被人敲响。

"闫老师。"男生的声音带着刚睡醒的倦懒，他弯了下嘴角，声音又如雪后初霁的风，清冷舒爽，"我们班班主任还没来吗？"

那时，书吟脑海里的第一个想法是，这个男生的声音真好听。

于是，她回头，就看到了商从洲。

他缓缓向她走来。

准确地说，他是走向闫永华前面的那个工位——他们班班主任的位置，而她恰巧站在此工位前。

有外班的学生在，闫永华将数落书吟的话语咽了回去。

他神态亲切："刚在食堂碰到他了，估计他还在吃饭。怎么，你找他有急事？"

商从洲："嗯，闫老师，您能帮我打个电话给他吗？"

闫永华："行，你等会儿。"

对话间，商从洲已经走到书吟身边。

书吟半低着头，连与他对视的勇气都没有，默不作声地挪了位置。

办公室的过道狭窄，他们有一秒钟左右的擦身而过。余光里，她看到的是他的肩膀，她个子不算矮，可站在他面前，像个小矮人。

很快，闫永华挂断电话："他大概还有五分钟就到，你在这儿再等会儿。"

商从洲："好，谢谢闫老师。"

他耐心又安静地站在那儿，一声不吭。

他应该是没有看她的，可她有种如芒在背的感觉。阳光照进来，他身量挺拔清瘦，整个人浸泡在光里，却又将光遮挡住。

书吟置身于暗处。

无人知晓的隐秘角落里，书吟听到自己脉络野蛮生长的呼啸声，心里有束光在摇曳。那是因他的存在而点燃的隔岸火，隔着遥远的、雾蒙蒙的江面，兀自灼热燃烧。

但他不知道。

除了她，没有人知道。

恐怕也没有人知道此刻的书吟有多窘迫。

闫永华拿着她的卷子，一边分析着她的失分点，一边又用恨铁不成钢的语气数落她："你是不喜欢物理还是不喜欢我？我看你别的科成绩都还行啊，怎么偏偏物理只能考及格分？"

书吟耳根发红。

她声音低如蚊蚋："我会努力的。"

"你上次也是这么说的。书吟，你还记得你上次物理考了几分吗？61分！努力了一个月，倒退了一分。这个月再努力一个月，下次月考是不是要考59分了？"

书吟想逃。

她想找个地缝钻进去。

好在早读的铃声响起，闫永华没有耽误她的早读时间，挥挥手放她走了。

放她走之前，他凉飕飕地扔下一句话来："未来一个月，我每节课都会抽查你回答问题，回答不上来你自己看着办吧。"

书吟："……嗯。"

她转身离开办公室，全程视线规矩，没有瞄向商从洲一眼。

她不是不想看，也不是没有勇气看，而是觉得丢人。

她私以为只要她不看他，他就不会记住她，不会记住这个努力了这么久考试还退步的女生。

因为办公室发生的事,她一整天都处于崩溃又尴尬的情绪中。

今天轮到她和同桌值日,同桌生病了没来学校,所以是她一个人打扫卫生。

等到打扫完,室外天已经黑了。

路边路灯亮起,照亮夜间的路。

书吟刚出校门,就看到回家的那趟公交车。怕赶不上,她迈开步子往车站跑去,跑得气喘吁吁,终于赶在车门关闭前上车了。

她手伸进书包里翻公交卡,翻来翻去,怎么也找不着。

公交车司机疑惑地问:"没有零钱吗?"

书吟急得脸颊通红:"我带卡了的,早上的时候还刷卡了。"

公交车司机善意地笑着:"没事儿,慢慢找,别着急。"

可书吟却很着急,她把书包放在胸前,将拉链完全拉开,两只手都伸进去,恨不得把书包翻个底朝天。

"嘀——"一声。

公交卡刷卡的声音。

公交车没有停靠站,所以不是上车的乘客刷的卡。

书吟抬头,看见面前的男生穿着熟悉的附中校服。他正收起公交卡,拿卡的手指节修长,青色脉络如山峦般清晰起伏。

他低垂着眼,眼睑处垂下深色荫翳,说话时没有任何起伏:"没事,我帮你刷了。"

说完这话,他拿起放在位置上的斜挎包。

他包放着的位置,是距离上车门最近的位置。

所以,他刚刚是坐在这里的吗?

看着她狼狈地赶公交车,看着她慌乱地找公交卡,看着她尴尬得脸涨红。

书吟有两三秒的失声。

她咽下喉咙里的难堪,说:"……我到时候还给你。"

"不用。"他头也没回,把包背上,走至后排的空位坐下。空位旁的位置有人坐着,他不是一个人,他有同伴。

同伴问他:"你认识啊?"

商从洲望着车外,侧脸线条漠然:"不认识。"

书吟始终站在前排的位置,手抓着扶杆,连余光都小心翼翼地望向窗外,不敢往旁处看。

公交车到站,有人上车,有人下车。

没多久,车又启动。

落入车厢内的光明暗交替,书吟意识到,或许这才是"小雪"的含义。

他一句"不认识",在她心里下起了一场纷飞大雪。

今天一整天的懊恼与羞愧,都是她的独角戏。

书吟失魂落魄地回到家。

奶奶从厨房出来,见到她后,脸上堆满了笑:"回来了,赶紧洗手吃饭吧,今晚吃西红柿鸡蛋面。"

书吟"嗯"了一声,放下书包,洗了个手后,在餐桌边坐下。

还没等她拿起筷子,奶奶的老年机响了。这个时间点,会给奶奶打电话的,除了她爸妈也没别人了。

想到这里,书吟连忙拿起手机。

来电人是王春玲,书吟的妈妈。

书吟接起电话:"妈妈。"

手机那边很吵,油烟机"嗡嗡"运转,王春玲应该是边炒菜边给她打电话。

王春玲每每打电话聊的内容千篇一律,无外乎是问她吃了没,叮嘱她好好学习,奶奶身体不好,要照顾好奶奶,也要照顾好自己。

书吟"嗯"了一声,张口:"妈,我——"

结果,手机那头突然响起书吟爸爸书志国的声音,隔着很远,书吟却听清了:"工资说是得等到月底才发。哎,明天我和老张他们找老板说理去,这都四个月没发工资了,再不发,家里真揭不开锅了。"

奶奶端来西红柿鸡蛋面。

刚煮好的面,热气腾腾,说是西红柿鸡蛋,其实都是鸡蛋,间或有一抹西红柿的红。

王春玲和书志国发了几句牢骚,继而才想起自己还在打电话:"怎么了,你刚刚想说什么?"

我的公交卡丢了。

书吟说不出口了。

书吟说:"我要吃晚饭了,妈妈,先挂电话了。"

王春玲:"哦,好。你记得好好学习,在家听奶奶的话。"

吃完晚饭,书吟起身去洗碗,被奶奶拦住:"你的手,可是拿笔的,不是洗碗的。这种活儿奶奶会干,你回屋写作业去。"

奶奶佝偻着腰,瘦瘦小小的老人,力气却很大,把书吟推进卧室。

书吟低头盯着自己的脚尖,思索许久,想到家里还有一辆自行车。

明天骑车上学吧。

她办的公交卡是学生卡月卡,每个月十四块钱,一个月最多刷九十次。

补办只需要两块钱,后天是周日,周日不上课,她到时候再去补办。

第二天是个大晴天。

书吟骑车上学。

路上有许多骑车上学的学生。最近天气还好,再过一个礼拜温度降下来,估计就没什么人骑车上学了。

书吟起得早,到校也早。

学校停车棚里没停几辆车,她将车头朝里把车推了进去。

弯腰锁车时,她听到有人喊她的名字。

她朝声源处瞥了一眼,是她的同桌沈以星。

每个年级都会有几个因为长得漂亮而备受关注的女生,沈以星就是其中之一。

沈以星是从一辆自行车后座上蹦下来的。她把车钥匙递给身边的人,让他帮忙锁车。

附中学生的校服,大体上一样,每个年级的有几处细节不同,当作区分。

是以,书吟辨清,沈以星身边的男生是高三的学长。

男生背对着沈以星停车,书吟没看见他的正脸。

沈以星跑到书吟面前,熟稔地挽着她的胳膊:"不好意思啊,我昨天身体不舒服所以没来上课,你昨天一个人打扫卫生,很辛苦吧?下次轮到我们值日,我来打扫卫生!"

书吟笑了笑:"没事的。"

书吟说:"而且今天估计要换座位,也不知道我们还能不能当同桌。"

开学第一天,班主任就说了,每次大考之后都会换座位。

两人边说边往外走,替沈以星锁车的高三学长锁好车,把车钥匙递给沈以星。

"我今天还有晚自习,估摸着晚上十点才能放学,你自己骑车回家。"说话的人是陈知让。

附中有两个风云人物,一个是商从洲,另一个就是陈知让了。

能入青春期叛逆少男少女眼的人,分为两种,一种是成绩好的,还有一种是长得好的。商从洲和陈知让都满足这两点,而这两位,据说从爷爷奶奶那辈就认识,是世交好友。

让书吟震惊的是,沈以星看上去和陈知让关系很好。

"哥,你出门前就说过了,"沈以星烦不胜烦,"你比咱妈还啰唆。"

这个关系,更让书吟震惊了。

陈知让弯了弯嘴角,笑意纵容:"走了。"

离开前,他瞄了眼沈以星身边的书吟。

书吟以为他认出自己了。他是广播站的站长,她是广播站的播音员,当时面试她的还是他,可他眼里没有任何熟悉感。

空气里的风微凉,顺着书吟微张的唇灌进喉咙里。

她饮下的是酸涩的味道。

她没有什么可拿得出手的,长相普通,家境普通,成绩普通,是学生时代里,班上最普通的学生。

像她这样的学生,校园里一抓一大把。

经历过昨天那一遭,今天的陌生,显得不值一提。

"同桌,麻烦你帮我保密一下。"沈以星挽着书吟的胳膊求她,"我不想让别的同学知道他是我哥。"

书吟不明白:"为什么?"

沈以星:"你没有哥哥你不懂,尤其是有个这么优秀的哥哥,大家总会拿我俩进行对比。哥哥成绩好,妹妹成绩也应该好……这话听得我耳朵都长茧了。"

哥哥年级前十。

妹妹年级倒数。

任谁知道他俩的关系,都会忍不住对沈以星长叹一口气。

书吟说:"好。"

书吟又疑惑:"你俩怎么不一个姓?"

"我俩一个跟爸姓,一个跟妈姓。"沈以星说,"我俩是同父同母的,不是重组家庭。"

应该是经常有人误会,要不然沈以星也不会多加解释。

书吟转移话题,问她:"你经常骑车上学吗?"

沈以星点点头,忍不住炫耀:"我的车好看吧?"

沈以星的自行车看样式就和别的不一样,设计新颖,线条感极强。车身颜色是通体的粉,很嫩且不俗气的粉色,在停车棚里很惹眼。

于是,书吟问了个很俗的问题:"很贵吧?"

沈以星没说具体数字:"还行,是商从洲送我的十六岁生日礼物。嗯……商从洲你认识吧?我从小一块儿长大的哥哥,比我亲哥对我还大方。他那辆自行车才贵呢,要二十多万,都能买一辆轿车了。"

学校里的人都快把商从洲的家底给挖干净了。

商从洲的母亲是央视主持人,每年春晚都有她的身影。至于他父亲,是政要人士。商从洲入学时,本城的龙头企业便给附中捐了一栋实验楼,据说是他的外公为了庆祝商从洲以全市第一的好成绩进入附中,所以给附中捐的钱。

传闻如同晨雾里的风,而今沈以星说的话,让书吟有了实感。

——她和商从洲有着云泥之别的实感。

中午,书吟吃过午饭回到教室,多媒体亮着,投影着新安排的座位。

书吟发现自己换到了靠窗第三排的位置,同桌还是沈以星。

他们这一届的理科班有两个实验班。书吟是考进来的,至于沈以星,班里的人都知道,她是走关系进来的。沈以星自己也坦然地承认了这个事实。

学霸的世界是孤独的,班里的氛围紧张滞闷,明明是高二,却有种高考将近的压迫感。

书吟被影响到,每天连下课时间都在刷题。

整个班唯独沈以星我行我素,该玩玩该睡睡,是以班里的人对她的印象都不太好,觉得她是一个靠关系进实验班、不思进取、空有好皮囊的花瓶。

沈以星也懒得和这些无趣的学霸交朋友,反正她已经有书吟这个朋友了。

下午最后一节课是语文课，语文老师走下讲台，到书吟身边："你语文答题卷给我。"

此次期中考试，书吟的语文和英语又是全年级最高分。

其实她的成绩真的不差，只有物理拖了后腿。她的语文作文经常被当作范文，全年级传阅，甚至高年级的老师也会拿她的作文给学生看。

离下课还有五分钟的时候，班主任来到教室，语文老师带着书吟去打印室复印她的作文。

打印室里还有几位过来打印的老师。

等待复印的时间里，语文老师和一位老师攀谈起来。

"我听说这次你们班语文上120的有五个，还有一个上了130？"

"对啊，就她——"语文老师很喜欢书吟，像是炫耀自己孩子一样炫耀着书吟，"语文作文就扣了三分，她可是我的得意门生。"

书吟忽然脸热，不好意思地笑了笑。

"小姑娘长得真可爱。"那位老师客套地夸了一句。

每个班复印一张卷子，二十张卷子很快复印好。

语文老师还在打印室和别的老师聊天，书吟拿着自己的卷子回了教室。

下课铃早响过了，周围全是背着书包回家的学生。书吟逆着人群走回教室。远远地，她就看见沈以星被一个男生堵在走廊上。

书吟对此见怪不怪了。

她没有前去打扰，青春期的男生，很在乎面子，要是被人看到自己的尴尬场面，脆弱的自尊心恐怕会立马崩溃。

书吟耐心等了一会儿，那边似乎交谈不顺。

沈以星的声音很大，传至半个走廊。

"能不能别缠着我了，听不懂普通话吗？"沈以星双手环在胸前，她个子没男生高，仰头瞪着男生，气场碾压过他，语气凉飕飕的，"你觉得我长得漂亮就要和我做朋友？拜托，你别只关注我长得怎么样，麻烦你也看看你自己的脸。"

…………

忽然起风了。

书吟往后退了几步。

楼梯的休息平台处是面镜墙。

镜子里站了一个女孩，满身狼狈。

她穿着受到无数学生诟病的老土的校服，看不出身材。可她知道，自己的腿有点粗，腰上有赘肉，胸比同龄人大。以至于，她讨厌上体育课，因为跑步的时候总有男生在边上吹口哨，或是双手比画着她跑步时抖来抖去的情形。

她是娃娃脸，脸上肉多。

所以从小到大听到的最多的一句话就是——

"小姑娘这张脸,很有福气。"

她看见镜子里的人张嘴说话:"长得漂亮和成绩好,你只能选一个。"

风渐大,吹得树叶簌簌作响。

一片黄色的梧桐叶落在她头上,她恍然回神,拿下头上的叶子。

她从这个虚幻的梦里醒来。

她无法做选择,因为这不是选择题。

因为现实里的她,长得不漂亮,成绩也不够好。

她转身离开,不愿面对镜子里的自己。

镜子里映着她渐行渐远的背影,背影逐渐模糊,而上面留下了她受伤的眼神,越发清晰,刻画成一行字——

"我真的很糟糕。"

平时上课,书吟都是五点半起床。长久养成的作息,让她在休息日这天,依然五点半就醒了。

昨晚下了场夜雨,淅淅沥沥的冷雨随着寒潮入侵这座城市。

书吟几乎是掀开被子,就感受到了寒气。

她打开衣柜,想拿件棉服套上。

意外地,她在柜子里发现了丢失的公交卡。

她原本打算待会儿洗完衣服就去补办公交卡的,现在倒是省了一桩麻烦事。

她每周日的安排如出一辙。

早上打扫卫生,背单词,吃过午饭,再去市图书馆看书。运气好的话,她还能在图书馆的影音室找到位置,看一部电影。

市图书馆离她家不远,公交车两个站,可是半个小时才有一班车。

所以,书吟还是骑车过去了。

好在今天太阳很大,光线柔软、温和。

书吟停车时,蓦地瞥见一辆车。

车子是粉色的。

沈以星说过,她这辆自行车,全南城就一辆。

很快,书吟就看到了沈以星。

自习室外面,沈以星正趴在楼道的玻璃扶手处,大冷天的吃着冰激凌。意外见到书吟,她眉间一喜,压低了声音打招呼:"你怎么来这里了?"

书吟:"来这边做作业。"

沈以星感慨:"我真的不明白,为什么你们都这么热爱学习。"

书吟以为她话里的"你们",指的是班里的同学。

殊不知,沈以星指的另有其人。

沈以星笑了一下:"里面好像没有位置了,不过谁叫我人美心善,我决定把我的位置留给你。你进去之后找我哥,我哥那张桌子上还有一个空位,那就是我的位置。你过去坐就好了。"

如果书吟能往深处细究一下就好了。

她就会知道,沈以星说的"你们",那就肯定不止陈知让一个人,还有别的人。

但当时她没有想那么多。

她问沈以星:"那你怎么办?"

沈以星一脸泰然:"我当然是去外面边晒太阳边玩手机。"

沈以星朝书吟晃了晃手里的手机,是最新款的。一部手机的价格,能够负担书吟高中三年的学费。

"你是知道我的,我看到书就犯困。与其占用公共资源睡觉,还不如把位置留给有需要的人。"沈以星一副"牺牲小我,成全大我"的慷慨姿态。

书吟失笑:"里面说不准还有位置。"

沈以星没强求:"你要是找不到就坐我的位置。"

交代完,沈以星脚步轻快地下楼了。

自习室里安静得落针可闻。

书吟来回走动,不承想,今日人异常多。也如沈以星所说,没有多余的位置了。只剩下一个空位,有人走过去,被隔壁位置的人提醒,而后悻悻离开。

书吟走了过去,弯腰,伸手,在陈知让的桌子上敲了敲。

陈知让抬头,眼神疑惑。

那眼神一看,就是不认得书吟。

书吟抿了抿唇,尴尬又局促地进行自我介绍:"……我是沈以星的同桌,学长,不知道你还有没有印象?"

陈知让其实没什么印象了,但他还是点头:"是你啊,有什么事吗?"

说话间,陈知让放在桌上的手机"嗡嗡"振动。

二人同时望了过去。

手机屏幕亮着,显示着发消息的人和消息内容。

一闪一闪亮晶晶:哥哥,我同桌要是找不到位置,你让她坐我位置。

一闪一闪亮晶晶:我去逛街了!

陈知让神情没多大变化,沉默了一秒,嘴角扬起无奈却宠溺的笑。

毕竟是自己的亲妹妹,什么德行他最清楚。

陈知让说:"你坐吧。"

书吟:"谢谢。"

书吟把东西放下,去书架上找了一本书。

Anne Of Green Gables《绿山墙的安妮》,英文原著。

她一边看书一边做笔记,认真专注,连身边的人离开也不知道。

午后阳光微醺，室内开了暖气，暖意蒸腾，掀起倦意。

书吟被晒得大脑昏沉沉的，索性把书一合，趴在桌上睡了过去。

市图书馆自习室有两面落地窗，坐拥一线江景，江面波光粼粼。

落地窗边还剩一个位置，商从洲举起手机，拍了张照片，发给陈知让求证。

∞：这个位置？

得到陈知让的肯定回答后，商从洲放轻脚步走进自习室。

陈知让离开的时候把椅子推进桌子下面，商从洲往外拉的时候，一个不小心，椅子腿与地面摩擦，有些微的沉闷声响。

商从洲下意识地去看离他最近的人，是个女生，正趴在桌子上睡觉。

她皮肤很白，在阳光的直射下，近乎透明，周身又被光笼罩着一层暖色调的绒光，让他想起表妹小时候养的那只兔子，干净、温和无棱角，任谁看了都会忍不住捏捏她的脸。

商从洲当然没捏她的脸。

他们又不认识。

就算认识，以他的教养，也不会做这种逾矩的行为。

女生处于睡梦中，突然蹙了下眉头。她转头，换了个方向继续睡。

见她不是被自己拖椅子的声音吵醒，商从洲继续动作，拖出椅子，坐在位置上，继而拿出试卷。

纸张翻动，换了个面。

隔壁的女生也换了个方向。

又朝着他了。

然后，他看到她又皱了下眉。

沉默片刻，商从洲缓缓举起左手，光被他遮挡住，垂落在女生眉眼处的，是一片阴影。她眉间的褶皱，被他以这种方式抚平。

见状，商从洲喉咙里闷出无声哼笑。

书吟这一觉睡得不错。

前半程翻来覆去，极不安稳。后来不知道怎么回事儿，睡得异常安心。

睡醒后，她花了半分钟的时间回神，随后拿起带来的数学卷子做题。她解题时专注投入，无暇顾及身边坐着的"陈知让"。

"陈知让"坐在她左手边，她不刻意去看，是看不见他在干什么的。

但"陈知让"的存在感很强——

有不少人走到书吟的身后，用气音和"陈知让"说："同学，能不能加个联系方式？"

以及，同桌也有人给他递字条，字条里的内容不言而喻。

就连书吟右手边的女生，也麻烦书吟帮她传一下字条。

传字条这事书吟不是第一次做，不过之前是替男生给沈以星传字条。

他们兄妹俩都长了张吸引人的脸。

书吟右手接字条，传给左手，头都没转，直接把字条推到"陈知让"面前。这项技能被她练得炉火纯青。

她没受到任何影响，仍旧埋头刷题。

殊不知。

与她一肩之隔坐着的并非陈知让，而是商从洲。

商从洲脊背往后靠，身形慵懒。

他低着头看手机，下颌线沉在光影中，侧脸线条透着冷漠，隐隐有丝不耐烦。

手机屏幕上显示着聊天框。

商从洲打字速度飞快，烦躁快要跳出屏幕了。

∞：我说你怎么这么好心，把位置留给我，敢情是被人要联系方式要烦了。

czr：有吗？

∞：少装。

czr：你不是找不到位置吗？我把我的位置给你，你倒不乐意了？

∞：太烦了，搞得我不像是来学习的，像是来找对象的。

czr：哈哈哈，你可以找一个。

∞：没那想法。

窗外天色渐暗。

卷子上还有最后一题没写，不是他不会写，是被这些个要联系方式的人吵得没时间写。商从洲来自习室就是为了图个清静，哪想到会这样。

他收起手机，把两张试卷对折好，和笔一块儿塞进裤兜里。

他起身欲走时，就看到隔壁坐着的女生递过来一张字条。

字条未经折叠，上面的内容跃入眼帘：同学你好，我是坐在你右手边的第二个女生，想问一下，可以交换一下……

后面的内容他没再看下去。

没兴趣看。

字条边上是隔壁女生的笔记本，字迹端庄秀丽，不管是英文还是中文，行云流畅，落笔劲挺。

商从洲的目光落在女生始终侧背对着他的后脑勺上。

片刻后，他起身离开，脸上没有任何情绪，眼里也没有一丝波澜。

周一。

早上前两节课是数学课和物理课。

升旗仪式在第二节课后的大课间。

每个班排队去操场看升旗仪式，体育委员带着两支队伍，男生一队，女生一队。沈以星拉着书吟排到队伍末尾。

班主任一般站在队伍最前面，后排的做些小动作、说些闲话，他都看不到，也听不见。

升旗仪式过后,是国旗下讲话环节,轮到高一的优秀学生代表发言。

台上的人慷慨激昂,操场上迎着寒风的学生冻得簌簌发抖。

沈以星站在书吟后面,前胸贴着书吟的后背。她们已经穿上厚重的冬季校服了,两具身体贴在一起,感受不到任何身体曲线。

沈以星的下巴垫在书吟的肩上。

她说话的时候,书吟能听见她牙床打战的声音。

沈以星问:"你觉得商从洲和陈知让,谁更帅?"

寒风一阵一阵地往书吟嗓子眼里灌,她尤为平静地回:"怎么突然问我这个问题?"

"有的人说陈知让帅,有的人说商从洲帅,但你知道的,他俩我从小看到大,审美疲劳了。在我眼里,他俩和我们班的男生没什么两样,我就想知道,他俩真是帅哥吗?"

旁人说这种话未免太拉仇恨了,可沈以星说这种话,让人恨不起来。

书吟要怎么回答呢?

说她眼里只能看见商从洲,自然是商从洲最帅?

商从洲是她深藏许久的心事,她害怕一不小心泄露了自己的秘密。

迟疑许久,书吟含混不清地说:"我也没仔细看过他俩。"

闻言,沈以星狐疑地望向她:"怎么会?昨天下午,商从洲不是坐你边上自习了吗?"

寒风似乎将书吟的理智冻僵。

书吟反应慢半拍:"……昨天?昨天我边上坐着的不是陈知让吗?"

"一开始是陈知让,后来他提早回家收拾行李了,所以商从洲过去坐了那个位置。"沈以星反应过来,"不是吧,你没注意到商从洲吗?"

书吟沉默了好久。

沈以星没读出沉默里的遗憾。

该如何形容书吟脸上的表情呢?茫然、无措、后知后觉的喜,与怅然若失的苦。

心脏像是被挖开一个大口子,"呼啦啦"地往里灌冷风。

原来他们之间曾经近到,只需要她一个转身就能看见他。

可她没有。

命运将他推到她面前。

可她视他为指间沙,轻松错过,没有任何挽留。

十二月,南城进入漫长的寒冷冬季。

体育课放在体育馆里上。

围着篮球场跑了几圈后,体育老师便让大家自由活动。男生大部分去打篮球,小部分和班里的女生在打羽毛球。

沈以星一眼看透："看着像是在打羽毛球，实则是在眉目传情。"

书吟从口袋里掏出单词口袋本，笑了下："你嫉妒啊？"

沈以星嗤之以鼻："怎么可能？我就是看他们不顺眼。"

打羽毛球的是他们班的学习委员和团支书。

学习委员叫朱玲玲，坐在沈以星前面，交流仅限于传作业。

而沈以星之所以看不惯他俩，主要是因为班里的人看她不顺眼，她自然也没有热脸贴冷屁股的习惯。

沈以星看书吟拿出单词本打算背单词，忍不住了："好不容易上节体育课，你还要背单词，书吟同学，你有这么热爱学习吗？"

书吟："……这不是无聊吗？"

"那不然我们打羽毛球去？"

"刚不是找了吗？羽毛球都没了。"

同时上体育课的有好几个班级，器材室的东西，能被搜刮的都被搜刮走了。

沈以星和书吟两个人都是做事慢吞吞的人，等她俩到了器材室，剩下的羽毛球，上面的毛都已经没了。

"要不去看男生打篮球？"沈以星提议。

书吟："不感兴趣。"

沈以星："好吧，我们班的男生确实长得都挺抽象的，球技也不怎么样，没什么好看的。看别的班的男生打球，又会显得我们很花痴，还是算了吧。"

书吟总结："所以我还是背单词比较好。"

沈以星幽怨地叹了口气，随即两只手伸进校服口袋。

她左手拿出两颗棒棒糖，分给书吟一颗，右手拿出手机。她脱掉校服，把厚棉服放在腿上，将手机藏在衣服里。

没多久，书吟听到沈以星说："我哥和商从洲进国家队了。"

书吟脑海里陡然冒出一个单词。

Abandon（放弃）。

她放弃了。

她虽然盯着单词本，眼里却看不见一个字母。

她声线无波无澜："就那个冬令营吗？"

沈以星回："嗯，他俩拿了化学奥赛金牌，金牌前五十能进国家队，也有保送的资格，但他俩都拒绝了。"

"为什么拒绝？"

"我哥打算出国留学，商从洲不想保送，他打算冲高考状元。他俩参加冬令营都是学校老师求着的，为了给学校争荣誉嘛。"

书吟心里似飘过一千只蝴蝶，葬身于冬日。

"高考状元……"

"嗯。商从洲他家对他的要求很高，不过以他的实力，还是很有希望拿到高考状元的。"沈以星说着说着又绕回自己身上，"等我到高三了，拿到国外学校的通知书我就立马走人,我要出去疯玩,才不要参加可怕的高考。"

书吟眼睫轻颤,忽然听见一声"咔嚓"声。

她偏头,看见沈以星正在自拍。

沈以星朝手机做了个鬼脸。

沈以星抛了个媚眼过来:"我做个表情包,逗我妈妈开心,然后问她要钱买衣服。"

她是无忧无虑的小公主,每天烦恼的事只有两件:

一件是,怎么还没下课?我好想出去玩。

还有一件是,怎么又没衣服穿了?得想方设法地从妈妈那里要点儿钱买衣服。

书吟羡慕她身上这股天真,干净得纤尘不染。

周五,上午的大课间,书吟被团委老师叫到办公室。

团委老师递给她一张红色的纸,标题是大大的两个字——喜报。

"中午放歌前,把这个喜讯念一遍。"

"好。"书吟拿走喜报。

中午的午间自习,有半个小时的广播时间。

周一到周四,广播如同电台,朗诵美文,中间穿插几首歌。

周五的广播,则是学生们的点歌时间。学生点歌,一首歌两块钱,还可以赠送一句话祝福,由播音员通过广播转述。

广播站在高三那栋教学楼的五楼。

书吟怀揣着期待上楼,哪怕她知道见到商从洲的可能性只有万分之一。

她以前不是没有上来过,却没有遇见过他一次。

每层楼四个教室,二楼是文科班,三楼、四楼是理科班,商从洲所在的理科一班在四楼。

所以到三楼的时候,她已经收起了窥探的目光。

然而,命运似是在故意捉弄她,在她不抱任何希望的时候,给予她一丝光。

廊道的尽头,洗手间里闹哄哄的,男生的打闹声嘈杂喧嚣。

廊道里有人朝那边看,时不时起哄几声。

书吟并不关注陌生人的事,因此,在四楼到五楼的台阶处,她都是闷头走着。就在这时,耳边响起躁动错乱的脚步声,由远及近。

而后是男生的打闹声:"商从洲,你跑什么!这是为了庆祝你拿金牌,特意买的蛋糕!"

书吟愣住,双腿像是钉了钉子,被定在原地,动弹不得。

她眼睫轻颤,回头,看见了一个背影。

是她常见的,比起他的正脸,她最熟悉的是他的背影。

商从洲没有穿冬季校服外套,他穿的是秋季的校服,白色的宽松外套。普通又老土的校服在他身上,被他穿出了不一样的味道,像是冷川润雪,像是孤傲青松。

"别拿奶油抹我脸了,大冬天的冷水洗脸吃不消啊。"商从洲周身的气质是清冽的,可他的声音犹如清浅的、消逝的春风。

春风燎原,吹起她心甘情愿的赴汤蹈火。

失神之际,书吟的肩胛骨陡然一重。

她被撞得身形一歪,差点儿站不稳,趔趄了几步。幸好边上就是一堵墙,她背靠墙,稳住身形。

察觉到撞到人了,商从洲连忙转过身。

他一只手拉住她的胳膊,另一只手下意识地撑在墙上。

距离极近,姿势极暧昧。

时间仿佛定格,气氛霎时陷入静谧之中。

忽地。

有人上楼。

"我的天——"

话音落下的瞬间,商从洲倏地松开手,往后退了两步。

他眉间、脸上,甚至衣服上,都是被人恶作剧抹上去的奶油,而他又是低敛着眉眼和书吟说话的,偏偏他身上不见一丝狼狈与低声下气。

"抱歉。"商从洲语气清越,又重复了一遍,"不好意思,不是故意撞到你的。"

书吟双眼飘忽着,声音很小:"没关系。"

周围的人都看了过来。

书吟并不习惯过度的关注,并且,探过来的视线有探究、调笑、嫉妒……归根结底,是不怀好意的。

庆幸冬季校服领口很高,她能将半张脸埋进棉服中,轻声细气:"我还有事,先走了。"

书吟落荒而逃,拐上楼时,听见楼下传来的戏谑打趣声。

"商从洲,你看没看到,人家学妹脸都红了。你刚刚抱了人家,得对人家负责。"

"我只是拉着她的胳膊,没有抱着她。"商从洲的声调比方才还要清冷些,他脾气向来很好,此刻却隐隐冒火,态度强硬,"少开这种玩笑,对女生影响不好。"

…………

书吟停下了脚步。

五楼安静的狭长廊道里,阳光将她的身影拖长,每一粒浮尘都是她的心动碎片。

广播站里只有书吟一个人。

她拿着喜报，按在胸口，感受到自己的心脏"扑通扑通"。

那个算不上拥抱的拥抱，混乱间凑成的巧合，足够让她开心很久很久了。

她弯着唇，摊开喜报，打开广播设备。

中午十二点十分。

广播准时响起。

与广播室一墙之隔的楼下教室。

商从洲个子高，被班主任安排在最后一排位置。

他拿纸巾擦着衣服上的奶油，略有几分无奈："好好一个蛋糕，净被你们拿来玩了，就不能分给班上女生吃吗？"

"给陈知让买的那个蛋糕不是给女生吃了吗？"

"……给我买的为什么不能给女生吃，要往我身上抹？"

男生嬉皮笑脸道："因为你脾气好，身上全是奶油也不会生气。但陈知让不行，我要是往他脸上抹奶油，他估计会黑着脸揍我一拳。"

商从洲要笑不笑的，眉峰往上挑了一下："脾气好也是错？"

大家伙插科打诨地夸他。

男生夸人，总喜欢用一些浮夸的词语。

商从洲听不下去，挥挥手："别夸了，我耳朵都听疼了。"

他这态度，大家意识到，这事儿翻篇了。

于是，他们纷纷回到自己的位置上，做自己的事去了，高三了，距离高考只剩一百八十六天了。

大家玩得差不多了，得回到学业中去。

班里响起纸张翻动的声音，讲台上空挂着的广播也传出播音员清丽悦耳的声音，婉转如夜莺鸣叫声。

商从洲身边的位置有人落座。

陈知让的声音和他本人一同到来，顺便还带来一个劲爆的消息："我听说你刚刚和一个高二的女生在楼道里搂搂抱抱，真的假的？"

广播不合时宜地发出刺耳尖锐的声音。

"哔——"

持续了五六秒。

教室里响起抱怨声。

商从洲直皱眉，等杂音过后，播音员说了句"抱歉"。

商从洲紧接着说："传的什么乱七八糟的？那个女生被我撞了一下，我去扶她，仅此而已。而且，那个女生是高二的吗？高二的跑高三教学楼来干什么？"

紧张压迫的高三环境里，稍有些与学习无关的事儿，都会被添油加醋传得有鼻子有眼。

陈知让："不清楚。"他一贯淡漠，对周遭事物不甚在意。

商从洲专注地做题，闻言，也语气颇淡地"嗯"了一声。很快，他将方才发生的一切抛之脑后。
　　蛋糕、女生、猝不及防的拥抱，如同飘浮在空中的尘埃。一粒细小的尘埃，不值得人为其思虑。

第二章 过程远比结局重要

"暗恋有什么不好的？只要我不告白，那我永远都不会被你拒绝。喜欢你成了我一个人的事，与你无关。"

——《十六，十七》

冬至过后，昼短夜长。

温度骤降，趋近零下。

书吟每天上下学搭乘公交车的时候，天都是黑的。

清晨的马路静悄悄的。

南城冬日多雨雪，她坐在靠窗位置，在雨雪拍打车窗声中，双耳戴着耳机，听英文电台。

早晨的公交车很空，书吟喜欢坐在倒数第二排的位置。

车往前开，停靠的第一个站点，会让她从听电台的英文里抬头，眺望车门。

因为这个站点，是商从洲上车的站点。

相隔一个站点，商从洲住的小区是本城最豪华的小区。

书吟住的则是原住民们日日夜夜盼望拆迁的城中村。

有时候运气好，她一抬头就能看见商从洲。但大部分的时候，都是一无所获。

书吟记得第一次在公交车上遇见商从洲，是一年前的冬天。

她初入附中，第一次月考和期中考试的成绩并不理想。年级七百多号人，她第一次考了一百三十名，第二次考了一百四十五名。

初中时，书吟的成绩是学校里数一数二的。正因此，她才能考上附中。

师大附中不仅是本市最好的高中，甚至在全省都是响当当的。一本过线率高达百分之九十七点五。

排名退步，隔着电话，千里之外的母亲少不了指责她几句。

"考试怎么还退步了？爸爸妈妈不在身边，你是不是就不认真学习？"

"爸妈这么努力工作是为什么？不就是为了供你上学吗？"

"你以前成绩多好啊，怎么现在考得一次比一次差？是不是分心了？就知道玩去了吧？"

书吟张了张嘴，想反驳。

她每天回家做作业到晚上十一点，早上六点就要起床，七个小时的睡眠时间，她真的睡不够。

她自问已经够努力了，可还是退步了。

到头来，她没有反驳，无声落泪，对手机那头的妈妈说："我下次会努力考好的。"

第二天上学，书吟窝在公交车座位上，想起电话里妈妈的指责，情绪过了一夜，仍旧没有消化掉。她胸口被堵住，每口呼吸都沉重似千斤石。

片刻，身后传来惊讶声。

"不是吧，坐个公交车的时间你都要刷题吗？商从洲，你有必要吗？十来分钟的车程，你都不能放松一下吗？"

商从洲。

这个名字，恐怕附中的学生都听说过。

就连书吟这种在班里毫无存在感，同学聊八卦都不会找她聊的人，都听说过这个名字。

不管大考小考，商从洲的成绩都是年级第一。他参加了无数竞赛，拿到的奖牌无一例外都是金奖。他荣誉多得能压死人，是老师眼里的香饽饽，未来的高考状元。

书吟竖起耳朵听。

忽地，传来一道微沉清冷的嗓音，裹挟着微末的睡意。

"怎么，难不成在你眼里我是那种不需要努力，偶尔听一听老师讲课就能轻松考到年级第一的人？"

"难道不是吗？"

男生问出了书吟想问的问题。

她认为，屡屡考年级第一，已经是天赋作祟的程度，和努力无关。

"当然不是。"商从洲淡声道，"你要知道，能考进附中的，都是学霸。每个人都拥有学习的天赋，天赋相同的情况下，拼的就是谁更努力。我们班的学生，每天晚上都学到后半夜，一周就能刷完一本练习册。你看我每次都能考第一，觉得我很轻松，其实不是的。"

他话一顿，音色往上抬，带着无奈："你站在山顶就会知道，往下看，全是张着血盆大口的猛兽，虎视眈眈地注视着你，一个个，都企图把你拽下顶峰。"

山顶的风景确实很美好，可是稍有不慎，就会一脚踩空，坠落深渊。

"……但十几分钟的乘车时间，都用来学习，会不会太夸张了点儿？"

商从洲："反正无聊，把无聊的时间用来发呆，不如拿来学习。"

"你该不会只要醒着,都在学习吧?"

商从洲失笑:"没有那么夸张,该玩的时候还是得玩,学得累了,也需要放松一下。弦一直绷着,也会断。"

四周安静了一瞬。

那人问:"在公交车上做题,挺费眼睛的吧?"

商从洲:"你可以试着听雅思听力,代替听歌。"

他似乎做了什么,换来男生一声惊呼:"哎,你拔我耳机干什么?"

商从洲不咸不淡地道:"把听歌的时间拿来听英语,你的英语会进步许多,至少对口语有帮助。"

…………

书吟转头看向窗外,路边两侧的路灯泛着昏黄色调的光,车内光线是不甚清晰的白。

车窗上倒映着后排商从洲的身形轮廓。

他微弓着背,膝盖处放着一张试卷,正低头认真做题。

书吟的后背莫名滚烫,好像他一笔一画都在自己的背部落下痕迹。

就像是在火山喷薄前,末日来临前,看见的艳阳、霓虹,和将开未开的花,让她反复留恋人间,憧憬未来。

是心脏"怦怦"直跳。

是她从此多了桩心事。

少女心事,猝不及防。

自那之后,书吟每天坐车时,都会利用这碎片时间听英语。

她偶尔路过学校的宣传栏,看到百名榜上商从洲的照片,会反复回忆他说的话。直到后来,回忆变得不甚清晰,记忆里,有关他的声音越发模糊。

她与他,相隔太远。

她总是隔着很远的距离,遥遥望他。

整整一年,她和商从洲一共遇见了两次。

但她习惯在这个站点,抬头,看向车门。

今天又是一场空。

她低头的那一秒,忽地,车外传来熟悉的声音。

"等一下!"

她心跳漏了一拍。

她对他的声音感知度不高,因为很少有机会能听到他说话。

潜意识里,她希望是他,最好是他,只能是他。

上天啊,拜托了。

要开走的车停了约莫五六秒,有人上车。

为了赶上车,他大步跑过来,呼吸间喷着白茫茫的雾气,他身上穿着附中的高三校服。

他刷公交卡时是侧着身子的,可书吟一眼就认出他来。

是商从洲。

真的是他。

刷过卡后,他径直往后走。

命运偶尔也会照拂她这种普通人,商从洲坐在了她后面。

她手忙脚乱地关掉电台,两边耳机不再有任何声音响起,她的耳蜗却是嗡鸣的,像是经历了一场海啸。

他们没有说一句话,甚至连对视都没有。

十来分钟的车程,书吟如高烧般浑身发热,只觉此刻不真实。

这份际遇,今宵不再。

他们是同一站下车的。

书吟刻意在他后面下车,始终与他保持着不远不近的安全距离。像是寻常的学生,恰好同路,没有人会察觉到任何异样。

除了她。

哪怕只能看到他的背影,她都很开心。

书吟一路跟到教学楼,他转身上楼。她脚步轻快地往前走,走到高二教学楼。

到班级后,书吟搬着自己的椅子去黑板前,写今日课表。

她是班里的宣传委员,负责写课表,偶尔出一次板报。学校不太管板报的事,一个学期只需要出一次。

课表写好,恰好沈以星来了。

沈以星戴着厚厚的棉手套:"早上好。"

书吟搬椅子回座位,见她一直戴着手套不肯摘,忍不住问:"你不摘手套吗?"

沈以星摇头:"不摘,摘了会痒。"又改口,"好吧,现在也很痒,但是戴着手套我就没法挠。"

书吟:"你的手怎么了?"

沈以星呜呼哀哉:"长冻疮了。"

书吟想了想:"你有试过用夹竹桃泡手吗?"

沈以星问:"夹竹桃不是有毒的吗?"

书吟说:"我也不知道。但我以前长冻疮的时候,好像奶奶都是这么做的,大概泡一个礼拜,就能好了。"

"真的吗?"闻言,沈以星眼里冒星光。

"对我挺有用的。"书吟说。

沈以星连忙掏出手机:"我和我妈妈说一声。"

沈以星发完消息后,把书包放在身前,从里往外掏东西。她的书包鼓鼓囊囊的，书吟知道，里面除了课本，什么都有。

薯片、巧克力、橙子、脆柿、草莓牛奶……

沈以星竟然还翻出了一本漫画书。

沈以星向来很大方，有吃的都会分享给书吟。

沈以星虽然爱吃零食，但她的身材很好，两条腿又细又直。

但书吟不是。

书吟个子有一米六八，体重一百二十六斤。

按照体重的计算公式，体重除以身高的平方，她的BMI（身体质量指数）是22.32。

正常的BMI是18.5到23.9之间，所以她其实是正常的体重。可她是典型的梨形身材，上半身腰很细，胯骨往下肉很多，她认为自己很胖。

书吟想减肥。

她想变瘦，但具体瘦到多少斤，她也不知道。

"不用了，我不吃。"

沈以星问："为什么不吃？你不喜欢吃吗？你喜欢吃什么，明天我带来给你吃。"

她话赶着话，语气里，满是体贴与关切。

沈以星是真的把她当朋友对待的。

好朋友之间，应该是可以分享秘密的。

但书吟不想。

她想让商从洲成为她一个人的秘密。

书吟有些难以启齿："……我想减肥。"

听到这话，沈以星吓了一跳："为什么？我不觉得你胖啊。"

书吟苦笑，那是她不知道。

书吟初中时，他们学校的学生不像现在高中的学生成绩大于一切。他们喜欢玩闹，男生们有着这个年纪都会有的特质，喜欢哗众取宠，喜欢调笑旁人，随随便便一句玩笑话，把他们自己逗笑，却不知道被开玩笑的人，心里有多难过。

书吟听到过他们对自己的描述——

"声音很好听的那个女生，叫什么名字来着？不记得了。"

如果只是忘了她，书吟觉得没什么，可偏偏又听到有人说——

"就是那个大胸妹，这你都能忘？"

人堆里迸发出笑声。

书吟憋住眼眶里翻涌的酸涩，强撑住难过，路过他们，佯装什么都没听到。

虽然已经过去很久了，但书吟本来就不是一个很自信的女孩子，那些话始终烙在她心底，成为她青春期的一块疤。

听到沈以星的话后，书吟喉咙莫名被堵住。

被人恶意嘲弄，与被人肯定，都令她想流泪。

沈以星再三坚持:"我真的不觉得你胖,真的。"

书吟拿着课本,"嗯"了一声。

沈以星:"我有时候还挺羡慕你的。"

书吟诧异,她没有想过,自己羡慕的人,竟然会羡慕自己。

"羡慕我什么?"

"羡慕你成绩好,喜欢读书,不管在哪儿都能学习。"沈以星目光灼灼。

这话放别人嘴里说出来,难免掺杂些许冷嘲热讽,但沈以星不一样,她万分真挚。

书吟失笑:"你不觉得我是个只会读书的书呆子吗?"

沈以星惊讶道:"学生的首要任务不就是读书吗?我发现大家都很奇怪,尤其是学习成绩不好的,总喜欢把成绩好的人叫作'书呆子',神情里满是瞧不起人的轻蔑。实际上,心里嫉妒死了你们这些成绩好会读书的人,因为嫉妒,所以忍不住酸言酸语地打击你们。"

书吟微顿,她侧眸看着沈以星。

许是书吟眼底的惊艳太惹眼,弄得沈以星不太好意思:"这话不是我说的,是……"周围人多,她压低了声音,"商从洲说的。"

书吟怔忡几秒,声音平静:"是吗?"

沈以星"嗯"了一声:"也是他和我说的,我成绩不好只能说明我不擅长读书,不能说明我笨。"

书吟淡笑。

沈以星瞬间又咬牙切齿:"我哥老说我笨。"

书吟想起陈知让。

印象里,陈知让寡言疏冷,广播站的人都说他难相处。

陈知让和商从洲是截然相反的类型。

书吟忍不住问:"你们三个经常待在一起吗?"

沈以星回答:"没有,以前妈妈总爱叫商从洲来家里吃饭,不过后来……"

书吟:"后来怎么了?"

沈以星声音更低,几乎是用气音说话:"你知道李诗怡吗?"

书吟当然知道她。

李诗怡年纪和她们相仿,却不是他们学校的学生。

她是家喻户晓的童星,主演了一部家庭轻喜剧后,走红大江南北。网友们管她叫"国民闺女"。

随着年龄渐长,李诗怡演的角色也越发多样化。离经叛道的不良少女、患有抑郁症的天才大提琴手、情窦初开的女高中生……无一例外,都是与她年龄相符的角色。

往往童星出道的,演技都经得起细究。因此,她这些年拿了很多奖,人生才刚开始,却已经是人生赢家了。

书吟感到莫名:"怎么突然提到她?"

"偷偷告诉你一个秘密,李诗怡她家,就在我家隔壁。"

"啊?"

沈以星耸耸肩,没好气地"哼"了一声:"有一次,她遇见商从洲来我家吃饭,打那之后,她就缠着商从洲不放。因为这事儿,商从洲再也没来过我家了,生怕和她撞上。"

书吟翻过一页书,发出窸窣声响,像是她心脏发出的细微颤动声。

书吟指腹捏着下一页纸,指尖用力到近乎泛白,可她浑然不知:"李诗怡长得很漂亮。"

"是啊。"

"她那么漂亮,都被拒绝了啊。"书吟声音很轻,近乎自说自话。

到底要多漂亮、多优秀的女孩子,才能换来他的青睐呢?

总之,那个人可以是任何一个人,但不会是她书吟。

因为她太普通。

她连偶尔做的白日梦里,都没有自己和商从洲一起玩的剧情。

附中抓学习抓得紧。

高三生寒假放假共十二天,高一和高二生放假稍稍多一些,但也只多了一个礼拜。

高一、高二的期末考试时间为二月十一日、十二日。至于高三的期末考试,上个礼拜已经考完,是十校联考。高三期末考完,就进行试卷讲解,再上一个礼拜的课,等到二月十三日,周五放假。

期末考试结束,书吟自觉考得不错。

每次考完试,总有几个急不可耐的同学会和某科成绩优异的同学对答案,书吟的英语卷子和语文卷子被拿走,没一会儿,就找不到踪迹了。

期末卷子不会再讲解,找不到就找不到了,书吟没当回事。

沈以星问她:"后天是情人节,你打算怎么过?"

书吟并不重视节日,她是个连自己的生日都可以忽视的人。

更遑论,情人节——八竿子和她打不着关系的节日。

沈以星见书吟没回答,又继续问:"如果没有人约你,你可以出来和我一起看电影吗?"

书吟:"情人节,你约我?"

沈以星:"不可以吗?"

书吟说:"怪怪的。"

沈以星知道她在想什么:"情人节那天我想去看一部电影,我最喜欢的明星在里面演男一号!找男生一起看吧……太暧昧了,毕竟是爱情电影。所以,书吟大学霸,我能请你看电影吗?顺便我再请你吃午饭。"

书吟还是摇头。

沈以星不开心了:"你是不是没有把我当你的朋友?"

书吟说:"我请你吃饭,你请我看电影。"

学校有设立奖学金。

说来也是命运教她认清现实,奖学金由南城悦景集团提供。悦景集团的董事长,便是商从洲的外公。商从洲的外公提供奖学金,书吟拿奖学金。

命运以一种峰回路转的曲折方式告诉她,他们之间的差距。

奖学金分很多种,年级前十有奖学金,单科成绩年级第一也有奖学金,回回考试都有。

书吟攒了将近五千块的奖学金。

她有一张银行卡,是她自己偷偷去办的。

奖学金存在这张卡里。

这张卡的存在,无人知晓。父母离她太远,只要她不说,他们就不知道奖学金的事。

她从没动过这些钱,因为这些钱是她打算以后上大学,拿来交大学学费的。

但是礼拜六,情人节这天,书吟出门后的第一件事,就是找最近的自助取款机取钱。

输入金额的时候,她在"2"和"5"之间犹豫半响,最后还是按下"5",取了五百块钱。

书吟揣着钱,像是揣着珍贵的和氏璧。坐公交车过去的路上,她的手始终放在口袋里,紧贴着钱,生怕一不小心,钱就丢了。

公交车往前开。

远远地,她看到车站处,沈以星和一个男生并排站着。

男生身形清瘦挺拔,熟悉得让她在心里喊出了他的名字。

商从洲。

节日车流拥堵,离公交车车站还有三十米左右距离时,公交车堵在车流里,停滞不前。

商从洲和沈以星是偶遇。

他眉宇间带着几分友好的调侃:"你这是有什么情况?"

沈以星笑眯眯地说:"才不是,我和好朋友约了一起看电影。"

沈以星自己有亲哥哥,然而在她眼里,商从洲更像是她的哥哥。

当得知她交了朋友后,商从洲会夸她人缘好,还会打开钱包,抽出几张红钞:"带你朋友去吃点好的。"

沈以星大大方方地接过:"谢谢从洲哥哥!"

将钱塞进口袋后,沈以星问他:"从洲哥,你怎么在这里?你该不会是来约会的吧?"

面对沈以星古灵精怪的八卦表情,商从洲无奈:"原本打算来这边的书店买套卷子的，可惜没货了。"

沈以星一脸失望："哦。"

拥挤的车流疏散开，公交车到站。

"小屁孩，就知道八卦我。"商从洲说，"行了，我的车到了，先上车了。你和好朋友玩得开心点。"

"嗯，大方、帅气、迷人的从洲哥再见！"沈以星拿了他给的钱，嘴皮子特别甜。

车窗透明玻璃隔绝了两个世界。

车厢内拥挤，书吟拨开一个又一个人，由前排缓慢往后走，走向下车门。

车厢外白雪纷飞，商从洲清风霁月地笑着，他由下车门往前走，走到上车门。

他们相向而行，在不同的空间里。

同一时间。

商从洲踩上车内台阶，书吟脚踏下车内台阶。

一上。

一下。

双脚落地。

书吟眸色慌乱，在四周寻找商从洲的身影。

"书吟？"身后传来沈以星的声音，语气略带疑惑，因为书吟脸上戴着口罩。

书吟回头。

沈以星朝她奔来，亲昵地挽住她的胳膊："真的是你！我正打算给你打电话呢，没想到在这里就见到你了。"

还不等书吟说话，沈以星又朝书吟的身后摆了摆手。

"从洲哥，再见哦。"

书吟暴露在空气中的手指似乎被冻得冰凉，要不然，她的转身动作，为什么会变得这样的僵硬、麻木，像是个机器人。

灰白飘雪的天，她随沈以星面朝着公交车。

商从洲没有拉开车窗，他单手举起，拉着吊环，保持身体平稳。他另一只手朝她们，不对，是朝着沈以星摆了摆。

他用口型和沈以星说：再见。

而后，书吟万万没有想到，他竟然转眸看向沈以星身边的她。

书吟知道，和她相视一笑，是他的礼貌，是他的教养驱使他做出这种行为。

可是那一瞬间，天地仿佛就此寂静。

他的眼神只为她停留。

在这一刻。

在这一天。

情人节这一天。

从今往后,她对情人节的记忆,只停留在他望向她的这一眼里。

不会再有了,这种小心翼翼的喜欢,与浅尝辄止的幸福。

书吟庆幸她脸上戴着口罩,让她可以毫无掩饰地扬起嘴角的弧度。

她又遗憾自己脸上戴着口罩,让他对她这张普通到不能再普通的脸,留不下任何印象。

电影放映厅里人满为患。

经过沈以星的科普后,书吟才知晓,百分之八十的观众都是奔着男一号而来。

书吟不追星,仰头望着大银幕里浮游的星光,不得不感慨,男一号确实有一张盛世美颜的脸。

只是颜值和剧情不成正比,剧情糟糕透顶,有种为赋新词强说愁的意味。

电影结束,沈以星还沉浸在男一号的美色中无法自拔。

她碎碎念着——

"他怎么这么帅?

"我都想好了,我以后要当制片人,找他拍电影!

"就他那张脸,不适合演都市片,就适合演校园片,一大堆人暗恋他,结果他只爱我……啊,那我还是不当制片人好了,我直接带资进组演女一号!"

…………

书吟是个不扫兴的朋友。

她说:"你长得这么漂亮,他喜欢你很正常。"

沈以星"哇"了一声,喜上眉梢:"是吧?我也觉得我和他很配,绝配!天仙配!"

电影院在商场五楼。

自动扶梯一楼又一楼地往下,二楼是各式餐饮店。

彼时火锅行业刚兴起,尤其打着"渝城"噱头的火锅店,更是门庭若市。

晚饭用餐高峰期,火锅店外等座的人快将过道坐满。

好在沈以星早早用团购软件提早排队,她们过去后等了不到一分钟,就叫到了她们的号。

书吟拿起桌上的菜单。

忽地,她听到沈以星说:"你随便点,想吃什么吃什么,不用看价格,今天的所有消费由商从洲买单。"

书吟愣了愣:"啊?"

看在钱的分上,沈以星很给商从洲面子。

沈以星说:"从洲哥听到我和朋友出来玩,特意给了我很多零花钱,说是让我带你吃好吃的,不能亏待你。"

书吟顿住，喉咙里像是含着颗薄荷糖，泛着沁凉甜腻的痒："他……知道我是你朋友吗？"

"不知道。"

书吟醒悟过来。

不是因为她，而是因为沈以星交了个朋友，至于那个朋友是谁，对商从洲而言，并不重要。

商从洲只是对沈以星好，从而爱屋及乌。

书吟压下喉咙里弥漫的酸涩的凉，弯眉笑着："他对你真好。"

沈以星纠正："他对我们这些从小一块儿长大的妹妹，都这么好。"

没一会儿，菜上齐了。

火锅锅底沸腾，雾气氤氲。

沈以星问她："你放假都干什么？"

书吟想了想："去图书馆看书吧。"

非常书吟式的回答，沈以星给她竖了个大拇指。

书吟淡笑了下，问她："你呢？放假都干什么？"

沈以星掰着手指，如数家珍："打游戏、买衣服、逛街、唱歌……除了学习，什么都干。"

非常沈以星式的回答，书吟也给她竖了个大拇指。

沈以星还邀请书吟："你要不要来我家玩？我和我妈妈说，我交了个好朋友，成绩好、脾气好，长得也是我喜欢的类型，她特想见见你，还说要下厨请你吃饭。不过率先说明，我妈妈厨艺一般。"

书吟挠挠头，迟疑着："……会不会太麻烦阿姨了？"

沈以星："不会。"

她似是猜到了什么："你是不是怕尴尬？"

书吟干笑两声："有点。"

沈以星："没事儿，我到时候再叫几个朋友。就我那些从小玩到大的朋友，他们都是自来熟，我保证不会让你尴尬！"

沈以星这话成功挑起了书吟的好奇心和期待。

从小玩到大的朋友。

商从洲也在其中吗？

她会遇到他吗？

之后，二人约好上门做客的时间。

学校放寒假太晚，再过几天便是除夕，所以她们将时间往后推，推到了年初八。

假期中，她们偶尔互发微信。

书吟有一部手机，今年过年时，妈妈去通信公司充话费送的手机。

手机的屏幕分辨率不高，刷出来的照片，颜色总是偏深。但手机在她这里，只有两个用途，和爸妈联系，以及查学习资料。

她是长辈口中的"别人家的孩子"——懂事听话，会做家务，学习不需要人督促，在本市最好的学校最好的实验班读书。

过年时，亲戚们最爱拿她给同辈、小辈做榜样。

她爸妈常年在申城打工，只有过年时才回来，趁这种时候，更是把她挂在口中炫耀。

妈妈王春玲像是什么都不知道似的，当着亲戚的面问她："这次期末考试你考了第几名来着？"

书吟顶着亲戚们善意的目光，仍觉得羞耻。

"年级第三十九名。"

说完，她急匆匆起身，说："我去看电视。"

她逃似的离开长辈们七嘴八舌的夸赞里。

她不习惯这种场合，不喜欢和一堆只有逢年过节有来往的亲戚聊她的近况，但爸妈喜欢。

他们能炫耀的东西不多，女儿是最拿得出手的。

书吟窝在沙发上，百无聊赖地掏出手机。

那年大家的社交软件渐渐由QQ移至微信，QQ空间里的动态渐少，朋友圈的内容越发丰富。书吟刷到班上许多同学的朋友圈动态，还刷到了沈以星发的朋友圈。

是一张聊天截图。

对面聊天人的备注是"187，有钱，抠门，不好骗"。

看到这备注的时候，书吟喉咙里滚出一声笑来。

一闪一闪亮晶晶：妈说你去图书馆自习了？

187，有钱，抠门，不好骗：嗯。

一闪一闪亮晶晶：大过年的，一个人去自习？你真的有点学疯了。

187，有钱，抠门，不好骗：还有你的洲洲哥哥。

一闪一闪亮晶晶：别胡说，他是188，有钱，大方，好骗，宇宙无敌爆炸帅的洲洲哥哥。

187，有钱，抠门，不好骗：你让他当你哥吧。

一闪一闪亮晶晶：我倒也想。

班上有人在底下评论：敢问187是谁？

沈以星回：一个丑人。

又有人问：星女神，188不会是你喜欢的人吧？

沈以星回：你这话比大年初五去图书馆自习还变态。

班里同学对沈以星聊天记录里的人物一概不知，但书吟不一样。

书吟知道，沈以星在和她哥陈知让聊天。

书吟还知道,"洲洲哥哥"指的是……商从洲。

书吟盯着手机,好一阵沉默。

午后的阳光洒落在她身上,她周身似铺了层柔软的光。

心事被阳光炙烤、发酵,她做了个大胆的决定。

书吟找到和亲戚聊天嗑瓜子的妈妈,她向来乖巧、懂事,连年三十都会做题的人,如今说出这般话,让人无法怀疑其中的真实性。

"妈妈,没什么事的话,我去图书馆自习了。"

王春玲叮嘱她:"那你路上小心点,别学太晚,早点回来。"又关心她,"有没有钱,妈妈给你拿点儿钱,路上遇到好吃的可以买一点吃。"

书吟说:"我有钱。"她捡起一本物理习题卷,"妈,我走了。"

"好,记得早点回家。"

"知道了。"

身后,有亲戚欣羡地说:"我家那兔崽子要是有书吟这么懂事就好了。"

王春玲笑着说:"哪有,你家思雨也很懂事……"

书吟合上门。

她心虚地低头,摊开手心,上头满是汗。

可她目光执拗,迎着料峭的春风奔去时,影子里都透着坚定。

过年期间,图书馆里相较以往显得冷清不少。

书吟几乎是一踏入自习室的门,就找到了商从洲。

他坐姿端正、笔挺,如果坐姿也被列入课堂,那他一定能拿一百分。

商从洲坐着的自习桌还有空位,书吟迟疑几秒,还是坐在了他后面的自习桌。

坐在他后面没什么不好的,至少一抬头就能看到他。

不消片刻,书吟注意到,有女生坐在了商从洲边上。

不是刻意搭讪,也不是陌生人随意找位置落座,那个女生,很显然是与商从洲认识的。她手里捧着两杯咖啡,将其中一杯递给了商从洲。

商从洲伸手揉了揉眉。隔着两米左右的距离,书吟似乎听到了他的叹气声。

没一会儿,他们先后起身,走了出去。

书吟没有跟上去,可心里像是多了块石头,压得她心脏沉甸甸的。

她没心思再做题了,于是起身,走到自习座位后面,那里有排列成行的书柜。她穿梭其中,企图忘记刚才那两个背影。

他们的背影都透着般配。

书吟深吸一口气,记起英语老师推荐给她的一本书——《杀死一只知更鸟》。

她找到中文版后,又转弯去找英文版。

终于在一个书柜里找到这本书,她弯了弯嘴角。

突然,有人闯入她的视线里。隔着两个书架,隔着高度参差不齐的书,书吟注意到，站在书架对面的是商从洲。

自习室里开着暖气，他只穿着单薄的白色衬衣，扣子系到最上面一颗，露出清冷雪白的一截脖颈，嶙峋凸起的喉结。

书吟呼吸都停了一瞬。

她放在书脊上的手停下动作，企图延长时间。

他似乎没有找到自己想找的书，抬步，绕过书架，往书吟站着的这边走了过来。

与他相遇的那半边身子都是僵硬的，书吟眼睫轻颤，装作若无其事地抽出手里的书。

"你好，请问可以让一下吗？"

忽地，脚步声停在她身侧，说话声近在她耳畔。

书吟嘴角扯起淡笑，偏头，扬起一个友好又略带歉意的微笑。

图书馆工作人员欠缺，许多书放在推车里没有人摆放。原本宽敞的通道，被堵住，只能容纳一个人走动。

书吟把书抱在怀里，而后，转身离开，给商从洲腾出一条道来。

走了没几步，商从洲一句话将她叫住。

"等一下。"

毫无征兆的三个字让书吟的心跳如擂鼓般震动。

她有种做梦的不真实感，慢吞吞地转身，把书抱在怀里，害怕心跳声惊扰到他，又怕颤抖的声线泄露出自己此刻的情绪，最后，只是表情茫然又警惕地望着他。

"怎么了？"

"你的东西掉了。"商从洲弯腰捡起来。

是她的借书卡。

商从洲走到她面前，将卡递给她。

窗外夕阳欲颓，少年站在她面前，影子被光无限拉长，将她整个人完整地笼罩住。周围都是亮的，唯独她被他的影子包裹住。

书吟盯着他伸向自己的手，指尖葱白修长，食指和大拇指捻着她的借书卡。

见她长久没有动作，商从洲又往前走了一步："同学？"

书吟如梦初醒般地回神，脸颊滚烫，动作很快地接过他手里的卡。

仓皇间，她无意碰到他的手。

"……抱歉。"

他逆光而站，神情看不太真切，然而声音却分外清晰，似迟迟未来的暮春晚风，带着类似于温柔的笑："没关系，随身东西记得收好，别再丢了。"

书吟的喉咙里似黏着蜂蜜，她尝到了一丝甜："……谢谢你。"

书吟是大年初八去的沈以星家做客。

沈以星早早地在小区外等书吟，春寒料峭，她冻得直打寒战。

书吟连忙抽出包里的围巾:"冷不冷啊?正好我带了条围巾,是我这几天给你织的,你快戴上。"

"哇!"沈以星眼前一亮,"你还会织围巾?"

"嗯……织得可能不太好,"书吟小心翼翼地问她,"这个颜色也是我挑了好久的,你觉得怎么样?"

沈以星说:"我好喜欢,你织得好漂亮。"

她连忙掏出手机,拍了好几张照片:"不行,我得发个朋友圈。我要让大家知道,我有个多才多艺的好朋友,她还会给我织围巾!"

见她这般,书吟松了口气。

她喜欢就好,不枉费自己熬了几个夜织这条围巾。

到沈以星家的时候,书吟发现,她家客厅里坐了好些人,有男有女,应该就是沈以星口中的发小。

客厅的液晶屏幕投影着游戏画面,沙发上坐满了人,就连地毯上也有人坐着。

几个人拿着游戏手柄厮杀打斗,其余人在一旁起哄看热闹。茶几上摆放着许多小吃水果,大家吃的吃,玩的玩,闹的闹。

直到人群里不知谁喊了声:"星女王回来了——"

游戏在这一瞬间暂停,空气仿佛静了一瞬,所有人都望了过来。

书吟其实不知道,在她来之前,沈以星是怎么描述她的。

——"成绩超棒的,人也超温柔,说话轻声细气的,声音也特别特别好听,她还是我们学校广播站的播音员呢!"

——"她的长相?是我喜欢的那种类型,像只小兔子,柔柔软软的,午睡的时候,我总会忍不住偷偷捏一下她的脸。手感特好!"

所以,沈以星这群朋友,是对书吟充满期待的。

然而面前的女生,单从外貌而言,很普通,非要夸的话,只能说,气质还行,文艺素雅,与沈以星口中的"温柔"挂钩。

短暂的沉默后,大家窸窸窣窣地说了声"嗨",继而又回到方才的热闹中去。书吟陷在这份热闹里,有着无所适从的尴尬。

二十来号人岿然不动,只有一个人,将手柄递给身边的人,而后起身,迎了过来。

"他们都在打游戏,客厅有些闹腾,要不你带你的朋友去你房间坐坐?"商从洲脸上露出笑,"我去洗点水果,待会儿给你们拿过去。"

沈以星说:"多洗点车厘子。"

商从洲的目光放在书吟身上:"吃车厘子吗?"

书吟几欲溺毙在他的体贴里,小声道:"吃的。"

商从洲:"好,星星,带你的好朋友上楼吧。"

沈以星拉着书吟上楼。

到二楼时，书吟转身，佯装不经意地往下瞥。

开放式厨房里，商从洲背对着她在洗水果。他穿着白色圆领卫衣，背影清瘦颀长，浑身少年气，可他又有着不符合这个年纪的体贴与成熟。

在房间里待了没一会儿，房门被人敲响。

书吟以为是商从洲，存了私心："我去开门。"

结果门外站着的竟是陈知让。

见到书吟，陈知让愣了几秒，而后意识到什么，问："你是星星的朋友吧？"

书吟紧绷的神经松开："嗯。"

沈以星毫无形象地躺在沙发上，拖腔带调："哥，找我什么事？"

陈知让走了进来，眉头皱起，显然对她的坐姿很不满，却还是什么都没说。

他把果盘放在书桌上，说："我和商从洲要回学校报到了，你在家里好好招待朋友们。"

沈以星摆了摆手："拜拜，拜拜。"

陈知让说完就离开了。

书吟刻意没把门关紧，隔着一小道门缝，她听见楼下的声音。

"你俩回学校了？"

商从洲"嗯"了一声："你们好好玩。"

他声线透着独属于少年人的清冽，含着微末的笑。

书吟后知后觉地发现，自己能够辨清他的声音了。

在热闹的人群中，她能一眼捕捉到他的身影；在鼎沸的人声中，她能筛选出他的声音。

窗外春光流动。

少女心事悸动。

书吟怀揣着只有自己知晓的窃喜，整个人轻飘飘的，犹如坠入云雾。

沈以星把书吟拉到梳妆台前，同她分享自己购入的化妆品。那年，流行的口红色号在很久之后被称之为死亡芭比粉，可涂在沈以星的唇上，衬得她肤色粉嫩。

她还想给书吟化妆，书吟拒绝，沈以星拉着她："不行，必须化。"

赶鸭子上架似的，书吟被按在沈以星的梳妆台前化妆。

沈以星说："你别怕，我化妆技术真的还可以，我报了一个化妆班呢。"

"你妈妈给你报了化妆班吗？"

高中生报班，都是报各种辅导学业的班。哪有家长开明到这种程度的？

沈以星说："对呀，我想学化妆，我妈妈就拉着我去报了化妆班。她早就认清我不是学习的料了。"

书吟安静地坐在梳妆台前让沈以星给自己化妆。

双眼合上的时候，书吟眼前却浮现出周围的一切：沈以星住的昂贵小区，沈以星如珠宝盒子般璀璨的家。她有着优渥的家庭条件和开明的家庭氛围，所以她可以随心所欲。

可是书吟不一样，她承载着全家人的希望。

她没有办法像沈以星一样活得这样轻松，她必须得非常努力地学习，努力地考上高等学府，通过自己的努力，改变自己的人生。

就像她和沈以星的相遇——

书吟熬过无数个日夜终于考上了实验班，而沈以星毫不费力就进了实验班。

书吟不嫉妒沈以星，她只是羡慕。

羡慕沈以星什么呢？

大概是羡慕她漂亮吧，或许也不是，书吟羡慕的，是沈以星不会像自己这样自卑。

双眼再睁开的时候，书吟看着镜子里的自己，赫然一惊。

沈以星得意扬扬："怎么样？我的化妆技术还行吧？不过我发现你是可造之才啊，平时看着是甜美型的，一化妆就成性感型了。"

书吟哭笑不得："我平时也不甜美。"

沈以星瞪大了眼："真的假的？你平时不照镜子吗？"

书吟："照啊，我觉得我的脸挺圆的。"

沈以星："哎呀，都是婴儿肥。我化妆班的老师说了，像你这种婴儿肥，等大学毕业了，脸上的肉就会没了，到时候就成瓜子脸了。"

书吟眨眼："希望不是西瓜子。"

沈以星"扑哧"一笑："有没有人说过，你蛮有搞笑天赋的？"

书吟也笑了："没有，你是第一个。"

书吟盯着镜子里的自己，琢磨半天："你给我化的是什么妆？"

沈以星："妖娆烟熏妆。"

书吟说："我还以为是熬夜通宵妆。"

一大坨深色眼影，像是黑眼圈。

沈以星不好意思地挠挠头："……那个，下手重了。哈哈哈哈，我帮你卸掉。"

沈以星再次肯定："不过你真的很有搞笑天赋。"

书吟面无表情："我不能昧着良心夸你有化妆天赋。"

沈以星被她逗笑："好啦，以后我花钱请国内知名化妆师给你化妆。我虽然没有化妆天赋，但我有花钱天赋。"

书吟弯了弯唇，笑着："那希望你以后能赚很多的钱。"

沈以星和她保证："朋友，我一定会赚很多钱，然后包养你的！"

她们就这么开着玩笑，轻易地许下一些，她们认为会实现的承诺。

过年期间，书吟只在去往沈以星家那天松懈了半天。

其余时间,哪怕是大年初一,她都是从早学到晚。她自问不是天赋异禀的天才,所以要刻苦、勤奋,付出比常人多十倍、百倍的努力。

从高一到现在,一年半的时间,她的成绩是呈上升趋势的。

高二开学时,她物理还在及格边缘挣扎,她问老师问得勤,时常跑班主任办公室问问题,期末考试出来,满分一百二的物理试卷,她考了九十六分。

期末考试后,班里同学的排名重新洗牌。进步的有,退步的也有。

因此,开学后,班里的学习氛围更浓郁。

春寒未退,流感高发期,班里有不少同学感染流感,书吟和沈以星也没逃过。

沈以星借这个理由,请假一周在家休息。书吟则每天吃药,打吊瓶,戴着口罩上课。

流感好得差不多的时候,书吟被团委老师叫到办公室,说要她最后一节自习课去礼堂弄音响设备,顺便负责高考百日誓师大会的流程。

时间如洪流,推着人往前走。

恍然间,距离高考只剩一百天了。

这天是2015年2月27日。书吟提早到了礼堂的广播室,她刚从箱子里拿出话筒,忽地,教导主任进来。

书吟:"老师好。"

教导主任面色严肃:"你是广播站的负责人吗?"

书吟:"嗯。"

教导主任:"流程表里好像没有写誓师大会的学生代表,我和你说一遍,省得你到时候着急忙慌不知道是谁。"

书吟问:"学生代表是……"

意料之中地,她得到了回答。

"高三(1)班的商从洲。"

话音落下,狭窄逼仄的广播室里突然进来一人。

学校对高三生的管束越发宽松,每日的仪容仪表检查,也不存在于高三生里。也因此,学校里多了许多五颜六色的油画,代替迟迟未开的春花。但商从洲仍旧守规矩地穿着学校老土的校服。

少年眉目清朗,眼里漾着微末的笑意:"老师,我来了。"

注意到广播室内还有一人,他礼貌性地朝对方颔首。

书吟慌乱地也朝他点了点头。

一贯严肃的教导主任,在见到商从洲后,脸上的笑容艳似红丝绒:"来了啊,誓师大会的发言稿写得怎么样?"

商从洲把稿子递给教导主任:"您看看。"

广播室设在礼堂后台,光线并不明朗。书吟喜欢这种暗色调的环境,所以并没开灯。

教导主任也没开灯，就着昏昧的亮度，眯缝着眼浏览着商从洲的发言稿。

"手写的？"

"嗯。"

"怎么没打印？"

"懒。"

教导主任短促地呵笑了一声，末了夸他："字不错，写得也不错，挺好的，待会儿发言的时候，多点儿精气神。"

商从洲眼睫低垂，投下一层淡淡的阴影。

他淡淡地弯了下唇，算是将这些夸奖都收了，伸手接过发言稿。

教导主任说："我先去外面了，你待会儿带着话筒出来。"

商从洲说："好。"

等教导主任走后，商从洲看向书吟。

他眼神礼貌、友善，里面却又像是什么都没有，疏淡似融雪。

他是认出她了吗？

他记得她吗？

书吟心里如潮起潮落，心脏在波涛里游荡起伏。

商从洲突然笑了出来，提醒她："同学，话筒。"

哦，对，话筒。

旖旎梦碎，书吟赶忙把手里的话筒递给他。

她感冒未愈，还隔着一层口罩，声音有些闷："你到时候按这里，等到绿灯亮了，就可以说话了。说完之后，再按这里，就能关上了。"

介绍完后，她又恨不得咬断自己的舌头。

商从洲上台发言的次数没有几十次总有十几次了，他哪里会不知道话筒怎么开关？

可他毕竟是商从洲，能轻易瓦解局促的气氛。

他嘴角勾起淡淡的笑意，那抹笑比方才面对教导主任的笑，要绵柔许多。

"好，我知道了，谢谢你。"

晦暗中，书吟好似看见了光。

那一刻，她莫名生了许多的勇气，叫住他。

"学长。"

转身离开的商从洲偏头回望："怎么了？"

书吟屏息凝神，沉吟道："高考加油。"

商从洲愣了半秒，而后说："谢谢，我会加油的。"

有风吹过，他眼梢斜着凉意，眼尾却是拉着轻松的弧度："你也要加油。"

书吟眼眶发热，浑身热烈，与满室的料峭碰撞。

她第一次战胜那个怯懦的自己，主动与他说话。然后，换来他礼尚往来的一句祝福。

但对书吟而言，已经足够了。

商从洲离开了。

书吟无力地瘫软在椅子上,刚才的对话,耗尽了她全部的勇气和力气。

没等她休整好,礼堂内部传来凌乱的脚步声。高三生排着队陆续来礼堂集合,召开高考百日誓师大会。

书吟不得不打起精神,拿着话筒往外走,她到时候要站在礼堂舞台角落的位置,播报流程。

到礼堂时,她和陈知让撞了个正着。

陈知让本是往后台走的,瞥见书吟手里的话筒和流程单,他停了下来。

为了更好收音,书吟摘了口罩,被他毫无温度的视线扫荡着,有种无所适从的局促。

蓦地,他问:"待会儿是你主持流程?"

书吟抿唇,轻"嗯"了一声。

陈知让双唇翕动,似是要说些什么,但到头来他只说:"具体流程陈老师应该已经和你交代过了,我也没什么可说的了,你到时候注意别说错字。"

"……知道了,学长。"

陈知让过来,似乎就是为了交代主持人一句。

交代完毕,他转身下台。

礼堂是类似阶梯教室的格局,高三(1)班和高三(2)班被安排在前三排。

广播站的副站长是高三(2)班的,名叫翁青鸾。

学校的大型会演里,都是陈知让和翁青鸾二人主持。他们关系不错,偶尔也会一起吃饭。陈知让和翁青鸾均坐在两个班的边缘,正好是相邻的位置。

陈知让示意翁青鸾台上的女生:"那个女生是高几的,我怎么没有印象?"

翁青鸾抻着脑袋往前看,倏地笑了:"高二的。当时还是你面试的她,你忘了?你觉得她外形条件太过普通,所以没让她过。"

陈知让眉头微皱,显然对当下的情形不甚理解。

翁青鸾道:"但她的音色很好,我听了很多人的声音,都没有她一半好听,所以我同意她进广播站了。"

翁青鸾:"站长,我们广播站百分之八十的工作都是坐在广播室念稿子,又不需要露脸。我觉得她挺好的,而且我觉得她长得挺好的啊,就是不爱打扮,寡淡了点儿。"

陈知让的声音淡得几乎无起伏:"我对她没有任何印象。"

"是吗?有次你夸过那天的播音员声音不错,情感也很到位。"翁青鸾嘴角泛起酒窝,笑着,"——那个人就是她。我反正觉得这学妹挺不错的,事情交到她手上,我特放心。我还打算今年的五一会演让她主持呢。"

陈知让说:"随便你。"

翁青鸾:"你能说服商从洲来主持吗?"

今年的五一会演,需要四位主持人。

陈知让和翁青鸾本来打算退了让学弟学妹来，结果团委老师硬是让他们最后主持一次，当作给高中三年的广播站工作画上一个完美的句号。再加上他俩是出国留学，不需要参加高考，空闲时间多。

当天需要双语主持，书吟的英文发音清晰流畅，翁青鸾自然盯上了书吟。

至于男生。

翁青鸾觉得没有人比商从洲更适合了。

毕竟他老早就跟家人一起环游过欧洲，雅思口语分也很高，而且他妈妈是主持人，姑姑还是外交部的发言人，怎么样都有点儿基因在身上的。

据说商从洲打算考外交学院，这可不是最适合的主持人人选嘛。

陈知让无奈地摊手："说服不了。"

翁青鸾："你俩不是穿一条裤子长大的好友吗？"

陈知让面色渐黑："……能别瞎说吗？"

翁青鸾笑疯："哎，真不能请他来主持吗？"

陈知让："真请不动。"

翁青鸾叹了口气："行吧，那我找别人。"

谈话间，礼堂的扬声器响起女生婉约的声音，音色温柔，平仄咬字清晰，是正儿八经的播音腔调。

翁青鸾朝陈知让挑了挑眉："声音好听吧。"

陈知让不置可否地扯了扯嘴角。

"……高考百日誓师大会，正式开始。"听上去，音调四平八稳，没有任何的改动，唯独书吟自己知道，她心里掀起的浪涛越过千万重。

书吟站在礼堂左侧的候场区，商从洲也站在候场区，二人隔着两米左右的距离。

商从洲和边上的人闲聊着，即便如此，书吟也只敢用余光偷偷地打量他。

很快，教导主任发言完毕，接下来是高考状元代表发言。

刚刚和商从洲说话的那位，就是上一届的高考状元。

之后，轮到了高三学生代表发言。

书吟深吸一口气，拿起话筒。

她没有拿流程稿，盯着舞台，一字一句地说："接下来，有请优秀学生代表，高三（1）班商从洲同学上台发言。"

商从洲不急不缓地走向舞台中央，迎着近千人注视的目光。

书吟的视线终于笔直又专注地落在商从洲身上。

此刻的她，和所有的学生一样，都盯着他。

她和别人没有什么不同，没有人会注意到她眼里藏着的，对他的喜欢。

少年身形修长，如青松般屹立着。

他发言有条不紊、不卑不亢："最后，我想用一句诗来结束我的发言，'子规夜半犹啼血，不信东风唤不回。'愿大家面对六月战场，铸良剑，斩蛟龙，拔头筹。"

话音落下，礼堂内响起经久不绝的叫好声、鼓掌声。

清明过后，气温升高。
冬装校服被收进柜子里，等待下一个冬天出场。
上午最后一节课是体育课，跑完两圈后，体育老师便让大家自由活动。
书吟和沈以星坐在看台上晒太阳。
沈以星照旧用校服打掩护玩手机。
书吟照旧背英文美文。
沈以星似乎玩手机玩累了，将下巴搁在书吟的肩上。她不知想到了什么，问："你爸妈怎么给你取了这个名字？"
书吟。
前后鼻音区分不太明显，容易读成——输赢。
书吟弯了弯唇："又输又赢吗？我问过我妈，她说，人生就是有输有赢的，取这个名字就是希望我不要太在意结局。

"过程比结局更重要。"
话虽这么说，可是每当书吟成绩下滑，爸妈总会一味地指责她没有认真学习。
人们都是结果论者，习惯以结局定义过程。
"打个比方，如果你认真学习了，但是考试没考好。你还会觉得过程重要吗？"沈以星不解。
书吟说："这次没有考好，那就下一次，下次没有考好，就下下次。高考前有无数次演练的机会，演练失败也没有关系，只要最后那次考好就行。"
天气清朗，书吟语调轻缓，却又坚定："我相信只要我心无旁骛地学习，一定会考出好成绩的。"
沈以星摊了摊手："你看，你也很执着于结局。"
书吟哑然失笑。

沈以星目光远眺。
橡胶跑道上，一男一女并肩而走。看着那两人的身影，沈以星又问："我很好奇，如果你喜欢上一个男生，你会和他表白吗？"
书吟嘴角的笑有些凝住，她以为沈以星看出了点儿什么。
是她藏得不够好吗？
是她表现得太明显吗？
好在沈以星并没有看她，沈以星皱眉思索，片刻后，说："结局不重要的话，是不是喜欢上了一个人，就不会和他表白？还是说，会和他表白，但是哪怕被他拒绝也没有关系？"
旋即，沈以星自问自答般："我不行，我要是喜欢上了一个人，我一定要和他在一起。"

沈以星撇过脸,那张涉世未深的脸上,写满了一往无前的肆意。

书吟看着她这副模样,忍不住笑了出来。

她笑得很内敛,眉梢轻轻扬着,眼尾挑起的弧度也很克制,像要竭力把眼底的羡慕给藏住一般。

看台下面的橡胶跑道里忽地跑来一人。

翁青鸾叫着书吟的名字:"你中午有时间吗?来我们班拿一下稿子。"

书吟连忙起身,走到看台边缘的栏杆处,俯身看她:"学姐,什么稿子?"

翁青鸾神秘兮兮地道:"到时候你就知道了,一个小惊喜。"

书吟:"好,大概什么时候过去找你?"

翁青鸾说:"我们高三吃得早,你吃完我肯定在教室了。"

高三的吃饭时间比高一高二早十分钟。

书吟应声:"好。"

因为这事,书吟中午吃饭格外迅速。

高三(1)班的教室和高三(2)班的教室只一墙之隔,书吟站在高三(2)班的前门,注意到了高三(1)班的热闹动静。

她置若罔闻地往二班教室探头。

意外的是,二班教室空荡荡的,只有零星几个人坐在位置上趴着休息。

恰好有人刚进教室,书吟拉住她,问:"学姐,请问翁青鸾学姐在吗?"

那人朝她身后的高三(1)班的教室扬了扬下巴:"你翁青鸾学姐正忙着呢。"

书吟回头,不明所以地瞥了眼高三(1)班的教室。

"忙什么?学姐你能帮我把她叫出来吗?我让她吃完午饭过来找她。"

"那你得等一会儿,她正在进行一番壮举。"这位陌生的学姐这样说。

书吟抬头,眼神愕然。

她往后退了两步。

不知何时,廊道里挤了不少人,书吟被困于人群中。所有人都像是闻讯赶来的,来看高三级花的"壮举"。

只是,书吟不知晓,所谓的壮举,到底是什么。

翁青鸾在学校很有名,温柔大方,笑起来嘴角酒窝若隐若现,很受欢迎。

人声鼎沸中,教室后排的人群忽然让了一条道出来,这条道直达教室后门。

书吟被人群推挤着,莫名地被挤到了离教室后门最近的位置。而道路的尽头,翁青鸾和商从洲在教室后排,面对面站着。

春末夏初,学校虽默许高三生不穿校服,但是不能穿裙子,必须得穿裤子。

翁青鸾穿着白色海军领衬衣,外面披了一件蓝白格纹毛衣开衫,底下是一条深蓝色的牛仔裤。衬衣是收腰设计,掐出她细窄的腰线。牛仔裤包裹着的两条腿,纤细修长。

她漂亮得很大气，有着十七八岁少女的干净与明媚，美得令人过目难忘。

她和商从洲站在一起，画面是那样完美、和谐。

"我和陈知让就是搭档关系而已，但我跟你或许不一样，我知道高考以后我们就各奔东西了，但我始终觉得，距离不是问题，你觉得呢？"翁青鸾目光很亮，盯着商从洲。

教室里，走廊里，都是热血沸腾的少男少女，闻言，大家发出沸腾的起哄声。

唯独翁青鸾、商从洲、书吟三个人，在这片喧嚣里默然。

书吟被簇拥在喧嚣里，她的安静格格不入。

老天爷像是故意捉弄她，让她看到这个场面。她转身，拨开拥挤的人群，兀自离开。

她逆着人群，缓慢地往外走去，身后的起哄声越热烈，她脸上的笑越明媚。

可她眼里的情绪却疏淡到了极致。

沈以星，那个问题，我能回答你了。

——"我始终认为，过程远比结局重要。暗恋商从洲这件事，我不奢求结局，我甚至不奢求他看我一眼。因为我从一开始，就知道了结局。"

第三章 遮不住的喜欢

"我希望你眼里有我,却又不敢出现在你眼里。我想我是泛起褶皱的橘纸,是雪地里的泥垢,是晦涩难懂的诗,连我自己都读不懂我自己。但你望向我的时候,我想,你是橘纸,是霜雪,是诗人。"

——《十六,十七》

翁青鸾的一番壮举,传得轰轰烈烈,很快,各年级的学生都知晓了。

沈以星恍然大悟道:"我说呢,她怎么老和我哥在一块儿玩,搞得我还误会了我哥,原来她是借着我哥和商从洲搭讪啊。"

得出此结论的沈以星叹了一口气,腔调是惋惜的、同情的,脸上神情却是幸灾乐祸的。

"好可怜哦,被人当踏板了哦。"

书吟没有兄弟姐妹,她不清楚兄妹间的相处方式。

但如果她哥哥被人当踏板,她应该会……很难受吧?

所以,陈知让应该很不开心吧?

书吟忍不住问:"你哥应该不喜欢她吧?"

不喜欢还好,要是喜欢的话,得是什么糟糕剧情啊?

沈以星摇头:"不好说。"

书吟愣了愣。

沈以星说:"我哥这人,很看脸的。

"不过我觉得翁青鸾挺没意思的,她是不用高考,但商从洲要参加高考啊,她这不是故意影响人吗?"

谈及商从洲,沈以星义愤填膺,确实看起来和商从洲更像是亲兄妹。

很快,午休铃响。

自习时,班里有同学轻声叫书吟。

闻言，书吟顺着同学的指示，表情茫然地望向教室前门。

是翁青鸾来找她。

饶是专注学业的学霸班，大家对这种八卦也喜闻乐见，个个扬着下巴，看热闹似的看向门外站着的翁青鸾。

书吟把笔放下，走到门外。

出来时，书吟装作不经意地把前门关上，好像这样就能遮挡住那些不怀好意的打量。

翁青鸾说："我们班同学和我说了，你中午的时候来找过我，但我那个时候在忙……"她呵笑一声，落落大方地说，"忙着找商从洲说点事。"

她是那样坦然。

局促的是书吟。

书吟含糊地转移话题："……学姐，你来找我，是有什么事吗？"

翁青鸾把手里的主持稿递给她。

翁青鸾说："五一会演缺个女主持人，需要双语主持，我思来想去，觉得你最合适。你要是没什么意见，得空的时候背背稿子，其实你的稿子内容不多，对你而言应该不难吧？"

意外听到这个消息，书吟愣了几秒。

"……我吗？"

"嗯，你呀。"翁青鸾笑着，"你不相信自己吗？"

"可是我没有上台主持的经验，学姐，我怕我做不好。"

"但你的英语口语甩其他人一条街，我第一次听你说英语的时候，还以为是和我一块儿上口语课的同学。"

"我……"

"学妹，自信一点。"翁青鸾几乎一眼看穿她的胆怯，"他们都说十几岁是不问天高地厚的年纪，想做什么就做什么，不计较后果得失。

"你没尝试过，怎么知道你做得好不好？学妹，我选择你就是因为我相信你一定能做好。"

翁青鸾离开时，有风吹起她的头发，发丝飞扬，她连头发丝都透着一股子自信与美好。

徒留书吟停在原地。

那一刻，她心里好像有什么东西，发生了改变。

教室靠廊道的墙，都装有窗户。室外天光晦暗，书吟看见窗玻璃里的自己。

她似乎并没有自己想得那么糟糕。

主持会演……

她……真的能做好吗？

怀揣着动荡不安的心思，书吟回到了座位上。

沈以星瞧见她放在桌上的主持稿，激动得仿佛自己才是那个上台主持的人。

怕影响班上同学自习，沈以星压低音量，可是嘴里跳出来的每个字都是雀跃着的："五一会演你是主持人吗？真的吗？真的吗？"

书吟仍有些不真实感："……真的吧？"

沈以星憧憬起来："到时候我给你化妆。我们两个个子差不多，你还能穿我的礼服！我有超多的礼服，特别特别漂亮，我敢保证，那天你一定是全场最闪亮的！"

"……太夸张了吧？"书吟眼睫轻颤，颤抖的弧度里，透着微不可察的期待。

"不夸张，一点都不夸张！我一定要让你艳惊四座！"

沈以星甚至已经掏出手机，凑在墙角，给书吟挑选礼服了。

然而，她一打开手机，就看到了她妈妈发来的消息。

沈以星随即凑到书吟面前，眼巴巴地盯着她："你周日晚上应该没什么事吧？"

书吟想了想："没有，怎么了？"

沈以星说："一块儿吃晚饭吗？"

书吟答应了："好啊。你想去哪里吃？"

沈以星说："就是……我哥他国外学校的录取通知书下来了，我妈妈为了庆祝他考上大学，所以在酒店里订了几桌，请亲戚朋友过来吃饭，到时候还会有我哥的同学，人蛮多的，不过你放心，我会全程陪在你身边的。"

书吟为难："我就不去了吧，我和你哥又不熟。"

沈以星一句话直接堵死书吟："我只有你一个朋友。"

书吟哑然。

想她沈以星呼朋唤友，每逢周日休息，书吟刷她的朋友圈，都是九宫格的照片。合照里，有男有女，朋友多如牛毛。

她竟然说出只有书吟一个朋友这种话来。

沈以星到底是懂得如何拿捏书吟的，只要撒个娇、示个软，书吟便心软得无以复加。

"求求你了，书吟吟。"沈以星娇滴滴的声线，撒起娇来，任再铁石心肠的人都无法拒绝。

书吟到头来还是同意了。

周日这天，沈以星提早把酒店地址发给书吟，是市中心柏悦六十三楼的悦景厅。

一闪一闪亮晶晶：我好无聊，我过来接你好了。

Re：好麻烦，你还得绕路。

一闪一闪亮晶晶：不绕，我现在在商从洲这边，我看他家离你家蛮近的。

随即，沈以星开启位置共享。

两个蓝色带有小箭头的圆点在地图上晃动，相隔几条街区。

一闪一闪亮晶晶：这么近！

一闪一闪亮晶晶：我和司机叔叔说了，到时候顺路拐去你家接你。

Re：啊……

Re：你一个人来吗？

一闪一闪亮晶晶：还有商从洲，还有他家的司机。

一闪一闪亮晶晶：附中开天辟地第一绝世大美女和附中校草给你当左右护法，为你保驾护航来了！

沈以星总有些出其不意的发言，书吟觉得，其实她更有搞笑天赋。

消息发完，书吟在书桌前沉默了半晌，猛地起身，翻箱倒柜地找衣服。

高中三年都需要穿校服，许多学生，如沈以星，即便穿着校服，也会在内搭上花心思。可大部分学生，都是书吟这样的，校服外套里面的衣服，翻来覆去就那几件。比起穿着打扮，大家更多的心思都放在学习上。

再加上，书吟爸妈在外地打工，只有寒暑假会回来待几天，也只有这几天，妈妈会带她去买两三件衣服。

所以书吟的衣柜里，压根儿没几件衣服，再怎么打扮也无济于事。

白粉笔不可能在黑板上画下五颜六色的画。

书吟的热情霎时冷却。

好在衣柜里的衣服都是基础款，怎么搭都不会出错。

她选了一件白色条纹针织开衫，内里是件棉质白色长袖，下面穿了一条灰色直筒裙。整个人看上去，文艺素净，和她给人的感觉如出一辙。

老小区没有严格意义的正门，巷子弯弯绕绕，极窄的巷子，只能允许三轮车行驶。

所以，书吟提早出门，打算去巷子口的便利店等沈以星和商从洲。

她尽量忽视后者的存在。

可往前走的每一步都似踩在云雾里，有着极不真实的柔软感。

或许老天爷看不惯她小人得志的模样，在她快到路口时，天空飘荡起细碎雨珠。不消片刻，雨水与雷电席卷这座繁华城市。

磅礴雨水轰然落下，书吟快步跑去便利店里，买了包纸巾，擦着衣服上的雨水。

手机就在这时响起。

沈以星打来语音电话："我到了，不过外面下雨了，你出门的时候记得带把伞。"

书吟苦涩："我已经出来了。"

沈以星"啊"了一声："那你带伞了吗？"

书吟："没有。"

沈以星："你现在在哪里？"

书吟："我在附近的便利店。"

"便利店？"冷不防手机听筒里响起一道熟悉的男声，在嘈杂雨声里滚了一遭，被浸渍得格外低冷，"是不是那家？"

雨刮器频繁刮动，沈以星顺着商从洲手指的方向看过去。隔着淋漓雨雾，隔着便利店透明的橱窗，沈以星惊讶地发现："书吟，你是不是穿了件白色的衣服？我好像看到你了！"

书吟眼睫颤了颤，随即四处张望。

于是，她看到了停在马路对面的黑色轿车，双闪灯忽明忽暗。

书吟说："我好像也看到你了，停在路对面那辆车，对吗？"

沈以星："对对对，你没带伞吗？我来接你。"

书吟自问自己已经够麻烦她了，连忙道："不用，你在车上待着，我跑过来就行，就五六米的距离。"

说完，书吟匆匆挂断电话。

她手里还有擦过雨水的纸，她衣服和裙子都没有口袋，想把垃圾给扔了再过去。便利店的垃圾桶不知放哪儿了，她询问店员后，绕过两个货架，终于找到了垃圾桶。

扔掉垃圾，她转身往大门走去。

怕沈以星等太久，书吟几乎是跑着出了便利店。

天已经彻底黑了，她急匆匆推开门，蓦地，门外站了一个人。

来人撑着把伞，半个身子隐没在黑暗里。

倏地，伞面往上抬，他的脸逐渐清晰，映在书吟的眼里。

凄风苦雨里，他隔绝了风雨，站在风口处，笑意缥缈松散地问她："沈以星的朋友对吗？我是她哥哥的朋友，她不方便下车，让我来接你上车。"

二人之间隔着两米左右的距离。

话音落下，他往前走了一步，举伞的手往前撑。

宽大的伞，越过地面上的倒影，盖住书吟，替她挡避风雨。

商从洲，他的影子，还有她。

这就是伞里的全部。

世界在这一瞬间变得无限小，小到只有一把伞的空间。

他们离得那样近。

她看到他眼里的自己了。

那样清晰。

清晰得让她无法相信这是现实。

像是一场梦。

她恨不得一脚踏入梦里，不再醒来。

"……麻烦你了。"

良久，书吟找回自己的嗓音，轻声道谢。

她低头，看见雨珠在地上溅起的水花，噼里啪啦，仿佛砸在她的心口，掀起层层波澜。

伞足够大,大到他们一起站在伞下,却没有任何碰撞接触。

湿冷的空气里,书吟似乎闻到一股清洌冷香,像是夏日薄荷,又像是冬日雪松……可当下明明是春天。

几米的距离,路程短得呼吸间就匆匆结束。

快到车旁时,商从洲先跨了一大步,替她打开后座车门。

他的体贴无微不至,对陌生人皆是如此。

就像那次,她找不到公交卡,他替她刷卡一般。

书吟说:"谢谢。"

商从洲:"没事,坐进去吧。"

轿车后座,沈以星等候多时,待书吟坐上座位,她如同蝴蝶般扑了过来。

"同桌,你有没有淋湿?"

"没。"书吟瞄了眼副驾驶坐着的商从洲,声音压得很低,只她们二人听到的音量,"不是说我自己跑过来就行了吗?"

"可是雨真的好大,万一你淋雨感冒了怎么办?"沈以星才不在乎这个,她跷起二郎腿,示意书吟看,"我妈妈给我买的新皮鞋,是不是很好看?"

书吟明白过来,她是穿了新皮鞋,所以才叫商从洲来接自己。

轿车平稳行驶,路灯灯光被淅沥雨夜晕染,变得昏蒙。

忽明忽暗的光影里,沈以星脚上的鞋闪着璀璨细碎的光,她皮肤白,人又瘦,这一幕让书吟想起灰姑娘的水晶鞋。

可沈以星不是灰姑娘,她是众星捧月的公主。

"很好看。"书吟不吝夸赞。

"我妈妈也给你买了一双哦,不过鞋子放在家里,我想着等周一上学了再带给你。"沈以星眉眼弯成一道线,"等你主持的时候,就可以穿那双鞋了。"

书吟心下骇然:"不用不用。"

沈以星:"哎呀,买都买好了,你拒绝也没用!"

书吟偷瞄了眼前排的商从洲,注意到他竟然戴了耳机。不知道是在听歌,还是在听别的。

不知道他会不会听她们说话,但他都戴了耳机,估计是不想听她们说话的吧?

即便如此,书吟还是难以启齿到了极致。她脸上滚起热意:"……这双鞋很贵吧?"

"你为什么要用钱来衡量我们之间的感情?"沈以星不乐意了,"你还给我织了一条围巾,你知不知道,那是我人生中第一次收到别人亲手织的围巾!"

有钱人爱讲真心,普通人爱谈金钱。

那一刻,书吟发觉自己俗到了极致。

可是贫穷早已深入骨髓,贫穷带来的蝴蝶效应是那样强大,令她自卑、怯懦、敏感、多想。害怕朋友对自己太好,自己无法回以同等的好;害怕对方付出太多,自己付出太少。不平等的友情,迟早会支离破碎。

书吟自问给沈以星的太少,而沈以星也觉得自己给书吟的不够好。

想到这里,书吟释怀一笑:"等下个冬天,我再给你织一条围巾。"

沈以星的气一下子就消了:"我想要黑色的,耐脏!"

书吟:"好。"

后排其乐融融。

而前排,戴着耳机的商从洲,实则耳机里没有任何声音。

这个耳机和他的手机并不适配,插都插不上。

那个女生,声音压得很轻,似乎不想让除沈以星以外的人听到她的话。所以,商从洲戴上耳机,佯装自己在听歌。

他用这种方式告诉她,没关系,你聊你的,我听不到,放轻松点。

不知不觉间,车子抵达柏悦酒店大堂门外。

酒店侍应生过来替他们打开车门。

书吟注意到,有位胸口挂着经理铭牌的人走到商从洲面前,熟稔地同他说话:"华女士已经到了,她今天心情好像不太好。"

商从洲喉咙里含着笑:"嗯,我惹她生气了。"

话语里却没有半点儿歉意。

到电梯间,商从洲和她俩说:"你们先去宴会厅,我去看看华女士。"

沈以星很是震惊:"华女士竟然来了?"

商从洲说:"你妈妈邀请,她能不来吗?"

沈以星:"那她一定很生气。"

商从洲无奈:"确实。"

他们的对话没头没尾,书吟听得一头雾水。

去吃饭的地方和住宿的地方需要搭乘不同的电梯。等和沈以星上了电梯后,书吟才问:"华女士是谁?"

沈以星缓缓和她科普:"华女士是商从洲的妈妈,啊——你应该知道她,华映容,电视台的主持人。我们都叫她华女士,就连商从洲也这么叫她。"

书吟记起她来。

央视镜头里的华映容,五官大气又典雅,美得恰如其分,永远一副优雅从容的仪态。仔细看能够发现,商从洲的眉眼和华映容很像。

书吟很难想象华映容生气的模样,她也很难想象,商从洲是个会惹自己母亲生气的儿子。

她还想问,商从洲做什么事惹华映容生气了。可她知道自己这么问人家的家事,有些僭越了,于是闭口没再谈。

电梯很快就到了六十三楼。

悦景厅有十几桌,放眼望去,都是中年人。

唯有一桌,坐着几个和她们年龄相仿的同龄人。有人见到沈以星,同她招手,沈以星招手回应后,拉着书吟到那桌落座。

同桌的几张面孔都很面熟,都是书吟上次在沈以星家见过的。

今晚的主人公是陈知让,作为陈知让的妹妹,沈以星自然也被拉着陪同哥哥和各位长辈问候。

离开前,沈以星问书吟:"你一个人可以吗?"

书吟:"可以的,我就坐在这里吃东西,不会乱走的。"

沈以星:"好,你要是有什么事,给我一个眼神,我立马飞回来。"。

书吟莞尔。

沈以星走后没多久,书吟口袋里的手机响了。

是妈妈打来的电话。

宴会厅太吵,书吟起身往外走,机缘巧合下,被她发现了酒店的楼梯通道。

她推门走了进去,往下走几级台阶,停在休息平台处。

"喂,妈妈。"

电话那头传来王春玲的质问声:"我听你奶奶说,你大晚上和朋友出去吃饭了?"

书吟咬了咬唇,轻"嗯"了一声:"今天是周日。"

周日出来玩一玩,应该也没什么事吧?

可王春玲反问她:"你们去哪儿玩了?你知不知道爸爸妈妈赚钱很辛苦,我们赚钱是为了供你上学,不是为了让你吃喝玩乐的。"

"我朋友她家里请客吃饭,我就是过来蹭饭的。"书吟尽量说得能够让王春玲接受些。

王春玲又问她:"你什么时候交的朋友?"

书吟说:"我们班的同学。"

王春玲:"那她成绩应该也挺好的。你呀,就应该和成绩好的人玩,别和成绩差的人玩,知道没?和成绩差的人玩,你也会被带坏的。"

书吟说:"成绩差和人品又不挂钩。"

她向来性子温顺,反驳父母时,声音都不敢大声,所以王春玲并没听清她的话。

王春玲:"你在那儿嘀嘀咕咕些什么?"

书吟说:"……没什么。"

她们母女俩的对话向来都很简单,不是问学习,就是问生活费够不够用。

王春玲碎碎念着:"你一定要好好学习,爸爸妈妈努力工作都是为了你,你也要努力考个好大学,给爸妈在亲戚面前争口气。"

压力如大厦将倾,压得书吟直不起腰来。

这时,楼道门外传来高跟鞋的声音,由远及近。

书吟霎时有种误闯旁人境地的慌乱感,蹑手蹑脚地下了半层楼,站定后,耳边手机里仍旧是王春玲念叨个不停的教导声。突然,密闭空间里响起一道压抑着怒气的声音。

"商从洲!"

声音在空荡的楼道里反复回荡,书吟都吓了一跳。她连忙捂住手机听筒,害怕那端的王春玲听到。

潜意识里,她有种感觉,说话那人是商从洲的母亲——华映容。

果不其然,她听到商从洲说:"华女士,您的观众知道您私底下这么暴躁吗?"

他语调轻松、闲适。

华映容说:"你不是答应我出国的吗?"

商从洲说:"我记得我当时说的是,我再考虑一下。"

华映容说:"所以你再三考虑之后,觉得还是你爸爸说得对,留在国内参加高考,考外交学院进外交部?"

商从洲语气很淡地"嗯"了一声,全然没有方才的漫不经心。

气氛沉默,书吟以为这是硝烟升起的前奏。就像她妈妈骂她时,也会酝酿一番,继而破口大骂。

然而出乎意料的是,华映容只是浅浅地叹了口气,继而温声道:"进外交部太累了,你看你姑姑和姑父,他们是怎么过来的,我都看在眼里。我知道你爸对你期望高,你也不想让他失望,所以凡事都要做到最好,可是从洲,妈妈希望你能够活得轻松点儿。"

商从洲轻轻笑了一声:"妈,我不是因为爸想让我考外交学院,所以才考外交学院的。"

"那是……"

"是我自己想考的。"商从洲顿了顿,"妈,儿子有想做的事,您应该支持我。"

华映容有些别扭:"……我哪有不支持。"

商从洲:"您刚还和我生气。"

华映容:"谁让你在你爸和我之间,选择你爸的?"

商从洲调侃着:"您这话说的,像是你俩离婚,我跟他不跟您似的。"

闻言,华映容抬高声调:"喂!胡说八道什么!我和他才不会离婚!你要知道,我当初可是追他追了两年呢!"

商从洲懒洋洋地道:"知道了,这事儿您说八百遍了。"

"怎么,不愿意听我俩的爱情故事?没有我追你爸,哪儿来的你。"

"嗯嗯嗯,谢谢您。有您无畏追爱的故事,才有了现如今的我。"商从洲笑着,"气消了吧华女士,咱们得出去吃饭了,今儿个算是陈知让的升学宴呢,您给点面子,别迟到。"

"你要是选择出国留学,今儿个还是你的升学宴呢。"华映容回呛他,语气里已经没有半分恼意。

他们谈笑的气氛放松、闲适，不像是母子，更像是朋友，互相理解，互相尊重，给予对方支持和肯定。

一层楼之隔，书吟耳边的手机里传来王春玲的呵斥声。

"你有没有听到我说话？书吟，我让你早点儿回家听到没？哪有高中生大晚上在外面到处乱晃的，把你的心都晃野了。学坏容易学好难，这个道理你要懂！"蛮横又强硬的语气。

书吟眼睫低垂，在眼睑处覆盖住一层阴影。

那片阴影像是把她整个人都包围住。

触不到一丝光。

楼上的人走了，门合上，有轻微的"砰"声。

书吟乖巧地回："我知道了，妈妈，我会早点回家的，回家后也会认真学习的。"

王春玲这才心满意足地挂了电话。

楼道里是声控灯，陷入无声环境后没多时，灯光灭了。

书吟彻底停留在昏暗里，眼里沁出一层薄薄的泪意。

好像，离他越近，就越会发现她和他之间的差距。

宴会厅里热闹至极。

书吟回到了自己的位置。

上菜前，沈以星也拖着疲惫的身体回来了。

书吟给她倒了一杯椰汁。

沈以星接过，喝了大半杯，才说："幸好我成绩这么烂，不会办升学宴，要不然还得再对这堆亲戚假笑，好痛苦，好折磨。"

书吟弯了弯嘴角，想到什么，问她："学长要去哪个学校？"

沈以星顿了下，眼神茫然："不知道。"

书吟一愣："你哥哥要去哪里留学你都不知道吗？"

沈以星坦率地道："我没问。"

"你都不关心他的吗？"

"关心啊。"

"呃……"

"妈妈为了庆祝他拿到录取通知书，给他发了个大红包，我问他能不能把红包的钱分我一半。他说可以，然后我夸他，我说他真是绝世好哥哥。"

"嗯……"

"关心他的钱也是一种关心。"

书吟无言以对。

书吟注意到，商从洲的妈妈进来后，被无数人围着问好，姿态谄媚又讨好。

华映容被簇拥到主桌坐下，商从洲则坐在了她俩这一桌。

同桌的人说："华女士又被迫应酬了。"

沈以星道："谁让华女士和沈大美人是好闺蜜呢？换作别人请她出席升学宴，华女士才不会同意呢。从洲哥，你说对吧？"

商从洲嘴角挂着笑意，"嗯"了一声。

周围的人和他都认识，偶尔谈笑间会提到他的名字，看他的态度。

书吟发现，虽然是同龄人，但他似乎是这群人里主心骨般的存在。

等到吃完饭，大家陆续回家。

沈以星被她妈妈叫去，和陈知让二人一块儿送客。

沈以星临走前，左右张望，最后还是抓住商从洲，语气甜美，讨好口吻："从洲哥哥，你待会儿应该回壹号院对吧？那你能不能顺路帮我把我的好朋友书吟吟送回家啊？"

闻言，商从洲敛眸，语气温和，举手之劳的态度："可以。"

沈以星："她去洗手间了，等她回来，我让她来找你。"

商从洲说："好。"

书吟并没有去洗手间，她只是想借着去洗手间的理由，趁机溜走。

她本以为，沈以星肯定会送她回家。

沈以星对她太好了，她不想老是麻烦沈以星。

果不其然，书吟站在酒店大堂，看着室外未停歇的雨，迟疑着要不要冒雨出去拦车的时候，手机"嗡嗡"作响。

是沈以星给她发来消息。

沈以星：你上完厕所赶紧回来哦。

沈以星：我让商从洲送你回家，反正他和你顺路。

沈以星：我得和我爸妈一块儿回去，生气！

沈以星：等我学会开车了，我肯定自己开车接送你！

夜雨仍在下，雨水好似穿透围墙，穿过她的身体，砸在了她的心上。

因为某个字眼。

远处车流涌动，显示着"空闲"的出租车一辆又一辆地从她面前经过，然后飞驰而去。

风好像停了，雨好像也停了，奔腾的车流也停了。

世界是静止的，唯有她在前行。

她原路返回酒店，刚到电梯间，就有一趟上行的电梯，她坐了上去。

时间在逐渐变大的电梯数字楼层显示屏里悄然流动，书吟恨不得把上面的数字立马拨动至六十三楼。

时间如往日般平稳流淌，而她只觉得太慢。

去见他的路途，好像很遥远，可当真见到他的时候，又觉得一切都值得。

书吟回到宴会厅时,商从洲仍坐在位置上。

周围的人都散了,就他形单影只地坐在那里,可她没从他的背影里读到任何孤独寂寥。

他低头看手机,时不时抬眸瞥一眼四周,似乎在等人,没等到要等的人,于是又低下头去。

他在等的人是她。

意识到这一点,书吟紧张得呼吸都短了半寸。

她按捺住浮涌至胸腔的激动,步调平稳地走向商从洲。

十几米远的距离,她脑海里想的是,待会儿要怎么和他说话——

"嗨,学长。"

"学长,你好。"

还是——

"商从洲,你好。"

"你好,我是书吟。"

她边走边琢磨,只是还没等她想好,眼前忽地一暗。视野里,有人站在了她面前。

书吟眼睫轻颤,抬眸,跌入一双幽然含笑的眸子里。

他弯着一双桃花眼,如春风下江南般的清逸。

商从洲说:"沈以星让我送你回家。"

之前设想的对话都不适用。到头来,她只剩下轻轻的一声"好",当作附和。

他们算不上是朋友,自然没什么话题,回家的路上,车厢内只有车载音乐响起。

过来的时候,商从洲是坐前排的,加上有沈以星一直在和书吟说话,书吟并没有所谓的紧张感。

可现在不一样了,商从洲就坐在她边上。

车厢空间很大,空气里有清新好闻的佛手柑香。

轿厢是封闭的,书吟的呼吸都有些逼仄,小心翼翼地吐着细气,身子僵硬绷直,尽量不发出一丝动作,减轻自己的存在感。

车窗外,雨还在下。

到她家附近的巷子口时,雨势大得好像要吞噬这座繁华城市。

商从洲瞄了下眼前的巷子,路面略窄,路灯也是年久失修,光亮微乎其微,里面几乎没什么人走动。

他没有犹豫,问:"我送你回去吧。"

书吟正纠结着要不要和他借把伞,哪想,他突然说出这么一句话来。

书吟的大脑有点运转不过来:"你不是已经送我回家了吗?"

商从洲说:"下车,我再送你到家门口。"

书吟傻眼了。

前方的司机递来两把伞，商从洲接过来，递给书吟一把。

见书吟没动，他眉梢挑起："怎么了？"

书吟回过神："没什么。"

她伸手，微光拂过，照亮她指尖颤抖的弧度，如同蝴蝶振翅，震荡着她内心的海。

他们一左一右地下车，这是书吟走过数千次的小巷，路灯长年累月踩着她孤单的身影。

今时今日，书吟看见自己脚下踩着的，是被雨淋碎的，商从洲的影子。

迎面吹来的风是冷的，裹挟着凉飕飕的冷雨。

书吟听见自己细小的声音，说："其实你可以不用送我的。"

商从洲瞥过来一眼，眼里没有任何其他的情绪。他用无波无澜的语调说："我答应过沈以星，要送你平安到家。"

"你送到巷子口已经很好了。"

"离你家不是还有一段距离吗？"

"……可是，太麻烦你了。"她轻咬了咬唇。

"雨夜你一个人走，不安全。"

书吟知晓，商从洲做到这般不过是教养使然，换作别的女生，他也会这么做的。

可换作别的男生，绝对是把她送到巷子口便转身离去的。

他们不会设身处地地替书吟考虑，想着萧瑟的雨夜，阒寂无人的巷子，光线昏暗迷离，一个十几岁的小姑娘极有可能遇到危险。

他们不会抱有这样的想法。

即便有过这样的顾虑又如何呢？他们又没什么关系，把她送到这里已经是仁至义尽了，何必大费周章地把她送到家门口？

唯独商从洲这般细致入微。

雨声嘈杂，他们浸泡在同一片淅沥声中。

脚步声混着滴答声，辨不真切。

他腿长步子大，书吟步调并不快，竟能和他始终保持着并肩。

到了家门外，书吟说："我到了，今天，谢谢你。"

商从洲的语气如雨丝般淡冷："举手之劳。"

继而，他转身离开。

书吟收了伞，拧开门后，又忍不住转身回望。

迷离昏黄的雨夜，雨水漫成帘幕，他撑伞走在雨中，渐行渐远，直至消失不见。

他会离开，雨终将会停下，明天会是个好天气。

但书吟知道。

她会反复地回想起这个雨天。

第二天竟真的出了大太阳。

书吟心情很好,身为她同桌的沈以星心情却很不好。

上午大课间,沈以星出去了一趟。

半个小时的大课间,直到上课铃响的时候,沈以星才踩着点回来。

第三节课恰好是班主任闫永华的课,免不了被一顿教育。

沈以星怏怏地回到座位上。

她很少这种状态,书吟想问她,又畏惧班主任。

等到了下课,书吟才问:"你大课间干什么去了?怎么整个人看上去有气无力的?"

"我不是五一会演有个合奏表演嘛,那个弹钢琴的,他昨天打篮球把手给弄骨折了。"沈以星翻了个白眼,"我都让他安分点了,结果他倒好,据说昨天为了争口气,和文科实验班的男生在球场上比谁进球进得多。这个没出息的,手弄骨折就算了,球也没进几个。真丢人。"

沈以星气不打一处来:"我上哪儿去找个会弹钢琴还和我有默契的人啊?"

沈以星这位朋友和她搭档演出过多次,二人的两位老师,正好是一对夫妻。他们时常一块儿上课,偶尔,老师还会让他俩合奏。

找个会弹钢琴的人不难,难的是找个和沈以星有默契的。

书吟替她发愁:"那怎么办?"

沈以星和她大眼瞪小眼:"我也不知道。"

受到这事影响,本就不热衷上课的沈以星,上课时更是开起了小差。她拿着草稿本,在上面一笔一画地写着字。

书吟记板书时,无意间瞥了一眼。

沈以星草稿本上,写的都是人名。有的很耳熟,好像在哪儿听过。

书吟想起来,是沈以星的发小。

蓦地,沈以星惊呼了一声:"对啊——"

恰好英语老师叫人回答问题,题目太难,一时间,班里鸦雀无声。

沈以星突然号了一声,引得所有人注目过来。

讲台上的英语老师是看着她走了快一节课的神,见她突然叫出来,老师故作不懂,老神在在地笑着:"沈以星同学好像知道这个问题的答案,让我们有请沈以星同学回答一下。"

沈以星眨眨眼,硬着头皮站了起来。

她低头,向书吟求助。

书吟连忙在纸上写下答案。

不过答案正确与否,书吟心里也没什么底。

沈以星照着念了一遍,很快就得到英语老师的赞赏:"很好,这道题书吟同学回答对了。"

沈以星没想到自己私底下这些小动作被老师看得清清楚楚，她不好意思地挠挠头。

书吟愣了下，随即，脸热得不行。

"坐下吧，沈以星，以后开小差的时候安静点。"英语老师语气温柔地说。

沈以星厚脸皮地应："好嘞。"

几乎是她坐下的一瞬间，下课铃就响了。

沈以星再也按捺不住激动的喜悦，兴高采烈地和书吟分享："我知道找谁和我合奏了！"

书吟问："谁？"

沈以星没说，而是拿起笔，要在草稿纸上写名字的时候，发现纸面密密麻麻，没有一处空地。

她左右张望，最后发现书吟的课本上还有处空地。

她大大咧咧的，浑然不管书吟要不要在这儿记笔记，流畅快速地写下了那个名字。

一笔一画映入书吟的眼里。

商。

从。

洲。

书吟愣住，她从未在她的书本里，或是草稿纸上写下过他的名字。

最大胆的时候，她也只是在考试时要回收的草稿纸里，写下"SCZ"这三个英文字母。

好像……心事被人发现一般，她喉间酸涩，脸颊滚烫，眨眼的动作放得很慢，却又不敢和沈以星对视。

她有些遮不住这双眼里的喜欢，与被发觉秘密时的无所适从。

沈以星是行动派，中午吃完饭，她火速拉着书吟去高三楼。

难得的午休放松时间，高三楼的廊道里，站着不少的学生，一边闲聊，一边晒太阳。

沈以星和书吟的出现，吸引了不少人。

当然，书吟知道，他们都是在打量沈以星。

她们在高三（1）班门口停下，沈以星往里探头探脑。

冷不丁，二人的身后传来一道熟悉的清冽嗓音。

"沈以星？"

书吟下意识地循声回望，距离两三米的地方，商从洲似是刚从洗手间出来，手里沾着潮湿的水珠。

他眉梢轻扬，嘴角衔着一抹笑："怎么跑这儿来了？"

书吟没动，她旁边的沈以星已然跑到商从洲面前。

"二哥。"

商从洲在家排老二,圈子里比他年纪小的,都跟着他那些弟弟妹妹叫他一声二哥。

大部分时间,沈以星都是叫他"从洲哥"的,撒娇服软的时候,会叫一声"从洲哥哥",而当她叫他"二哥"的时候,商从洲就意识到了,这是有事求他帮忙了。

商从洲敛着眸:"什么事?直说。"

沈以星长驱直入:"五一会演,我缺个钢琴搭子,你来呗。"

商从洲无奈:"再过五十天我就要高考了,哪还有时间练琴?"

沈以星支支吾吾:"也、也不需要你花很多时间的,你就把周日那两个小时打篮球的时间匀出来,陪我练会儿琴就行。"

她苦着脸哀求:"二哥,我要不是真找不到人也不会麻烦你一个高考生啊?我们班就这么一个节目,我要是找不到人,这个节目就黄了。"

"你什么时候班级荣誉感这么强了?"

"拜托,我一直都很有班级荣誉感的好不好?"沈以星仰着下巴,一副清高傲慢的姿态,却莫名可爱,"虽然我成绩垫底,班里的人都不太喜欢我,我也不喜欢我们班里的同学,但我好歹是我们班的一分子!"

商从洲到底是好说话的主,要不然沈以星也不会提到他的时候,一脸信誓旦旦。

商从洲说:"周日来学校排练,就两个小时。"

"就这么说定了!"

沈以星低头,在口袋里掏什么,结果口袋里空空如也。

她又往书吟的口袋里掏了掏,掏出一颗水果糖,直接塞进商从洲手里:"谢礼。"

商从洲目睹她霸道蛮横的抢夺行为,视线掠过沈以星,对书吟说:"学妹,谢了。"

书吟被动地接纳这个道谢:"……不客气。"

回去的路上,沈以星的事情得到解决,喜不自胜。

同样欣喜的还有书吟,她站在沈以星身边,好似被感染,嘴角挂着一抹很浅的笑。

距离会演还有一个礼拜。

周六晚上,书吟伏案做物理试卷,卷子做完,她伸了个懒腰。

手机响动两声,她打开。

沈以星发来消息:我哥说加一下你的微信,聊一下主持的事。

沈以星:我把你的微信推给他了,你记得同意。

书吟打了个"好"回复沈以星,正要退出聊天界面,手机屏幕陡然一转,是她妈妈给她打来查岗电话了。

新手机给书吟带来了便利，不懂的题可以上网查阅，不熟悉的英文单词再也不用翻阅厚厚的英文字典，手机输入便可轻巧得出答案。

然而新手机也让书吟深感疲倦。

妈妈三不五时地打电话过来，话题总是如出一辙，不是查岗，就是苦口婆心地让她好好学习。

书吟脊背往后倒，头微仰，盯着天花板放空约有五秒。

她慢慢接起电话，语气平平："妈，我刚在做作业。"

一通电话打得书吟筋疲力尽。

或许距离太远，母爱透过一部小小的手机，无法完美传达，所以让她倍感沉重，压力颇深。

电话打完，她起身准备去洗澡。

她总觉得忘了什么事，站在原地想了一会儿，还是不记得。

算了。

等到洗完澡，她才记起来，要通过陈知让的好友申请。

她拿起手机，看到通讯录那里多了个红色的"1"，于是连忙打开，点击通过。

陈知让的微信名很简单，是他的名字拼音首字母——czr。

头像是片白茫茫的雪，雪山岿然屹立，如同他本人一般，清冷、疏离、难接近。

好友申请通过后，书吟发了个"你好"。

没过几秒，陈知让回了：拉了个群，你看群里的通知。

非常客套又冰冷冷的回答。

书吟说：好。

很快，书吟被拉进群里。

群里一共四个人，书吟逐一点过头像，发现是两男两女。

另一个女生必然是翁青鸾，至于另一个男生，书吟不认得。

陈知让发了通知：周日下午三点，来学校艺术楼二楼的203画室排练，你们有时间吗？

三人均有时间，排练时间就此定下。

退出群聊后，书吟思忖片刻，点开沈以星的头像。

消息发出去的时候，她承认，她是动了私心的。可她找的理由冠冕堂皇，足够蒙混过关。

Re：你明天是不是要回学校和商从洲练琴？

一闪一闪亮晶晶：是呀，怎么啦？

Re：我们主持人明天也要回学校排练。

一闪一闪亮晶晶：真的吗？你们几点！

Re：下午三点。

一闪一闪亮晶晶：啊，三点我们正好结束，我还能过来看你们排练呢。

沈以星随后发了个期待的表情包。

书吟眼里的火苗霎时熄灭，胸肺好像都被堵住一般。她抬眼看向窗外，夜幕深重，无垠夜空只挂着几颗星星。

星星如同启明灯，让她的理智回笼。

分明是与她距离那么遥远的人，分明是没有也不该有任何交集的人，可最近发生的事情，让她有了不该有的妄想。

她不该贪心的。

书吟有自己的学习计划。

周日中午午休半个小时，十二点半醒，醒来后做一套理综卷。

现如今计划被打破，她不得不把理综卷放到今晚做。

理综卷题目复杂烦冗，涉及三门学科的知识点，批改完后得将每个错题都弄清。她几乎熬了个通宵，睡下时将近凌晨四点，却还是得在八点的闹钟响时起来。

班里许多同学都会去上辅导班，上一节课四位数的名师辅导。

书吟深知自己和他们不一样，她没有优渥的家境，她谁都靠不了，只能靠自己努力。

努力有用吗？

努力当然有用。

这次期中考试，她排名又上升了，年级第十三名。

还差三名。

再上升三名，她的照片就能出现在红榜里了。

或许商从洲偶尔路过，会不经意地看到她，然后幡然发现，她是沈以星的朋友。

然后，记住她的名字。

她叫书吟。

她不叫沈以星的朋友。

中午午休时间被她省略，用来做一套数学试卷。做完，对完答案，重新理顺解题思路后，她看了眼时间，下午两点零七分。

她怕迟到，万一公交车来得晚，或是堵车，让他们三个人等，她会过意不去，于是提早出发。

好在一路顺畅，她提早了十五分钟到学校。

给学校门卫大叔看了眼她的学生证后，书吟进了学校。

进校后，她看了眼群消息，发现他们三人都在路上，估摸着能准点抵达。

学校大门一进去就是偌大的圆形花坛，附中的绿化向来做得很好。树木郁郁葱葱，经过一整个春日的照拂，生机勃勃。

绕过花坛，右手边是通往艺术楼的路。

室外篮球场就在艺术楼边上,隔着很远,就能听见篮球拍打地面的声音。

书吟不太关心与她无关的人事,只远远地瞥了眼篮球场。里面有几个男生穿着短袖在打篮球,至于男生是谁,她没细看。

经过篮球场时,突然听到球"砰"的一声,她下意识地抬头,就见棕色的篮球往她这边滚来。

球场里,男生在喊:"同学,麻烦捡一下球。"

书吟弯腰,捡起球后,茫然地望向那堆男生。

她甚至都不知道自己是什么时候具备的这项技能,能在一堆站着的人中,目光一眼锁定坐在篮球场休息椅上的人。

那人不是别人,正是商从洲。

商从洲穿着学校的夏季校服,手肘撑膝,一只手拿着手机,只模糊露出半张脸。

可书吟还是一眼就认出了他。

篮球场里,有男生问:"同学,能帮忙扔过来吗?"

另外的男生反呛他:"人家一个女生,哪有那么大的力气啊?你过去,把球拿过来。"

"我懒得动!"

"我也懒得动,你把球投那么远,你自个儿捡去。"

几番争执中,一旁坐着的商从洲收起手机,他扬起头。

初夏阳光正盛,他嘴角挂起一抹漫不经心的笑,仔细看能看出来,他当下的姿态,有点儿痞,带着少年特有的意气风发。

"行了,你们都懒得动,我去拿,行吧?"说完,商从洲站起来,往球场外走去。

走了几步后,他意外认出面前的女生。

"是你。"

有风吹过,仿佛吹起了书吟心中的疾风骤雨,但她面上挂着淡笑:"那个……你的球,还给你。"

她把球递给他。

商从洲接过。

水泥地面上,光影浮动,有两个影子,朝对方伸手,因为一个球,两个影子有了交集。

书吟打过无数次腹稿,犹豫是叫他学长,还是叫他商从洲。

到头来,却还是归为一声尴尬又局促的——

"那个"。

她连叫他名字的勇气都没有。

书吟垂头丧气地走向艺术楼,路上有矿泉水瓶,遭受无妄之灾,被她一脚踹开。

矿泉水瓶滚了一段距离，书吟长叹一声，自怨自艾地走过去，捡起空瓶，左右张望，寻找垃圾桶。

一抬眼，她愣住。

周日放假的校园里并没什么人，陈知让孑然嶙峋地站在不远处，显然将她方才的举动，尽收眼底。

书吟尴尬窒息，解释着："这个瓶子不是我扔的。"

陈知让眼里似铺了层霜雪，语气冷淡至极："嗯，知道。"

书吟把空瓶扔进垃圾桶里。

他们目的地一致，于是一同往艺术楼走去。期间，他们没有任何对话，过于安静的气氛，显得凝肃。

不知道为什么，和陈知让在一起，比和商从洲在一起，更让书吟紧张。

或许是他周身的气场太冷，似终年冰封的雪山。

而商从洲是泊着万顷温柔的不冻港。

为了缓解气氛，书吟主动找话题："学长，沈以星三点就排练结束了，她说排练完后过来看我们主持排练，她没和你一起过来吗？"

陈知让："她去买奶茶了。"

顿了几秒，他轻扫过她一眼："她应该给你发微信了，你可以看看微信。"

书吟从口袋里掏出手机，手机里躺了几条消息，由于她设置成静音，没有听到。

是沈以星发来的消息，她说自己去买奶茶了，问书吟要喝什么。

见书吟没回，沈以星又说，算了，她自己随便选吧，有什么喝什么。

书吟回她：我刚看到消息，你买好奶茶了吗？

她忙着看手机，没注意到，陈知让垂眸睨她时，眉间掀起的褶皱。

沈以星：买好了。

书吟其实想让她别买的，见她买好了，也没办法。

书吟不像别人，嚷嚷着减肥，便有一套完整的减肥计划。书吟大部分时间，都花在学习上。

减肥和学业，孰轻孰重，她分得清楚。

减肥靠的是七分吃、三分练，练的部分，她做不到，所以只能在吃的部分下功夫。

可她又不能少吃，毕竟学习太累人。但她尽量吃得清淡，不油腻。早餐抛弃了最爱的包子和油条，中午吃食堂的饭菜，好在食堂的大锅菜，油水少得可怜，不那么容易长胖，至于晚餐，她没什么讲究，奶奶烧了什么，她就吃什么。

她顺带戒掉零食、饮料，这样下来，一个月瘦了两三斤。

数字听着少，可是书吟最不缺毅力了。她好像有股子劲儿，不达目的誓不罢休。

学习是慢慢进步的，减肥也是。

每个月瘦两三斤，从去年十二月到现在的四月，已经过去五个月，她瘦了十三斤。

她由原先的一百二十六斤,变成了一百一十三斤。

她身高一米六八,这个体重算得上是正正好了。天气一热,外套脱去,能看清她薄瘦的身板和纤细窈窕的腰线。

她每天看自己,没什么瘦了的感觉。

连沈以星也没发觉她瘦了。

直到沈以星买完奶茶过来,她站在203画室外看着书吟的背影,竟滋生出些许陌生的感觉来。

书吟上半身是短袖和针织背心的组合,下半身是条铅灰色的长裙,从背面看上去,清丽文艺,整个人高挑又清瘦。

沈以星差点儿没认出来这是书吟。

好像,不知不觉间,书吟瘦了许多。

愣怔间,画室里的翁青鸾先发现了沈以星。

"陈知让,你妹妹来找你了。"

翁青鸾和陈知让来往频繁,自然也是知道他们兄妹关系的。

沈以星大大方方地朝他们招手:"嗨,我给你们送杯奶茶就走,不打扰你们排练。"

沈以星给他们分发奶茶,最后一杯是她特意给书吟选的,留在最后给书吟。她声音很轻,没让别人听到:"放心,是无糖的,喝了不会胖的。"

书吟弯唇。

翁青鸾见她俩私语,忍不住打趣道:"说什么悄悄话呢?"

沈以星轻描淡写地接过话茬:"我在问她排练得怎么样呢?青鸾学姐,我听说是你选我家书吟来主持的,你真的,不仅人长得漂亮,眼光也好。"

翁青鸾淡声道:"是啊,要不然我怎么会想着跟商从洲交朋友呢。"

话题转换得猝不及防。

"啪"的一声,书吟的吸管戳着塑料封层,没戳破,吸管歪了。

书吟略带歉意地朝众人笑了一下。

她低头,手像是失去力气,把弯了的吸管拨直。

不知道为什么,吸管就是插不进去,书吟烦得想要把奶茶给扔了。冷不丁地,视野里出现一只手。

书吟看向来人。

陈知让说:"我帮你弄。"

书吟把奶茶递给他,陈知让快速地将吸管戳进奶茶杯里,然后递给书吟。

之后,陈知让又和翁青鸾说:"既然被拒绝了,就没必要再三提到他,等毕业后再考虑下。"

翁青鸾耸耸肩:"不啦,等我去了斯坦福,多的是帅哥留学生。"

她朝陈知让笑:"到时候你记得给我介绍帅哥朋友。"

换来陈知让没什么情绪的一声笑:"我去斯坦福是去读书的,不是去给你找朋友的。"

翁青鸾吐槽他："没情趣，无聊。"

沈以星赞同："我哥就是个不解风情的大直男。"

书吟这才意识到，原来陈知让去的是斯坦福。

斯坦福……是大学，还是一座城市？

她不知道。

排练结束后，书吟用手机搜了下斯坦福。

斯坦福原来是斯坦福大学，位于美国加州旧金山湾区，对她而言是一个遥远又全然陌生的地方。

随即，又想到什么，她在手机浏览器里输入"外交学院"。

身为南城人，书吟有听过外交学院的名号，但也只是听说，她没听说过有谁考进这所学校。附中虽然出过不少高考状元，但大部分去了全国Top院校。

别的她都没留意，只注意到，外交学院是外交部唯一直属高校。

听商从洲和他妈妈的对话，商从洲不出意外，是要往外交官的方向走的。

外交官。

听上去比美国还遥远。

是不是等到商从洲毕业后，书吟想见他，只能从电视新闻里见他了？

意识到这一点，书吟突然慌乱起来。

分别似乎很远，又似乎近在眼前。

她甚至都没和他有过一段顺畅自然的对话。

她甚至没来得及告诉他，她的名字。

许是昨晚熬夜做题，外加今天奔波，书吟今晚睡得格外早。

晚上十点多，她就难挨困意，上床睡觉。

她做了一个梦，梦里，她在给人写毕业同学录。

梦是毫无逻辑的，她也不知道自己怎么会给商从洲写同学录。也没意识到，这都什么年代了，哪还有人会写同学录呢。

橙黄色的光亮给梦境笼上一层暖色调滤镜。

书吟落笔时犹豫再三，最终也只写了一句话。

——祝你前程似锦。

写完后，她把同学录合上，递给商从洲。

商从洲接了过来，而后，目光定在她身上。

他整个人的气场介于少年与成熟男人之间，不笑时给人难接近的疏离感，笑时少年的朗润感比春风还喧嚣。

"谢谢你，书吟。"他声线清冷，一字一字地说。

梦境到此为止。

醒来后，她望着窗外白茫茫的天，心像是被挖了一个大口子。

空荡，寂寥，怅然若失。
她想要的，自始至终，都不只是他的青睐。
而是，想要他叫她的名字，想要他记住她，哪怕只一分、一秒、一瞬。
仅此而已。
她的贪心，真的很适可而止。
不知过了多久，她伸手，擦去满脸的泪。
擦干泪，又是新的一天，她得整理好情绪，去上学了。

第四章 暗恋无疾而终

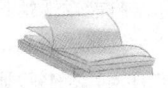

> "终于鼓起勇气和你拍了张照片,但你还是记不得我的名字,不过没关系,十七岁的书吟只喜欢商从洲。"
> ——《十六,十七》

五一会演定在五一放假前一天。

当天下午,全校放假。高一和高二观看演出,高三生则趁这一天,提早拍毕业照。毕竟距离高考的时间不多了,每一天都是黄金时间,不能浪费。

那天是星期四,吃过午饭,书吟带好主持稿,去了礼堂后台的广播室。

沈以星和书吟一同过去,她带了礼服给书吟,不过没有带她那双亮晶晶的同款鞋。好在书吟是梨型身材,上半身瘦,下半身胖,所以能和沈以星穿同样大小的礼服。

书吟坐在座位上,让沈以星给自己化妆。

书吟说:"怎么我主持,你给我找衣服,给我找鞋,还给我化妆?"

"谢谢你哦,星星。"

和沈以星当朋友这段时间,她好像总是在和沈以星说谢谢。

"谢什么?你也帮了我很多啊,我不会的题目,都是你教我做的。想我以前最喜欢抄别人的作业了,自打认识你之后,都能自己做作业了。"

"是你自己有想学习的心思。"

旁人的教导都是其次,学习还是得看自己上不上心。

沈以星往书吟脸上擦粉底,忍不住感慨:"你皮肤好好哦,好白,还没什么毛孔,你平时都用什么护肤品?"

书吟想了想:"宝宝霜。"

沈以星咬牙切齿:"好烦你这种天生的好皮肤。"

明明是烦的,可她说出来,总有股子羡慕意味。

书吟笑:"我也羡慕你长得这么漂亮。"

沈以星"哇"了一声:"我还羡慕你成绩好呢。"

沈以星停下拍粉底液的动作,凑近瞧书吟的脸:"你的眼睫毛也好长,像是种的。"

书吟的双眼皮褶皱很浅,偶尔熬夜水肿,一觉醒来,双眼皮直接肿成单眼皮,睁眼时能发现她眼睫毛漆黑,并未觉得长,闭眼时才有所觉。

"你这张小脸蛋,不是我说,假以时日,肯定美色误人。"

"有吗?"书吟狐疑,"你少带闺蜜滤镜看我。"

沈以星嬉皮笑脸地吐了吐舌头。

化好妆后,二人坐在广播室里聊天。

没一会儿,书吟去洗手间。

离会演开始还有半个多小时,她还没换上礼服,身上仍是校服。

她从洗手间出来,瞧见有学生正在搬钢琴。沈以星在边上叮嘱着"小心点",她身边跟着个男生,提着沈以星的大提琴。

书吟认出了他的背影,是商从洲。他穿了套中山装,勾勒出他宽肩窄腰的挺阔身板,光线昏昧的礼堂后台,地面铺着红色地毯,墙上还挂着厚大的暗红色绒制布帘,给人一种误入民国的错觉。

他像是民国时期,留洋归来的翩翩公子哥。

书吟回忆着商从洲和沈以星要演奏的曲目,和民国没什么关系啊,他怎么突然穿起了中山装?

还未等她想出个结果来,就看到商从洲又出现在她的视野里。

她站在后台的进出口,不管做什么都很显眼。

不管在脑海里预设多少次,总而言之,每一次正面与他撞上,她的反应总是格外迟钝。

还是商从洲先和她说话的:"好巧,我听说今天是你主持。"

他的语气是那样从容,开启话题又是那样自然。

给她一种,他们是熟人的错觉。

书吟的心跳错了半拍:"嗯……沈以星和你说的吗?"

"是,她说她好朋友主持。"

"……嗯。"

话题在这里遽然结束。

书吟并不拥有健谈的能力,加上面对商从洲实在紧张,临场反应几乎为零。

商从洲与她擦肩而过后,约有三秒的时间,书吟突然问他:"学长,你怎么穿着中山装?"

并不算个好问题。

就连商从洲回眸时,他眼里也有惊讶一闪而过。

她想,主动与她聊天,或许是他的教养习惯,导致他无法忽视一个曾经有过短暂接触的人。

这是一种礼貌,是人与人之间该有的客套的礼貌。

可书吟这番话,却像是交集颇多的朋友之间的关心。

她是不是问了不该问的问题?是不是太把自己当回事儿了?他不过是顺路送她回家,她不能因此将他们的关系划分到朋友这一栏。

书吟懊恼自己的语言匮乏,找不到一个好话题。可她还是为自己争取到了和他说话的机会。

商从洲的眉眼隐在暗处,有着深邃的幽冥感,定在她脸上时,仿佛能看穿她藏在心底的、隐秘的心事。

暗恋者如同风声鹤唳的小偷,稍有点儿风吹草动便浑身战栗。

几秒后,商从洲回答得全须全尾,生怕书吟有一点儿困惑:"今天高三拍毕业照,我们班定的主题是民国风,所以穿了这套衣服。怎么,我穿这衣服很奇怪吗?"

书吟忙摇头:"不奇怪,不奇怪。"

不仅不奇怪。

还很……帅。

见她没别的问题,商从洲朝她礼貌性地颔了颔首,而后,转身离开。

书吟为自己终于鼓起勇气和他对话而窃喜,她在原地站了一会儿,才回到广播室。

广播室里,翁青鸾不知何时出现,她盯着书吟的脸,眉头皱起。

书吟小心翼翼地问:"怎么了,学姐?"

翁青鸾说:"谁给你化的妆,怎么腮红打得那么重?像猴屁股。"

闻言,书吟拿起镜子。

镜子里,她双颊绯红,像是化妆新手没个轻重,落下两坨触目的绯红。

可书吟知道,沈以星压根儿没给她用过腮红。

"不过你今天这个妆化得还挺好看的,那个词怎么说来着?鬼斧神工。"翁青鸾盯着书吟的脸打量了好一会儿,徐徐地笑着,"假睫毛是什么牌子的,好自然。"

"没贴假睫毛。"书吟说。

翁青鸾笑着:"是吗?原来是你自己的睫毛啊,这么长、这么密。"

不知为什么,书吟总觉得她笑里藏了别的情绪。

等到脸上的温度降得差不多了,书吟换了礼服和鞋子。

她身上的礼服是很简单的基础款,沈以星给她的时候还说过:"这条裙子很便宜,是我在网上买的,我这条裙子也是在网上买的,和你的同一家。"

网购的裙子,应该不会太贵。

书吟没什么负担地穿上。

至于鞋子,书吟自己带了一双平底单鞋。她穿不来高跟鞋,而且和她搭档主持的男生只有一米七出头，她要是穿高跟鞋，估计比那男生还要高。

见到她身上的裙子，翁青鸾伸手过来摸了摸："你这裙子挺贵的吧？"

书吟："……我也不知道，这是沈以星借我穿的裙子。"

她没有省略那个"借"字。

而翁青鸾加重着字音："借？"

翁青鸾又继续说："沈以星对你挺好的，四五千的礼服，说借就借。"

书吟心里一惊，她完全没想到这条裙子这么贵，沈以星还说很便宜。

她口腔蔓延出涩意。

书吟想，在沈以星眼里，四五千的东西，就是便宜的吧。

不消片刻，四位主持人全员到齐。

虽说是四位主持人，但挑大梁的还是陈知让和翁青鸾。他俩的主持稿占百分之六十，剩下的百分之四十是书吟和另外一位男主持人。

另一位主持人名叫邹凯，是高一的学弟。他是中美混血，吐字发音很美式。

邹凯性子活泼开朗，和翁青鸾在一旁聊得热火朝天。

另一边，书吟低头看着自己早已背得滚瓜烂熟的主持稿。

陈知让进来的时候，感觉到了里面的氛围有些不对劲，但他习惯了置身事外。他手里拿着一袋子水，掏了一瓶递给书吟。

书吟愣了愣，随后接过："谢谢。"

他敛眸淡淡"嗯"了一声，便转身给其余二人递水。

"谢了。"翁青鸾接过水，"还有十分钟会演就开始了，你俩紧张吗？"

意识到这是在点自己，书吟拿水的动作停下，忙回答："还好。"

她并没注意到，陈知让的视线在她指尖握着的那瓶水上停了几秒，而后，不动声色地移开。

候场时，翁青鸾和陈知让走在前面，书吟和邹凯走在后面。

邹凯紧张得手都在抖，他问："学姐，你不紧张吗？"

书吟后知后觉地发现，自己竟然没有任何紧张感："嗯。"

邹凯："你是不是主持过很多次？"

书吟摇头："今天是我第一次主持。"

邹凯愣了愣，随即更佩服了："学姐，你真牛。"

抵达候场区时，翁青鸾无意识地往后瞥了一眼，目光并非自由扫荡，更像是一块磁石被另一块磁石吸引。

初见时，女生微胖，眼神发怯，是个跌入人群里都找不到的，极为普通的女生。

不知何时，女生瘦了许多，身材高挑姣好，肤色白得似寒雪。五官乍一看也算不得多出众，但拼凑在一起，有种素雅的好看。

"喂。"翁青鸾和身边的陈知让说，"你有没有觉得，书吟变漂亮了？"

陈知让隐在暗处的脸更显得漠然："是吗？没感觉。"

翁青鸾叹了口气："我忘了，你怕是连她最开始的模样都记不得了。"

很快，会演开始。
四人一同上台，主持开场。
第一个节目是商从洲和沈以星钢琴与大提琴的合奏——You Are The Reason。
主持人下台，演奏者上台。
书吟落在最后一个，她提着裙摆，由光亮处往暗处走，而商从洲由暗处往亮处走。
光与暗有道泾渭分明的界线，他们在界线处，擦肩而过。
舞台幕布拉下，商从洲在钢琴凳上坐下。
这个角度，书吟能看清他的背影。
她看了近两年的背影，是他身上，她最熟悉的地方。
一时间，幕布拉开，舞台灯光乍然倾泻，似满载星河的光照亮舞台。
候场区里，空间幽昧。
书吟盯着商从洲的背影，呆呆地望了好久。
直到一曲终了，全场响起掌声。陈知让和翁青鸾上台主持，推进节目的流程。
幕布再度合上，学生们搬走钢琴，又将下一个小品节目所需的道具搬至舞台上。商从洲和沈以星退场，他似乎有事，退场后匆匆离开。
沈以星跑到书吟面前，松了口气："终于结束了。"
书吟说："表演得很棒。"
沈以星骄傲："那当然，我是谁？"
书吟接过话："绝世无敌大美女。"
候场区尤为混乱，等待表演的人都拥了过来。沈以星没多久也离开了。
"我去广播室里面等你，我特意交代我哥，让他把我的拍立得带来学校。等到会演结束，我们去找我哥他们拍毕业照去。"
书吟来不及说好，便急急忙忙地上台主持去了。

等到会演结束，已经是下午三点半。
主持结束，书吟正欲回广播室把礼服换下的时候，就看到沈以星朝她跑了过来。
沈以星手里拿着一个深棕色的拍立得："先别换衣服，我们先拍张照！"
她把拍立得塞进陈知让怀里："哥，给我俩拍一张。"
陈知让正急着换衣服回去拍毕业照，却还是耐着性子给她们拍照。
等待影片成像时，沈以星又求边上的翁青鸾："学姐，你给我们三个拍一张吧。"
书吟一顿，婉拒："我就不和你们兄妹俩一块儿了吧？"
哪料到，一直闷声不语的陈知让斜睨了她一眼。

他眼神仍旧是清清冷冷的，语调更甚："你讨厌我？"

不想拍照，和讨厌他，不是必然关系吧？

也不知道他为什么这么想。

书吟说："不是，不讨厌。"

"那就拍一张。"陈知让走到沈以星边上，他和书吟，分居于沈以星两侧。

他示意翁青鸾："拍吧。"

翁青鸾举起拍立得："摆个造型，笑一下。"

"——好了。"

拍立得里缓缓吐出白色相纸，翁青鸾抽出相纸在空气里空扇，没一会儿，照片成型。她将照片递给沈以星。

沈以星开心不已："谢谢学姐，拍得真好看。"

翁青鸾则说："是你们长得好看。"

那两张照片，都由沈以星收了起来，因为只有她穿着校服，其余人身上还是勒得紧绷绷的礼服。

拍完照，他们才去换衣服。

书吟小心翼翼地把礼服脱下来，生怕把衣服弄脏弄破。换好后，她抱着衣服出来，想问沈以星这条裙子的真正价格，想了想，又作罢。

沈以星在维护她的自尊，她不应该煞风景地拆穿。

她们把衣服拿回教室放好，学校里到处熙攘喧嚣。

高一和高二在会演结束后便放假了，班主任也不再留堂讲话。至于高三生，在下午三点半之后拍毕业照，按照班级，从一班到二十二班，依次拍照。

说是三点半开始拍照，但时间总会往后拖一拖，毕竟整理队形，找各个任课老师，又得花一些时间。

也有不少已经放假的高一和高二生，正拉着相熟的学长学姐拍照。

这会儿，老师们都对学生带手机一事，睁一只眼闭一只眼。

书吟和沈以星到达小广场的时候，正好赶上了高三（1）班拍照。

民国风的穿搭很惹眼，换来周遭一阵阵惊呼。

沈以星在人群里踮着脚："什么时候拍完啊，我也要拍照。"

书吟笑："你要找谁拍照？"

沈以星说了好几个名字，书吟只认得其中的一个。

他叫商从洲。

"高中毕业了，估计都没什么机会见面了，还是留张照片作纪念比较好。"

"你妈妈和商从洲的妈妈不是好闺蜜吗，你和他应该以后还会再见的吧？"

"不会的。"沈以星摇摇头。

"为什么？"

书吟不明白。

沈以星欲言又止。

要怎么说呢？商从洲的真实家境比传闻的还要震撼，就连沈以星，都无法进入到属于商从洲的那个圈子。在那个圈子里，他仍旧是生性温良，堪称温柔的商从洲，人人叫他一声"二哥"，他有着不容置喙的话语权，所有人都听信他的话，而所有人，都在为他的未来铺路。

到头来，沈以星什么都没说。

她如常般，露出个没心没肺的笑："因为我又不和他考一个大学，大学之后，说不准我们各自成家立业，哪还会有什么机会见面啊？"

十来岁的时候，谈及未来，怀揣幻梦，天真又纯粹。

他们觉得人生应当是一张试卷，答卷上写着——读书、成家、生子。

书吟的心脏猛地一缩。

商从洲以后……也会谈恋爱的吧。他这样温柔的一个人，爱一个人的时候，会是什么样的呢？

书吟没接着往下想了。

她不敢往下想。

喉管像是寒冬天里堵塞的水管，水龙头打开，只能滴落一两滴水，剩下的全数堵在管道里，不论怎样强硬，都无法挤出一滴水来。

可她的呼吸还是干脆的，每一寸吐纳都利落。

其实解冻很简单，用滚烫的热水从头到尾浇灌一遍就好。烫到钢管都发烫的程度，冰块就会融化了。

烫吗？

烫。

难受吗？

难受。

她的视线穿过人群，轻而易举捕捉到了商从洲的身影。

人影幢幢，他站在人群中，背影傲然孤绝。可书吟知道，他脸上一定带着微笑。

热水仿佛浇遍她全身，她全身蔓延着热意，并非身体上的热，而是血脉涌动的沸腾，是心脏发出的磅礴声，是勇气奏响的赞歌。

她试图语调轻松地说："我也想找商从洲拍一张照片。"

换来的是沈以星拉着她的手腕，拨开茫茫人群，说："走啦，去找商从洲合照去。"

商从洲在校期间任职学校学生会主席一职，性格好，人缘好，找他拍毕业合照的人，数不胜数。有同届的，也有许多学弟学妹。

面对每一个拍照询问，他都是不厌其烦地答应。

直到，他看见两张熟悉的面孔出现在自己面前。

商从洲揶揄她："不找你哥拍？"

"已经拍过了。"沈以星轻哼了声，"而且他是我哥，每天都能见到的人，有什么好拍的?"

"没什么好拍的,不也拍了吗?"

"哪有,又不是我和他的照片,是我们——"沈以星指着自己和身边的书吟,"和陈知让的合照。"

闻言,商从洲眉梢轻挑,笑道:"所以,是你们和我合照吗?"

他加重了"你们"二字。

"没呢,我先给你俩拍。"

说话间,沈以星已经举起相机。

她豪气地说:"我有很多相纸,别给我省钱。"她从相机那边歪了下头,示意站在一边的书吟,"同桌,和商从洲站近一点,我先给你俩拍张照。"

书吟仰头,猝不及防,撞上一双深邃的眸子。

像是一颗石子,砸入清澈见底的清潭里,溅起碧波万顷。

愣神间,商从洲走到她身边。

他们隔着两个拳头左右的距离,疏离又安全的社交距离。

商从洲看向镜头:"这样可以吗?"

沈以星倒计时:"看镜头,笑一下。"

在倒数声里。

书吟听见她心里的声音。

"三……"

——商从洲。

"二……"

——你好。

"一。"

——我是书吟。

"咔嚓"一声,快门按下,画面定格。

相纸缓缓吐出来。

书吟接过。

空白的相纸,需要等一会儿才会显现。等待的时间里,她拿起拍立得,给沈以星和商从洲拍照。

拍完后,商从洲又被另外的人叫去拍照,分外忙碌。

而沈以星也在和她认识的学长学姐们拍照。

书吟留在原地,她周遭人群好似幻影,纷扰与她无关。

她看着成像的相纸,一男一女,并肩站着。

女生姿势僵硬,好在脸上的笑还算自然;男生站姿笔挺,眉眼间尽是意气风发。

这是他们的第一张合照。

或许,也是他们最后一张合照。

书吟不贪心。

从此以后，风雪天晴，我都会记得这一天。
喜欢你时，万籁俱寂，唯有书吟。

五一劳动节放三天假。
和节假日一同到来的，是灼热的夏日。
枝头绿叶青葱，响起几声聒噪蝉鸣。
书吟午睡醒来时，喉咙干渴，想倒杯水喝，发现桌上水壶里的水都空了。她认命地抓了抓头发，推门，去厨房烧水。
快走到厨房时，她隐约听到奶奶在里面打电话。
老人家耳朵不好，老年机的通话声是特有的响亮，比普通手机开启扬声器的声音还要响。
书吟听到手机那头是她爸书志国的声音。
"妈，你不是还有点儿钱吗？"
"我存的钱都是给吟吟以后上大学用的，不能给你。"
"吟吟上大学还早得很，她不急着用钱。你儿子现在十万火急，钱再还不上，他们就要把我的手给剁了。"
"谁让你去赌的？"奶奶啐骂了声，"我怎么生了你这么个混账玩意儿。"
…………
书吟站在原地，听完了整通电话。
奶奶日常节衣缩食，她常说攒的钱是给书吟上大学用的。这话书吟没当真，她也不惦记老人家的那些钱，可是到头来，书志国当真了。
他一直有赌博的恶习，过年时和亲戚们一块儿，赌得小。但没想到，他在申城那边赌得这样大，竟然欠了人家五万块。
今天的温度高得过分，蝉鸣声欲叫破天。
书吟回到屋里，在椅子上一动不动地坐了很久，然后，拿出手机给妈妈打了通电话。
王春玲："吟吟，怎么突然给妈妈打电话？"
书吟说："就是想你了。"
她难得说这样的话，王春玲笑着："零花钱够用吗？过几天是你生日，妈妈给你转点钱，你记得买个生日蛋糕回家，和奶奶一起吃蛋糕。"
听她的话，她似乎是不知道书志国赌博欠了一屁股债的事。
也是。
王春玲要是知道，估计书志国也不会问奶奶要钱。
爸爸哪敢让妈妈知道他赌博欠钱的事儿呢？
书吟闷声说不用："奶奶有糖尿病，吃不了蛋糕。妈妈，你也不用给我转钱，我钱够用的。"
又闲聊了几句，母女俩结束通话。
书吟扭头，窗外是午后炽热的阳光，照得她心慌。

等到奶奶打完电话，书吟才去厨房烧水。

烧水时，奶奶手里拿着个黑袋子出来："我出去一趟。"

书吟知道奶奶出去是为了给书志国转钱，但她没有过问，也没有阻止。

阻止了又能怎样呢？

改变不了结局。

没有母亲会忍心看着儿子受伤的。

烧完水后，她回到房间。看着满桌的习题册和写满了的试卷，她伸手，抽出压在习题册里的日记本，里面放着的是她和商从洲的合照。

凌乱的思绪归结成一个念头——

考出去吧书吟，你没有办法改变身边的人，你能做的就是改变你自己。你是你自己的希望。

假期后上课，实验班的学生一如既往，投入知识的海洋遨游。

书吟的生日是五月九号。

生日前一天，书吟的奶奶在巷子里意外跌倒，被邻居见到，送去医院。

等到放学，书吟打开手机，才知道此事。

今天轮到她和沈以星打扫卫生，书吟和沈以星连连道歉："对不起啊星星，我奶奶住院了，我得过去看看情况，你一个人打扫卫生可以吗？"

"可以的。"沈以星关切地问，"奶奶生病了吗还是怎么？很严重吗？"

"具体的我也不清楚。"书吟说，"辛苦你了……我先去医院了。"

"没事的，你快点去吧。"

邻居伯母是用奶奶的手机给书吟打的电话。

书吟又拨了回去，问邻居伯母是哪个医院，以及病房号、床号。了解清楚后，书吟拦了辆出租车，去往医院。

到医院后，奶奶躺在病床上，脚打着石膏。

书吟问了医生，得知没大碍后，悬在胸口的石头回归原位。

她问："摔的时候疼不疼啊？"

奶奶笑："怎么不问我怎么摔的？"

书吟说："不问，我只关心你疼不疼。"

她不是个喜欢追究缘由的人，她更在意奶奶疼不疼。

奶奶拉着她的手，说："不疼了。我在医院住几天，你回家带几件换洗的衣服给我，再去床头柜的抽屉里拿点钱过来缴费。"

书吟点点头。

到晚餐的时间了，隔壁床的病人告诉书吟医院食堂的方位，书吟过去给奶奶打了一份饭，等老人家吃完，书吟才回家取东西。

书吟把东西拿到病房，正好护士过来催家属交住院的押金。

书吟于是又下楼去交押金。

连轴转的一晚，押金交完，她没什么力气地坐在医院大厅的休息椅上。

她想起自己在奶奶的床头柜里找到的存折,奶奶前几天才取了五万块钱出来。对普通家庭而言,对普通家庭的老人而言,五万块钱意味着什么呢?

可能需要辛辛苦苦,省吃俭用好几年,才能攒下五万块钱。

就这么被儿子赌博输掉了。

书吟说不上来什么想法,她无意识地盯着一个方向,长长地吐了口气。

然后,她就这样猝不及防地,看见了一个不该出现在这里的人。

商从洲。

商从洲此时应该在学校上晚自习,抑或是在家里伏案学习,他可以出现在这座城市的任何一个空间,唯独不应该出现在医院。

商从洲往缴费处走来,见到书吟的时候,他也微微愣了愣。

视线撞上的那一瞬,书吟还是和他打了招呼:"学长。"

商从洲问:"生病了吗?"

她摇了摇头。

她不知道她现在的状态挺糟糕的,面色惨白,就连唇部也没有一丝血色。绑头发的发绳不知何时松了,头发披肩垂着,有些凌乱。

商从洲的视线淡淡往她身上一滑:"等我一下。"

书吟不明所以,就见他转身去缴费,随即,又离开。

书吟像是被施展了魔法似的,坐在原地岿然不动。

她不知道商从洲去干什么,也不知道商从洲让她等什么,但他让她等,她就乖乖地等。

不到一分钟,商从洲回来了。

他手里拿了一杯饮品,冒着热气:"喝点热牛奶。"

书吟动作顿住:"给我的吗?"

商从洲笑:"嗯,给你买的。"

见她一直没伸手来接,商从洲考虑周到:"是乳制品过敏吗?不能喝牛奶?我给你买杯别的热饮?"

"没有没有。"书吟接了过来,双手托着杯子,密密麻麻的热意蔓延在掌心里,十指连心,她的心脏好像也被熨烫出热意。

她抿了一口,说:"谢谢。"

商从洲站在她面前,一站一坐,他低头俯视她。

往往这样的身高差距,处于低处的人很容易产生被睥睨的轻蔑感。可商从洲的目光很友善,说话时的气息很轻,浮荡在空气里,很好听。

"晚饭吃了吗?"

"没——"她下意识地答,又很快说,"吃了。"

身体像是不满她的撒谎行径,肚子在抗议,"咕咕"地叫了出来。

书吟窘然地干笑两声。

商从洲脸上没有任何调侃的情绪,他往某个方向抬了抬下巴,比起让她很有负担地带她吃饭,他用了个极容易让她接受的方式,说:"我也没吃,要不一起去便利店吃个饭?"

书吟沉默了几秒。

并非纠结要不要答应他,而是,她需要时间来缓冲这份从天而降的惊喜。

然后,商从洲看见面前这个自打第一次见面时就拘谨文静的小姑娘,扬着纤细的脖颈,动作极慢地点了点头。

"好。"她应了。

便利店在医院的门诊楼与住院部连接处的通道里,里面备了几张桌子,方便顾客吃饭休息。

商从洲和书吟面对面坐着。

书吟拿了份三明治,她拆开包装,小小地咬了一口,咀嚼得很慢。

商从洲坐在她对面,他吃着一碗茄汁牛肉蛋包饭,看样子,是真的没吃晚饭。

等到吃完饭,书吟才开口说话:"学长,你怎么来医院了?"

商从洲说:"家里人住院了,你呢?"

他脸上仍挂着笑,但神色淡了许多,像是清晨铺满霜露的路。显然,他不想过多地谈及这个话题。

书吟说:"我家里人也住院了。"

商从洲忽然问:"有需要帮忙的吗?"

"……啊?不用。"书吟有些受宠若惊。

蓦地,短促的手机铃声响起,打断了对话。

商从洲掏出手机瞄了一眼,按了挂断。

"我要走了,你呢?"

书吟:"我也要回家了。"

商从洲说:"路上小心。"

商从洲还是将她送到了医院大门外,待她上车后,才离开。

书吟忍不住,将出租车的车窗玻璃降了下来。车停在斑马线外,等待绿灯亮起的三十秒时间里,书吟往外探头。

皎皎明月下,少年清瘦的背影被月色拉长。

他离她越来越远,可在她心里留下的痕迹,越来越清晰。

明天才是她的生日。

可她好像已经收到了,最想要的生日礼物了。

书吟去语文老师办公室拿卷子时,无意间看见桌上的报纸,新闻头条便是华映容住院。她一目十行地扫过,报道里用轻描淡写的字眼描述华映容住院的原因。

下班回家的路上,华映容遇袭,目前已送去医院救治,治疗期间,被迫暂停工作。

书吟若有所思地揣摩着报纸上的字眼，联想昨晚见到商从洲时，他一脸的讳莫如深。

她总觉得，事情没有那么简单。

那天，她心不在焉，往日的乖乖女竟然也大着胆子，在中午的自习课时间，掏出手机来了。

同桌的沈以星吓坏了："你怎么玩起手机来了？你不会被我带坏了吧？"

书吟说："没有，我查个东西。"

沈以星还是震惊："有什么东西，非得在这种时候查的吗？你可从来没有在上学时间掏出过手机呀。"

非得这个时候查吗？

书吟也在心里问自己。

她脑海里不断地浮现昨晚商从洲送她上车后，月色清辉落在他身上，照亮一地落寞。

"嗯。"书吟说，"反正没事干，就查一下吧。"

作业都写完了，反正没什么事可干。

权当她闲得慌。

网络上有关华映容受伤的消息极少，搜到的，大多与书吟在报纸上看到的大同小异。

那年的主流娱乐社交媒体还是微博，沈以星热衷在微博上分享新购入的化妆品与护肤品，她怕没人点赞留评，于是让书吟申请个账号，在她的微博底下充当小粉丝。

书吟想了想，打开微博，在搜索栏里输入"华映容"三个字。

她按了"实时"微博。

很快，有条微博进入她的眼底。

微博账号是个乱码。

微博内容则是：据说华映容是被追求者刺伤的，男人追了她很久，被拒绝后因爱生恨，产生报复心理，捅了华映容好几刀。

几十个字，书吟看得触目惊心。

书吟收起手机，看了眼身边的沈以星，谨慎地说："其实我昨天在医院……碰到了商从洲。"

沈以星漫不经心地应："是吗？你有和他打招呼吗？"

"……没有。"书吟否认。

"怎么不上去打招呼？"

"我看他挺忙的。"

"哦。"沈以星捧起手机，调出修图软件开始修图，显然不知晓华映容受伤的事。

下午放学时，书吟再打开微博，发现已经找不到之前那位乱码的博主了。

不知道是博主自己清空的账号，还是不得已注销的账号。
其中缘由，只有本人知晓。
明天是周日，不上课。
书吟打算去医院陪床一晚，回家后，她先洗了个澡，随后便带着在家做的晚饭，去了医院。
老人家住的病房是六人间，床帘隔绝人影，可隔挡不住声音。
边上有对中年夫妻，热火朝天地讨论着医药费的事情。书吟解题的思路偶尔被他们激烈的声音打断，从陆续的片段里得知，男人没交医保，想着早点出院，女人则劝他多住几天留院观察看看情况，毕竟命比钱重要。
人怎么能不为五斗米折腰呢？
生活靠的不是理想，不是爱，靠的是俗套的金钱。
奶奶见她总是被打断，于是温声道："要不去外面找个安静的地方写题？"
书吟脑海里霎时浮现出昨晚的那家便利店。
她点了点头，离开前又叮嘱道："奶奶，你要是有什么事，就直接给我打电话。"
"我能有什么事儿呢？"老人家笑起来，脸上的褶皱和鱼尾纹如水波荡漾，岁月在她脸上留下太多痕迹，斑驳惹眼，"其实你不用过来的，医院的医生护士都挺照顾我的。"
书吟对此充耳不闻："好了，我先下去了，做完这套卷子我就上来陪你睡觉。"
书吟拿着卷子下楼。
晚上八点多的住院部，分外宁静。
便利店里没什么顾客，书吟进去后，拿了一瓶水结账，便心安理得地在便利店里做卷子。
时间一分一秒流淌，夜幕四合，她有些困了，竟趴在桌子上睡了过去。
醒来时，喉咙干渴，她伸手拿水。
喝入口的时候，她愣了愣，定睛一看，手里拿着的是一瓶乳酸菌饮品。
她左右张望，便利店里除了她，只剩一个昏昏欲睡的店员。
此时手机里显示着时间，晚上十一点三十七分。
她拿着饮料问店员："你好，请问你有看到是谁把这瓶饮料放在我桌上的吗？"
店员回忆了下，描述："一个高高瘦瘦、长得挺帅的男生。"
书吟顿住，拿着饮料的手指用力得近乎泛白。
她抿了抿唇，问："他什么时候走的？"
店员说："刚走没多久。"
话音落下，书吟连忙跑出去。
连廊漫长，铺满白色的瓷砖，像是梦里看不见尽头的路。
商从洲的身影在连廊的尽头，昨天才见过，只一天的工夫，书吟却觉得他整个人清瘦了许多。

书吟张了张嘴，还是忍住了叫他的冲动。

她眼睫低垂。

暗恋一个人的酸涩苦楚，在此刻好似通通消失不见了。喜欢上了一个很多人喜欢的人，是怎样的心酸难挨，书吟再清楚不过了。

对商从洲而言，或许这都算不上是关心。

但对书吟而言，足够捏断她心里微不足道的放弃他的念头。

他只需要对她一分好，就让她甘愿跌进喜欢他的苦海里，黯然神伤也好，动荡漂泊也罢，她只知道，进一寸有一寸的欢喜。

第二天中午，书吟在住院部楼下再次碰见了商从洲。

有了昨晚的乳酸菌饮品作为借口，书吟打算过去和他打招呼。

刚迈出去的步子，在见到出现在他跟前的人时停下，她的双腿像是被水泥牢牢定在地上。

商从洲显然是在等人，他收起手机，朝面前的人招了招手。

一男一女。

男的是陈知让，女的是翁青鸾。

四周的冷气仿佛开得极低，冷得书吟仿若置身寒冷极地，全身僵硬。

他们三人一同离开。

书吟站着的路是去往住院部楼上的必经之路，她甚至不知道自己脑海里在想些什么，手脚也像是不属于自己的。等她回过神的时候，她已经躲在了住院部的楼梯间了。

像个鬼鬼祟祟的小偷。

叫醒她的是手机来电声，奶奶问她是不是出什么事了，怎么买个饭要这么久。

书吟这才记起自己下来是要给奶奶买饭的。

她含糊着敷衍："买饭的人多，要排很久的队。"

因是周日，这理由也算是合理。

她深吸了口气，爬上一楼楼梯，还未到一楼的楼梯口，就被站在楼道里的人堵住了。

陈知让居高临下地望着她，眼神淡漠又冷漠。

有隐隐的压迫感朝她袭来。

"怎么躲这里？"他问。

书吟注意到，他用的是"躲"。

她眼神有些慌乱："……你什么时候发现我的？"

陈知让给的回答稍显模糊："在你没看到我的时候。"

书吟不知如何回应，转移话题道："你怎么在这里？"

陈知让语气很淡，忽地问："你奶奶在哪个病房？"

书吟更加难以置信了。

陈知让轻抬下颌，语调自然地说："去看看她。"

书吟的目光有些错愕，然而她发现自己完全无法对陈知让说"不"。分明他就大她一岁，可周身的气场无比强大。

去往病房的路上，书吟没话找话："你怎么知道我奶奶住院的？"

问完，她发现自己问的简直是废话，肯定是沈以星说的。

陈知让的回答印证了她的猜想："沈以星说的，她原本打算今天来看你奶奶，但我妈要带她去上托福课，所以没来。"

停顿半晌，他侧睇，漆黑的瞳仁里什么都没有，瞥了书吟一眼。

"她叮嘱我来的时候，顺便看一下你奶奶。"

"顺便……"书吟咀嚼着这两个字，斟酌着问，"你是来医院找商从洲的吗？但我看他好像没生病。"

"他妈妈住院了，我过来看看她。"

"但我好像还看到了翁青鸾学姐。"

"她来取药，正好遇到的。"

"她生病了吗？"

"不清楚。"

陈知让突然停下脚步。

书吟顿感不安："怎么了？"

他投过来的眼神分外疏淡："你不是有翁青鸾的微信吗？不妨自己去问翁青鸾，我和她并没有很熟。"

"……哦。"书吟抿了抿唇。

走到半路，书吟停了下来。

她有些不好意思地说："学长，我忘了我下来是给奶奶买午饭的。要不你下次再来看我奶奶吧？我还得先去楼下食堂买饭，挺麻烦的。"

倘若面前的人是商从洲，听完书吟的话，他一定会温和从容地说"没关系，我陪你去买饭"。

但以陈知让的性子，恐怕做不到如此体贴。

果不其然，陈知让皱了下眉，说："那行，下次再来。"

"下次""以后"这样的词，惯用作客套的敷衍。

下次和以后永远不会有真正到来的那一天。

书吟也没想过陈知让会再来，他们本就没什么关系。

陈知让过来看望她奶奶，不过是因为答应了沈以星，他性子虽冷淡难相处，但在亲妹妹面前，是个事事有回应的好哥哥。

他浑身上下所有的温柔，大概都给了沈以星。

二人就此分道扬镳。陈知让搭乘上行的电梯，去看望商从洲的妈妈，书吟则去往医院食堂买饭。

一语成谶,食堂买饭的队伍排成长龙。

书吟十一点下楼的,十二点才拿着盒饭到病房。

书吟面带歉意:"奶奶,是不是饿坏了?"

老太太指着桌上的水果,都是书吟带来的:"吃了点水果,没有很饿。"

吃过午饭,老太太看着电视打发时间,书吟陪她一同看电视,脑海里却不由自主地浮现出方才的那一幕。

商从洲和翁青鸾相视一笑。

她胸口闷得喘不上气来,于是起身,打算下楼溜达溜达。

住院部后面有个小花园,书吟在里面漫无目的地踱着步。走到一半,她又转身,去连廊的便利店买了一瓶乳酸菌饮料。

是昨晚商从洲给她买过的同款。

她握在手心里,没有打开,炎热的初夏,饮料瓶子沁出一层薄薄的冷意,湿了她手心。

她回到小花园,找了个石凳坐下,刚拧开瓶子时,蓦地听到一阵脚步声,由远及近。

紧接着,空气里飘荡起一阵难闻的烟味。

书吟眉头皱起,她望向烟吹来的地方。

隔着丝丝缕缕的白色烟雾,男生的脸被雾化了几分,藏在其中的眉眼俊朗出色,书吟一眼辨认出来。

是商从洲。

他身边坐了一个中年男人。男人指尖夹着烟,猩红的火苗燃烧着,烟雾腾空,再看他脚底下,都是烟头。

呛鼻的烟味里,商从洲纹丝不动地坐在那儿,仿若感知不到烟味的存在。

手机铃声突兀地响起,商从洲猛地惊醒,神色里的颓然在看到来电显示后登时消散,取而代之的是无可挑剔的温柔。

他接起电话,声音是一贯的含笑:"华女士。

"我在楼下买点喝的,很快就上来。

"嗯,爸已经在回来的路上了,估计今晚就能到。"

"医生说了你现在只能喝流食,妈,你不听我的话,听医生的话行吗?"他哄着他妈妈,声线温柔。

等到电话挂断,书吟见到他脸上的笑一同垮掉。

人的身体总是格外诚实的,唯独眼睛,眼里的疲态是藏不住的。

她不知道他经历了什么,她只知道他现在很累。

她想给他一个拥抱,可她什么都做不了。

如果可以,她想当一阵风,吹走他眼里的疲倦和所有的困扰。

那天,书吟什么都没做,安安静静地坐在花园里,隔着一个花坛,在商从洲的视野盲区,陪他坐了一个小时。

书吟问了医生,她奶奶需要在医院住多久。

医生给的答复很笼统:"再观察一阵子。"

具体多久,不得而知。

从那之后,书吟开始了每天学校、医院、家,三点一线的生活。

老太太心疼她来回跑,劝了她几次,见劝不动,索性就放弃了。

又是一个周六。

书吟在便利店里做卷子,做到中途,便利店的自动感应响起"欢迎光临",她似是受到命运的牵引,猛地抬头往门边看。

这一眼,她看到了商从洲。

一周没见,商从洲气色好了许多,可整个人看上去却消瘦了不少。他脸上本就没什么肉,此时更是瘦得颧骨凸起,下颌线条略显锋利。不知为什么,他身上那股子少年气息没了,取而代之的是属于男人的锋芒冷肃。

书吟犹豫着要不要上去和他打招呼。

手机铃声打碎满室沉寂。

书吟听到他与手机那端的人通话,他说的第一句话就是:"翁青鸾。"

她心底难以抑制地翻涌出酸涩感,铺天盖地的苦海快要将她淹没。

后来,书吟从沈以星口中得知了真相。

沈以星这座长久失联的信号塔终于接收到外界信息,体育课时闲聊,她猝不及防地提及商从洲和商从洲的母亲。

"华阿姨最近住院了,你说巧不巧,翁青鸾的妈妈是她的主治医生。翁青鸾趁着这个机会,隔三岔五地去找华阿姨,顺道接近商从洲。"

书吟已经好久好久,没有透过窗户,看到高三楼廊道里,商从洲的身影了。

她装作浑然不知:"商从洲不是天天在学校吗,她怎么接近?"

沈以星说:"没呢,最后这两个礼拜,商从洲请假在家复习,他们班主任批了。"

书吟:"还能在家复习吗?"

沈以星:"能啊。"

书吟:"那翁青鸾是去他家找他吗?"

"没呢。我听我哥说,商从洲把医院当家了,天天住医院。想想也正常,毕竟他妈妈动了个大手术,身边需要人照看着,商叔叔就在南城待了一个晚上,手术一结束,确认华阿姨没什么问题后,立马又回部队了。"沈以星叹气,"商从洲好辛苦啊,既要准备高考,又得照顾他妈妈,还得应付翁青鸾。"

"翁青鸾……"书吟被室内的冷气吹得双唇都有些发凉,说话时,嘴里像是含着一颗薄荷糖,凉到骨子里,"她长得漂亮,家境又好,真羡慕她……"

好奇怪啊,为什么她的青春期,永远都在羡慕着别人?

那段时间,书吟怅然若失到了极点。

以往在学校里总能瞧见商从洲的身影,最不济也是隔着教学楼之间冗长的楼距,远眺他在廊道里走动的身影。可现在不行了,商从洲不在学校了。

书吟曾以为的分别,提早了两个礼拜。

她以为自己还会在医院遇见商从洲,遗憾的是,现实的发展往往不按照她期冀的方向来。

高三高考前,学校组织了高一、高二本学期第三次月考。

书吟的排名不进反退,来到了年级第十五名。

班主任闫永华倒是对她的成绩挺满意的:"继续努力,等到高三也要像现在这样,能够稳定在前二十名,清华和北大应该没什么问题。"

书吟想了想:"那得要年级前十吧?"

闫永华说:"你可以选不那么热门的专业。"

书吟摇头:"我想学语言。"

闫永华了然:"想去北外吗?"

书吟:"嗯。"

闫永华欣慰地笑:"有目标,也挺好的。"

从班主任的办公室出来,教室廊道里分外热闹,所有学生都在搬书、搬桌子。

明天高考,附中作为考场,高一和高二的学生提早放假,放假前,得把教室打扫干净。教室里除了课桌、板凳、扫帚、垃圾桶,不能有别的东西。书本等文具用品,都放到住宿学生的宿舍里。

书吟穿过喧嚣的人群,回到自己班。她收拾好东西,和沈以星一同去同班同学的宿舍。

班里住宿生和走读生占一半,过去的路上,住宿的那个同学和沈以星搭话。

"沈以星,我听说学校下半年要开国际班,那你高三开学是不是就去国际班了?"

"国际班都得从高一开始上,要准备的东西特别多……我应该不会去。"

"啊?你不是要出国留学吗?"

"我家里人帮我咨询了下,以我的成绩和水平,出国留学也就是去个野鸡大学镀层金,说起来好听是留学生,实际上什么用都没有。"沈以星说,"我还是决定不出国留学了,留在国内和大家一起参加高考。"

书吟愣怔半晌:"你不打算出国了?"

沈以星朝书吟歪头笑了下:"对呀,你开心吗?我会留在国内一直陪着你哦。"

书吟连日来的愁闷总算得到舒缓。

她笑了笑:"开心,那你高三好好努力,我们争取考到一座城市。"

沈以星霎时泄了气,回答得勉勉强强:"……我尽力吧。"

东西搬完,最后一节课,老师们也不管了,干脆自由活动。

书吟和沈以星去学校超市买了两根冰棍，一人一根地吃着，边吃边晃荡着回教室。

路过宣传栏时，二人纷纷停下脚步。

高三的考试实在太多，百名榜没法实时更新，上面的排名竟然还停留在上个学期期末十校联考的成绩。

商从洲位列第一，陈知让是第三名。

沈以星说："时间好快啊，他俩竟然就要毕业了。在这个学校里，除了这个百名榜能看到他俩，就再也找不到他俩存在的痕迹了。"

她向来无忧无虑，鲜有这般心思细腻的时候："同桌，你说，等他们毕业了，还会有人记得他俩吗？"

"会的。"

"啊……"沈以星恍然大悟，"那些喜欢他俩的女生吗？可是她们的喜欢，会在看到下一个心动男生的时候，就转移了。"

青春时期的喜欢是那样干净，不掺杂任何物欲，单单因为那天阳光正好，微风不燥，你和光一同出现在我的视野里。

喜欢就是喜欢，毫无道理可言。

青春时期的喜欢又是那样的脆弱，会在下一个转角，被下一道光照耀之后，喜欢随之转移。

没有人相信十七八岁的喜欢，单方面的喜欢，能持续多久。

得不到回应的喜欢，是山谷的一阵空响，回声幽幽，被风吹走，消散在风里。

书吟注视着面前的男生。

她是所有人眼里的乖乖女，温顺、听话、成绩拔尖、说话轻声细气，喜欢扮演的角色，是淹没在人堆里的小透明。

她的青春，平凡又普通，没有逃过课，甚至上课的时候都没怎么开过小差。

真正的情绪隐藏在平淡的面色之下。

——商从洲，我做过最大胆的事，就是不为人知地喜欢你。

——我没想过要喜欢你多久，也没想过什么时候要放弃你。反正，就这么喜欢了。

六月七号，高考第一天。

天气闷热，书吟搭乘公交车去医院接奶奶出院。

奶奶住院近一个月的时间，医生终于安排她出院。

书吟替奶奶整理好东西后，下楼缴费。

工作人员告诉她："63号床的住院费已经结清了。"

书吟愣了几秒："结清了？"

工作人员："嗯。"

身后排队缴费的人催促着书吟，令她没有时间追问。

她疑惑地上楼,问奶奶:"你交了住院费吗?"

换来奶奶更茫然的面容:"我不是让你去交住院费的吗?"

书吟安静了好一会儿,而后,扯了抹笑,答非所问地回答:"啊,对,我交了住院费。"

住院费缴纳完,又得等医生过来。

书吟心存疑惑,随便找了个借口下楼,重新回到缴费窗口,向工作人员询问63号床的住院费是谁结清的。工作人员一天不知接待多少个人,哪还记得这件事,不耐烦地说:"不知道,你别影响别人缴费。"

到头来,书吟还是没问出个究竟。

奶奶虽然能出院了,但是脚上仍打着石膏,不方便坐公交车。

书吟买了一辆轮椅,推她上出租车。

回家要经过附中,学校外一片静谧,连夏蝉都很配合地不发出一丝声音。

车窗降下,涌进来一阵又一阵夏日热浪。

校外站了许多家长,满怀期待又一脸焦急地等待着子女答卷。

书吟掏出手机,看见朋友圈有新动态。

新动态的头像很是眼熟,于是她打开朋友圈。

最新一条朋友圈动态,来自翁青鸾。

翁青鸾:祝高考顺利。

附了一张照片。

照片里,是附中的校门。人流涌动,书吟一眼就捕捉到人群中的那个背影,清子挺拔,周遭的人影都是朦胧的背景,唯有商从洲才是最清晰的存在。

书吟知道,翁青鸾想拍的,不是她读了三年的学校。

翁青鸾的祝高考顺利,也不是祝她的同学们高考顺利。

她这条朋友圈,只为一个人发。

而她发这条朋友圈,也有一丝隐秘的炫耀在——我目送商从洲进考场了。

书吟颤抖着指尖,把这张照片保存了下来。

奶奶忽然问她:"怎么哭了?"

书吟摇摇头,又把头埋在奶奶的怀里。

她泣不成声,胡乱地找着借口:"我怕我高考考不好……奶奶,怎么办?我要是考不好的话,怎么办?"

"能怎么办呢?人生怎么活不都是个活法。"老人家活了七十多年,万事万物看得通透。

"为什么一定要高考呢?"书吟哽咽着嗓,眼尾泛红,"为什么,人要高考呢?"

如果不高考该多好。

如果人永远活在青春里该多好。

那她至少,每天都能隔着教学楼长长的间距,遥遥望着商从洲。

高考结束,她的暗恋也宣告落幕。

暗恋这场独角戏，最终还是停在了这一天。

这天是2015年6月7日。

高考结束，高三放假，高一和高二复课。

高二的学生，不再被称为高二的学生，而被称为即将高考的学生。

其余班级的学习氛围到底如何，无从得知。实验班的学习氛围压迫感十足，课间休息的十分钟时间，除了上厕所，其余人都坐在位置上做题。

沈以星无法适应这种紧张的学习环境，一个星期后，申请换班。

换班前，她再三重申："你放心，虽然我去了别的班级，会交到新的朋友，但你永远是我最要好的朋友，我也得是你最要好的朋友。你不能给别人织围巾，知道吗？"最后一句话，任性又霸道。

书吟淡笑着："嗯，你是我最好的朋友，我保证。"

沈以星这架势，说出了一副生死离别的姿态。实则，她就是去了隔壁班，和实验班一墙之隔。

她有好吃的依然会第一时间送给书吟吃，遇到好玩的趣事也会和书吟分享，有不会做的题也会过来询问书吟，换班跟没换也没差。

高考出成绩前几天，沈以星和书吟一起吃午饭，沈以星挑了挑眉，佯装淡定，实则激动之情溢于言表："偷偷告诉你一个小秘密。"

天太热，书吟没什么胃口。

书吟吃了几口菜便撂下筷子："什么秘密？"

"虽然成绩还没出来，但我可以告诉你，商从洲是我们市今年的高考状元。这几天，他的电话都被打爆了。"

书吟神情愣了下，很快恢复自然。

她说："真好。"

意料之中，他是悬挂在天上的清冷月光，常被世人仰望。

如果他没有成为高考状元，反倒才不正常。

一顿饭，两个人都没吃多少。

书吟食欲不振，沈以星则时不时低头玩手机。

沈以星在她的微博上分享自己的化妆日常和最近购入的护肤品，久而久之，分享博被人发现，转发、点赞、评论……渐渐地，有不少人关注她。近一个月，她的微博粉丝量暴增，一个月涨了五万粉丝。

那是微博最火的时候，没有其他的娱乐社交软件能望其项背。

沈以星热衷于玩微博，眼里泛着坚定的光："我以后就当个美妆博主怎么样？"

书吟想了想，她没说好，也没说不好，只说："是不是要买很多的化妆品和护肤品？那你以后得买一套大房子，要不然放不下那些东西。"

有一瞬间的沉寂。

片刻后，沈以星黏糊地抱住书吟，她声线有些颤。

"……谢谢你。"

没头没尾的一句道谢，书吟没问缘由，轻轻地笑了笑："星星，我们都会实现我们的梦想的。"

人生输输赢赢，有朝一日，我们会赢得盆满钵满。

那年夏天，南城热得似火炉。

七月底，高三开学。

上下学太费时间，书吟和家里人商量了之后，选择住校。住校生提前一天去学校报到，猜测她要带的东西很多，沈以星特意叫了陈知让开车来接书吟。

书吟提着行李箱走出家门，迈出去的步子陡然停住。

门外站着三人，沈以星、陈知让，以及……不该出现在这里的，商从洲。

他毫无征兆地出现在她的视野里。

她的无措被灼热的太阳光线隐藏住。

沈以星见她出来，眼前一亮，叽叽喳喳地说："商从洲带我们过来的，他说你可能会有很多行李，怕你搬不动，所以我们就过来帮你搬行李，你只有一个行李箱吗？"

那一霎，许多情绪翻涌而上，她不明白，为什么明明他们没什么关系，他却对她这样好？

是出于礼貌吗？还是教养所致？抑或是他温柔的善良。

说不清也道不明了。

书吟觉得那声音冷静得不像是自己的："住宿的床上用品，学校会发。"

书吟提早登记过，床上用品费连同住宿费，一并交纳了。所以，她只需要带换洗衣服就够了。

沈以星从书吟手里接过行李箱，她嫌重，理直气壮地递给陈知让。

陈知让略倦懒地扯了扯眼皮，下一秒，商从洲接过行李箱："行了，你哥开了半个小时的车挺累的，我来拿吧。"

沈以星说："你怎么比我还心疼我哥？从洲哥，要我说你当初就应该留学，和我哥一块儿去美国，互相有个照应。"

商从洲只是笑笑。

陈知让已经转头往巷子口走去了，背影透着生人勿近的疏离。

商从洲跟在他身后。

书吟和沈以星挽着手走在最后面。

书吟小声问沈以星，提到他的名字时，有几分难以启齿："……商从洲，他怎么会来？"

沈以星说："他们班今天晚上要吃散伙饭，商从洲忙着备战高考没时间考驾照，所以蹭我哥的车过去，顺便来接你嘛。"

书吟打量着他的背影，慢吞吞地点头："……这样。"

车厢里，商从洲和陈知让坐前排，书吟和沈以星坐后排。

满车厢都是沈以星和商从洲的交谈声。

沈以星问商从洲："你收到外交学院的录取通知书了吗？"

商从洲说："昨天刚收到。"

沈以星叹："好羡慕你哦。"

商从洲问："羡慕我什么？怎么，你也要考外交学院吗？"

沈以星睁大了眼说："当然不是，我可没有什么雄心壮志，我羡慕的，是你已经跨过高三这条万里长河，而我在河对面，明天就要跳河了。"

众人被她的描述逗笑。

笑着笑着，沈以星又问商从洲："从洲哥，你暑假打算去哪儿玩？"

商从洲思忖片刻后，说："我姑父调任去伊朗了，我想和他一起过去，顺便在中东地区玩一玩。"

"中东地区有什么国家啊？"沈以星睁着无知的眼问。

商从洲说："埃及、土耳其、以色列、沙特阿拉伯、伊拉克。"

沈以星说："伊拉克是不是在打仗啊？"

闻言，书吟的心猛地一紧，她顾不上别的，抬眸，盯着前排的商从洲。

就连驾驶座的陈知让也瞥了商从洲一眼："局势动荡的地方，还是先别去了。"

商从洲不甚在意地笑了笑，说："以后总要去的，就像我姑父，至少要在伊朗待两年。"

那年中东地区尤为混乱。

后来书吟出国留学，去了很多的国家，才发现，这世界上仍有许多国家在打仗。战火纷飞，动荡不安，而中国是全世界最安全的国家，没有之一。

车往前行，车载音乐缓缓流淌。

歌手在去年参加了一档流行音乐说唱比赛，初登场便圈粉无数，堪称大红大紫也不为过。2015年2月，她发行了一首歌，就是当下响起的这首歌。

> 想听你听过的音乐
> 想看你看过的小说
> 我想收集每一刻
> 我想看到你眼里的世界
> 想到你到过的地方
> 和你曾度过的时光
> 不想错过每一刻
> 多希望我一直在你身旁
> …………

书吟望着车窗外倒放的街景，伸手擦去眼里沁出的一层薄泪。

很快到了学校,外面天太热,沈以星要去附近的商场逛街,懒得下车。而几乎是车一停下,商从洲就解开安全带,下车,替书吟去后备厢里拿行李箱。

书吟从他的手里接过属于自己的东西。

那天下午的火烧云铺满了半边天,黄昏的阳光落在他身上,勾勒出他的温柔眉眼。

书吟动了动唇:"学长,谢谢。"

商从洲说:"高三加油。"

书吟说:"好,我会加油的。"

他转身上车。

书吟望着他离去的身影,双唇翕动,到底还是没有勇气和他说一句再见。

可商从洲似是想起什么,他手碰到车门,却没拉开车门,而是望向她,温声说了一句:"再见。"

书吟站在原地,满心满眼全是他回望的那一眼。

如果一切都定格在你望向我的那一刻,是不是我将不会再有遗憾?

面前不断有车行驶,熟悉的公交车在她面前停下,车门打开,又合上。

书吟仿佛看到曾经的自己,胆怯地跟在商从洲身后下车,小心翼翼地保持着和他的距离。

不会再有了。

从此以后,我的世界里,不会再有你的身影了。

让花开花,让树成树。

让我们分散成你和我。

暗恋是场漫无目的的旅行,我是游客,寻不到有你的终点。

第五章 好久不见

"网上刷到有个粉丝,穿着漂亮的婚纱去看歌手的演唱会。有人问她为什么穿婚纱,她说她喜欢了这个歌手十年,她穿婚纱不是为了嫁给他,穿婚纱是为了给自己这十年的青春一份圆满的答卷。她是喜欢他,但她更喜欢长情的自己。

"喂,如果你是那个歌手,我也会穿婚纱去见你,不为别的,只为远远地注视着你,和众人一起为你欢呼。"

——《十六,二十六》

2015/7/26
商从洲,你以后会出现在我的梦里,出现在我的回忆里,出现在许多道听途说里,但不会出现在我的日记里了。

2020/8/27
明天要去英国了,希望我的研究生生活顺顺利利。

2020/6/12
拿到毕业证书了,拍毕业照的时候收到了一个大惊喜——星星为了赶上我拍毕业照,特意请假回国。吃了晚饭,我送她去机场的路上,我问她,这么辛苦,值不值得?她说,她不想错过我人生里的每一个重要时刻。

2020/5/20
[截图]
查到专八成绩啦,过啦!

2019/12/31
最后一次主持文艺晚会了,晚会结束,大家一同去吃饭、唱歌。
中途玩了真心话大冒险的游戏,大家把正暧昧着的两个人凑成了小情侣,最后大家起哄着让他俩买单。也不知道怎么,小游戏环节突然成了情感类节目,可能是大家都喝多了,开始回忆着大学期间谈的男女朋友。

我没有什么可回忆的。

是吗?

……是吧。

2019/11/22

又一年了。

2019/8/12

星星要出国留学了,要两年的时间。送她去机场的路上,她拉着我的手,要我和她发誓,绝对不能在她留学期间交别的朋友。交别的朋友也行,但她始终得是我心里的第一好。

我总觉得像是在哪里听过这些话?

好像是高三,她从我们班离开,去隔壁班的时候。

2019/4/16

系主任说会给我写推荐信,让我准备下留学的事情。加油吧,书吟!

2018/11/22

南城下了第一场雪,我和学姐约了一起吃饭。

和学姐聊着天,突然意识到她是来当说客的。她以为我对裴从止有好感,毕竟整个学生会里,我和裴从止的交流比较多。可是我却拒绝了裴从止的告白。

我不喜欢他,只是觉得……他的名字很好听。

回去的路上,雪下得好大,我往前走,又回头看,踩下的脚印不消片刻就被落雪覆盖。

像回忆里的你,越往前走,有关你的片段越模糊。

Z。

原来我瞒着我自己还在喜欢你。

2018/9/18

新学期到了,奖学金发了,给星星买了她想要但是问了好多代购都表示没货的口红套装。她一定会开心的。

2018/7/07

他们说忘不了旧人是因为遇不到新人,你遇到的人对你足够好,好过你记忆里的人,你一定会忘了旧人的。

道理我都懂,或许会有人比你好,但是没有人能战胜我回忆里的你。

就连你都不行。

2018/3/30
婷婷谈恋爱了，我们宿舍六个人，只剩我还是单身。
她们嚷嚷着给我介绍男朋友，星星听到不乐意了。
星星说：你不许谈恋爱，我怕你被外面的男生骗。你以后的男朋友，得过我这关才行。
唉，还是这么霸道。
我笑着笑着，脑海里又想起你来了。

你应该……也谈恋爱了吧。
原谅我是个小气自私的人，我没有办法祝你幸福。我只祝你前程似锦，所愿得偿。

2017/11/22
今天又是小雪，今天……还是没有忘记你。

2017/5/24
第一次站在台上说竞选词，成了学生会主持部的部长。
下台后，学姐说——书吟，我放心把主持部交给你啦，你要好好努力。
嗯，会的。我会的。

2017/5/09
我没有告诉过任何人我的生日是哪一天，星星却突然跑到我们学校给我过生日来了。原来有朋友给我过生日，吹蜡烛，吃蛋糕，是这样开心幸福。

2016/11/22
又是一年小雪，你还好吗？

2016/7/24
拿到录取通知书啦。
还记得去年，也是这段时间，我和你见的最后一面。

2016/6/25
查到成绩了，和清、北还是差了点儿，不过应该能上我的目标院校。

2016/6/8
高考结束了，一切都结束了，好像一切又要开始了。

Z。
这次我是真的要忘记你了。

2016/3/19
二模考结束了，排名依旧稳定在十几名。路过宣传栏的时候，我站在高三的百名榜看了好久好久，大家都以为我是羡慕前十名能放照片。其实不是的。
我只是在想你。以前站在这个位置，我就能看见你的照片。
你现在怎么样？还好吗？我不敢向星星打探有关你的消息，你在道听途说里，也足够让我心动千万次。

2016/1/01
新的一年，许个愿吧。
忘记你，好不好？

2015/12/28
我是个口是心非的人，总忍不住想你，也忍不住写下你。
如果连文字都没有办法记录我想你的心情，那未来的我能用什么方式确认我曾经喜欢过你？
Z。
怪你太好，让我忘不了。

2015/9/01
高一新生入学了，新生们在讨论校花和校草。星星很生气，校花竟然不是她，而是文科班的一个女生，据说叫方清漪，听名字也是个很漂亮的女生。
至于校草人选，到最后都没个确凿。有高二和高三的学生把你的照片发出来，所有人都统一了口径，说你是当之无愧的校草。
有人说，你要是她们班学生，她们上课不看老师，光看你去了。
我倒没有做这种蠢事，我只是在下课的十分钟看高三廊道里的你。
听起来好像也聪明不到哪儿去。

书吟出国留学后的第一个月，手机被偷了。
她使用线上补办的功能补了卡，随后又让家里人寄了国际快递过来。卡装在她在这边新买的手机上，手机上的软件只有简单的几个软件。她忙于读研，没有时间刷微博，时间一久，就忘了下载微博。
在国外读研的那两年，她都没有碰过微博。
直到某一天，沈以星来她家吃晚饭，无意间提到："我微博有六百多万粉丝。"

书吟才记起来自己有个微博账号。

重新登录后，她点开自己曾发的一条条微博，竟有种轻舟已过万重山的超脱感。

沈以星打完电话回来，见书吟窝在沙发上，盯着手机，一副怅然若失的模样，问道："你想什么呢？怎么看你的样子，好像失恋了一样。"

"没什么。"书吟将手机锁屏，扬着笑，问她，"打完电话了？"

"嗯……其实没打完，但是段淮北那边有工作，不得不挂电话了。"

沈以星大学时期读的专业是"3+2"的模式，三年国内，两年国外。

在国外上学期间，她在某次留学生组织的聚会上，认识了比她大两岁的段淮北。段淮北追求沈以星时，沈以星发了一张他的照片给书吟——

挺普通的长相，浑身散发着浓厚的书香世家的儒雅气。

书吟问她："他学什么的？"

沈以星说："学物理的，还没回国就被国内好几个研究院看中了。"

书吟哑然失笑，沈以星竟然会喜欢长相如此普通的男生。

她想起曾经在教室门口，被男生堵住表白的沈以星，当时沈以星一脸嫌弃地埋怨对方长得丑，如今想想，那男生比段淮北长得帅。

沈以星说："我好喜欢他呀。"

书吟："那为什么不答应他的追求？"

沈以星苦恼："他才追了我一个礼拜，我就这么答应他，他会不会觉得我很好追，觉得我是个很随便的女孩子？"

书吟没谈过恋爱，没法给出答案。

而三天后，沈以星说："我和段淮北在一起了。"

书吟好奇："为什么？"

沈以星絮絮叨叨："昨天晚上我怎么也睡不着，我给他发消息，问他，如果我说我现在想去看海，他会不会觉得我很麻烦。他说，去看海的话，要喝点饮料吧，你那么喜欢可乐，我过来接你的路上，给你买可口可乐还是百事可乐？

"吟吟，我想到了高二的时候，我问你我去当个美妆博主好不好，你说，当美妆博主的话，要买个大房子，才能装下我的护肤品和化妆品。

"他和你一样，都会认真听我的话，给我提出可行性意见。所以，我不扭怩了，就和他在一起了。"

沈以星就这么和段淮北谈着，从大四谈到了现在，一谈谈了五年。

都五年了，两个人愣是没吵过一次架。

黏糊幸福得像是始终处于热恋期。

他们俩原本定于明年结婚的，然而家里老人迷信，说明年是寡年，不适合结婚。于是，结婚的日子推到了后年。

段淮北不太乐意，却也没办法。

沈以星倒是挺开心的，自己离"已婚少妇"又远了一点。

他们婚前没有同居，段淮北工作的物理研究院离市区太远，他工作时间不固定，时常加班，所以大部分时间都住在宿舍。偶尔得空了，他才来沈以星这里陪她。

许多年轻时的豪言壮语，似乎都成了笑谈，没有得到任何印证。可沈以星当初说的成为美妆博主，却实现了。

她现在一条广告费都要六位数，即便如此，许多品牌商还是如过江之鲫般找她合作。

当初班级的倒数第一，如今混得风生水起，任谁不感慨一句造化弄人呢？

书吟作为班级前十的好学生，倒也没有辜负她的好成绩。

本科毕业后，她去了世界三大翻院的巴斯大学读研。巴斯大学的口译和同传专业是世界公认的Top1，只可惜，书吟毕业后，没有干口译这行。

她仍旧囿于表达，不喜与人接触。

原生家庭带来的影响深远绵长，即便她现如今有着出色的学历，不菲的工作收入，但她时常会想起那些年，生怕言行举止透露出自己的胆怯和不自信的时刻。

书吟现在的工作与专业挂钩，日常与中英文打交道，是一名专业图书翻译。

她偶尔还接点活儿——大学时期的同专业学姐熊子珊与人合伙开了家影视字幕翻译工作室，忙不过来时，熊子珊会找她帮忙。

中国翻译费是全世界有名的低，加之书吟进行的是中文与英文的互译，一部电影翻译下来，也就万把块钱，而且得在一个礼拜内完成。

这种活不常有，每个季度有那么一两次。

书吟知道，这是熊子珊照顾她，变相地给她送钱。

不过，书吟现在对钱也没有太大的执念了。

读书时期，她不怕同学比成绩，毕竟成绩差，努努力做题，好好听课，迟早会赶上去的。她怕的，是班上的同学比美，比穿着打扮，比自己买的零食多贵，比自己又去了哪儿哪儿玩，比一系列需要金钱支撑的东西。每每这时，她自卑到了极致，只能用沉默面对局促与卑微。

自从她家拆迁之后，书吟经历了一夜暴富，而后再一次肯定，钱确实是个好东西。

她和沈以星住在同一个小区、同一栋，上下楼。

沈以星这套房子，是她用自己工作赚的钱，全款买的。

书吟的这套房子，则是书吟用自己得到的那一部分拆迁款付了八成的首付，剩余的贷款分期。她大学期间开始兼职，赚得多用得少，本科加研究生六年时间，赚了约有五十万。当然，有三十万是在国外赚的。

去年回国后，书吟用了一年的时间，在今年夏天，把剩余的房贷一次性还清了。

书吟回国后，沈以星常往她家跑，俨然把书吟家当自己家了，毕竟书吟做的饭菜可比外卖好吃多了。

夜里十点多，看完电影，沈以星问书吟："明天去看电影吗？最近有很多新上映的电影。"

书吟说："我明天得去看望我大学时的系主任，他五月一号生日，放假那天应该会有很多人去看他，我想着提早几天去，错开人群。"

"五月一号生日？啊……我记起来了，你那系主任是不是叫江五一啊？"

"嗯。"

"他怎么不叫江劳动？"

"……星星！"

沈以星吐了吐舌头，又思维发散："他要是植树节生日，那他就是江直树了。"

书吟被她逗笑。

沈以星问："你明天什么时候去？"

书吟想了想："下午吧。"

沈以星眨眨眼，说："那我等你回来吃晚饭。"

书吟说："好。"

第二天，书吟带上给江教授准备的礼物，打车去往他住的小区。

本科期间，江教授对书吟照顾有加，知道她缺钱，还给她介绍了不少兼职。

兼职翻译能挣不少钱，偶尔接到沙特阿拉伯那边来的顾客，特阔绰。一天下来，书吟加上小费赚的钱，都有五六千。

书吟现在的这份工作，也是江教授帮忙找的。许多图书翻译的活，都是江教授介绍给她的。

所以江教授生日，书吟必定要提上东西去看望他。

江教授清廉正洁，住的地方还是学校分配的公寓楼。

公寓楼共七层，没电梯，书吟爬了六层到他家，太久没运动，她累得直喘气。

缓过气后，她才敲门。

没一会儿，门打开，门内站着的是江教授的太太。

书吟出国前来江教授家吃过一顿饭，和江太太有过一面之缘。

"是书吟吧？"江太太的记忆力好得惊人，一下子就记起她来。

书吟："嗯，华阿姨，好久不见。"

书吟的记性并不好，她记得江太太，不过是因为江太太姓"华"，"华"这个姓氏，很容易让书吟记起电视台的那位女主持人。

那年她遇袭后静养了一年半，再复出，是在第二年的春晚了。她姿态端庄，面容典雅，美丽如故。

华阿姨邀请书吟进屋，给她倒了一杯温水，说："江教授去超市买东西了，你在这儿坐一会儿等等他。"

书吟低眉顺眼:"好。"

她低头喝水,余光里,察觉到华阿姨不断地打量着她。

那目光是友善的,带有慈爱的,隐约中,书吟甚至觉得她仿佛在用看未来儿媳妇的眼神看自己。

但印象里,江教授只有一个女儿,没有儿子。

猝不及防地,书吟听见她问:"书吟,有男朋友了吗?"

书吟差点儿被茶呛住。

她是没想到,江教授的太太也如此八卦。

"……没、没有。"她干笑着回。

还未等江太太再开口,身后传来开门声。

书吟如释重负地看向回家的江教授,连忙起身问好:"江教授,您回来了啊。"

江教授见到她,笑了一声:"书吟来了啊,我买了些菜,你在这里吃了晚饭再回去。"

书吟:"不用不用,那太麻烦了。"

江教授温慈中带着严厉:"不行,你难得来一趟,必须得吃了晚饭再回去。"

无奈之下,书吟只好答应。

下午三点多,离晚饭还有好一阵。

江教授拉着书吟进了书房聊天,主要还是问她留学生活以及现在的工作情况。

一聊就是两个多小时。书房内飘进一股饭菜香,江教授取下鼻梁处的眼镜,说:"瞧我,见到你太开心了,聊得忘了时间,这都到晚饭的时间了,我们出去吃晚饭吧。"

书吟点了点头,亦步亦趋地跟在江教授身后,来到客厅,在餐桌边坐下。

江教授进了厨房,帮江太太打下手,画面有种说不上的温馨。

这让书吟想到了自己的父母。

这时,书吟手机了,掏出来一看,是沈以星的来电。

书吟接了起来:"星星,怎么了?"

沈以星说:"你什么时候回来?我哥今天下厨,等你到了我们再开饭!"

陈知让和她们也住一个小区,小区是一梯两户的设计,陈知让和沈以星在同一层。

书吟瞄了眼在厨房忙活的江教授。恰好这时,江教授也在打电话,他声音浑厚有力,穿过厨房,落入书吟耳里。

"你待会儿过来?正好我和你姨妈在做晚饭,你过来一块儿吃晚饭。"

书吟能够说服自己和老师、师母一同用餐,但无法适应有其他陌生人在的场合。

而且手机那头的人，还是他们的亲戚，他们自然有说不完的话题，书吟无法插话进去。

是以，挂断和沈以星的电话后，书吟决定找借口离开。

"江教授，我还有事，可能得先走了。"

端菜出来的江教授听到这句话，愣了一下，没责备她，反倒是问她："工作上的事吗？很急吗？"

书吟鼻腔里涌起酸涩感，为这份关心和体谅。

她一并吞咽下："嗯，工作上的事。"

"哎，还是工作要紧，饭什么时候吃都行。"江教授很是宽容，开门送书吟时，又不忘叮嘱她，"五月一号那天中午，你师母给我订了餐厅，说是毕竟六十大寿，得好好吃一顿。我没叫什么人，就叫了些你的师兄师姐，还有我现在带的研究生们。书吟啊，你看你那天有时间吗？有时间的话，过来和大家一块儿吃饭。"

他的话语句调很是柔和，没有师长的威严，仿佛将书吟当作朋友，半试探半期盼地望着书吟。

透过他这张脸，书吟想起了另一个人。

那人也是这般温柔。

书吟异常平静地笑着，说："好，我一定过去。"

下楼时，她用手机软件打车。

到小区门口时，夜色里，一辆黑色的车朝她缓缓驶来，车速缓慢，随后，又绕过她，在她身后停下。

它后面紧跟着一辆白色的网约车，书吟瞄了眼车牌，是她约的车。

于是，她往前快走几步，拉开车门，坐了进去。

几乎是她坐进车里的同一时间，身后那辆黑色轿车，车门打开，下来的男人，眉眼温柔，远胜过江南烟雨。

夜里七点，声控灯一盏盏亮起，又一盏盏熄灭，由一楼到六楼。

商从洲提着两箱礼品，脚步平稳，气息均匀地爬上六楼。

工作原因，商从洲父母辈的长辈们，有不少是住在这种没有安装电梯的、政府分配的老式小区。逢年过节，商从洲时常提着大包小包的礼品盒，拜访各位长辈。

他敲了敲门，几秒后，屋里头传来熟悉的声音。

"你去看看，是不是从洲来了。"

等了约莫半分钟，江五一才姗姗来迟地开门。

商从洲以为迎接他的会是张热情满盈的笑脸，不承想，自己姨夫的脸上，笑是有，但比起笑，更多的还是遗憾。

"姨夫，看到我，您好像很不开心？"商从洲将手里头的礼品放在茶几上，戏谑道。

华怜容道:"他的得意门生刚走,没留在这儿吃晚饭,你姨夫这会儿心情哪还好得起来?"

商从洲依稀有听华怜容提到过这位得意门生。

对方家庭条件一般,但人很努力,也很有天赋。江五一不喜欢学生在外面用自己的名号办事,唯独对这位学生动了恻隐之心,替她写推荐信,给她联系留学学校。

江五一也对这个学生倍感惋惜:"要是性子活泼些就好了,让你小姑姑带带她,以后前途无量。"

商从洲的小姑姑,一度成为网友们热议的话题,被冠以"最美外交翻译"的头衔。

某个字眼,使得他眼里被晦暗覆盖。

很快,商从洲调整好情绪,不咸不淡地说:"有机会的话,我还挺想见见您这位得意门生的。"

江五一道:"你五一那天中午有时间吗?那天我和学生们一块儿吃个饭,到时候她也来,你俩正好见见。"

华怜容迫不及待地附和着:"对,正好见见她,小姑娘长得挺漂亮的。"

商从洲的视线在二人脸上盘旋。

他的眼神并不犀利,眼里浮荡着笑,却令二人倍感不自在。

华怜容和江五一心虚地岔开话题,示意他上桌吃饭。

商从洲似笑非笑地说:"你们什么时候改行当媒人了?"

江五一咳了一声,缓解尴尬:"……人家小姑娘真不错。"

华怜容配合着说:"正好她单身,你也单身,你说这不巧吗?"

江五一:"对啊,这不巧了吗?"

华怜容:"我俩看上眼的人,人品肯定行,可比你那些个伯父、舅舅介绍的什么世家千金要好,本事不大,脾气不小。"

商从洲看着面前两人唱双簧似的,一唱一和。

他轻嗤了声:"行了,我暂时还不想谈恋爱。"

华怜容撇嘴,正欲开口时,又听到商从洲说:"别耽误人家。"

他神色淡了许多,周身似笼上一层厚重的霜雪,冷峭疏离。

华怜容与江五一对视一眼,都想到了什么,连忙转移话题,不再提此事。

恰逢晚高峰,道路拥堵,书吟在路上耗费了近一个小时的时间。

到家时都快晚上八点了,她急匆匆地按下陈知让家的门铃。

来开门的,是陈知让。

他身上仍穿着工作时穿的西装,宽肩厚背,身材有种精致的冷感与坚硬的美感。时间在他身上有了具象化的证明,他脸上的肉少了许多,五官棱角鲜明利落,鼻梁处架着一副眼镜,镜片下的双眸,依旧冷沉。

"到了。"他惜字如金的毛病还是没改。

"嗯，不好意思，路上堵车，到得有点晚。"书吟解释。

她也没有变，面对陈知让时，后背会莫名地掀起凉意，紧张得如履薄冰。

陈知让说："我知道，我听到你给星星发的语音了。"

书吟跟随他进了屋。

陈知让的家和他本人一样，黑、白、灰的搭配，精简又精贵，随便一个小摆件，都价值上万。

沈以星已经坐在餐桌边了，她招呼着书吟："快过来，我哥今天做了好多菜，还有你喜欢吃的糖醋排骨。"

书吟下意识地望向陈知让。

陈知让神色清冷，反问："你喜欢吃糖醋排骨？"

不是特意为她做的。

误打误撞罢了。

书吟哽了一下："嗯……挺好吃的。"

陈知让语气平静："待会儿多吃点。"

书吟客气极了："哦，好，谢谢。"

陈知让坐她对面，目光极淡地扫了眼书吟，面不改色地收回，继而拿起碗筷，安静吃饭。

后天是五月一号，沈以星问陈知让："哥，你五一放假吗？"

陈知让的父亲是亚太投资银行董事会主席，他毕业后，由家里安排，进入亚太投资银行。

陈知让说："放假，但有个融资项目，需要加班。"

沈以星刚扬起的笑迅速垮掉："……工作狂。"

沈以星问书吟，以一种肯定的语气："你肯定放假的，我们五一去长沙玩吧？"

书吟想了想，说："三号之后才有时间。"

沈以星问："三号之前呢？"

书吟："江教授一号的生日宴，我得过去一趟。二号我想回趟家。"

沈以星仿若被提醒："我也有好久没回家了，那我也回家吧。哥，你回家吗？"

陈知让："有时间就回。"

他又问："你不陪段淮北？"

沈以星假笑："他去欧洲参加研讨会了，为期一个月。我的眼光好好，找了这么一个优秀的人才，为国家的物理事业添砖加瓦。"

陈知让不置可否地笑了下。

书吟也笑了。

确定好时间，沈以星买好了二人去长沙的高铁票。

书吟则拿出手机,订酒店。

陈知让沉默了一下,淡声道:"我在柏悦有套房间,包年的,你们过去可以住那里。"

书吟顿住,缓缓抬头,看向陈知让。

他侧脸对着她,神态漠然。

沈以星化身狗腿子,改编歌曲:"世上只有哥哥好,有哥的孩子像块宝。"

换来陈知让短促的一声笑:"很难听,别唱了。"

他面对沈以星时,面容不是一贯的冷漠,眼里有笑,也泛着温柔的色泽。

吃饱喝足后,书吟回到自己家,沈以星连十几米的长廊都懒得走,直接在陈知让家里躺下了。

书吟手头还有份翻译工作,进行到收尾阶段。

到家洗漱完,她就开始了熬夜翻译。

她一工作起来,便作息颠倒,日夜混乱,接连熬了两个晚上。高强度的工作下,她竟忘了设置早起的闹钟。五一那天,她从睡梦中惊醒。

床头闹钟,时钟指向十点。

江教授的午宴设在十一点。

书吟半梦半醒地洗漱,仓促地化了个淡妆,电梯门打开,陡然撞入一双熟悉的眼里。

好几秒的沉寂。

陈知让眼神很淡:"不进来?"

"……哦。"书吟走进电梯里。

幽暗密闭的电梯飞速下落,书吟并不擅长找话题,她僵硬又生疏地开启话题:"你要去上班吗?"

"去开个会。"陈知让垂下眼,隔着薄薄的镜片,眼里的冷意锐化了几分,"你去哪里?"

"我去柏悦吃个饭。"

市中心的柏悦酒店六十三楼的悦景厅。

熟悉的宴会厅。

那年陈知让拿到斯坦福的留学录取通知时,他妈妈为了庆祝此事,在那里办了一场升学宴。

愣神间,头上轻飘飘地砸了几个字过来:

"顺路,我送你。"

电梯门开了,陈知让率先走了出去。

书吟望着他的背影,心里产生了些陌生感。她总觉得,顺路送人这种事,不太像是他会做的。

或许是她对他一直持有偏见,也或许是他这些年变了许多,变得有人情味了。

书吟去年回国，当时陈知让还在外地工作，今年四月初，他才调任回南城。

满打满算，他们有八年没见过面。

不记得是在哪里看到的一句话，说将人身上的细胞全部换掉，需要七年的时光。想她都已经不再是那个满腹自卑的书吟了，陈知让或许也不是当初冷到骨子里的人了。

书吟坐上了陈知让的副驾驶座。他车里没有任何装饰品，干净、整洁，像是刚从4S店取出来的新车。

车驶出小区没多久，突然停在路边。

他解下安全带，说："等我一下。"随后下了车。

再回来时，他手里提了一个纸袋，上面印着咖啡店的logo（商标）。

他取出里面的两杯咖啡，递了一杯给书吟："你需要提提神。"

书吟慢吞吞地接过咖啡，另一只手下意识地摸了摸脸，小声说："我看上去很憔悴吗？"

她以为自己声音很小，没想到陈知让听见了。

他说："不憔悴，只是看着没什么精神。"

书吟窘极了，她咬了咬唇，还是礼貌道谢："……谢谢你的咖啡。"

陈知让放在方向盘上的手，略有些僵硬，只是这份僵硬转瞬即逝。

两人一路安静到柏悦。

书吟双唇翕动，还未等她说话，陈知让似是猜到，打断她："你好像很喜欢和我说'谢谢'。"

书吟沉默了一瞬："因为确实在麻烦你。"

陈知让没再说什么了。

书吟下了车，捧着陈知让给她的咖啡，往柏悦里面跑。

兴许是五一假期的缘故，柏悦的电梯间挤满了人。书吟站在人堆外，等了一趟又一趟，愣是一趟都没挤进去。

时间一分一秒往前走，已经十一点了。

眼前又有一趟电梯停了下来，书吟被身后的人推挤着进去。

手机里，前来吃饭的学姐们给她发消息，一会儿问她到哪儿了，一会儿又八卦地说江教授的外甥也在，可帅了。书吟一只手回消息，打字有些慢。

书吟：是吗？

她回的自然是那条说江教授外甥帅的话。

△真的特别特别帅。

△算了，我和你说这个干什么？你对帅哥不感兴趣。

电梯停在六十三层，书吟收起手机，拨开人群，往外走。

宴会厅的方位她还记得，她按照记忆里的路线往前小跑，小跑时还得防止手里的咖啡洒出来。

脑海里不合时宜地冒出陈知让的话，她突然停下脚步，想用手机看看自己现在的模样，是不是很没精神。

她打开手机前置摄像头，照出来的脸，因为熬夜，略有些肿，没涂口红，唇色太白，显得很没气色。

书吟又从包里找口红，擦口红前，她喝了口咖啡。

她其实是有点儿手忙脚乱的，两只手分别拿着手机、咖啡、口红。

她左右张望，在拐角处寻找到垃圾桶，走过去，想把半开的咖啡扔里面。恰好这时，拐角处迎面走来一人，那人打着电话，眉头紧皱，行色匆匆，没注意到转弯处会有人。

二人迎面撞上，"砰"的一声，咖啡落地，洒了一地棕色的液体。

男人的胸前也溅了一大片咖啡液，情形狼狈。

男人匆忙挂断电话，挂电话前，他颇为无奈地说："我这边出了点事，等一下给你回电话。"

声音很熟悉，又很陌生，饶是碰到这种倒霉事，声音里也没有任何抱怨，甚至还带着抹轻松的笑。

像是隔着一层朦胧的烟雨，风一吹，就能窥见真相。

不需要风吹，只需要她一个抬头，就能看清眼前的人。

书吟抬头的瞬间，男人的视线也往下拉，他们的目光撞在了一起。

那句"抱歉"哑然失声，书吟一时愣在原地。

八年的时间有多漫长呢？

漫长到书吟都快忘记他的长相，连自己是如何喜欢上他的都不记得了，甚至觉得自己早就把他忘了，早就忘了自己对他的喜欢。

可是八年似乎又转瞬即逝，时间似乎并未对他做出太多的改变。

他站在她面前，身高差依然让她仰望着他。

即便是如此狼狈的处境，但他给人的感觉还是光风霁月。五官出色，尤其是那双桃花眼，多一分显得浪荡，少一分显得狂妄，他从来都把距离感藏在温柔之中。

距离太近，近到她闻到独属于他身上的气息，清冽的冷香驱散开咖啡的味道，直奔向她。

像命运。

像命运推着他们俩重逢。

猝不及防又无可奈何。

与往日一般，不论她在脑海里设想过多少次与他的对话，都会卡壳。

然后，她听见商从洲说："好久不见，"

故人重逢，才会用"好久不见"这个词。

书吟很难描述自己当下的心情，激动、开心、惊讶……抑或是别的，然而没想到，商从洲下一句话，将她强撑着的平静，轻易瓦解。

他叹了口气,把后半句话补充完整:"……书吟。"

好久不见。

书吟。

书吟的喉管逐渐紧绷,胸腔一起一伏,心里说不上是什么滋味。

他竟然……知道她的名字?

商从洲驱车前往柏悦酒店的路上,接到江五一的电话,话里话外,都透露着商从洲要相亲的讯息。

面对长辈,他纵使有千百倍的反感,也化为无奈。

他琢磨着,真得和姨夫说清楚,他是真没有结婚的想法,也没有恋爱的想法。

等到了宴会包厢后,里面的场景如商从洲所料。

放眼望去,都是女生,外语专业出来的女生,个个盘正条顺,各有各的漂亮,她们大部分中指和无名指都戴着戒指。

商从洲的位置安排在江五一边上。

周围交头接耳,屡屡投送来好奇的目光。有性子活泼的,直接问江五一:"老师,这位帅哥看着好眼生啊,他也是您的学生吗?"

江五一笑道:"他是我夫人的外甥。"

商从洲坐在位置上,脸上挂着淡淡的笑,礼貌又客套。

午宴定于十一点开始。

人差不多到齐了,江五一这桌还空了个位置。

有人问:"Sylvia(希尔维亚)什么时候来?"

英语专业生,每人都会有英文名,上课时老师提问,也喜欢叫英文名。

有同学在的地方,她们更习惯叫对方的英文名,就像好友之间也喜欢用小名外号一样。

"她说已经到楼下了。"

"她现在在做什么?"

"全职翻译。"

"是吗?我有个翻译的活忙不过来,到时候问她有没有时间。"

"你给的价要是便宜的话,就枉费她叫你那么多声师兄了。"

"放心,价格保准她满意。"

众人聊的名字、事件,商从洲都听不懂,也与他无关。

正在这时,他手机响了,来电显示:容屹。

商从洲大学时期在国外认识的容屹,容屹比他小几岁,后来他俩被霍以南挖到霍氏,成为霍氏的总经理之一。

容屹没什么事不会给他打电话。

趁众人聊天之际,商从洲出包厢接电话。

江五一手疾眼快地拉住他,很是警惕:"你要走了?"

商从洲大概能猜到，他的那位相亲对象，是还没来的Sylvia。

也是江五一的得意门生。

商从洲叹了口气："我去接个电话。"

江五一："电话接完还回来吗？"

商从洲无奈："回来的，今天是您六十大寿，我答应了陪您吃饭，姨夫。"

江五一这才安心放他去接电话，随即，欲盖弥彰地嘱托："打完电话就快点回来，都上菜了，太晚的话，菜都要凉了。"

商从洲懒得拆穿他，轻笑了一声："知道。"

商从洲走出包厢，想找个安静的地方说话，便往楼道口走去。

哪知道在拐角的地方，毫无征兆地，怀里一重。紧接着，身前的衬衫被咖啡浸得湿透。

始作俑者微低着头，棕色的长鬈发蓬松轻盈，自然垂落。

她抬起头，露出的一张脸，巴掌大小，皮肤很白，眉眼清丽柔和。此刻，她脸上写满了懊恼与愧疚。

记忆里，也是这样一张脸，脸上写着清冷淡漠，似是挂在天边的云，温柔绵软，然而永远触摸不到。

高中时与她说话，都不过三五句，商从洲不知道，她究竟是寡言的人，还是说，只是面对他的时候不爱说话。

可她的声音是那样婉转悠扬，如夜莺鸣啼。

她的名字里，也有个描述声音的词。

他的记忆向来很好，甚至于，大脑还未运转，唇齿已经喊出她的名字来。

"书吟。"

仍是记忆里那般，她会先沉默半瞬，似是在回忆他是谁。

然后，她动作很慢地朝他点头，眼梢挑起，眼里带着些微的试探："……好久不见。"

十七岁的书吟，最大的渴望，就是商从洲记得她。

时过境迁，二十六岁的书吟，在听到他念出自己名字时，表现得很淡然。

她发现自己也没有那份执念了，只是说话的时候，喉咙吞咽下去的，除了空气，还有动荡不安的情绪。

里面的情绪究竟是什么呢？连她自己都不清楚。

"商从洲。"她念着他的名字。

多年前，她曾设想过无数次二人说话的场景，竟然是在八年后的今天，终于实现。

书吟的视线在商从洲脸上只停留了几秒，很快，移至他身前被咖啡洇染的地方。

白色衬衫，一大片浅褐色的水印。

"……真的不好意思，我刚没注意到你走过来。"

商从洲轻描淡写："没关系。"

书吟："可你的衣服脏了。"

商从洲："脏了可以洗。"

书吟沉默片刻，问他："你到这里，是约了人吗？"

柏悦六十三楼，是专门用餐的包厢。

如果他约了人，书吟把他的衣服弄成这样，她心底属实是过意不去。

商从洲说："家里人过生日。"

书吟是真的自责了："……你要不要换件衣服？"

"真没关系。"

"可是……"

"一件衣服而已，脏了就脏了。"商从洲安慰她，"别往心里去。"

即便衣服都脏成这样，他也没半分气恼，站在她面前，与当初没什么两样，温柔地包容一切，体贴得无以复加。

他身上是一件白衬衫，下面穿着一条黑色薄款直筒裤，精英的从容与清冷的禁欲感糅杂得恰到好处。衬衫上的洇渍，仿若不是污渍，像是白衬衫自带的，染色印上去的。

有的人就是能把衣服驾驭出他自己的味道来。

两人沉默了一小会儿，直到过道里，传来熟悉的声音。

"Sylvia？"

书吟下意识地扭头，是学姐，熊子珊。

熊子珊的视线在二人之间打转："你们……在干什么？"

书吟略带歉意地解释："我不小心把咖啡泼到他身上了。"

商从洲接过话来："小事，没什么的。"

熊子珊的眼珠子在二人之间来回打量，有些不怀好意，她正欲说什么，手里的手机振动个不停，显然是在催她。

熊子珊同时也拉住书吟，催着书吟："迟到啦，江教授生日，竟然还让他等我们！快走快走。"

离开前，熊子珊往后瞥了一眼："帅哥，真的不好意思啊，既然你没把这事儿放在心上，那我们就先走了，我们还有要紧事。"

商从洲望着她们离开的身影。

只见书吟快步往前走，又扭头回望了一眼。很快，她视线收回，下一秒，推门进去，消失在他的视野里。

商从洲的眸光淡了下来，眼底铺了层淡淡的柔光。

刚刚，那个人叫她什么来着？

哦，记起来了。

Sylvia。

包厢里，书吟放眼望去，都是熟面孔，许多她认识的师兄师姐。有几张生面孔，不用猜，肯定是江五一现在带的研究生。

比起寿宴，这更像是谢师宴。

书吟被熊子珊拉着，坐在了江五一在的主桌。

落座后，书吟和各位师兄师姐打了声招呼，也和江教授说了一声"生日快乐"。

江教授乐呵呵的，说："你来了，我就快乐了。"

打完招呼后，书吟听到熊子珊和身边的人说话："不是说有帅哥吗？帅哥人呢？"

"刚出去了。"

"你确定他出去了，而不是骗我？"

"我骗你干什么？真的是个超级无敌大帅哥。"

熊子珊半信半疑，她又拉着书吟求证："你本科的时候不是经常去江教授家吃饭吗，有没有见过他外甥？"

书吟想了想，摇头："好像没有。"

熊子珊："不是都说外甥像舅吗？或许真的还挺帅的？"

江教授虽已年过半百，但看上去像是四十多的中年人，斯文儒雅，有着文化人特有的风骨气韵。

另一边的师姐解释："是师母的外甥。"

熊子珊了然。

"不过……"那位师姐凑过来，越过熊子珊，饶有兴致地盯着书吟，说，"我可听说了，江教授打算撮合你和那位帅外甥。"

书吟皱了皱眉。

熊子珊却说："你是应该找个男朋友了。"

书吟抿了抿唇，没再说什么。

此时，包厢门被人由外打开，有人走了进来。

书吟坐着的位置正好背对着包厢门，自然没有注意到来人。

她低头喝水，胳膊传来痛感，熊子珊激动地掐着她的胳膊，朝她挤眉弄眼："你的相亲对象真的好帅。"

书吟差点儿被水呛住。

"什么相亲对象？你别乱说。"

"管他是不是相亲对象，反正真的好帅。"

书吟顺着她的视线看过去，目光一顿。

江教授身边的空座位，有人落座。

书吟的位置和那人的位置，正好相对。他也看了过来，眼神笔直。

书吟礼貌性地朝他露出一抹浅笑，他回以同样的笑。

熊子珊震惊道："这不就是刚刚被你泼了咖啡的帅哥吗？"

书吟敛眸，低低地"嗯"了一声。

熊子珊调侃道："你俩还挺有缘的。"

书吟踟蹰着，要不要把她和商从洲以前认识的事说出来。还未等她想好，桌上飘荡起江教授的声音，他问商从洲："你这衣服什么情况？"

商从洲轻哂："不小心弄上去的。"

江教授轻斥："都多大了，还这么毛毛糙糙？"

听得书吟渐渐低下头去。

未多时，书吟听到江教授叫自己的名字。

江教授大张旗鼓地介绍："那位就是我的得意门生，书吟。"

同桌的人都认得书吟，他这介绍，周围的人都听出来了，是说给商从洲听的。

书吟硬着头皮，扯了抹笑。

商从洲却说："我们认识。"

空气静了一瞬。

众人打量着他俩，仿佛窥见了什么不得了的秘密。

江教授被挑起了好奇心："你们什么时候认识的，我怎么没听你俩提起过啊？"

商从洲言简意赅："一个高中的。"

书吟补充："他比我高一届，是我学长。"

随后，她轻而短促地说："我们不太熟。"

商从洲望着她闪躲的视线，面不改色地"嗯"了一声。

江教授却说："以前不太熟，现在开始多多接触，就熟了嘛。"

"大家说，对吧？"

众人纷纷附和着，起哄着。

中途，餐厅工作人员过来送餐，打断对话。

寿宴在嬉笑声中开始，方才的一切像是一段小插曲，无人记起。

就连书吟都快忘了。

结果等到寿宴结束时，江教授招呼着书吟。

"书吟，你过来。"

熊子珊逗她："第一集，回国；第二集，相亲；第三集，结婚。"

书吟瞪了她一眼。

书吟瞪人的眼神也没有任何凶狠的力度，柔得似雾，轻得像风。周身温和无棱角的人，连使小性子都像是在撒娇。

书吟亦步亦趋地走到江教授面前。

江教授问她："待会儿还有什么事吗？"

书吟："没有，就回家了。"

江教授:"开车来的?"

书吟:"不是,打车来的。"

"那正好,从洲——"江教授叫住结完账回来的商从洲,撮合意味溢于言表,"书吟没有车,你送她回家吧。"

"太麻烦了吧……"书吟委婉拒绝。

江教授说:"不麻烦,几脚油门的事儿。"

他使劲给商从洲使眼色,甚至毫不掩饰,让书吟都有些不忍直视。

短暂的安静后,商从洲问她:"你家住哪里?或许我们顺路。"

书吟报出小区名字。

商从洲:"我住锦绣华府,离你小区就一条街。"

话说到如此地步,书吟没有任何拒绝的理由:"那麻烦你了。"

商从洲轻描淡写:"顺路的事,不麻烦。"

江教授不忘提醒他:"回家记得换身衣服,还有,以后做事小心一点儿,别把衣服弄脏了,又不是三岁小孩。"

商从洲嗓音低低的,喉咙里溢了声笑出来:"知道了,我以后一定会小心的。"

书吟不知道他是在笑她,还是不怀好意的调侃,抑或只是随心一笑。

她惶惶惑惑地回到自己的位置上,拿过自己的包。

熊子珊倒是没再调侃她,另一边,一直和熊子珊聊得有滋有味的师姐,现如今在做广告营销,思路打开:"《当我相亲相到了高中学长》,嗯,这个题目挺有意思的。"

书吟已经懒得争辩了,有气无力地道:"《当我相亲相到了高中暗恋的学长》,这种话题才有意思。"

师姐朝她竖大拇指:"你给我一个不错的思路。"

熊子珊则朝书吟翻白眼:"就你还暗恋?只知道读书的傻孩子。"

书吟的胸腔里吐出一口浊气。

是啊,所有人都认为,她不会恋爱,更不会玩暗恋那一套。

她太乖了。

商从洲的车由酒店的泊车工作人员开过来,停在柏悦酒店的门外。

工作人员无微不至,替书吟打开副驾驶座车门,书吟没有犹豫,径直上了车。

另一边,商从洲也坐上了车。

他住的小区,书吟知道,本城最贵的豪华平层花园公寓住宅,位于市中心,小区自带三千平方米休闲会所,开盘便以"闹中取静,繁华中寻宁静"为噱头,吸引了不少购房族。

高昂的房价,就连购房者的资质都需要经过层层筛选。

商从洲住在那里,是意料之外,也是情理之中的。

好一阵沉默。

好在车载音乐将空气填满。

商从洲忽然说:"没想到你是我姨夫的学生。"

书吟说:"不算。他是我系主任,就给我上了两个学期的课。"

大三时为了备战英语专业四级,系里开了一门英语听力的课,书吟这才有幸成为江教授的学生。

而同桌的师兄师姐,他们基本都是江教授自己带的研究生,这才更像学生。

商从洲若有所思地点点头。

他顺势问:"你现在做什么工作?"

书吟说:"全职翻译,有活的时候工作,没有活的时候,就在家待着。"

商从洲:"不出去玩?"

书吟笑:"偶尔会和星星出去玩。"

"沈以星?"

"嗯。"

"我倒是很久没见她了。"商从洲打了个转向灯,手转动着方向盘,动作闲散,漫不经心,"她现在在忙什么?"

书吟注意到他的手,皮肤白皙,手背处的脉络凸起,如绵延的山脉。

他手指修长,骨感清晰,像是艺术家精雕细琢的艺术品,华丽、精致。

话题转得太快,书吟反应了几秒,才回答:"美妆博主,你知道的,她很喜欢化妆打扮。"

商从洲说:"是,你们高中的时候,她也给你化妆了。"

为什么?

他好像记得连她都快忘了的事。

见她半天没反应,商从洲撇过脸来:"我记错了吗?"

"没,你没记错。"书吟手心收紧,语速很慢地说,"你竟然还记得这种小事。"

"我记性还可以。"商从洲云淡风轻。

也不知沉默了多久,书吟开口问他:"你后来没有当外交官吗?"

对他最执迷不悟的时候,她近乎疯魔般,在网上搜寻他的痕迹,像个阴暗爬行的偷窥狂,把能想到的搜索引擎都用了个遍。可是输入"商从洲、外交官"词条时,没有跳出任何与之匹配的新闻。

商从洲说:"没有,我现在做点小生意。"

他何其谦虚,说自己做点小生意。

书吟在搜索引擎里输入"商从洲"时,跳出来的是他的履历,以及现如今的工作,中间有一行显眼的词条——

瑞奇中国内地富豪榜。

想来是书吟表达得不够好,她想问的是——你后来为什么没有当外交官呢?

她还记得当初在空荡的楼梯间里,光影明灭,他说着他的梦想,语气铮铮,坚定又慨然的模样。

像是一束火,点燃了整片幽暗森林,星火燎原。

可她到底还是没有再追问。

他们还没有熟到可以聊彼此的心事。

不知不觉,到了小区门口。

书吟解开安全带,和他道谢:"谢谢你送我回来。"

顿了下,她的目光落在他脏兮兮的衣服上:"真的很抱歉,把你衣服弄脏了。要不我们加个微信,到时候干洗费多少钱,你告诉我,我转给你。"

书吟敢保证,自己说这话时,没有半分私心,也没有任何私欲。

商从洲眉梢轻抬,语气无波无澜:"好。"

书吟昨晚熬夜到今天清晨,极度缺少睡眠。

回家后,她简单洗了个澡,沾床没几分钟,就睡了过去。

醒来时,窗外暮色四合,她迷迷糊糊睁开眼靠着床头,直到手机屏幕亮起,有一缕光点燃了整个房间。

她如梦初醒般地捞起手机,是通信公司的短信。

她再一看微信,躺着几条未读消息,全来自熊子珊。

熊子珊:怎么说怎么说?

熊子珊:你俩怎么样了?

熊子珊:很急,真的很急,想知道相亲后续。

书吟怔了几秒,失笑着,打字回她:……刚醒。

熊子珊是下午两点发的消息,此时已是傍晚六点多。

间隔时间太久,她得解释一下自己刚刚去干了什么。

书吟回完消息后,去客厅接水喝。她刚接好水,手机"叮咚"响,有消息进来。

熊子珊:[?.jpg]

熊子珊:你俩这就睡了?进展也太快了吧!

熊子珊:别怪我多嘴,你俩做安全措施了吗?

书吟是边喝水边看的消息,一口水全喷了出来。

书吟:你想哪儿去了?

书吟:他把我送到小区大门口,我们就分开了。

书吟:我回家就睡觉了。

怎么就扯到……他俩睡了?

书吟无语。

熊子珊大失所望:没劲。

熊子珊:你觉得你俩会有后续吗?

沉默了片刻。

书吟回:不会。

不会有后续了。

她早就放下了他,即便还喜欢,她也不是个会主动追求的人。所以,不会有后续。

第六章 像是发现了宝藏

"你看向我的时候,风雪都离我远去。"

——《十六,二十六》

很快,到了书吟和沈以星约好去旅游的日子。

她们订的是早上的高铁,前一晚,书吟早早地洗漱,睡觉。

第二天早上六点,闹钟响了,叫醒书吟。

书吟洗漱好,提上行李箱,和沈以星一同去往高铁站。

书吟很少拍照片,但沈以星喜欢拍照片,一路玩,书吟帮沈以星拍了各种照片。等到晚上回酒店,沈以星发了一条朋友圈,书吟点开发现,其中有一张自己的照片。

是沈以星的偷拍。

书吟问:"你什么时候拍的?"

沈以星:"忘了,哎呀,这不重要,重要的是,照片拍得很好看。"

书吟不甚在意地笑笑。

她点了个赞,便滑过这条朋友圈。

等她洗完澡出来,发现朋友圈多了一条消息提醒。

朋友圈有个功能,共同好友在一条朋友圈底下评论,另一方会收到消息提醒。

商从洲的点赞就这样映入书吟的眼帘。

屏幕下拉,是商从洲和沈以星的互动。

商从洲:一个人出去玩的?

沈以星回他:你没看到图九的大美人吗!

商从洲:看到了。

书吟指尖一顿。

她沉默地撇开眼,退出朋友圈。

书吟静坐在原地许久,久到沈以星和段淮北打完了一通长得不能再长的电话,她才掏出手机,点开商从洲的微信,给他发了一条消息:你的衬衫送去干洗店了吗?

尤为普通又客套的内容。

容屹很早就发现了商从洲的心不在焉。

一晚上,商从洲手机不离手,时不时地解锁,又锁屏。

那模样,俨然是在等人的消息。

容屹没闲心思问他等谁的消息,他感兴趣的是听到的传闻。

他忍不住,向商从洲求证:"二哥,我听说你前几天在你姨夫的寿宴上相亲了,你的相亲对象对你很不满,还泼了你一脸酒。"

商从洲眉头皱起:"哪儿听来的?"

容屹:"就,他们都这么说。"

商从洲:"没有的事。"

商从洲哼笑了一声,纠正:"泼了我一身的咖啡。"

"所以你真的去相亲了?而且那个女生对你很不满意?"容屹目光幽幽,带着明晃晃的嫌弃意味,"她嫌弃你老。"

"首先,不算是相亲。她是我姨夫的学生,我和她一块儿过去给我姨夫贺寿。

"其次,她是不小心泼的我。

"最后,我只比她大一届。和她比,我应该还没到'老'的份上。"

容屹一脸疑惑:"大一届是什么意思?你俩之前认识?"

商从洲淡声道:"嗯,一个高中的。"

他又哪里能忍受容屹打趣他,不咸不淡地回击:"她和把你甩了的那个'姐姐'是同一届的。"

容屹登时黑脸。

"你够狠。"

"多谢夸奖。"商从洲脸上挂着温润儒雅的笑。

容屹此刻被气得心肝疼。每每想到那人,他的理智就不复存在。旁人眼里冷漠阴鸷的小容总,在提及那人时,幼稚得要命。

容屹今晚住在商从洲家,他在商从洲家有自己的房间,只不过,洗完澡后,需要把衣服放在洗衣间里。等第二天,保姆过来收拾衣服,送去干洗店。

容屹迈进洗衣间,就发现了挂在晾衣杆上的白衬衫,上面有一大块明显的污渍。

身为洁癖重度患者的容屹,眉头蹙起,正欲说什么的时候,脑海里陡然想起方才商从洲说的话。

——"泼了我一身的咖啡。"

根据时间推算,已经过去两三天了。

所以,这件被泼了咖啡的衣服,留在这里将近一周,一直都没有洗。

二哥……他打算干什么?

容屹走出洗衣间,望着客厅里商从洲的背影,眼神探究、疑惑。

商从洲坐在沙发上,没有察觉到容屹的注视。

他"失灵"的手机总算可以使用,"叮咚"作响,收到了书吟的消息。

她用词礼貌而又客套,像是对任何一个陌生人都如此。

应该是在看到他评论沈以星的朋友圈后,她才想起他,想起她欠了他一件干洗费用的事。

高中时,偶尔见到她,她身边都有个沈以星。

沈以星很活泼,不管是外貌,还是性格,都是在人群里格外惹眼的存在。她的朋友,和她是相反的类型,寡言、清冷。

不经意的一个眼神撞上,书吟便会仓促又匆忙地挪开眼,她周身像是隔了层真空,与所有人有壁,极难靠近。

就连商从洲自己都想不明白,自己要干什么。该送去干洗店的衣服,保姆问了好几回,他都说不用拿去洗。

明明是个和他没什么交集的人,而她看上去也不想和他有任何交集。

商从洲揉了揉眉心,眼睫一压一抬,双眸恢复清明。

他平静地打字,回她:干洗费值不了几个钱。

书吟回得很快:那也要钱的。

她的语气,像是忙于和他撇清关系。

他也并非想和她发生点什么,几十块钱的干洗费罢了,他不缺这么点儿钱。

商从洲沉默了几秒,指腹轻敲键盘上的数字,还没发出去,身后陡然响起容屹的声音:"二哥,总裁办负责法语翻译的助理去法国出差了,估计六月底才回来。我下周有个会议,需要法语翻译,你能帮我找个法语翻译吗?"

以往这种事,都是商从洲想法子。

商从洲的姨夫在外国语大学任职,桃李无数,找个翻译,轻而易举。就连现如今总裁办负责法语翻译的助理,也是江教授的学生。

他放在键盘上的指腹轻易地换了个位置,按下删除键,而后,打字。

很快,一条消息发了出去。

商从洲:你帮我个忙,就当抵消干洗费,可以吗?

帮忙?

什么忙?

书吟想不到自己有什么可帮他的,可手指还是非常厚道地打字:可以,但我最近没时间,可能得等下周。

商从洲回:下周二你有时间吗?

书吟：有。

商从洲：好，等你回南城，我再联系你。

书吟等了几分钟，见他没有再发消息，于是将手机锁屏。

之后，她和商从洲没有再联系过。但商从洲并未消失在她的视野里，出来旅游，沈以星每天都会发一条朋友圈，底下的点赞评论区，必定有商从洲的身影。

加了他微信后，书吟才知道，原来商从洲是朋友圈的活跃分子，热衷于和大家互动的"点赞狂魔"。

为期五天的旅行转瞬结束，书吟和沈以星回到南城。

日子照常过，和以前没什么两样。

书吟没把商从洲的"帮忙"放在心上。或许那不过是他随口一说，让她别太记挂着弄脏他衣服的事。

这天，书吟突然收到了商从洲的消息：明天有时间吗？见个面。

书吟：是要我帮忙吗？可以。

约莫过了两分钟，商从洲回：嗯，明天什么时候有时间？

书吟：明天随时。

商从洲：好，我来接你。

书吟一愣，键盘上已经打出"不麻烦你了"这五个字。可他那边打字速度显然更胜一筹，在她发出去的前一秒，聊天记录里，多了一条他发来的消息。

商从洲：顺路，顺便接你。

随即，他又补充：毕竟有求于你。

他并非态度强硬之人，偏偏叫她无法反驳。

许是因为他求人帮忙的态度，带有面面俱到的客套，将一切都妥善安排好，让人没有任何拒绝的由头。

有一句话是怎么说的来着？

和你约好了见面的时间，可是连等待与你见面的时间，都是生机勃勃的。

书吟很快摇头，否定脑海里冒出的，莫名其妙的念头。

实际上，她确实是口是心非的。不只是嘴巴，甚至连大脑、理智，都强撑着体面，否定自己这么多年仍旧对他抱有一丝不该有的喜欢。

她自己也说不清楚，是年少时遇到太惊艳的人，以至于对旁人提不起兴趣，还是耿耿于怀这份求而不得。

剪不断，理还乱。

算了。

她躺在床上，心想还是睡觉吧。

一觉睡醒，她突然想吃油条。

油条是高热量食物，书吟想着就不叫外卖，自己走路去小区附近的早餐店买，消耗点儿微乎其微的热量，权当心理安慰。

出门前，她瞧见鞋柜下的体重秤，上秤如上刑场般地称体重。

九十六斤。

书吟松了口气。

她保持这个体重很多年了。

她真正意义上的减肥，应当是高考结束。

没有功课的困扰，书吟找了份家教的工作。上午跑步半个小时，下午去做家教，晚上再运动一个小时。

高考后的假期是人一生中最漫长的假期了，少则三个月，多则四个月。

书吟用将近三个月的时间，瘦了十五斤，平均一个月瘦五斤，瘦到了九十六斤。

后来上了大学，她的体重就没怎么变过了。

因为知道减肥的不容易，因为不想再过每天跑步锻炼的日子，因为每天吃清水煮白菜和鸡胸肉的日子简直难熬到了极致，所以为了保持大家眼里的苗条身材，也为了自己穿衣服更好看，她在饮食方面格外注意。

早上吃多了，中午和晚上就会相对地少吃一点。

毕竟减肥这种事，三分练、七分吃，吃的做到位了，也就不怎么需要锻炼了。

她以前觉得，身体是自己的，管它胖还是瘦，自己喜欢就好。

可是瘦下来之后，她发现自己能穿的衣服多了很多，拍照再也不用畏畏缩缩地躲在后面，也不需要修图瘦脸瘦腿瘦身……瘦的过程很痛苦，瘦下来却很有成就感。

就像学习，书吟回顾自己一整个高中生涯，无一不是痛苦的，比减肥更煎熬。三年的时间，她每天熬夜到两三点，做几百本练习册，背成千上万的单词。寒窗苦读，她身体力行地验证了这四个字。

可到头来，结局远超于她的想象。

她有份体面且收入不菲的工作，过着自己从未想过的美好生活。即便没有那笔拆迁款，书吟靠自己也能生活得很好。

一切的一切，是从什么时候开始的呢？

是从，喜欢上一个遥不可及的人开始的。

青春期的人有着独特的叛逆心理。

父母师长无论耳提面命地说了多少次好好学习，都能够做到充耳不闻，甚至感觉不耐烦。然而对于喜欢的人说的话，却会言听计从。

而书吟，只是因为喜欢上了一个闪闪发光的少年，目睹过他身上的光，便忍不住想向他靠近。

商从洲带给她的影响过于深远，所以才令她难以忘怀。

过去买早餐的路上，书吟得出这个道理。

已经过了早餐用餐高峰期,早餐店里没什么人。

书吟买了一个菜包、一根油条、一杯无糖豆浆,坐在早餐店里吃。

她将吸管插入豆浆,眼前忽地覆盖一片阴影。

"好巧。"

熟悉的、清冷含笑的嗓音,带着惺忪睡意,声线充满磁性。

书吟仰头,如期撞上他的眼。

"好巧。"

"方便坐一桌吗?"商从洲站在桌对面,问她。

书吟点头。

于是,他落座。

商从洲扬声:"老板,一笼小笼包、一碗小馄饨。"

书吟问他:"你也没吃早餐吗?"

商从洲:"嗯,这家早餐做得挺不错,我经常来吃,你呢?"

书吟顿了顿:"我也经常来。"

小区附近的早餐店都快有二十家了,书吟回国后的某个通宵早晨,出来吃早餐时,随机选了这家。这家店早餐种类不算多,但挺合她胃口的。

自那之后,书吟就只在这家早餐店用餐了。她向来都这般执着,认定了,很难改变。

改变很难,选择其他早餐店,会让她有罪恶感,像是一种背叛。

"经常来吗?"商从洲拆开一次性筷子,动作闲散,又带着岁月积累下来的矜贵,漫不经心的语调,说,"但我们之前没有遇见过。"

书吟喝下一口豆浆,语速缓慢:"可能是作息对不上。我有时候早上五六点来,有时候八九点来。你呢?"

"我?"他想了想,"一般早上七点。"

他作息规律,六点起床,晨练四十分钟,再过来买早餐。

"今天怎么这么晚?"

"今天早上开了个海外会议,刚结束。"

"啊……"书吟干巴巴地感慨,"工作好辛苦。"

"每份工作都辛苦。"商从洲不甚在意地说。

他们面对面坐着吃早餐,书吟慢慢地嚼着嘴里的油条,偶尔抬眼看他。

商从洲安静地吃着早餐,眼睫低垂,眼睑处有片淡淡的青色,因是熬夜所致。

下一瞬,他忽然眼梢挑起,若有所思地盯着她:"早餐只吃这么一点,吃得饱吗?"

书吟微屏了一下呼吸:"少吗?挺多的。"

商从洲眉梢轻佻,视线往外扫去,幽远又轻柔,像是陷入回忆里。

蓦地,书吟听到他说:"你比高中时瘦了很多。"

书吟哽了一下,低着头,轻声道:"那时候很胖。"

商从洲:"有吗?"

书吟:"……嗯。"

"可我觉得那时候很好。"商从洲忽然笑了下,为自己的判定找理由,"或许是男女审美不同。"

后半句,书吟没听清,她只捕捉到前半句。

心脏重重悬空,又直直下坠。

她问:"你真的觉得我那时候很好吗?"

商从洲没有任何犹豫,给予她肯定:"嗯。"

之后,书吟魂不守舍,咀嚼吞咽的动作,都变得麻木机械。

早餐是商从洲付款的。

他问老板:"老板,一共多少钱?"

书吟调手机扫二维码的手指一滞,还是选择关闭。

等离开早餐店,她打开和商从洲的聊天框,想把自己的早餐钱转给他。

商从洲站在她身边,仗着身高优势,将她的小动作尽收眼底。

他在心里无声地叹了口气,还是头一次遇到和他算得这么清的人。

"书吟。"

"啊?"猝不及防听到他叫自己的名字,书吟吓得浑身一颤,输数字的时候不小心输错,然而,往日在被窝里迟钝的面容识别,在此刻却分外好使,一秒的时间,转账发了过去。

看清手机里的转账后,书吟两眼一黑。

……520。

"我发错了。"书吟率先澄清。

"嗯,我看到了。"商从洲神色清明,如此暧昧的数字,他全然没有揶揄的想法,无波无澜地说,"放心,我不会收。"

书吟哪里是这个意思。

还不等她想好措辞,就听见商从洲问她:"只是书吟,你向来都和人算得这么清吗?"

"有吗?"她下意识地想反驳。

"一顿早餐钱而已,就当学长请学妹的。"商从洲说,"之前在医院,我请你吃过晚饭,你还记得吗?"

书吟怎么可能不记得。

记忆里还有——深夜的便利店,她抵挡不住困意睡去,醒来时,桌上放了一瓶饮料。

是他买给她的。

商从洲低敛着眉眼,和书吟安静地对视。

他的神情泰然自若,微勾着唇,轻叹了一声,才说:"还是以前的你比较好接近,不会和我分得那么清。"像是自言自语。

书吟一愣。

商从洲脸上干干净净的，没有风，也没有雪，更没有风花雪月。

他过于平静，可他像是经历了一场狂风暴雨，风吹倒树，雨落满城，她站在其中，周身干净又清爽，却又有种茫然无措的混沌。

商从洲收回眼，继续往前走。

书吟慢吞吞地提步，跟上他的步伐。

他腿长步子大，但她的步调与平时没什么两样。

正值初夏，道路两边的行道树里，传来聒噪的蝉鸣。

商从洲很快转移话题："你和沈以星还是经常见面吗？"

书吟说："她就住我楼上。"

商从洲挑了挑眉："是吗？"

书吟"嗯"了一声，明知故问："你和她有见过面吗？"

"高中毕业后，就没见过了。"光穿过树叶间的缝隙落在他脸上，他侧脸清俊，喉结上下滚动，解释，"我家和她家离得很远，以前都是我和她哥——陈知让，你还有印象吗？我去她家，主要还是找陈知让。"

"陈知让……"书吟说，"他和沈以星住在同一层。"

这倒是商从洲没想到的。

"你们住在一栋楼？"

"嗯。"书吟也没想到，"你和陈知让，是不是也没见过？"

书吟只知道，商从洲没和沈以星见过面。

至于陈知让——

他太冷，又过于寡言，脸上不需要任何表情，一双眼直勾勾盯着人看时，有种要将人看穿的森寒感。

书吟害怕一不小心，就被他拆穿自己的小心思。

商从洲却是摇头："见过几次。"

书吟："……是吗？"

商从洲说："应酬的时候碰见过，不过我俩都有工作，所以就只打了声招呼。"

他语气冷淡，全然不像是提到好朋友的态度。

书吟记起高中时，学校学生常将他俩进行比较，而她也在陈知让家见过商从洲，可她似乎遗漏了一点。那就是，大家将他们的关系定义为，世交。

而非，好朋友。

"所以，你和陈知让也经常见面？"商从洲问她。

"没，很少。"书吟说，"我只是和星星熟，和她哥哥不熟。"

商从洲忽然笑了下。

书吟有些莫名，但没好意思问。

不知不觉间，他们走到她住的小区大门口。

书吟挠挠头,想和他说再见,又想起了什么,问他:"你之前说要我帮忙,是要我帮你什么?"

商从洲不答反问:"会法语吗?"

他不是不知道,江教授在他面前提过这位"得意门生"无数次,说她二外选的是法语,大小舌音发音漂亮又标准;说她在巴斯大学,学同传;又说她在联合国实习,给人当法语翻译。

商从洲听得左耳朵进右耳朵出,然而那晚容屹让他找个法语翻译时,记忆如火山喷发,轰然袭来。

书吟表现得很谦虚:"会一点。"

她文弦而知雅意:"你是需要法语翻译吗?"

"嗯,之前的翻译出差了。"商从洲问她,"周五有个会议,合作伙伴是法国人,你要是有时间的话,能帮忙翻译吗?"

"合作吗?可能会涉及一些金融专业词汇,对吧?"

"对。"商从洲以为这是变相的拒绝,他不强求,松口道,"如果不行的话——"

"不是。"书吟打断他,"商务翻译的话,我们得先签一份保密协议,然后你得把合作会谈到的东西提前和我说,这样我才能提前做好功课,避免翻译时出现岔子。而且商从洲,我以前是负责时政类的同声传译,对商务翻译,没有太多的把握。"

"嗯?"

"万一中途卡壳,翻译不出来,怎么办?"她一双眸子,清凌凌地望着他。

她认真又毫不避讳地问他"怎么办"的模样,让商从洲有种恍若隔世的感觉——仿佛回到了高中时期,百日誓师大会那天,礼堂的后台,她怯生生地站在他对面,双眼天真又清澈,和他说加油。

商从洲眼角含笑,问:"所以,你愿意帮我忙了?"

书吟踟蹰着,点了点头。

她抿唇:"……我之前,答应过你的,要帮你忙。"

商务口译压力太大,严肃的会议场合,造就的高压环境下,令人全身紧绷。而商务口译又具有繁杂性,外国人和中国人一样,不是每个中国人说的都是标准普通话,大多数人都掺杂着连自己都无法察觉的口音。而口译最难的一点是,接收到消息后,得经过信息转化、语言转化,转述出来。

书吟在联合国实习时,经历过此类高强度高压的工作。她发现自己并不适合这样过于紧绷的工作,所以才转行当了笔译。

沈以星说她没有什么野心。

书吟心里百转千回,她何止是没什么野心,她甚至都不贪心。

商从洲:"那就麻烦你了。"

书吟:"不麻烦,那你记得把合同传给我。"

商从洲说:"我现在就传给你。"

他掏出手机，看了眼时间，漫不经心的口吻："快十一点了，一起吃午饭吗？"

话题转移得如此之快。

书吟沉默了半瞬："我们不是刚吃完早餐吗？"

商从洲："好吧，那下次吃。"

听到他说下次，书吟眼睫轻颤。

手机"叮咚"几声响，书吟打开和他的聊天界面，映入眼帘的，不是文件，而是转账消息。

个十百千。

五千块钱。

书吟问："这是什么？"

商从洲说："工资。"

市面上，高档商务会议的商务翻译，差不多这个价。

书吟："我是帮你忙，不用工资的。"

说着，她手指按下转账消息，想要退还转账。

手腕却猛地一重。

空气里有初夏的湿热，也有属于他的清冽冷香。不知是从哪里看到过一句话——忘记一个人，是从忘记他身上的味道开始的。

书吟闻到那抹熟悉的气息时，慢慢低垂下眼，无力又无助。

他握着她的手腕，五指收紧，轻而易举地圈住她的手腕。

对此，商从洲脑海里浮现的第一个念头是：她竟然这么瘦。

书吟看见的，则是一双干净，却又极具禁欲气息的手。违和的两个词，放在他身上，格外和谐。

距离瞬间拉近，她被他的阴影覆盖住。

她没敢抬头，他的气息拂在她脸畔，很柔和，如春风拂面。他的声音也很好听，听得她心头痒。

"书吟，这钱是你的工作报酬。"他说。

"不用的，朋友之间的帮忙，不需要钱。"书吟解释，随后，又问他，"我们应该算是朋友吧？"

商从洲松开了紧握着她手腕的手，下颌线条随之松散。

他说："是朋友。"

书吟也松了一口气。

"是朋友的话，更应该把钱收下，亲兄弟还明算账呢。"商从洲语气松散，笑得如同被辜负，"书吟，难不成，在你看来，我是为了占你便宜才来找你的吗？"

到最后，书吟还是收下了那五千块钱。

和商从洲告别后，书吟到家便打开他发来的翻译文件，开始工作。

下午五点半,沈以星发来一条消息:我来你家。

书吟回复:好。

未多时,指纹锁开锁声隔着书房门响起,声音略闷。

沈以星的声音先扑向书吟:"今晚去我哥那儿吃,他下厨了。"

然后,卧室门被打开,沈以星扑了个空。她转身,打开书房的门,见书桌上摆了一堆打印过的纸张,愣了愣:"你在工作啊?"

书吟:"嗯,临时接了份口译的活。"

换来沈以星略夸张的惊呼声:"你不是说除非给你五万块,要不然你绝对不干口译了吗?这次真的有五万吗?"

书吟底气不足。

她确实说过这话,主要是那两年口译干得她身心疲惫,于是赌气般地甩下了那么一句话。

"……五千。"

沈以星眨了眨眼:"谁这么大的面子,请动你当口译员?"

书吟想要搪塞过去,放下文件,亲昵地挽着沈以星的手:"你哥做什么好吃的了?"

沈以星报着菜名:"土豆炖牛腩、西红柿炒鸡蛋、腊肠炒蒜苔、糖醋排骨、丝瓜蒸鲈鱼。"

书吟以为她已经被带跑偏了。

结果,沈以星没那么好糊弄:"快说,是谁让你改变想法,在该休假的日子工作不说,还破天荒地重拾旧业,当起了口译员。"

沈以星边问,边打开陈知让家的大门。

菜还没好,书吟和沈以星在餐桌边坐着。

书吟正对着餐边柜,餐边柜是咖啡角,放着两台咖啡机,还有许多喝咖啡用到的东西,以及遭到陈知让无数次反对,但沈以星充耳不闻、冥顽不灵地放了一个她DIY的相框。

相框里都是沈以星用拍立得拍的陈知让,正面照、侧面照、背影照,还有一些偷拍。十来张照片里,只有一张合照。

是那年夏天,陈知让和书吟主持完,在后台,被沈以星拉着,三个人拍的合照。

这是他们兄妹俩这些年唯一一张合照,书吟在里面显得尤为突兀。

这些年,沈以星再也没有和陈知让拍过合照。

亲兄妹向来都是世界上最爱又最嫌弃对方的关系。

书吟架不住沈以星一遍又一遍地追问,无奈之下,终于松口:"是商从洲。"

厨房里的油烟机停止转动。

陈知让端着糖醋排骨出来时,听到了这个熟悉的名字。

难得的休息日，陈知让身上穿着休闲家居服，柔软的衣服淡漠了几分他身上的冷感。

他把最后一道菜放在餐桌上，而后，拉开椅子，坐了下来。

他对面就是书吟。

他脸上带着淡淡的笑，笑不达眼底，加入她们闺蜜的对话："怎么突然提到商从洲了？"

沈以星叽叽喳喳地将事情的来龙去脉复述了一遍。

然后，她问出重点："你什么时候和商从洲联系上了？我记得你俩以前也不熟啊，难不成你俩背着我苟合？"

书吟眉头蹙起："'苟合'指的是男女间不正当的结合。"

沈以星恍然："原来'苟合'和'偷情'是一个意思。"

她毫无羞耻心："你也知道的，我语文成绩很差，能想到'苟合'这个词都已经很了不起了。"

书吟无奈："我和他也是最近才遇到的。他是我系主任的外甥，那次江教授生日，刚好他也在。"

"外甥？"

"嗯，商从洲的小姨是江教授的太太。"

"还有这层关系吗？"沈以星问陈知让，"哥，你知道这事吗？"

"商从洲的小姨？我没事管他家庭组织成员的事儿干什么？"陈知让往沈以星碗里夹了一块糖醋排骨，语气漠然，"我连自己的小姨夫干什么的都不清楚。"

这话遭到沈以星的斥责："哥，你真的好冷血。我们小姨夫以前是做房地产的，后来改行开网吧了，网吧倒闭后，他现在在家当全职外公，给我们表妹带娃。"

很复杂的事业链。

书吟疑惑："你怎么记得这么清楚？"

不等沈以星开口，就听到陈知让说："闲得慌。"

沈以星想反驳，提起一口气，霎时又泄掉。

沈以星不情不愿地承认："……无聊，比较爱听我妈和我姨妈说些有的没的。"随即又咬牙切齿道，"谁让小表妹大学毕业就生娃啊，妈妈老拿我和她比，老催我结婚生小孩。妈妈可羡慕死姨夫姨妈了，天天啥也不干，抱着外孙女到处玩。"

"真烦，为什么大家年纪轻轻想不开，英年早婚早孕。"沈以星义愤填膺，她转眸，睇向餐桌里的另外两人。

类似的话题，沈以星一天可以有八百个。

总结而言，她闲得慌。

陈知让低头吃饭，并不想参与话题的讨论中。

书吟思忖片刻，答："每个人想要的不一样吧。有人想干一番大事业，而有的人渴望相夫教子的生活。"

沈以星问:"那你呢?你是前者,还是后者?"

书吟没有半秒犹豫:"我既不是前者,也不是后者,你也知道的,我没什么野心。"

"是,你要是有野心的话,估计就不回国了,老老实实在联合国待着,我见你一面恐怕比登天还难。"

书吟失笑:"哪有这么夸张?"

书吟语速缓慢,温声道:"随遇而安吧。遇到想结婚的人,就结婚。遇不到,就不结婚。"

有个问题困扰了沈以星多年。

她忍不住问了出来:"你到底喜欢什么样的男生?"

书吟握着筷子的手,紧了又松,松了又紧。

她脑海里浮现了一个名字,还有一张脸。

随后,又被她自我否定——我早就不喜欢他了。

书吟沉默了一会儿,还是撒谎了:"我也不知道。"

沈以星叹气,又用同样的问题骚扰陈知让。

"哥,你喜欢什么类型的女生?"

原以为陈知让的回答会和书吟的差不多,毕竟没谈过恋爱的人,都无法准确地说出自己喜欢的类型。

却没想到,陈知让几乎没有任何思考,脱口而出四个词。

"长得漂亮的,安静的,成绩好的,长头发的。"

空气有一瞬间沉寂。

书吟和沈以星对视了一下,彼此眼里写着如出一辙的惊讶。

在她们闺蜜俩聊天的时候,陈知让专注吃饭。

不知不觉间,他已经吃完饭,把碗筷往餐桌上一放,撂下一句:"我吃完了,先去忙工作。你俩吃完别洗碗,等我工作结束会来洗碗。"

然后,他就走了,全然无视沈以星的鄙夷。

陈知让去往书房的时候,还听到身后沈以星吐槽他的声音。

"我就知道一定要长得漂亮,肤浅!太肤浅了!怎么不说胸大腰细啊?"

"长头发?他竟然还有长发情结?"

"都几岁了还成绩好?书吟,你说我哥该不会喜欢女高中生吧?"

书吟:"应该不会吧……"

沈以星很是惆怅:"可我哥看着和大学生也没什么两样啊,他不会在外面搞角色扮演,说自己是个男大学生,去骗人吧?"

"你想太多了。"书吟心不在焉地道,"说不准他说的是他读书时喜欢的类型?"

瞬间,沈以星豁然开朗:"对哦。"

沈以星越想越觉得书吟的话是对的,她不禁在脑海里搜寻对应的人物,最后，大腿一拍，恍然大悟："他该不会喜欢翁青鸾吧？"

陌生又熟悉的名字。

书吟想起翁青鸾，就想起商从洲高考那天，翁青鸾站在他身后，目送他进考场。

书吟说："应该不是。"

沈以星疑惑。

书吟："学姐不安静啊。"

沈以星更疑惑了："那到底是谁？"

那一晚，沈以星都在想这个问题，而书吟则忙着给商从洲当口译员的事。

第二天凌晨四点半，书吟翻译完合同，准备睡觉时，手机"叮咚"一响。

沈以星竟然还没睡：我想来想去，觉得最符合那几个条件的，除了你没别人了。

书吟打了个哈欠，脑袋昏沉沉的，打字：我不漂亮。

沈以星：在我眼里你漂亮。

书吟：我困了，先睡。

沈以星：好吧，你高中时候没有现在这么漂亮。

沈以星：可是除了漂亮这一点，其他的你全符合。

书吟无视她的胡言乱语：睡吧。

发完消息，书吟将手机锁屏，设置成静音，而后，上床睡觉。

等睡醒了，她翻来覆去地看翻译好的文件，背下所有陌生的专业词汇。

口译工作是在周五。周四晚上，书吟纠结着要不要给商从洲发消息，问他工作地点和时间。

她不知道要用什么样的开场白，才能显得自然，又不太客套——毕竟他们不是客户合作的关系，而男合作方，书吟还是第一次遇到。

书吟从大学到现在的所有合作方都是女性，大四时她替外企高管做翻译和生活助理。女高管比她大近二十岁，书吟称呼她为温总。其余的合作方，年纪和她都差不多，书吟都是直接叫对方的网名，抑或是一声"宝"，开启话头。

可商从洲不行。

他的微信昵称是一个数学符号。

∞。

数学上，表示无穷大的意思。

她总不能问他"无穷大，在吗"，也不能问"宝，在吗"。

太窒息了。

太像是浪荡女诱哄良家男性。

一想到那个画面，书吟呼吸都不通畅了。

她手指在屏幕上不断划拉着，双眼放空，思索，发呆。

踟蹰之际,空寂的房间里忽地响起一道嗓音,低哑,富有磁性。

再看声音来源地,正是她手心里举棋不定的手机。

而手机正显示着,视频通话界面。

书吟理智还未回笼,身体已经先于大脑,把手机举至面前,视线与手机那端商从洲的视线齐平。

尴尬情绪转化为平静,大约有五秒的时间。

书吟对着商从洲说了声:"嗨。"

商从洲的手机拿得有些远,他周边环境昏昧,有昏黄光线落在他眉间。

看上去,他像是在车里。

他喉结滚动,溢出的笑低哑:"怎么突然给我打视频电话?"

书吟强撑着笑:"原来是我打给你的。"

她要抓狂了。

她想把自己的手给砍了。

商从洲问:"嗯,怎么了?"

这时,车门打开,大片的路灯灯光倾泻进来。很快,车门被人关上。

"砰"的一声,蛮响。

来人发现了什么,惊起促狭的揶揄:"商从洲,你是在和女孩子打视频电话吗?"那人凑了过来。

猝不及防,手机那端的人换了一个。

是个女性。

优雅端庄,脸上挂着慈蔼的笑。

商从洲无奈:"妈,您干什么?"

"没干什么,我就看看,"华映容仍拿着商从洲的手机,霸占着他的手机屏幕,和屏幕这端的书吟打招呼,"你好。"

"……阿姨好。"

书吟有些维持不住表情。

商从洲坐在驾驶座,见书吟局促的模样,哂然一笑:"妈,您把手机还给我吧。"

华映容恋恋不舍地松手。

她的脸消失在手机屏幕里,声音却没有消失。

"女朋友哦?"调侃的语调。

书吟束手无措地坐在椅子上,眼里全是商从洲。

他嘴角翘起,笑得绵柔,没有回答华映容的问题,而是问书吟:"我妈有点儿热情,你是不是被吓到了?"

书吟立即反驳:"没……"

华映容也辩解:"我这么温柔,怎么可能吓到她?"

书吟莞尔。

华映容的手又伸了过来:"你开车,我来和小姑娘聊几句。"

华映容的手伸至半空，被商从洲挡住。

商从洲和书吟说："我先开车送我妈回家，有什么事，我们晚点再说。"

随即，不顾华女士的再三诉求，也不给书吟开口说话的机会，商从洲径直挂断视频。

书吟有些蒙。

另一端。

车厢里，华映容双手环在胸前，眼梢冷冷吊起，神情里满是不愉快。

商从洲专注地开车，没看华映容一眼，也没说一个字。

不到两分钟，华映容就憋不住了："老实交代，刚刚和你打视频电话的小姑娘是谁？我还是头一次见到你和女孩子打视频电话，以前我给你打视频电话，你都转成语音通话的。商从洲，你也学会你爸爸那一套了，有了媳妇忘了娘吗？"

商从洲的食指轻叩方向盘，他侧脸线条清冷淡漠，不急不缓地介绍起书吟来："明天要和法国合作商见面，她是我找来的翻译。"

听到这话，华映容跟变脸似的，脸上的笑霎时消失，但她不死心："大晚上的，你和女翻译打视频电话？你连和你亲妈打视频电话都不愿意！"

商从洲说："她是我高中学妹。"

华映容追问："高中学妹就能和你打视频电话了？那我不当你妈了，我当你的高中学妹。"

商从洲失笑："妈？"

华映容眼神锐利，如审视犯人般盯着商从洲，冷冷地道："老实交代。"

车厢里有一小会儿的沉默。

前方正是红灯，车缓缓停下，红色信号灯穿过车窗玻璃，落在商从洲的脸上，映出几分诡谲的神秘感。

他侧眸睨向华映容，眼睫低垂着，那双桃花眼盛开的温情与风流俱被收敛起来，令他这张脸平添几分真诚。

"她是小姨夫介绍给我的相亲对象，"商从洲悠闲地说，"身份有点多，你比较喜欢哪个身份？"

华映容没有丝毫犹豫："相亲对象！"

顿了顿，她补充："有可持续发展机会的相亲对象。"

三十秒红灯等候时间转瞬即逝，商从洲踩下油门，车辆飞驰而去。

车外路灯灯光明暗交替，落在他脸上，勾勒着他流畅的脸部线条。他身上有着润物细无声的特质，能轻易地化解凝滞的气氛，也能够用三言两语，将局势发展，往他期冀的方向走去。

好比此刻。

面对华映容满是期望的眼神，商从洲淡声道："但凡我今天视频通话的对象是个女的，你都想让我明天和她去领证。"

华映容被拆穿，也不气恼。

"你年纪也不小了，也该结婚了。"

"我连恋爱都没谈过，您就盼着我结婚。"

华映容研判似的观察着商从洲的脸，精英派的温文尔雅，性格脾气好得离奇。

她无论如何都没想到，就这么一张出色的脸，身材好得能去当模特走T台，家境、工作、学历样样都拿得出手的人，竟然没有谈过恋爱。

"我不相信你没谈过恋爱。"华映容私以为，是儿子不愿与母亲交流他的感情史，"儿子，你也知道，妈妈不是封建保守的人，就算你谈过十个女朋友，妈妈顶多骂你一句'渣男'。"

商从洲挑眉："谈过十个女朋友就是渣男了？"

华映容："当然。"

商从洲说："我一年谈一个，从高中毕业开始谈，现在也差不多快有十个了。"

华映容被噎了下。

这逻辑莫名变得正确合理起来。

下一秒，她眼梢吊起，冷言冷语："所以你偷偷谈了十段恋爱？"

气焰很足，仿佛商从洲一个点头，华映容就要把这个渣男从车里踹出去。

"没。"商从洲转着方向盘，脚踩刹车，车子轻巧缓慢地停在大院门外，"妈，到家了。"

"你回家睡吗？"

"不了，明天还得上班，在家里睡的话，明早六点就得起床。"

商从洲父母家位于市郊，离市中心有一个多小时的车程。偏远地段，安静闲适，华映容退居幕后之后，便住在这里。内里宅邸是苏派建筑，青灰色的砖瓦堆砌而成，是国内知名建筑师的手笔，园林式布局，山水环绕，亭台楼阁。

车停在门外，从车内望出去，围墙长得仿佛看不见尽头。

暗沉沉的地面，车大灯照出一条亮堂的路。道路旁栽种着的芍药一簇又一簇地盛开着。

华映容没有挽留："你回家的路上，慢点开车。"

商从洲说："好。"

母子俩短暂告别后，华映容往家里走，总觉得自己好像忘了什么事儿。

等到泡澡时，她才记起来。

瞬间，她气得牙痒痒——她被狗崽子带偏了，问了一晚上，都没问出来那个女生到底和他什么关系！

把华映容送回家后，商从洲驱车回家，到家已是夜里十点。

万籁阒寂的夜，商从洲坐在玄关处，伸手按了按右耳，微仰着头，目光平和。

过了一会儿,他拿出手机,给书吟发消息。

商从洲:我刚到家。

商从洲:怎么想起给我打视频电话?

聊天框最上面那栏,显示着"对方正在输入中"。

书吟:拨错了。

商从洲能猜到。

她不像是会给他打电话的人,尤其,还是视频电话。

商从洲也从未和人打过视频电话,在他看来,和同性打视频电话是万分奇怪的行为,和异性打视频电话则是异常暧昧的行为。

而刚刚和书吟的那通视频电话——

或许她没有意识到,她身上穿着的是睡衣。

手机画面最开始,是她的下巴。手机应该是在她腿上。

她似乎洗完澡了,身上穿着粉白格纹的睡衣,干净、保守,让人不会起任何旖旎心思。可偏偏,镜头里有个画面,叫人挪不开视线,是她饱满丰盈的胸部线条。

商从洲出声的时候,声音不合时宜地哑了。

好在,书吟意识到了他们正在视频通话,连忙把手机往上举。

她的脸进入画面,同时,还有她漂亮白皙的锁骨线条。

她皮肤很白,光线衬得她肤色嫩亮,像是上好的羊脂玉。

手机的视频通话功能,给画面添加了一层颗粒感的滤镜,她显得朦胧又梦幻。

商从洲那时的模样,正经又正派。

他现在也如此,一本正经地给书吟发消息,叮嘱她"以后小心点"。

消息没有发出去,他按了删除键,删了这五个字。

这话像是在对她的不小心拨电话行径表示不满。

思忖半晌,商从洲问她:以前也经常拨错电话吗?

手机那端的书吟瞪大了眼。

怎么可能……

她打字,回:第一次。

书吟:真的是不小心按到的。

商从洲:我没有责怪你的意思,我要是怪你,就不会接通你的电话了。

书吟抿了抿唇。

好像,确实如此。

她是不小心邀请他视频通话的,但商从洲可以选择接,或是不接。

书吟提心吊胆一整晚,小心翼翼地问:你妈妈她,好像误会了什么。

商从洲:误会什么?

误会我是你女朋友,这句话,书吟说不出口。

她含糊道:就,好像误会了什么,我们只是普通朋友。

消息发出去后，安静了许久。
就连聊天框都没有显示"对方正在输入中"的字样。
商从洲应该是在忙。书吟想。

商从洲其实并没有在忙，他走到客厅，坐在柔软的沙发上，沙发随之陷进去小小的一块。他的心脏仿佛也陷进去一块。
她的疏离仿佛一块巨石，压在他心上。
屋内没有开灯，室外万家灯火倾斜入落地窗内。
商从洲低垂着眼，眼睑处落下一层淡淡的阴影。
他打字，重复了一遍她的话：我们当然只是普通朋友。
商从洲不想再谈这个话题，转移话题：明天早上九点来这里。
他发了个地址过去，随后补充：我早上九点有个会，抽不开身，到时候我会安排人过去接你。
书吟：我不是替你翻译吗？
商从洲：不是，替别人。
商从洲：可以吗？
书吟：可以的。
对话到此结束。
商从洲把手机随手一扔。
手机滚啊滚，掉落在沙发缝里。
面对着无尽的夜，商从洲双眼藏于晦暗中，很平静，像天崩地裂前的平静。

第二天，商从洲到公司后第一件事，便是叮嘱容屹去接翻译。
容屹："你把她的联系方式给我。"
商从洲："我只有她微信，我把她微信推给你？"
容屹眉头都皱到一处，起床气似乎还没过，略不耐烦的口吻："不喜欢加微信，你让她把手机号码发过来。"
商从洲无奈，还是问书吟要了电话。
书吟半天没回消息。
商从洲想了想："我和前台说一声，等她到了，前台给你打电话，到时候你再派人下去接她。"
容屹懒洋洋地应着："哦。"
商从洲见他这副不上心的模样就烦，踹了他一脚："她是翻译，事关今天的会议，你上点心行吗？"
容屹手疾眼快地躲过："知道了！"
容屹嘀咕着："知道的是我的翻译，不知道的还以为是我嫂子。"
商从洲侧眸睨他："你什么时候养成自说自话的习惯了？说什么呢？"
容屹抿了抿唇，没回答他，转身出了办公室，下楼去买咖啡。

商务办公大厦，大堂内人来人往。

容屹过闸机口时，意外听到前台处飘来的声音。

女声很好听，声音质地如丝绸般顺滑，袅袅余音盘旋在耳。容屹并非是声控，让他停下脚步的，是那人说的话。

"你好，我是商从洲的朋友，他说等我到了，你们这边会有人带我上楼的。"

容屹迈出去的步子，又收了回来。

他目光远眺，站在前台处的女人，穿着成套的西装制服，黑色西装，黑色包臀裙，因为瘦，侧面看去，腰侧薄得像是一只手都能掐断，身材线条好得有些夸张。

她转身了。

容屹的视线没有任何躲闪，直勾勾地打量着她。

看清正脸后，容屹低头，抿了口咖啡。

算不上是什么大美女，顶多算是个小美女。

胜在气质好。她身上的气质很少见，有种游离于人群之外的破碎感，文艺清冷。嘴角挂着柔和的笑，像冬日的太阳。可以没有温度，但不能不存在。

像是商从洲会喜欢的类型，又不像。

毕竟他从没见过商从洲谈恋爱，也没见过商从洲夸过哪个女的漂亮。

容屹把手里的美式扔进垃圾桶，而后，迈着步子，笔直地走过去。

书吟正和前台沟通，突然，前台神色紧张，看向她身后。

"容总。"

"容总。"

几人异口同声。

书吟顺着前台的视线往后看，面前的男人，矜贵、寡冷，看上去，年纪不大。

"容屹。"他与她对视，介绍着自己的身份，"是我让二哥给我找的翻译，想必你就是那位翻译？"

二哥。

这个词陌生又熟悉。

以前沈以星求商从洲会演弹琴时，也是这么叫商从洲的。

书吟微微笑着："你好，我叫书吟。"

容屹脸上没什么情绪："走了，书翻译员。"

和商从洲不同，容屹身上有着上位者的高傲姿态。

书吟没太在意，她跟上容屹的步伐。有他在，保安刷卡，大厦安检闸机打开，她轻松地进去。

到六十七楼，有助理在电梯外等候多时。

"容总。"助理脸上端着温和的笑，"您好，书女士。"

书吟竟然还有种受宠若惊的感觉:"……你好。"

助理走到书吟边上,和她沟通待会儿的翻译事项。

最后,三人走进会议室。

会议室设计特殊,靠近走廊的墙是玻璃墙,经过雾化处理后,才能隔绝视线。然而会议开始后,书吟发现,玻璃墙始终没有浮起雾面。

好在会议室外并没有人走动,也没人往会议室里探头探脑。

不多时,法国合作方来到会议室。

合作方自带了个口译员,书吟在替容屹翻译时,还得竖起耳朵,听对方口译员有没有正确传递我方信息。

今天是广告部的季度报告会。

会议过半,休息时间。

许多人忙着开会,没来得及吃早餐。广告部部长买了一堆吃的喝的,放在桌子上,供大家吃,就连商从洲,也被扔了一瓶乳酸菌饮料。

"商总,喝点。"那语气、那口吻,像是劝他喝酒。

商从洲不置可否地笑了声。

他不怎么喝酒,也不怎么喝饮料,生活习惯极了老干部,喜欢喝茶。

看着面前的乳酸菌饮料,他却无端滋生出熟悉感。

似乎,在某年某月的某天,他也曾买过这么一瓶乳酸菌饮料。

如同被命运裹挟住的每一个人,无处可逃。商从洲的脑海里,冒出久远的记忆。

九年前,华女士住院的那段时间,父亲远在军区,正值上升关键期,极难请假。

母亲被人刺伤,在ICU躺了很长一段时间。

那时是他高考关键期,商从洲忙着冲刺省高考状元,本就时间不够。他如同弹簧,被压得不能再往下压,弦被勒紧,整个人如履薄冰地活着。

他怕母亲离开,怕父亲赶不回来,怕他没有好好地照顾母亲。最后,才是怕高考发挥不好。

华女士抢救完还没醒来的时候,商从洲看着面前的卷子,眼睛都有些花。

他头脑混乱,完全没法集中精神学习。

他想着去买点喝的,提神醒脑。

在便利店,他却意外看见一个人——沈以星的好朋友。

沈以星每次提到她,都称呼她为——书吟吟。

可商从洲知道,她叫书吟。

他在学校高二年级的百名榜上看到过她的名字,五一会演时,她在舞台上自我介绍,说她叫书吟。

她似乎困了,趴在桌子上睡了过去。

桌上放着高二年级的物理试卷,题写到一半。

商从洲站在桌对面,看着她睡着的侧脸,焦躁不安的心情,陡然平静下来。与此同时,他对她,萌生出某种很熟悉的感觉,像是在哪里见过她。

学校操场,让她捡球?

——不是,不是那时候,还得往前。

百日誓师,她递给他话筒?

——还得往前。

雨夜阑珊,他下车接她?

——时间线再往前。

他记起来了。

——那个在市图书馆,趴在桌子上睡觉的女生。

女生醒来后始终侧对着他,没分他一个眼神。

他眼神里似有光,光影明灭。站了一会儿,他绕过她,在饮品柜里拿了瓶乳酸菌饮料,结完账,放到她桌上。

然后,他离开。

记忆清晰,一幕幕在脑海里浮现,让他无法冷静,无法淡漠,无法忽视。

第七章 情侣穿搭

> "等到明天我就不喜欢你了,每一个明天,近在眼前却永远不会到来的明天。"
>
> ——《十六,十七》

商从洲离开得很突然。

离开前,他脸上看不出任何异样,云淡风轻地说:"既然没吃早餐,那给你们半个小时的用餐时间,正好我有点事。半个小时后,我再回来。"

广告部的人面面相觑。

众人交头接耳。

"商总应该不是在阴阳怪气吧?"

"……不太像,商总又不是齐总,喜欢压榨员工。"

"别想太多了,商总从来都是个体谅员工的好老板,慢慢吃早餐吧。"广告部部长安慰众人。

离开会议室后,商从洲乘电梯,到了六十七楼。

地面铺着羊毛地毯,脚步声被地毯吞没。

商从洲停在三号会议室外,这个角度,只能看见书吟的背影。

她脊背清瘦笔挺,头发盘在脑后,一身的黑色制服,衬得人格外干练。她聚精会神地听着法国合作商说话的模样,冷肃感扑面而来。

那一向严苛事多的合作商,听着书吟的话,竟时不时地点头,脸上挂着赞扬的笑。

商从洲不知道的是,他看她的眼神,像是发现了什么宝藏。

商从洲只知道自己此刻进去,会打扰到这场会议。

所以,他并未进去,在原地站了一会儿,转身要走时,会议室的门打开,截住了他迈出去的步子。

送咖啡、饼干等小食的秘书走了出来，见到他的时候，略有些惊讶，被他眼神制止，而后，声音都咽回嗓子眼里。

门因秘书的进出，打开，又缓缓合上，里面泄出来的声音，是道女声。

声音如记忆里，如每次广播里听到的那般，婉转动听。只不过这会儿，因场合不同，声线平和、清冷。

门彻底合上的瞬间，清冷的声音宣告离场。

商从洲转身，默不作声地离开。

他看上去和来时，和平时，也没什么两样，只是低垂的眼睫，仿若泛冷的雨帘，渐于肃然。

好像，他的记忆力，远比他以为的要好。

他记住太多，一个与他没有什么交集的学妹的事了。

一场商务谈判会议近两个小时。

气氛冷凝、肃然。

书吟全程大脑紧绷，好在她准备充分，翻译时没有任何卡顿，完美地完成了翻译任务。

会议结束后，容屹的助理送书吟下电梯。

"对了，书女士，麻烦把您的银行卡号给我。"助理拿过纸笔递给她，"我报给财务那边，大概下个月月初，财务会把翻译费转到您账上。"

书吟微顿："商从洲已经把翻译费转给我了。"

助理："商总吗？"

书吟："嗯。"

助理有一瞬的茫然，很快，维持着进退有度的表情，还是坚持："翻译费向来都是公司财务报销的，还是请书女士把您的银行卡号给我。"顿了顿，他补充，"我也好和领导交差。"

"可是……"

电梯发出"叮"的一声，有人进来了。

助理与来人问好："商总。"

助理原本和书吟并排站着，见状，很有眼力见儿地往后退了两步。

电梯门合上。

封闭的环境里，周遭的空气蔓延着熟悉的清洌木质香，裹挟着干燥的空气，缓慢地蚕食着书吟的喉管鼻腔。

商从洲站在书吟身边："结束了？"

书吟抬眼看他，"嗯"了一声，又问："你不是把报酬转我了吗？这位周助理说要我的银行卡，要再转我一份报酬。"

闻言，周助理眉弓低着："商总，我只是按照流程办事。"

商从洲看着书吟。

她今天化了妆，唇瓣通红透亮，唇珠饱满，像果冻。

他又看了一眼身后的助理，淡笑着："我转给你的是定金，周助理让公司打到你账上的是尾款。"

三言两语，他便将他多转的那份钱，与自己摘清关系。

按照正规流程，是有定金和尾款的，他的说法挑不出什么毛病。

令书吟疑惑的是："可是你的定金已经够全款了。"

她不喜占人便宜，又怕周助理难做，于是想了个法子——

她接过周助理手里的纸笔，写下自己的银行卡号："周助理，你把尾款打到这个银行卡上。"

然后，她掏出手机，打开和商从洲的聊天界面，把商从洲转给自己的五千块钱，转还给他。

"我们说好的，是我帮你忙，其实你不给我钱也没关系的。"

她的唇就在他的视线中。

淡淡的粉，唇线绵软，唇瓣也是软的。可说起话来，却都是些和他算得明明白白的话。不愿意要他的钱，多一分也不想要。

好像是她欠他的，现在还了，两人一笔勾销。

再拿他的钱的话，他们之间，就不清不白了。

电梯又停了，停在一楼大厅。

商从洲先出去，之后，才是书吟。

助理察言观色，默默地将电梯门合上，没加入他们二人。

已是中午午休时间，大厅里有不少穿着黄色、蓝色外卖服的外卖员。饭菜的香味，盈满鼻间。

"钱我是不会收的，"商从洲淡笑了声，"如果你真觉得欠我什么，不如请我吃顿饭？"

其实后来书吟也发现了不对劲。

本来只是一件干洗费的事，莫名演变成了她给他翻译，现在，又成了她请他吃饭。

百转千回的，简单的事情复杂化了。

但当时的她与商从洲对视，他那双桃花眼，极具蛊惑人心的能力，看得书吟胸腔里的律动杂乱，然后，她缓慢地点头，嗓音干涩又哑："好。你想吃什么？"

"你平时都和沈以星吃什么？"

两个并不熟络的人交往，只要话题牵扯到双方的熟人，那整个话题的走向，便会趋向轻松。

商从洲深谙人际交往法则。

提及沈以星，果然，书吟眉眼弯了起来："我们平时在家里吃比较多，出去吃的话……随便找家餐厅吃。"

"在家吃？"商从洲带着书吟乘坐电梯，到地下二层取车。

"家里阿姨炒菜,还是你们自己炒?"

"我比较喜欢下厨。"书吟说。

"好巧。"

"什么?"

她下意识抬头瞥他,眼睛先扫荡到的,是他颈部的喉结。

地下车库光线晦昧,他肤色极白,形成鲜明对比,视觉效果强烈。尤其是那块凸起的喉结,上下滑动,有种干净的、男人味的吸引力。

商从洲睨她一眼,昏暗中,他眸间幽邃,似不见底的深谷。

他眼睫柔软地耷拉着,含笑:"我也喜欢下厨,以后有机会,请你来我家做客。"

书吟偏过脸。

以后。

去他家。

她眼睫颤了颤。

并排走着的商从洲,忽地跨大步,走到一辆黑色的车前,替她打开了副驾驶座的车门。

书吟理应对他这个行为说声谢谢的,或许是她当时在走神,或许是别的,总之,她没说。

上车后,商从洲问她:"既然你没有什么特别喜欢吃的,那我挑一家我喜欢的餐厅?"

请他吃饭,当然得是他喜欢。

书吟说:"可以的。"

商从洲:"你没有什么不吃的吧?"

书吟:"没有,我什么都吃。"

商从洲:"有没有特别喜欢吃的菜?"

"糖醋排——"她蓦地噤声,找补,"你想吃什么就吃什么,不用问我的意见的。"

"糖醋排骨吗?"商从洲哼笑了声,"我要带你去的那家餐厅,糖醋排骨做得还挺不错的,到时候你尝尝。"

"……好。"书吟轻声应。

车子停在二环内一个胡同口。

胡同不算开阔,西边是原住民的住宅区,路边零星停着单车、三轮车、电动车,市井味很足。东边用作商圈,则是另一番景象,四合院错落有致,灰墙红门,很是漂亮。

餐厅藏得很隐蔽,七拐八拐,终于到了。

书吟以为像他这种身份的人,吃饭必定是去那种人均两三千的餐厅吃饭。然而,她打开菜单,上面写着的菜品,最贵也才一百多。

商从洲坐在她对面。

等菜间隙，他动作自然地拿过她面前的餐具，用开水冲洗。

书吟："……谢谢你。"

"嗯？"他眼皮掀起浅浅的弧度，淡笑着，"有人说过吗？"

"什么？"

"你很有礼貌。"

书吟沉默了几秒，问："有礼貌，不好吗？"

商从洲把冲洗好的餐具放回她面前，淡声道："有种很生分的感觉，分明我们是朋友。难不成，你和沈以星之间，也经常说'谢谢'？"

像是块捂不热的石头。他在心底轻叹。

没有人能和沈以星比，也没有人能撼动沈以星在书吟心里的地位。

就像，没有人能和回忆里的商从洲比一样。

书吟嘴角扯起浅笑："那我以后不说'谢谢'了。"

商从洲但笑不语。

很快，菜上齐了。

商从洲特意把糖醋排骨放在书吟面前："尝尝。"

书吟吃了口，细细品味："好吃。"

商从洲笑："好吃就多吃点。"

店内人声鼎沸，哪怕是工作日，也坐满了人。

他们面对面坐着，安静地吃饭，间或围绕着菜品说几句。

都是些很简单的对话。

"这个好吃，你尝尝。"

"这个也好吃。"

"嗯，是挺不错的。"

再无其他深入的内容。

吃到一半，书吟欲盖弥彰地说："我去下洗手间。"

商从洲哪里会不知道她是去买单的？

他擅长装傻："好。"

书吟离开后，商从洲眉梢轻抬。他叹了口气，这还是他第一次让女生买单，感觉，挺新奇的。

他掏出手机，静音模式下，手机里有十几条未读消息、三通未接来电。

商从洲今天的行程排得满满当当。

他早上有一个会，中午要和亚太投资银行的负责人吃饭，他乘坐电梯下楼，是为了赶往饭局，未料想，在电梯里碰上书吟。

这让他当即改变了想法。

商从洲知道自己临时推饭局的行为很恶劣，让自己的形象跌落谷底。

但在和书吟吃饭，与应酬之间，他觉得没什么好纠结的。但凡是选择题，都不会令他陷入两难,他轻易地做出决定。

——与书吟吃饭。

他倒是轻松了,助理火急火燎。

商从洲优哉游哉地给助理发了条消息,将应酬时间定于晚上。

消息发完,他扣下手机。

他们坐在靠窗的位置,来时,室外阳光正盛。夏日的太阳,带着灼热感。

待她走后,商从洲顿觉索然无味,望向窗外。

此刻已是乌云密布。

书吟回来后,顺着他的视线往外看,担忧道:"该不会要下雨了吧?"

一语成谶。

吃完饭后,室外下起了淅沥的雨。

商从洲去问餐厅的工作人员有没有多余的伞,他买一把,价钱不是问题。工作人员表示爱莫能助,伞都被客人借走了。

书吟和商从洲站在屋檐下。

幸好没有风,雨珠直直垂落,密密麻麻的雨水敲打着地面,漾出细小的水珠。

书吟仰头望天,纠结着:"你说,我们跑回去,怎么样?"

商从洲思考了几秒:"会被淋湿。"

闻言,她瞄了眼他身上的衣服。

高定西装,剪裁合身,她替他担忧:"我淋湿倒是没关系,你要是淋湿了,怎么去公司?员工看见了,会笑话你的吧?"

沉默片刻,商从洲忽地说:"我有个办法,能让我们都不淋湿。"

书吟眼前一亮:"什么办法?"

下一秒。

商从洲脱下西装外套,他撑起衣服,走到她身边,肩抵着肩。他将衣服高举过头,撑在二人的头上。

霎时,他身上的气息严丝合缝地包裹住她。

如此近的距离,书吟想逃,想逃离到安全地带。

记忆如浪潮般吞噬着她,让她想起那年,在高三的教学楼,她被他压在墙上的情形。当时的心动,早已被日光曝晒,变成空气,蒸腾在云雾里,荡然无存了。

可是书吟不得不承认,曾经喜欢过的人,就这样轻而易举地让她再次心动了。

"别动。"头顶传来他的声音,温热的呼吸拍打在她的耳边,"再往外走,我们两个都得淋湿。"

"商从洲……"她不知道说什么,无措地喊着他的名字。

凌乱的落雨中,他圈出了一个世界。

这个世界小到他们紧紧地靠在一起,温热的呼吸不受控地缠绕着。

周围很吵闹，风声、雨声、人声。

唯独他们这里很安静。

商从洲说："跑了，书吟。"

长长的深巷，雨淅淅沥沥，年轻男女仅靠一件衣服遮挡，跑过一条又一条雨巷。

书吟先上车。

商从洲关上副驾驶座的车门后，这才绕过车身，跑回驾驶位。

书吟平日疏于锻炼，这会儿跑得直喘气。

商从洲从车子里找出一条干净的毛巾，递给她："擦一擦。"

书吟气息不稳："谢——"

话刚说出口，就停住。

她答应过他，不和他说"谢谢"了。

"哦，好。"她舔了舔唇，略有些干涩地答。

然而，她发现自己身上也没几处溅湿，小腿溅了雨滴，有些湿。小腿部分没必要拿毛巾擦，用抽纸就行。

反观商从洲，他身上显然湿得更多，左肩全湿了。白色的衬衫，被雨水浸透，湿漉漉地贴着皮肤。

书吟片刻失神。

这到底是出于他骨子里的体贴，还是……

暗恋者总会自作多情，喜欢的人往人群中看，就会自恋地以为他是在看自己。暗恋者在很大的程度上，约等于自恋狂。

她不敢多加猜想，更不敢妄想。

"你擦擦吧。"她把毛巾递给商从洲，"你的衬衫都湿了。"

"你不擦吗？"

"不用，我没怎么淋湿。"

天色灰蒙蒙的，雨水漫成珠帘，车窗外的世界变得模糊。

雨刮器频繁运作，发出沉闷的声响。

书吟听到了藏在其中的，她不安分的心跳声。

心跳的高潮是在，他侧身，半边身子侧入驾驶座与副驾驶之间，把湿透的西装外套放在后座时，周围的雨声消失了，雨刮器的声音也消失了，书吟能听自己眨眼的声音，听见自己盛大的心跳声。

她深呼吸，别开眼，想忽视这一切。

而眼底，余光里，则是他侧过来的身躯。隔着半透明的衬衫布料，是他孔武有力的手臂肌肉，力量蓬勃。

空气里，满是属于他的气息，透过雨水，好像渗透在了她的身上。

书吟说了一早上的话，都不及这一瞬来得令她喉咙干哑。

喉咙好像在烧。

不仅是喉咙。

还有身体。

燃起了燎原般的大火。

他头发上、鼻尖、脸上，都淌着湿漉漉的水珠。

书吟不受控制地抽出纸巾。

"那个……"

她伸在半空的手，蓦地停住。

商从洲偏过头，隔着一张纸，她指尖碰到他的脸。

一个对视。

二人都安静了。

先反应过来的是书吟，她手忙脚乱地收回手："我不是故意的，就是看你头发都湿了，想给你递张纸，让你擦擦。"

她转过头，躲闪着。

商从洲缓缓地直起身子，他看到她白得似融雪般的耳朵，坠落了一朵海棠花。

红得鲜亮。

他接过她手里的纸巾，不甚在意地笑了下："嗯，我知道你不是故意的。"

书吟没敢说话了，甚至连看他一眼都不敢。

车子很快发动，周边的街景越发眼熟。

商从洲把她送到了她家小区。

夏天的雨，来得快去得也快。

半个小时不到的时间，雨就停了，空气是水洗过后的清新。

书吟推开车门，抿了抿唇："再见。"

车门"砰"的一声，合上。

她往小区里走，不紧不慢的，但他从她的背影里读出了一丝落荒而逃的意味。

商从洲无端地，笑了一声。

搁在中控台的手机"嗡嗡"振动，他收回目光，拿起手机，是工作电话。

简单说了几句，他挂断电话，而后，发动车子，驱车离开。

因为中午临时推延应酬，晚上商从洲提早到场。

晚上七点半，包厢门缓缓打开，会所经理迎着人进来。

是应酬，更像是旧友见面。

商从洲率先打招呼："好久不见，陈副总。"

陈知让淡淡地道："商总，你现在似乎没有时间观念了。"

"你不是同意了应酬推到晚上吗？"商从洲笑着，"而且我中午真的有点儿事，走不开。"

"如果我们以前不认识，我恐怕不会答应你这种无理的请求。"比起以往，陈知让越发冷情刻薄，他鼻梁处架着眼镜，镜片削弱了他眼里的压迫冷感，灯光柔和，照得他语气也温和了几分，"很久没见了，最近在忙什么？"

"老样子，忙工作，你呢？"

"一样。"

上菜了，侍应生推着餐车进来。

待菜上齐后，对话继续。

商从洲不经意地说："我才知道，你和我住在隔壁小区。"

出人意料的是，商从洲和陈知让并非称得上是好友。

要真细究他俩的关系，只能说是世交。年少读书时，因为一个班的，所以来往较多。而陈知让寡冷淡漠，不喜与人交往，对比之下，在外人看来，他俩确实是好友。

事实并非如此。

类似陈知让这样的世交，商从洲数都数不过来。商家是大家族，人脉关系盘根错节，南城的富家子弟，随便拎一个出来，都能和商从洲摊上关系。

遑论二人高中毕业后，再也没联系过。零星几次见面，还是彼此的应酬在同一个餐厅，远远见一眼，而后快速转移视线。

陈知让："你怎么知道的？"

商从洲没有任何遮掩，直白阐述："书吟告诉我的，你住她楼上。"

陈知让目光平静，笑了下，笑里有着隐忍的压迫感。

"你和她怎么认识的？"

"高中的时候，通过你妹妹认识的。"

汤汁不小心溅在手背上，陈知让用热毛巾慢条斯理地擦着。

他问："她没怎么和我提起过你，你们这么多年，一直有联系？"

"没，前阵子遇到的。"

"是吗？"

"她没和你说吗？"

"什么？"

商从洲脸上看不出喜怒，平静地说："我小姨夫是她大学时的老师，前阵子我姨夫生日，我姨夫一直着急我的个人问题，就这样——"

停顿几秒，他说："我成了书吟的相亲对象。"

陈知让蹙眉。

前面的话，书吟有提起过。

但后半部分，有关相亲一事，书吟没说过一言半字。

陈知让毫无波澜地道："最近她常来我家吃饭，却没提过这件事。"

"相亲对象而已，又不是结婚对象，没什么好提的。"商从洲拿起桌上的水，饮了口，缓解口腔里的干燥，"你呢？我看沈以星的朋友圈，她好像后年结婚，你做哥哥的，打算什么时候结婚？"

"不急。"陈知让问,"你相过很多次亲?"
"哪有,第一回。"
"哦。"
"你呢,相亲过没?"
"没。"
对话趋近苍白。
商从洲顺势步入正题,与陈知让聊工作相关的事。

应酬结束,二人各自回家。
陈知让没有司机,在手机上找代驾。
商从洲说:"要不坐我的车回去?"
陈知让收起手机:"行。"
约莫过了十五分钟,司机将车缓缓停在陈知让所住小区门外。
"谢了。"陈知让说。
"不客气。"商从洲懒懒散散地靠在椅背上。
陈知让下了车后,商从洲的车便离开了。
陈知让转身,往小区大门走去,走了没几步,停了下来。
正前方,书吟提着一只透明购物袋,另一只手拿着冰激凌,慢悠悠地往这边走来。她心不在焉地,好半晌,才注意到陈知让的存在。
白天下了场雨,气温稍稍升高了些,夏日的夜晚,空气里有着潮热。
他周身满是酒气。
书吟问:"你刚应酬完吗?"
陈知让:"嗯。"
书吟舔了口冰激凌,想起自己手里拎着一袋冰激凌,于是问他:"要不要吃冰激凌?我刚买的。"
他视线往下扫,醉眸含着冷光。
随即,他伸手,抽了一根,但他始终拿着冰激凌,没有撕开包装。
二人无言,乘坐电梯回家。
书吟先到,走出电梯前,她说:"睡前喝杯蜂蜜水,第二天嗓子会舒服一些。"
陈知让沉沉地"嗯"了一声。

这天太热了,书吟到家的第一时间,就把空调打开了。
然后,她把冰激凌放进冰箱冷冻层。
空调温度调得过低,加上前一天在雨里狂奔,跑完又在车里吹冷气。冷热交替,书吟第二天醒来的时候重感冒了。
书吟不喜欢去医院。
中学时,她感染流感,每天放学都得去医院打吊瓶。流感高峰期,输液厅里打吊瓶的人很多，大多都是她这个年龄段的学生。可是没有一个是像她这样一个人来的，他们都有父母作陪。

书吟一边羡慕又一边安慰自己，她爸妈只是忙于工作，忙着赚钱，他们努力赚钱，都是为了她。她是他们的女儿，他们最爱的就是她了。

但吊瓶打完，她给妈妈打电话，换来的却是对方一句："打完吊瓶就赶紧回家做作业，别在外面玩。"

好像在她妈妈眼里，学业永远是最重要的。

从那之后，书吟很讨厌去医院。

等待热水烧开的时间，书吟用体温计测了下体温。

万幸，没发烧，只是感冒。

她翻找出感冒药，看了下时间，没过期。按照说明书，她吞了几颗药。只是感冒药吃了三天，感冒好了大半，但她仍咳嗽。于是，她只好出门，去附近的诊所，让医生开了点儿治咳嗽的药。

这场病来势汹汹，五月的后半个月，书吟都在咳嗽声中度过。

她每天不是睡觉，就是吃饭，但凡看手机，必定是回复沈以星的消息。

沈以星是个实打实的恋爱脑，和段淮北分开了没多久，架不住想念，订了张机票，飞去国外找他去了。

她时常给书吟发消息，分享日常。

六月初，沈以星回国。

她回国后的第一件事，就直奔书吟家。

她把书吟家当自己家，洗澡，睡觉。

书吟在卧室里看电影，等到夕阳落山，卧室门被人敲响。沈以星推开门："我哥在家做了晚饭，我们过去吃吧。"

书吟："嗯。"

沈以星问她："你最近都是吃外卖吗？"

书吟："是啊。"

沈以星递给她一个同情的眼神："好可怜。"

书吟眨了眨眼："用的你的亲密付，一顿五百。"

沈以星做生气状，龇牙咧嘴："好啊你——"

二人嬉笑打闹着，到了陈知让家。

恰巧，段淮北给沈以星打电话。沈以星满脸幸福地去阳台接电话。

剩下书吟和陈知让在餐厅里。

他们面对面坐着。

晚餐吃得很清淡，陈知让给她盛了碗蔬菜粥。

书吟："谢谢。"

陈知让没什么反应，安静喝粥。

隔着阳台玻璃，沈以星的声音被隔绝，室内异常安静。

碗筷碰撞，发出当啷声响。

陈知让忽然说："我上个月和商从洲见面了。"

书吟心跳静了一瞬，顿觉莫名，他为什么要和她聊商从洲？

她从没在他面前提过商从洲。

蓦地，书吟严重闪过一丝怀疑，她语气平静："商从洲他，怎么了吗？"

"没怎么。"陈知让淡声道，"他说，你俩相亲了。"

书吟喉咙发痒，咳了咳："不算相亲，就是吃了顿饭，而且还是和我老师的很多学生一起。"

陈知让看了她一眼："和他有后续吗？"

沉默稍许，书吟的眼睫颓然垂落。

她迅速又冷静地说："不会有后续。"

然后，她听见陈知让问她："为什么？"

书吟微愣，抬头，茫然又困惑地望着他。

陈知让摘下眼镜，柔光退散，眼里的压迫感渐渐侵袭过来。

他低敛着眸，无人知晓的地方，眸间一片黯淡。

他说："商从洲是个挺不错的人，你可以试着和他发展一下。"

书吟顿了顿，她不知道要摆出什么样的表情，有些无措。

她总觉得，陈知让看出了些什么。

可他神色寡淡、疏离，与平时没什么两样。

好在很快，沈以星打完电话回来，打破了这番沉默。

吃过晚饭，书吟喉咙还有点儿不舒服，家里的药都吃完了，她想着去小区附近的诊所再看看，问问医生还需不需要配药。

过去的路上，她记起商从洲给自己发过消息。

她走得慢，掏出手机，给他回消息。

商从洲问她：最近忙吗？

书吟指尖松动，忽地，身后响起喇叭声。

极为短促的一声。

慢慢地，一辆车打着双闪，靠边行驶，停在书吟侧前方。

暑热正盛，蝉鸣狂热，街边没什么行人，书吟能肯定，这辆车的主人和她一定认识。即便书吟是土生土长于此，可特意停车和她打招呼的人，恐怕屈指可数。

如她所料。

驾驶座的车门打开。

商从洲出现在她眼前。

他的衣服看似简单，却很有质感，每件衣服都像是量身定制，万分契合也无比衬托他的身材。清瘦却不瘦削，极具斯文感。

有那么一瞬，书吟误以为是高中时期的商从洲，向她走来。

去年十月，书吟高中班上的班长结婚，给班里所有人都发了请柬。

人们常把高三友谊称作革命友谊，高考是场无硝烟的战争，说是革命友谊也不为过。饶是与班里同学交情淡薄的书吟，也拿着请柬，和沈以星一起参加了这场婚礼。

那天是国庆假期，老同学们来得很齐。

同学们集中在几桌，婚礼开始前，是场热闹的同学聚会。

时间或许真带走了很多东西，也改变了很多东西。当时一个个木讷文气的同学，如今高谈阔论，聊得头头是道。

最明显的改变不是性格，而是他们的长相。女生脱去老套的校服，穿着自己的衣服，都变得分外漂亮。男生则相反，头发少了，肚子大了，油头满面，逐渐与油腻中年男挂钩。

所以重逢后，商从洲比书吟记忆里还要清冷端方，轻易点燃她心中那团枯草。

有人说，大多人都在异性身上找初恋的影子。

也有人说，人总会反复喜欢上同种类型的人。

二十八岁的商从洲，像极了十八岁的商从洲。

又不像。

因为十八岁的商从洲，从未像现在这样，离书吟这么近。

商从洲停在书吟面前："这么热的天，怎么在外面？"

书吟："买点药。"

商从洲："生病了？"

书吟："小感冒。"

他听出了她嗓音里的哑。

因为附近是小区，道路两边划有白色停车区域，商从洲方才已将车子停在白色区域内，他将车子锁好。

"我正好没什么事，陪你去买药。"

书吟迟疑了下。

一旁的商从洲左右张望，问她："药店往哪儿走？"

她指着前方："前面右转。"

寂静的街道，幽夜生香，他们并排走着。

商从洲问："我给你发了微信，有看到吗？"

"我刚准备回，就被你的车喇叭按住了。"书吟回头望了眼他的车，和之前坐过的那辆不一样，她问，"你换车了吗？"

他温温然笑着，一笔带过："以前买的。怎么，你对车感兴趣？"

书吟说："我想买辆车，但我对车的了解仅限于汽车牌子，其他的一概不知。"

商从洲："车子买来自己开还是家用？"

书吟闷声："自己开。"

她停顿了下，忙不迭补充："不要跑车。"

商从洲似是猜到原因，但还是忍不住捉弄她："为什么不要跑车？女孩子开跑车不挺酷的吗？我看沈以星也开的跑车。"

书吟面色不自然，支吾着："太高调了。"

商从洲嘴角勾起，笑着："我大概知道哪几款车适合你了。你看你哪天有时间，我陪你去试驾？"

过于夸张的进展。

书吟嘴角一僵，欲言又止，好半晌："你工作好像挺闲的……"好像比她这个自由职业的还闲。

商从洲笑道："毕竟是自己的公司，想请假随时都能请假。"

书吟将碎发挽至耳根，思索着："我下周要离开南城一段时间，不知道什么时候才能回来，等我回来之后我再联系你。"

"到时候我来接你。"商从洲接过她的话茬。

书吟脚步一顿。

她后知后觉地意识到，他三言两语，便把对话往不知名的方向带。而所谓的不知名的方向，似乎是他想要带去的方向。

有一两秒无话的空当。

商从洲打破安静，问她："是这家诊所吗？"

周围是各色各样的商铺，诊所占据三间店面，墙体粉刷成通透的白，最上面挂着红十字的感应灯，右下角写着"南城张栋华诊所"几个字。

据说医生原先是在协和任职的，忍受不了高强度的工作，于是辞职，在家附近开了这么一家诊所。

附近的居民都在这儿看病，见效快，效果好。

书吟说："是这里。"

商从洲替她推开玻璃门，等她进去后，才关门。

书吟和医生沟通时，商从洲站在一边。

书吟描述着病情："我五月中旬的时候来看过的，重感冒。感冒差不多好了，就是还咳嗽，但也不是经常咳，到了晚上要睡觉的时候咳得厉害。"

医生："张嘴。"

书吟张开嘴。

医生看了眼："过敏性咳嗽。家里有抗过敏的药和消炎药吗？"

书吟："没有。"

医生转身，去药柜里拿了几盒药，写上用法用量，递给书吟。

"扫码还是现金？"

"扫码。"

医生动作快速地把二维码递给书吟身边的商从洲。

书吟尴尬得头皮发麻："不是，我扫你。"

商从洲敛眸，很轻地笑了声。

医生的视线在二人身上来回扫荡，恍然："家里老婆管钱。"

书吟更尴尬了。她顶着红晕斑斓的脸，竭力让语气平静："我和他不是那种关系……就是朋友。"

商从洲喉咙里滚着懒散的笑，不急不缓地说："嗯，就是普通朋友。"

他分明是配合着她的，偏偏又有种欲盖弥彰的意思。

医生扶了扶鼻梁处的镜框，滑下去的眼镜回到原本的位置，以便自己看得更清楚："不好意思，我看你俩穿得好像是情侣穿搭来着，原来是我搞错了。"

现如今的情侣装早已不是一颗爱心分两半，两个人的衣服上，你一半我一半，土到极致的情侣装了。

现在的情侣装，基本都靠衣服颜色组合搭配构成。

好比商从洲和书吟现在身上穿的——

书吟穿着奶白色针织连衣裙，领口部分黑色细丝带缠绕，在胸前系成一个蝴蝶结。

商从洲上半身是与她同色系的短袖，袖口两边是黑色包边，下半身则是一条黑色长裤。

他们都没注意到。

不论是乍一看还是仔细看，和情侣装的契合度，高达百分之九十。

书吟偏头，目光闪躲，回避着他。

商从洲也偏头，他偏向的，是书吟这边。

一阵热风拂过，吹得他眼神似蚀尽深夜的月，清幽柔和，隐约能在那一弯明月里，看见书吟的身影。

二人心怀鬼胎地出了诊所，又步行回了她家小区。

商从洲："再见。"

书吟："再见。"

她迟疑了一会儿，又说："回去的路上，开车小心。"

书吟进了小区。

坐落在灌木丛中的地灯发出昏黄色调的光，蚊蝇缠绕其中，蝉鸣与喷泉水流声缠绕，敲响夏夜的奏鸣曲。

快到单元楼楼下时，书吟看见不远处倚靠在花坛边的人。

陈知让微低着头，指尖燃着猩红的火光，白色的烟雾成团，升至半空，扩散，消失。

离得越近，看得越清晰。

他吞云吐雾的模样，很熟练，双唇翕动，烟圈浮荡，颓靡阴暗。

书吟脚步渐轻，步调渐缓。

离得近了，他似乎注意到，猛地一抬头。手腕一抖，他似是要把烟掐了，但他没有掐灭，而是把烟往嘴里送，狠狠地吸了一口。

一大团白色烟雾绽开。

陈知让的嗓音是被烟浸泡过的低:"怎么从外面回来?"

书吟说:"喉咙不舒服,出去买了点药。"

陈知让的目光很淡,和平常没什么两样。

他说:"晚上别一个人出去,不安全,以后记得叫上沈以星。"

书吟双唇翕动,没说路上遇到了商从洲。

她喉咙有些涩:"就小区附近,没多远。"

一阵风吹过,带来一股烟草味,她被呛得直咳。

"抱歉。"陈知让掀了掀眼皮,终于把烟掐了,扔进边上的垃圾桶里。他皮肤有种病态的白,给人清冷颓败的错觉,"最近事太多,有点烦。"

书吟后知后觉地意识到,他是在和自己解释抽烟的原因。

她善解人意地点头:"我先上楼了,你再抽会儿烟吧。"

她走得很快。

陈知让没说话,只用沉冷幽深的目光紧紧地盯着她。

呼吸,是克制的紧绷;喉咙,是压抑的错乱。

有的话想说,但一直没有找到合适的时机,他以为,总会有那么一天是合适的。或许,最合适的时间点,已经错过了。

就像刚刚晚饭时,他想说的,不是让她和商从洲多接触。

而是——我到底要怎么做,你才能不和他相亲,不和他有后续发展?

他问不出口,他太骄傲,他无法和任何人低头,他的爱也是。

又过了一个礼拜,书吟的喉咙才彻底好。

她窝在家里,翻译了一本图书。交稿当日,熊子珊在微信里找她,问她有没有时间接电影字幕翻译。

书吟婉拒了。

她还有别的事要忙。

她把微信的个人签名改为:不在别找,找也不回。

她又发了条朋友圈——最近在外地,等到九月再工作。

她先把这条动态设为仅个人可见,发出去后,再改为公开的状态。这样,别人刷朋友圈的时候就不会看到这条消息,点进她的朋友圈才能看到。

发完后,书吟扔下手机,收拾行李。

这趟离开要一两个月,好在夏天衣服单薄,一个二十四寸的行李箱装得满满当当。

东西收拾好,已是晚上八点多,她买的是晚上十点半的火车票。

没办法,她要去的地方是偏远山区,从南城过去,得先坐一趟耗时二十八小时的直达特快火车。到达省会城市后,再坐五十分钟左右的动车到达市区,然后,她的大学同学金婷开车来接她。

之后的安排,由金婷全权负责。

漫长的旅程后,书吟与金婷终于见面了。

许久未见,二人先是给彼此一个拥抱。

"好久不见,小书。"

"好久不见,婷婷。"

金婷拉着书吟的行李箱:"我先带你去我家,洗个澡,然后我们再出去吃个饭,休息几天,等到周三——我请了假,到时候再带你过去。"

"那边离这里远吗?"书吟问。

"远,大巴得坐两个小时,然后转私人运营车。"

"对了,山区信号不好,你最好和你的家里人说一声,我怕他们联系不到你着急报警。"金婷心有余悸地提及,"我第一次去的时候,我妈给我打了十来通电话都没联系上,差点儿报警。"

书吟说:"好夸张。"

金婷笑:"真的,你最好和家里人报备一声。"

坐上金婷的车后,书吟掏出手机,想跟沈以星说一声。

手机按了按,屏幕一片漆黑。

没电了。

金婷递给她一根充电线:"我车里能充电。"

书吟没接:"算了,应该没人找我。"

金婷戏谑:"沈以星呢?她黏你黏得那么紧。"

书吟:"她知道我来找你。"

金婷:"她不怕我把你抢走啊?"

大学时期,沈以星总怕书吟在学校交到更好的朋友,两所学校间隔三十公里,沈以星没课就打车跑来找书吟。

书吟忍不住笑:"她当时是怕我交不到朋友太孤单。"

金婷:"她要是男的,你俩真得成一对。"

书吟想了想,不无赞同。

书吟太喜欢沈以星这样的人了,会反复、不断地强调书吟有多好。和沈以星当朋友的这些年,即便沈以星时常有重色轻友的行为,可沈以星从没因为段淮北冷待过书吟,一次都没有。

二人说说笑笑,随后又聊接下去的安排。

而书吟的手机,安静地关着机。

她懒得再开机,自然也没有看到,商从洲给她发的消息。

商从洲给书吟发消息很克制,也很有条理。

他不问书吟去哪儿了,也不问书吟什么时候回来。

他给书吟发了几款车的照片,问她:有喜欢的款式吗?

等了一天。

没回。

又过去三天。

还是没回。

一周过去。

仍是杳无音信。

商从洲发现书吟这人还真是有什么说什么，朋友圈的个性签名还真煞有介事。

△不在别找，找也不回。

挺高冷的。

商从洲期间出了趟国，回国已是九月中旬。

书吟还是没回他消息。

商从洲把玩着掌心的手机，脸上没什么表情，处于极端克制的冷静中。

他时不时解锁手机，没有她的消息，又锁屏。

再解锁。

再锁屏。

如此以往，重复不知道多少次。

来找他的容屹听着"咔咔咔"的锁屏声听得烦死了，他本就心情不好，想来商从洲这儿找点安慰，没想到商从洲最近也不知怎么了，魂不守舍不说，还把手机当游戏机玩，按个不停。

"你能稍微停一下吗？很吵。"容屹面无表情。

商从洲："抱歉。"

容屹："你最近状态很不正常。"

商从洲："是吗？"

容屹："体检报告出问题了？"

他只能想到这个。

商从洲胸肺里一阵闷笑："没，身体很健康，各方面指标都很正常。"

他终于将注意力转移到郁闷的容屹身上："你最近的状态也很不正常，遇到什么事儿了？"

容屹："没什么，国庆能不放假吗？国庆不能连上七天班吗？"

"谁招惹的你，你欺负谁去，少压榨员工。"商从洲乜斜他一眼，"度假山庄国庆试营业，你要是闲着没事儿干，跟我过去看看。"

"不去。"容屹一口拒绝。

"不去就在家躺七天，我不管你。"

容屹恶狠狠地剜了商从洲一眼，随即，骂骂咧咧地走了。

容屹离开后，商从洲想到了什么，再度掏出手机。

只不过，他没有给书吟发消息，而是点开沈以星的头像。

他问：最近忙吗？

沈以星回得很快，她回的是条语音，声音里带着惊讶。

"商从洲？不是，从洲哥，你怎么突然找我？但我现在有工作要忙，等工作结束了我再来找你。"

背景音嘈杂凌乱，仔细听，还有商场广播播报的声音。

商从洲隐约听见，广播里响起的是："南城银泰。"

没思考太多，他抓起手机，出了办公室。

南城银泰一楼是各式化妆品专柜。

沈以星受品牌方邀请参加线下活动。

活动刚开始没多久，沈以星饿得不行，她的部分已经结束，准备临阵脱逃，忽地在人群里发现个熟悉的身影。

她眨了眨眼，发现那人确实是商从洲后，忙不迭拨开人群，往商从洲那儿跑去。

她拍了拍商从洲的肩："从洲哥。"

商从洲转过身来，神情里是恰到好处的惊讶："星星？这么巧，在这里见到你。"

沈以星弯着眼："好多年没见，从洲哥，你又变帅了。"

商从洲不甚在意地笑笑。

沈以星问他："你刚刚给我发消息，是有什么事找我吗？"

商从洲轻描淡写地说："发错了。"

换来沈以星失望撇嘴，但下一秒，她又兴致高涨："这么多年没见，从洲哥，我请你吃顿饭吧？"

恰好是午饭的时间点。

商从洲说："哪能让你请啊，好歹你叫我一声'哥'，我请你吃饭。"

沈以星等的就是这一句："那就谢谢从洲哥啦。"

其实活动安排里，沈以星待会儿还得和其他的美妆博主一块儿去附近的酒店吃饭。沈以星时常参加这种活动，饶是七星级酒店的饭菜，吃多了也腻了。所以，她懒得参加待会儿的饭局，和一大堆不太熟的人却还得笑脸相迎地吃着饭，别提多难受了。

还不如和商从洲吃饭。

商从洲身上是有种能力在的，和他待在一块儿，不会让人尴尬、局促。

沈以星也有种能力，但凡是个朋友，她都能和对方知无不言言无不尽地聊个不停。

所以吃饭的时候，二人的话题里，自然而然地提及书吟。

"我之前有听书吟说，你是她大学老师的外甥，还给她介绍了个口译的活儿。"沈以星很是感动，"从洲哥，以后有赚钱的事，能多找找我家书吟吗？"

商从洲语气很淡："前阵子有个赚钱的活，但我联系不到她，给她发微信也没回。"

"啊……她在山区，那地儿没信号。"

"山区？旅游吗？"商从洲皱了皱眉。

"不是。"

沈以星叹了口气,说:"说来话长,就是婷婷——啊,就是书吟的大学室友,婷婷大学毕业后考上老家的公务员。婷婷老家挺偏僻的,下面有些山村,婷婷逢年过节就得走山路去看望贫困户。有家贫困户里有个小姑娘,还在读初中,成绩挺好的,但是家里情况很糟糕。她妈妈跑了,爸爸下半身瘫痪,能维持温饱都不错了,哪还有闲钱供她读书?书吟听到后,就动了资助那小姑娘上学的念头。"

"……资助?"

商从洲心里不是不惊讶的。

他还记得,当初送书吟回家,书吟住的房子,用破败来形容也不为过。

多年后再度重逢,书吟的变化颇多。

她住在市中心的房子。

她瘦了,也漂亮了很多。

至于她的学历和工作——

他时常在附中的红榜上看见她的名字,她班的班主任,商从洲已经不记得她班主任叫什么名字了,但他记得,她班主任夸她每次考试都有进步,对她的夸赞程度,真不亚于江教授。

那个努力的高中生书吟,每次考试都有进步的书吟,配得上她取得的学历和现如今的工作。

但也有一样没变。

商从洲记得,每一次看见她,她身边都有个沈以星。

那个时候,沈以星是惹眼的漂亮。人总会被漂亮的人事吸引。

当所有人都将目光放在沈以星身上的时候,商从洲的目光是投向书吟的。

她太安静,安静得仿佛随时都要逃离人群,被所有人遗忘。

或许是他当惯了老好人,所以总想着,拉她入热闹之中。

书吟像是连绵阴雨天里的月亮,看不见,找不着,平时没什么人望月。等到乌云密布的时候,会被人不经意地想起,然后换来一句:"月亮有什么用,没什么光,出门还得靠路灯。"

很快,沈以星说:"书吟说,她知道人生有很多选择,不一定非得要读书才会有出息,但她自己是读书读出来的,她觉得读书改变了她的命运。所以如果那个小姑娘想读书的话,书吟愿意帮她。"

月亮没用吗?

看——

她好像在照耀别人,用她那微弱的光。

商从洲沉默半晌,问:"她不怕吗?"

"怕什么?"

"万一资助的费用,没有到小姑娘的手里?"

"所以她去和那个小姑娘见面啦。"沈以星是既心疼又敬佩书吟,"坐三十多个小时的车,还得走半个小时的山路。"

商从洲眼睑一压一抬,问:"她什么时候决定资助的?"

关于书吟,沈以星大概能给书吟写本生纪实录了。

她几乎了解书吟的一切:"清明过去没多久。"

商从洲呵出一声笑:"我六月的时候和她见了一面,她没提过这件事。"

沈以星:"这有什么好说的?老拿资助的事出来说,像是炫耀。真正想做好事的人,才不会把这件事挂在嘴边。"

餐厅热闹喧嚣,时不时有人经过,冷气由四面八方涌来。

商从洲喉结滚动,呼吸是热的,滚烫到沸腾。

服务员过来送上热气蒸腾的饭菜,商从洲却久久没有动筷子。

沈以星咬着筷子,见他魂不守舍的模样:"从洲哥,你在想什么?"

"没什么。"商从洲淡笑着,流畅锋利的脸部线条也变得柔和,他喉结滚动,近乎自言自语,"只是突然,确定了一件事情。"

——他在夜里行走,不靠路灯,只看月亮。

和沈以星分别后,商从洲接到华映容的电话。

电话那头,华映容语调冷淡,有种别扭的傲慢,想让儿子回家,胸腔里却藏着旧怨。

"家里做了桂花糕,有时间过来拿。没时间就算了,毕竟商总日理万机,比国家领导人还要忙,能做到三过家门而不入。"

商从洲轻笑,挂了电话,直接回家。

华映容见到他也没太多反应,连看他一眼都觉得浪费。

她手虚指着会客厅里的两只纸盒子:"桂花糕,还有今年新割的蜂蜜,你带走吧。"

"带去哪儿?"

"带回你家。"

"什么你家我家的?"商从洲嘴角勾起弧度,"我不是还没分家吗?"

"你还想着分家?"华映容藏不住情绪,气结,"芳姨,给商远宏打电话,让他带枪回来把他的不孝子崩了!"

芳姨没有劝架的意图也就算了,还扇风点火:"老爷子身边的警卫配枪了,我打电话给老爷子比较快。"

"芳姨,"商从洲倍感头疼,"哪有您这样的?"

芳姨笑眯眯地望着商从洲,不语。

商从洲叹了口气:"行了,别演了,我这不是回家了吗?"

华映容:"大半年的才回一次家,这是家还是酒店?"

商从洲不赞同:"我一年到头住酒店的时间可比在家的时间要多。"

这话简直是火上浇油,气得华映容拿起手边的茶杯往他身上砸。

商从洲眼皮一跳,火速接起茶杯,心疼的当然是茶杯:"这可是我在拍卖会上拍的青花缠枝西番莲纹缸杯,华女士,您用这杯子摔我,还不如拿枪指着我。"

听听这语气。

听听说的这话。

什么话——

万把块的杯子,比他的命还重要了?

华映容懒得搭理他。

商从洲慢慢地抬眸看她,说:"妈,今儿个我下厨,您想吃什么?"

"你休想用这招收买我。"华映容硬声。

商从洲淡笑不语。

他挽起袖子往厨房走去。

一步。

两步。

第三步还没落到平地。

"咳……"身后传来华映容不自然的咳嗽声,"西湖醋鱼。"

华映容做主持人多年,对身材管理近于严苛。

平日里清汤寡水的,偶尔胃口大开,一定是商从洲下厨。

她自己是个什么都不会的主,生的儿子倒是什么都会,尤其这厨艺,好得像是进厨师学院进修过似的。可商从洲很少下厨,有时候华映容求他,他都不搭理,下厨这事儿,全看他心情。

商从洲下厨,华映容吃了一大碗米饭。

吃饱喝足后,华映容问他最近在忙什么。

"老样子,工作。"商从洲给的回答索然无趣。

吃人嘴软,但华映容没有这种自觉,她挥挥手,烦他:"无趣的男人,请你滚出我家。"

挺有礼貌的,还用了"请"这个字。

商从洲怡然自得地"滚"了,临走前,他不忘带上她做的桂花糕,还有蜂蜜。

他不嗜甜,桂花糕和蜂蜜放在厨房里,像个摆饰。

恰逢保姆回家探亲,得下周才能回来,商从洲一时间还真不知道要把这几样东西给谁。

第二天,天阴,气象台预报,南城接下来一周,都会有暴雨。

商从洲泡了一杯蜂蜜水,喝了口,稀释过后的蜂蜜水,还是甜得他牙疼。水杯刚放下,搁置在岛台的手机振动了几声。

冥冥中好像是命中注定,商从洲预感,是书吟发给他的消息。

手机解锁。

还真是她。

书吟发了一长串文字：不好意思啊，我最近在山区里，山区里没什么信号，所以收不到你的消息。谢谢你帮我选车，我已经在回来的路上了，后天到南城。大后天是周日吧，你有没有时间陪我去4S店看车？

"轰"的一声。

窗外响起惊雷。

商从洲沉闷在胸口的一股气，遽然散开。

他回：我后天也有时间。

商从洲：你后天几点到南城，我来火车站接你。

书吟收到商从洲发来的消息时，刚坐上去往省会城市的高铁。

她有些手足无措：不用了吧。

太麻烦他了。

商从洲像是猜到她内心的想法：我不觉得麻烦。

书吟抿了抿唇：那，好吧。

商从洲：几点到南城？

书吟：下午三点四十。

商从洲：好，我在出站口等你，书吟。

刚回完商从洲的消息，书吟的微信消息就振个不停。

书吟轻描淡写一句山区没信号，实际上，在她和金婷见面的第一天晚上，她的随身包就被偷了，包里的手机、银行卡，全部没了。

还好出火车站时，她刷完身份证，随手把身份证塞在上衣口袋里，要不然，什么都补办不了。

补办证件需要很长时间，书吟除了资助学生一事，她还申请了暑假的支教。

时间紧，任务重，想到到了山区里，也没有网络，她索性将补办一事放到最后。

新手机插上卡，登上微信，未读消息一大堆。

书吟回完商从洲的，才回沈以星。

手打字的时候，都心怀愧疚——她显然也和沈以星一样，重色轻友了。

书吟：我后天到南城。

沈以星过了很久才回她：后天我要出差，糟糕，我不能来接你了。

书吟咬了咬唇，犹豫着，要不要说实话。

结果，沈以星又发来消息：后天是周六，我问问我哥有没有空。

书吟火速拦截：不用了。

书吟说：有人来接我。

沈以星：谁？

沈以星：男的女的？

沈以星：要是女的我真的会生气的！

沈以星：男的要是不帅我也会生气的！

书吟盯着屏幕好一会儿，敲字的速度很慢：商从洲来接我。

她指腹停留在发送按钮上，过了许久，终于下定决心，发送。

偏偏沈以星在这种关头又迟钝得很：原来是商从洲啊，我前几天还和他一块儿吃饭了，吃完饭他还问我要不要送我回家，可惜我自己开车来的。

周到、体贴，这就是所有人眼里的商从洲。

或许他对她不是特殊照顾，只是该有的礼节。

书吟眼睫低垂，眼里的喜悦、期盼，被一阵阵翻涌的潮水覆盖。

她是平静的湖。

回程的路漫长，绿皮火车慢慢悠悠的，书吟买的是软卧，下铺。

她在火车站的书店里买了本书。

《加缪手记》。

她瞥见一句话，目光长久地停留于此——火车上的小情侣。两个人都不好看。她拉着他，笑吟吟的，撒娇、撩拨他。而他，两眼无神，因在大庭广众之下被一个他并不引以为傲的女人爱着而感到尴尬。

仿佛有一只手，紧扼住书吟的喉咙。

她转头，看见车窗里的自己。

室外天黑，车厢内灯亮着，窗玻璃像是一面镜子，也像《白雪公主》里从不说谎的魔镜。

短短几句话，照出她隐藏在皮囊下的、经年累月形成的自卑。

外语系的老师都会推荐加缪的书，书吟大学时就很讨厌加缪。多年过去，她发现自己没有改变，还是讨厌他。

他仅用三言两语，就能写出最残忍的真相。

她咽下心中的苦水，接着往下看。

一本书看完，天边泛着鱼肚白的光。

书吟昏沉着大脑，半梦半醒地躺在软卧床上。

到站前十五分钟，闹钟叫醒了她。随之而来的，还有商从洲的消息。

他说：下火车了和我说。

书吟：好。

她问：你不会已经到火车站了吧？

商从洲：还没。

书吟放下心来：好，待会儿见。

商从洲：待会儿见。

距离南城越近，雨越大，"噼里啪啦"地砸在窗玻璃上。

下午三点多，天色暗得恍若夜晚。

书吟看向窗外，隐隐担忧。她没带伞，也不知道商从洲的车里有没有。

下火车后，书吟提着行李箱，顺着拥挤的人群往外走。

到了出站口，她四处张望，掏出手机，打算给商从洲发消息。有个身影拨开她身后的人群，径直走向她。

"书吟。"

书吟忙转过头。

手一松，行李箱到了他手里。

商从洲问她："坐这么久的火车，累吗？"

书吟说："还好，我买的卧铺，都是躺着的。"

她顿感疑惑："你怎么知道我坐了很久的火车？"

"前几天遇见沈以星，她说的。"

书吟点了点头。

他的车停在地下停车场。

停车场地面湿漉漉的，排水管道发出淅沥水声。

坐上车后，书吟边扣安全带，边问他："外面下很大的雨吗？"

"嗯，这阵子都在下雨。"

"你带伞了吗？"

"没，我的车停在地下车库，没停在露天。"车子发动，他投来一道柔柔的目光，好似猜到了她的担忧，"你在后座找找，可能有放伞。"

书吟半仰着身子往后找。

车厢内干净整洁，连一张纸都没有，哪儿有雨伞的踪影。

余光里，是她失望又纠结的脸。

商从洲嘴角往上扬。他知道自己是在欺负她，欺负她对车子的了解仅限于车子的品牌。

他今天开的这款车，车门内部设计了一个出伞口，里面放着一把雨伞。

雨渐大，天渐暗，偶尔一道闪电劈亮半壁天空。

灰蒙蒙的雨天，车子行驶在一片霓虹灯火中。

平常半个小时的车程，因为下雨，时间拖长。到她家小区时，已经下午五点。

书吟手里的手机屏幕一亮，她问商从洲："你的车牌是多少？"

商从洲报完，明知故问："怎么突然问我车牌号？"

书吟到底脸皮薄，麻烦人办事还是挺不好意思的："我家离小区正门有点儿远，你车里没有伞，淋湿的话估计又得感冒。就麻烦你，把我送到我住的单元楼楼下，行吗？"

正大门有三个口，进出口，以及，车库入口。

商从洲缓慢踩下刹车："我直接开进车库里，你从地下车库坐电梯上去，更方便些。"

书吟想想，也行。

车库车位大多停满了车。

或许是暴雨天，大家都懒得出门。

他已经送她到车库了，以书吟不喜欢麻烦人的性格，很难不邀请他上楼坐坐。

但她真的很难坦荡地面对自己的内心。

如果她对他没有任何心思，她大可以坦然地邀请他上楼坐坐。

越是喜欢，越是小心翼翼，越是难以启齿。

耳边陡然响起他的话："你有买车位吗？"

"啊？"书吟下意识地说，"有的，当时沈以星庆祝我买房，给我买了一个车位。"

她往外张望，倏地，指着前方，空荡荡的两个车位："你随便停吧，一个是我的车位，一个是沈以星的车位。"

车停了下来，发动机熄火。

书吟屏息，语调迅速而平静地问："你要不要上楼坐坐？"

商从洲犹豫了下："会不会打扰到你？"

书吟："不会，没什么打扰的。"

商从洲："那好。"

后备厢里放着她的行李箱，还有一个白色的纸袋。

商从洲取出行李箱，又将纸袋拿了出来，递给书吟："里面有盒桂花糕，还有一瓶蜂蜜，我想你们女孩子应该喜欢吃这个，顺便拿过来给你。"

书吟接了过来："……我也有东西要送给你。"

商从洲眉梢轻挑："是吗？"

"嗯。"

"旅游纪念品？"

"不是。"

"那是什么？"

"……你待会儿就知道了。"

"好。"

他们坐上电梯。

书吟住的这栋楼是一梯两户的格局，连廊设计。开发商喜欢用此等方式，扩大公摊面积。

出了电梯，得穿过八米左右的连廊，才能到她家。连廊没有遮掩，狂风肆虐，吹着暴雨横扫着连廊。

他俩不可避免地要经过这段连廊，当然，也不可避免地淋湿了。

书吟："抱歉啊。"

商从洲："有什么抱歉的，又不是你让天下的雨。"

书吟还是自责。

他半边身子都湿透了。

虽然下雨，但好歹是九月，室温在二十七八摄氏度的样子。

商从洲身上就套了件简单的白衬衫，雨一淋就湿透了，衣服紧贴着皮肤，腰腹处，隐约勾勒出腹肌的轮廓。

书吟转身，眼观鼻鼻观心，解锁大门的指纹锁。

进屋后，她把商从洲给她的桂花糕和蜂蜜放在茶几上，快步走去衣帽间，拆了条没用过的新浴巾给商从洲。递给他时，她又见他身上湿漉漉的。

"要不，你洗个澡？"她问。

廊灯是温暖的橘黄色调，室外的天色彻底黑了。气氛延展着，有种不可言说的暧昧。

饶是商从洲也觉得她这话暧昧了。

孤男寡女，共处一室。

还洗澡。

他不太自然地咳了一声，给自己找借口："我没有换洗的衣服。"

书吟："我这里有。"

商从洲："裤子也有吗？"

其实他想问的，不是裤子，是内裤。

书吟回到房间，很快出来，手里拿着一个盒子。

"这里面应该都有。"书吟递给他。

盒子上，五个大字明晃晃地扎进商从洲眼里——情侣家居服。

商从洲被刺得眼里似落了几片玻璃，疼感蔓延，身上的衣服被雨淋湿，凉意浸着皮肤，渗透到他的骨头里，有种砭骨的冷。

他面色却很平和，不温不火的语气，问道："你和前男友谈恋爱时买的衣服？"

"不是，"知道他误会了，书吟哭笑不得，"很多品牌方逢年过节给沈以星送东西，沈以星今年情人节收到了十盒情侣家居服套装，她那儿实在放不下，所以拿到我这儿来了。"

有个做美妆博主的闺蜜的好处就是，护肤品、化妆品全包，这还不算——

书吟家里的吹风机、扫地机器人、空气炸锅等许多家用电器，也是品牌方送给沈以星的合作产品。甚至于逢年过节许多礼品，沈以星那儿放不下，她都搬到书吟家来。

东西太多了，都放在杂物间。

书吟甚至翻到了一箱男士内裤。

得到这个回答后，商从洲脸色稍缓。

"我以为是你前男友的。"他笑了声，辨不出情绪。

"我哪儿来的前男友？"书吟说，"我没谈过恋爱。"

"这样。"

"嗯。"

"挺好。"

"啊？"书吟莫名。

"没什么。"商从洲举起她给自己的情侣款的男款家居服，"我去洗澡了。"

书吟愣愣地点头。

客卫响起淅沥的水声,滴答滴答,仿佛水珠黏绕着她裸露在外的皮肤。

痒。

湿。

体内平白掀起燥热。

书吟有些口干舌燥,她的视线情不自禁地往客卫里扫。

她家是法式复古装修,客卫门是玻璃门,水纹波荡漾其中,折射出光线。浴室里是亮的,客厅是暗调的。

玻璃隔绝了一切,里面什么都看不见。

书吟别过眼。

她想看见什么?

她站在原地,几次深呼吸后,快步回到主卧的卫生间冲了个澡。

坐了长时间的火车,她感觉身上都是臭味。

泡面味,鸡蛋味,汗臭味,脚臭味。

她洗头洗澡,外加吹干头发,用了将近半个小时。

吹完头发,她穿着长袖长裤,恨不得把自己裹得严严实实的,这才出来。

客厅里,商从洲坐在沙发上,头微仰,手肘遮脸,好像困到极致,在睡觉。

书吟放轻脚步,去厨房倒了一杯热水。

她用商从洲给她的蜂蜜,泡了一杯蜂蜜水给他。

茶几上,放着一个东西。

书吟半疑半惑地拿起来,细看。

小拇指指甲盖大小,通体黑色,连着一根透明的线,很短。

她从没见过,这是什么东西?

空寂的客厅里,响起衣料摩擦的窸窣声。意识到商从洲醒了,书吟转头看他。

夜晚很静,静得窗外雷鸣声响起,格外清晰。

商从洲的眼直勾勾地盯着她手里的东西,目光变了又变,最后趋于往日的平和。

他朝她伸出手,儒净的面上没有任何情绪,声音里含着温柔的笑:"书吟,把东西给我。"

书吟缓缓递给他:"这是什么?"

他接过后,动作自然又熟络地塞进右耳里。

他眼睫挑起,与她对视。

他如清风霁月般,笑起来的模样极令人心动,漫不经心的语气,像是屋檐上半挂不挂的一滴水珠:"助听器。"

"你之前不是问我,为什么没去当外交官吗?"商从洲弯了弯唇,轻描淡写,"因为右耳听不见了。"

一瞬间,仿佛有水珠,滴落书吟的眼里。

随后溅湿她全身。

第八章 如果这是一场梦

> "每次月考后老师都会重新安排座位,那次我生在了靠窗的位置,透过窗能看到高三教学楼的走廊。运气好的时候,能在下课的十分钟里看见你出现在走廊里的身影。你来了又走,消失又出现,像是我做过的最为完美浪漫的一场梦。
>
> "多年后我才知道,这场梦结局完美,过程却满是遗憾。人们管它叫作暗恋。"
>
> ——《十六,二十七》

——"因为右耳听不见了。"

书吟很难想象,商从洲是如何用这样轻描淡写的语气,说出这句话的。

她竭力保持平静,心脏却好似被一根绳紧锢着,绳索不断地收缩,再收缩,勒住她的胸肺气管。可是难抑到最后,绳索被利刃切断。

想来商从洲做刽子手,也是救人的。

他嗓音里含着几分笑:"怎么不说话了?书吟。"

他温温柔柔喊她名字的时候,书吟的心尖泛起一抹酸涩感。

就像不慎触电,尾椎骨浑然一震,心脏打了个激灵。

她想问,什么时候的事?

想问,治不好了吗?

还想问,你这些年过得好吗?

话到嘴边,百转千回的思绪终归化为了一句,她问:"知道这件事的人,多吗?"

商从洲淡笑:"有一些,但也没多少。"

书吟盯着他,目不转睛:"我会帮你保密的。"

商从洲怔了几秒,轻笑了声,漫不经心的态度:"不是什么见不得光的事,说出去也没事。"

"沈以星和陈知让,他俩知道吗?"

"不知道。"

"嗯。"书吟侧了下眸,直觉再聊下去她真的很难不用心疼的目光望向他,她火速地转移话题,"饿不饿?"

"我点了外卖,应该快到了。"商从洲说,"你坐了这么久的火车,应该挺累的,坐着等会儿外卖吧。"

商从洲何其体贴,这种面面俱到在凄风苦雨里,某种意义上,像是一场救赎。

救她摇摇欲坠的心疼。

窗外天色彻底幽暗,凉风呼啸,卷席着盛大的雨幕。

他们坐在沙发两端,不言不语。

很快,门铃响起,商从洲比书吟更快地起身,去门口拿外卖。

吊灯圈出大片的昏黄光影,他们面对面坐在餐桌两端。

商从洲从外卖盒里取出一份又一份餐食,最后放在书吟面前的,是一份糖醋排骨。

"听说悦江府的糖醋排骨做得不错,你尝尝。"他说。

对她的随口一提,他却记在心里。

仅仅是礼貌吗?他对别人也有这样的礼貌吗?

书吟不敢自作多情,轻声道:"好。"

吃过饭,书吟回到房间,出来时,手里多了一样东西。

长方形的盒子,书吟递给他:"送你的。"

"是什么东西?"

商从洲边问,边拆开来看,是一条黑色质地的皮绳,中间穿着五粒正方体的珠子,末尾两颗四周印着品牌的logo,枝蔓花纹缠绕。中间三颗,分别印着三个字母。

S。

C。

Z。

是他名字拼音的首字母。

书吟说:"这个可以挂在钥匙扣上,也可以挂在车里的后视镜上当个摆件。"

她并非无缘无故送他东西。

商从洲请她帮忙,当翻译,已经给她转了五千块钱。可后来,书吟又收到他们公司的汇款,足足有三万。书吟和那位周助理联系过,踟蹰着问,是不是打错数字了。

那位周助理则表示:"合作谈成,您有很大的功劳,这笔钱不算多。"顿了顿,他轻咳了声,有些不太自然,"我们容总出手向来如此,他……是有点儿像暴发户的,您心安理得地收着吧。"

但书吟心底总觉得过意不去。

书吟在网上搜寻送男生的礼物,大多都是女生送男友的,送鞋、送表。书吟送商从洲这些，不太合适。

她无意刷到这款钥匙扣，也有人将其拿来挂在包上。于是，她拿着照片去专柜问，可专柜柜员说国内专柜已经不卖了，书吟又拜托国外的朋友，辗转了好几个专柜，才买到。

商从洲拿在手里，翻转了几圈："费了很多力才买到的吧？"

书吟："没有，就……随便买买。"

商从洲说："回头我就把它挂在我车上。"

得到他这个回答，书吟松了口气。

"我也有样东西送你。"商从洲掏出一张卡来，递给书吟。

书吟没看清，害得她第一眼以为是银行卡，瞬间瞪大了眼："我不要你的钱。"

"什么钱？"商从洲目光里闪过荒唐笑意，"这家度假山庄是我和几个朋友合伙开的，国庆开业，你国庆要是没什么事儿，可以过去玩玩。你拿这张卡过去，里面的所有娱乐场所，都畅通无阻。"

书吟总算看清，是张VIP黑金卡。

她说："这太贵重了。"

商从洲坦然地道："你不是帮我保守秘密吗？这算是我在收买你。"

提到他的耳朵，书吟霎时噤声。

她学不到他的坦然。

她抠着VIP黑金卡，夜雨淅淅沥沥下着，密密匝匝地敲打着她。

雨天，空气潮湿，室内，有种诡异的安静。

蓦地，他说："很晚了。"

书吟："嗯。"

商从洲："我走了。"

他起身，椅子腿与地面摩擦，拖出沉闷的声音。

书吟也站了起来："带把伞吧。"

商从洲说："不用。"

她坚持："别被淋湿了。"

她手里的伞，伞面印着粉色的碎花。

商从洲还是头一次见到她如此执拗的一面，心道要是被容屹他们看到自己拿着这么把粉粉嫩嫩的伞，指不定被怎么嘲笑。但到头来，他还是无可奈何地接过伞。

"早点休息。"离开前，他叮嘱。

"你也是，"书吟也叮嘱，"雨天慢点开车。"

"好。"

送走商从洲，书吟犹如被戳破的气球。

她整个人无力，且失魂落魄地回到沙发上躺下。

她眼一偏，落在茶几上。

刚刚那里，某个空荡荡的地方，放着他的助听器。

她艰难地消化着这件事。

倏地，她拿起手机，想在手机里搜，右耳听不见是怎样的感受，顿了顿，又改为，右耳后天失聪——

删掉。

全被她删掉。

她到现在都不知道他耳朵听力丧失到什么程度。

其实那时候，她有很多问题要问，可她害怕。

他明明那样的意气风发，不管是年少时还是成年后的现在，光风霁月得不像话。

怎么会……

听不见呢……

眼前浮起雾气，眼里的世界是虚幻的、朦胧的。

像是梦里的世界。

如果这是一场梦就好了。一觉醒来，所有都不复存在。

可惜不是。

手心里的手机响了下，书吟低头，看见商从洲给她发来消息。

是张照片，幽暗的车厢里，她送他的挂件挂在后视镜上。

商从洲：很合适。

书吟沉默着，好半晌，回他：挺好看的。

商从洲：我到家了。

书吟：没淋湿吧？

商从洲：没有。

书吟：那就好。

她想，聊天或许到这里就结束了。

她向来安静内向，连和沈以星在一起，也说不了几句话。她不喜社交也不擅长社交，聊天话语苍白到匮乏，自问是个无趣的人。

没想到，过了半个小时，商从洲发来消息：我的衣服晒在你家阳台，忘带走了。

书吟抬头望了眼阳台。

那里果真晒着黑色的长衣长裤。

书吟和商从洲重逢以来的每次见面，他都穿黑色衣服，但他身上的黑色衣服，也分类型。

他穿西装时，给人凌厉精明的疏离感；他私底下的穿搭，看上去，像个男大学生。

书吟：嗯。

商从洲：明天接你看车，顺便把衣服拿走。

书吟：明天好像还是下雨。
书吟：下周不下雨了，再去看车吧。
商从洲：好，那就下周六。
书吟迟疑了一会儿，纠结着要不要作为终结话题的人。
未几，商从洲发来：早点睡，晚安。
书吟：嗯，晚安。

聊天彻底结束，她躺在沙发上，仰头。余光里，是商从洲的衣服，一动不动，隔着一扇落地窗，是瓢泼动荡的夜雨。
旅程劳累，致使她直接在沙发上睡了过去。

这一觉，书吟睡得尤为漫长，醒来时，外面天色灰败，分不清是早晨还是下午。
书吟双眼无神地发了一会儿呆，过了很久，才拿起手机看时间。
下午三点四十五分。
手机里有来自沈以星的消息。
沈以星：我下午回来。
沈以星：你在家吗？
沈以星：我可能傍晚六点到，我们晚饭吃什么？
书吟已经很久没有下厨了，她想了想：你想吃什么，今天我下厨。
像是早就猜到书吟会这么问，几乎是她消息发出去的下一秒，沈以星就发来一连串的菜单。
沈以星：我最最最爱你啦！
书吟：那你觉得是我做的菜好吃，还是你哥做的菜好吃？
沈以星：当然是你。
沈以星：陈知让是什么虾兵蟹将，能和你比？
脆弱的兄妹情。
书吟弯了弯嘴角，用外卖软件点了新鲜果蔬，送菜上门。
其实他们仨有个群，是沈以星拉的。
陈知让和书吟好似没有对方的微信，有什么事，都是沈以星传达，沈以星不传达的时候，他俩就在群里找对方。
这会儿亦然。
书吟：@czr 晚上来我这里吃饭。
过了十来分钟。
陈知让回了：嗯。
过了一会儿，沈以星也出现在群里：堵车了，我到家有点晚，你们先吃，不用等我。
书吟：好。
陈知让：好。

傍晚六点十分，最后一道菜做好的时候，门铃响了。

书吟家是指纹锁，有沈以星的指纹，按门铃的，想都不用想，必定是陈知让。

书吟过去开门。

门外，陈知让站在她对面，西装外套对折，挂在小臂处。有风吹过，带来他身上冷淡的男性气息，前调典雅。

"来了。"她说。

"嗯。"他应。

进屋后，陈知让关上门。

他换鞋时，发现鞋柜里还有一双已经拆封过的男士拖鞋。

书吟的社交圈狭窄到近乎闭塞，能称得上朋友的，她都极尽真诚地对待他们。每个朋友，即便陈知让这种算不上朋友的人，来她家，都有专属的一双拖鞋。

而现在，鞋柜里多了一双男士拖鞋。

陈知让眼底微暗，闪过凛冽冷光。

他敛眸，神色恢复以往的淡然，换好鞋后，往里走。

两部手机不谋而合地作响。

沈以星发来了消息：我还有五分钟就到。

沈以星：不需要五分钟！

沈以星：很快！等我！

陈知让说："等她回来再吃饭吧。"

书吟点头："那你在沙发上坐一会儿，我给你倒杯水。"

她转身回厨房，拿出商从洲给她的蜂蜜，将柠檬切片，泡了一壶柠檬蜂蜜水。

泡好水的时候，外面传来指纹锁解锁的声音，随即，是沈以星的声音："宝贝们，有想我吗？"

回应她的，是陈知让冷冰冰的嗓音，不解风情："段淮北知道你管别的男人叫宝贝吗？"

沈以星翻了个白眼："无语！我对你就是一个无语！"

她踢踏着拖鞋，步调轻松、愉悦。

沈以星直奔书吟："我唯一的宝贝书吟吟，好久不见，你有没有想我？我真的好想你，呜呜呜。"

书吟护着玻璃水壶，边端出来，边回应她："我也好想你。"

绵柔的声线，起伏缱绻。

陈知让的喉结，不自觉地上下滚动。

他当然知道，她不想他。

可她的话里，没有带名字，没有特指谁。

书吟给沈以星倒了一杯柠檬蜂蜜水，沈以星喝了口："酸酸甜甜的，还挺好喝的,不过你在哪儿买的蜂蜜啊?"

书吟身形微滞,模棱两可地说:"随便买的。"

沈以星显然没太在意这个回答,她拿起另一杯水,走到沙发旁,递给陈知让。余光里,好像有一大片阴影,她往那处瞥了一眼,旋即,视线定住。

"书吟吟,"沈以星凉飕飕的语气,"你能解释一下,这是谁的衣服吗?"

屋内三人,目光齐聚。

陈知让慢慢凝住脸色,转眸,睨向书吟。

沈以星也一脸兴师问罪地看着书吟。

书吟抿了抿唇:"我新买的衣服,现在不是都流行,oversize(大码)的衣服吗?"

沈以星半信半疑:"你的衣服?"

书吟:"那不然?"

沈以星:"我看着像是男人的衣服。"

书吟淡然:"女款。"

书吟神色平静,瞧不出一丝裂缝。

兴许是多年以来她都是乖乖女的形象,沈以星很快被糊弄过去。她撇撇嘴,放下水杯:"我先去上个厕所。"

书吟略松了一口气。

可这气儿刚从嘴里呼出来,客卫里就响起尖锐的叫声。

"书吟吟——

"你能解释一下!

"你家垃圾桶里为什么有条男士内裤吗?"

瞬间,书吟大脑一片空白。

客卫,顾名思义,是给客人用的。

她昨天才到家,而昨天……

只有商从洲来过她家。

昨天,书吟好心把沈以星放在她家的全新家居服和内裤给了商从洲。想来,商从洲换了内裤,直接把脏内裤扔到垃圾桶里了。

沈以星靠着客卫门框,双手环在胸前,轻哼了声,阴阳怪气地说:"现在是流行oversize的衣服,但应该不流行oversize的内裤,你说对吧?"

书吟想说,她就好这口。她就要将oversize贯彻到底。

从头到脚,从外套到内衣裤。

行吗?

可以吗?

好吧,好像不太行,好像个变态。

书吟窘迫至极,四两拨千斤地说:"一个朋友的。"

沈以星的脸渐渐凝肃,语气夹杂着些微僵硬的笑:"男朋友吗?"

书吟说:"不是。"

沈以星的措辞小心翼翼："他在你这里……过夜了吗？"

"没有，只是淋湿了，在这里洗了个澡，换了身衣服。"书吟说，"杂物间里，有几套你闲置放在这儿的男士衣服，你忘了吗？"

"没忘。"沈以星目不转睛地盯着悬挂在阳台上方的衣服，眼神直白火辣，像是要把那衣服盯出个洞来。

书吟心惊胆战又手忙脚乱地把晾衣杆降下来，收起衣服。

她胡乱地理成一团，把衣服拿回房间。

沈以星抿着唇，眼神幽怨，恶狠狠地瞪了陈知让一眼。

她眼里的意味，只有他们兄妹二人知晓。

霎时，沈以星又想起什么，连忙跑去杂物间。

沈以星翻翻找找，最终，翻找到了塞在角落里的一大箱避孕套，是真的一大箱。品牌方年初时寄给沈以星的，希望沈以星情人节前几天给它们打个广告。沈以星拆了一盒拍照，其余的三十几盒都在箱子里，没动过。

现在依旧完好，包装盒外的塑料封膜都没动过。

沈以星放下心来，那个男的应该就是洗了个澡，没干别的。

相安无事地吃完饭，陈知让说："我还有工作，先走了。"

沈以星吃了几块桂花糕，若无其事地和书吟聊着出差遇到的事，说说笑笑，直到晚上十点多，她才回家。

沈以星却不是回自己家，而是越过连廊，打开陈知让家的大门。

迎面而来的，是扑鼻的烟味儿，极呛人。

沈以星沉默了一瞬，缓缓垂下眼来。

她进屋，随手关上门。

客厅里，没有开灯。

陈知让双腿上架着一台笔记本电脑，他一边打字，一只手里，食指和无名指夹着一根烟，时不时地吸一口，颓靡又厌世。

"你为什么不追她？"沈以星开口的第一句话，就是这个。

陈知让总说她笨，可他们是亲兄妹，哥哥那么聪明，妹妹能笨到哪里去呢？

就像商从洲说的，沈以星只是不擅长读书，她有她擅长的方向。

书吟也常说，沈以星是大智若愚。

其实，沈以星都知道，什么都知道。

"我明明给了你那么多机会，那么那么多机会，不都说近水楼台先得月吗？哥，你明明是喜欢书吟的，你为什么不愿意为了她，主动一次呢？"

沈以星站在他对面，居高临下地俯视着他。

烟雾弥漫，她看不清他，也看不懂他。

笔记本电脑泛着的白光照在陈知让的脸上，他脸本就白，这会儿有种病态的憔悴。可他眼神是冷的，像裹挟着淬冰。

"喜欢她——"他没情绪地嗤笑了一声，眼梢挑起，"沈以星，你还是那么天真，觉得仅凭喜欢，一切都能迎刃而解。"

"不然呢？"

"我喜欢她有用吗？你怎么不问问她，喜不喜欢我呢？"

"你学学我不行吗？我怎么走进她心里的你不都看在眼里吗？你学我，很难吗？"

"很难。"陈知让没有任何犹豫。

沈以星气得胸腔连绵起伏。

再看陈知让，他竟还有条不紊地一边抽烟，一边敲打键盘。

沈以星气得一把夺过他指间的烟，冷言讽他："既然不愿意低下头追她，那不就代表着你不喜欢她吗？不喜欢，你现在在这儿抽什么烟？"

抽烟，无外乎是烦到心焦。

陈知让敲打键盘的动作一滞，再抬眸，神色里只有无可奈何。

他低沉着嗓，哑声道："星星。"

"……哥。"沈以星不理解，"书吟她是那么好的人，我敢保证，你遇到的任何一个女孩子都没有她这样努力、优秀、善良，除了家境不好，她找不到任何缺点。"

"可这偏偏是我最看重的，星星，我要找的是结婚伴侣，不是恋爱对象。"此刻的陈知让，是被社会世俗浸泡得浑身写满了世故利益的人，"我要选择的结婚对象是——她和她的家族，起码有一个能帮到我的事业。"

沈以星眼里写满了震惊与不可思议。

年少时，她最厌恶的追求者类型，是觉得她好看就来追她。她太清楚那些人心里的想法了。因为有个长得漂亮的女朋友，带出去很拉风。比起女友这个身份，她更像是炫耀品、战利品。

所以，她一度很讨厌陈知让，因为在问到他喜欢什么类型的女生时，他只说，漂亮。

后来她说服了自己，毕竟他外形条件如此出色，找个漂亮的，不过是找个与他般配的。

但她没有想到，多年过去，陈知让是她最亲近最敬仰的哥哥，却还是她最讨厌的那种人。

——"成年人的爱情，是权衡利弊的取舍。"

"陈知让，"沈以星擦去眼角淌下的泪，咬牙，"你在让我失望这一件事上，可真是没让我失望过。"

陈知让重新点了一根烟。

他吞云吐雾，说出的话，却还是关心她的："说完了吗？说完了就回家吧，你出差回来，一定累坏了，回去休息吧。"

回应他的，是"砰"的一声关门声。

极重。

极响。

震得他手里的烟，抖落了一长截的烟灰。

他久久没动,直到烟燃至尽头,烫到他手。手松开,烟头砸在裤子上,烫了一个洞出来。

没有一丝褶皱的裤子,平白多了一个洞。

像他被规定好的人生,不受控地走错了一条路。

走错路,没关系,他向来清醒,能找回正确的那条路。

手机响了,是工作电话,他接起,声线平稳、冷静、克制。

书吟发现,沈以星的心情很不好。

书吟原以为是小情侣吵架,还想唏嘘一句,没有情侣能够一辈子热恋。

结果下一秒,沈以星接起段淮北的电话:"哥哥,我要是变丑了,变成穷光蛋了,你还会喜欢我吗?"

声音甜得能滴出蜜来。

书吟默默地咽回没来得及说出口的话。

她收拾着家里,突然,看见商从洲送她的VIP黑金卡。

卡面,写着温泉度假山庄的名字。

接连几日的连绵秋雨,气温骤降。再过两个礼拜便是国庆,书吟想着,要不带沈以星去度假山庄玩玩。

等沈以星打完电话后,书吟问她:"国庆有安排吗?"

沈以星:"原本是有的。"

书吟:"原本?"

沈以星咬牙切齿:"现在没有了!"

见面生怒意,书吟问:"你最近心情好像不太好,谁招惹你了?"

沈以星不隐瞒,直白道:"陈知让。"

他们兄妹俩吵架拌嘴不是一天两天了。不需要人调解,反正过几天,他们就会重归于好的。

这或许就是所谓的亲情。

书吟轻笑了声:"国庆去泡温泉好不好?"

沈以星说:"好呀,我订温泉酒店。"

"不用,"书吟拦住了她,"我这里有两张卡。"

"什么卡?"

"这个。"书吟将卡递给她看。

黑金VIP会员卡。

沈以星再结合书吟家里出现的男式内裤和衣服。

沈以星很难不多想:"你……谁给你的?客户吗,还是朋友?"

书吟大学时期曾给外企女高管做生活助理。那位女高管四十了还没结婚,待书吟极好,时常送书吟东西,就连爱马仕的鳄鱼包,都送给书吟过。只不过,书吟没收。

沈以星是真的佩服书吟,能抵住如此诱惑。

很快，书吟解答了她心里的疑惑："商从洲给的。"

沈以星心里"咯噔"一声。

她问："oversize，也是商从洲的吗？"

沉默半晌。

"那天，他来高铁站接我，雨很大，他被淋湿了，所以我让他来家里换身衣服。"无波无澜的语调，不知道是说服沈以星，还是说服她自己。

"那天，是周日吧？"

"嗯。"

"我哥应该在家。"

书吟回忆了下。

他们三个买的停车位，是连在一起的。陈知让的车，那天确实在车库里停着。

书吟："怎么突然提到你哥？"

沈以星插科打诨地笑着："他俩以前不是好朋友吗，怎么不顺便去我哥那儿洗澡？毕竟，你们俩，男女有别嘛。"

沈以星没心没肺地笑着，脸上写着天真。

书吟没敢往别的地方想，她淡笑着，说："他比较赶，换完衣服就走了。"

说完这话，她兀自在心底叹了口气。

她现在撒谎是越来越熟练了。

"这样。"沈以星面上愣愣的，接过她手里的VIP黑金卡，轻轻巧巧地应，"国庆我原本是打算跟我哥回家的，但我已经和他绝交了，有他在的地方就没有我。国庆，我和你去泡温泉吧。"

"怎么还用上'绝交'这种词？小学生吗你？"

"嗯，我就是很幼稚。"沈以星珍重地点头，又强调了一遍，"就是，很幼稚，就是，很讨厌他。"

以往沈以星和陈知让吵架，沈以星第一时间就会和书吟吐槽陈知让的种种不好。吐槽完毕，她又会自圆其说地夸陈知让，说他其实也挺好的，长得高，又那么帅，又会赚钱，出手大方阔绰，家务都会干，谁嫁给他，肯定是享福了，什么都不用做。

以前的吵架，都没有这次的凶。

沈以星也没有和书吟说明原因。

她不想说，书吟便不问。

人总有不为外人道也的事情。

眨眼到周六，风歇雨停，空气里有着瑟瑟秋寒。

昨晚，商从洲给书吟发了消息。

商从洲：我们明天几点见，书吟？

书吟发现，商从洲聊天时，很喜欢在第一句，或者是最后一句，带上她的名字。

耳边若有似无地,会响起他的声音,沉缓的,清冷的,略微上扬的尾音,也勾起她嘴角弧度。

二人定的时间是下午两点。

商从洲本来是打算将车停在小区外等书吟的,可他鬼使神差,将车开往车库入口。

左侧的车牌识别器识别到他的车牌,屏幕上,亮起一行字——

欢迎业主回家。

与此同时,自动升降杆缓缓升起,前路顺畅,毫无阻拦。

商从洲眉梢轻扬,心情颇好。他踩下油门,按照记忆里的路线,驶去书吟的车位。

停好车,他给书吟发消息:书吟,我到了。

随后,他拍了张车库的照片。

书吟回得很快:我还没好,你等我一下。

过了几秒,她说:你要不上来等?顺便拿你的衣服。

商从洲:好。

他下车,走到电梯间,电梯的数字由大变小。

像是有人搭乘电梯下来,期间没有任何停留,最后停在地下车库。

电梯门打开,看到熟悉的脸,二人都愣了愣。

空气潮冷,气氛肃然。

商从洲迎着陈知让冷淡的面色,轻抬着下颌:"好巧。"

陈知让往外走了两步,出了电梯间。他眉眼清冷,上下扫荡过商从洲,眼神算不上多友善,也不掺杂任何敌意。

倏地,陈知让轻哂:"来找书吟的?"

商从洲目光很静,眼里有着淡淡的笑:"嗯,来接她出去,想到有点儿东西落她那儿了,索性上楼去找她。"

陈知让索然无味地"哦"了一声。

二人错身,各自往前走。

空寂的停车场,脚步声尤为明显,沉闷、滞缓。

忽地,陈知让停下来,在电梯门合上前的五秒钟,开口问:"落什么东西了?"

商从洲迎着他的打量,不退不让。

电梯门合上的最后一秒,商从洲笑了,温雅里藏着微末的狠戾:"我的内裤。"

话音落下,电梯门紧闭,一丝光都透不进。

商从洲嘴角的笑,瞬间消失殆尽。

他怎么会看不出来陈知让的敌意呢?

可是怎么办?

他向来淡然随性、不争不抢,凡事于他,想得到就能得到,得不到,也无所谓。他有拱手河山的气魄。

但书吟不一样。

他不想让也不会让,他恨不得告知全世界,自己正在追书吟。

门稍稍打开了一道缝。

商从洲敲了几下。

屋内,传来书吟的声音:"商从洲,门开着,你直接进来。"

得到回应,商从洲走了进去。

鞋柜里,有两双男款拖鞋,一双灰的,一双黑的。

他穿的是黑的。

换好鞋,商从洲坐在客厅沙发上,坐姿端正,只视线扫荡着四周。书吟的家,是法式复古风,家具多为黑色,干净,又冷淡。细节处,又透着温馨,细腻。

和她给他的感觉很像。

隐约传来她的声音,她应该是在和人打电话,用的英文。

她发音很好听,和记忆里透过礼堂音响传至满场的空幽声线重叠。

而记忆再往前,是隐秘之境——

有次课间,翁青鸾来找陈知让,陈知让不在,她径直在陈知让的位置上坐了下来。

醉翁之意不在酒,商从洲都知晓。可她不和他坦白,以同学的身份与他相处,商从洲也不好贸然说些难听话。

广播里忽地响起一道女声:"下面播送一则通知,请……"

冗长的通知结束后,翁青鸾忽地问:"刚刚广播里的声音,你觉得怎么样?"

商从洲和陈知让个高,坐的最后一排,他们前桌这会儿没人在。

翁青鸾显然是在问商从洲的意见,可她不点名道姓,言行举止,不经意间,拉动二人之间的熟悉感。

商从洲微不可察地皱了下眉,说:"还行。"

笔尖流畅地在草稿纸里划拉着,蓦地,停下。

他顿了顿:"昨天的那个声音,挺不错的。"

翁青鸾微愣:"昨天的吗?"

商从洲:"嗯。"

翁青鸾问他:"你认识昨天的播音员吗?"

他接着动笔,顺着解题思路计算结果,少年拖着慵懒随意的语调,漫不经心地说:"昨天的播音员,高几的?"

"高二实验班的,书吟,你认识吗?"

商从洲面色未变,低敛的眸里,有浮光掠影,一闪而过。

他嗓音清冽,语调冷淡:"不认识。"

空气静了一瞬,待他这句话落下后,浮尘在光影里翻涌。

翁青鸾笑盈盈地道:"不认识也正常,当初陈知让还不同意她进广播站呢,觉得她长得太普通,不够漂亮,也没有辨识度。他到现在估计都叫不出书吟的名字,不过我觉得,她看着挺舒服的。

"要不五一会演,让她来主持吧?她声音条件挺不错的,你觉得呢?"

商从洲淡然地道:"你们广播站的事,你们自己决定就好。"

翁青鸾笑:"你不是学生会会长吗?你的意见也很重要。"

商从洲抓起桌上的试卷,起身往外走。

身后,翁青鸾喊他:"你去哪儿?"

"找老师问问题。"他言简意赅,不愿多说。

就连翁青鸾自己都没意识到,这么久的聊天下来,商从洲连一个眼神都没分给过她。

他从来如此,看似绅士、温儒、极好相处,与所有同学都能聊上几句。

实际上,人际关系淡漠到了极致,交情只浮于表面。和他说话,气氛总是和谐轻松的,可谈话结束后,对方才幡然醒悟,自己没有从对话里得到任何有效信息。

成熟又可怕的交际技巧。

后来,翁青鸾果真找了书吟来当主持人。

她企图说服商从洲当另外一个男主持人,却被他拒绝了。

商从洲很少有后悔的事,他向来做事沉稳,考虑再三。想要得到的,即便得不到,也没有关系,他没有太多的胜负欲。所以失去和得到,对他而言,都无关紧要。他有着拱手让河山的气魄。

如果世界上有后悔药,他想,回到2015年,高三那年。

他会答应五一会演的主持邀请,和书吟做搭档。

遗憾之际,室内响起空蒙的脚步声。

"我好了,"书吟略带歉意的嗓音响起,"不好意思啊,我刚刚和研究生同学打电话,聊一些工作上的事情。"

"没关系。"商从洲扫过她,眼里闪过惊艳,"你今天穿得很漂亮。"

其实书吟的穿着和平时也没什么两样。

黑色背带长裙,修长款,掐出她窈窕漂亮的身材曲线,双肩蝴蝶结耷拉,内里是一件米白色的针织内搭,干净、文艺,又温柔。

头发半扎在脑后,用黑色的蝴蝶结扣着。

要真说和平时有什么不同,恐怕就是发型的不同。

被商从洲这么一夸,书吟面色羞赧,她下意识地伸手,摸了摸脑后的蝴蝶结:"……有吗?谢谢夸奖。"

商从洲说:"不客气。"

空气好似稀薄起来，室温仿佛也升高了。

书吟莫名很热，裸露在外的皮肤被熨烫，被包裹住的身体，也是热的。

她想起手里的袋子，转移话题："你的衣服。"

商从洲接过，漫不经意地道："我好像忘了把你的衣服带回来了。"

书吟表情茫然："我没有把衣服落你那儿吧？"

说完，她反应过来："你那天穿走的衣服吗？不用。"

"毕竟是你的衣服。"

"送你了。"

"嗯……"

"而且那衣服是男款，我也穿不上。"

"配套的女款呢？"

"我穿了。"

…………

电梯停在地下车库。

穿堂风从四面八方奔涌而来。

呼吸里带着潮热，嗓子里有一阵一阵的潮涨。

情侣家居服，他穿男款，她穿女款。

他……是什么意思？

书吟唇瓣翕动，强装镇定地问他："你……是比起男款，更喜欢穿女款吗？"

商从洲愣了愣，眼里有笑，松散着荒唐。

她一句话，就将风花雪月的旖旎化散。

商从洲是有些挫败感的，但他可能是真的中了邪，竟觉得她这副模样很可爱。

"没有，我就问问。"商从洲圆了这段对话，"什么牌子的家居服，挺好穿的，我再买几套。"

"这个牌子只做情侣款。"

"是吗？"

"嗯。"

"质感挺好的，你觉得呢？"

"……嗯。"书吟声线倦倦的，沉了下去，她眨了眨眼，强调着，"情侣款，买的话，都是两件一起买。"

语气里，是连她自己都察觉不到的，醋味儿。

而那股醋味儿，在看到商从洲车里挂着的挂件时，瞬间消弭了。

书吟："你真的一直挂着啊？"

商从洲发动车子，侧脸线条流畅，慵慵懒懒地笑："嗯。"

车往前开，挂件摇晃，刻着字母的珠子，转动着。

书吟忍不住,伸手碰了碰上面的珠子。

"怎么突然想到送我挂件?"

"翻译的钱,容总转了我特别多。你的钱,我转给你,你又不要。所以只能送你一个礼物了。"

到头来,她还是想和他清算。

他总觉得自己心冷,可他觉得,书吟的心比他更冷,凡事都想和他算得明明白白。

商从洲意兴阑珊:"我还是得把那套家居服还给你。"

不明白他怎么又提到这个,书吟皱眉:"真不用。"

商从洲说:"要的。"

书吟说:"真不用。"

商从洲说:"多少钱,我转你吧?"

红灯亮,车子怡怡然停在斑马线外。

说着,商从洲就解锁手机,像是要打开微信,给她转账。

书吟被逼急了:"不值几个钱的,你别转我,商从洲……"尾音颤着,带着几分渴求,几分无奈。

十来秒的红灯,很快就变绿。

商从洲故意招惹她,哪想她这么沉不住气。

他看她一眼,轻飘飘的口吻:"有的人,连干洗费都要和我计较清楚。"

意识到自己就是他口中的"有的人",书吟呼吸滞了下,心虚地垂下头。

"当时,我们也没有很熟。"她辩解。

"送你回家,接你上学。"商从洲无波无澜的语调,"原来还是不熟。"

书吟默了默,轻声问:"你怎么还记得?"

商从洲嗤然,捉摸不透的语气:"哪有那么容易忘。"

容易忘的,是顺手、顺路、顺便。

一下。

两下。

三四下。

书吟轻抬着手,降下车窗玻璃。

风涌进来,伴随着她剧烈的心跳声。

雨后的空气,潮热、黏腻地糊在她皮肤上,湿漉漉的。像十七岁时喜欢他时的心情,每天夜里都在想放弃,醒来后又无可奈何地喜欢他。

逃不掉,舍不得,放不下。

如蛛丝缠绕满身,困顿其中,无法抽离。

潮涨潮热,在看见他右耳的时候,归于平静。

他的助听器很小,藏在耳蜗里,不仔细看,看不见。

所有的欲言又止,变成酸涩的苦水,在她的胃里翻山倒海。

书吟的眼神暗了下去。

冷不防，商从洲侧眸睨她一眼，端方清贵，风度翩翩。

"怎么不说话了？"

"好像说什么，都是我的错。"书吟笑，"和你算干洗费，和你计较得那么清楚，我好像，特别见外。"

他收回眼，目视前方，专心开车。

他放在方向盘上的手，袖子挽起，露出清晰劲瘦的肌肉线条。

"以后，还要算那么清楚吗？"

书吟凉声一笑："不了。"

她独自咽下那些隐痛。她不是非要算得那么清楚，只是害怕人情来往太多，她会变得贪心。

见了一面，就想见第二面。

于他可能是指缝间流淌的微末善意，可人如貔貅，贪心起来，恨不得把他十指间的缝隙都占为己有。

她从来都不是一个贪心的人，她怕自己成为一个贪心的人。

商从洲从性能、车型、配置、需求等多方面考虑后，给书吟选了五款车。五款车，是两个品牌的。

到第一家店，4S店经理前来接待，他胸上没有挂铭牌，所以书吟把他当作热情的销售顾问。

简单介绍后，书吟试驾了车。

只试驾了一款，书吟就确定道："就这辆吧。"

经理说："提车得等几天。快的话一个礼拜，慢的话十天。到时候我联系你？"

书吟："好，辛苦你了。"

选完车，尴尬的时间点。

下午三点四十分。

离吃晚饭，还有很长的时间。

商从洲原以为要去两家店，翻来覆去地对比车子，最起码，得要下午五点才能结束，结果没想到书吟是这么利落的性子。

事情结束，商从洲只得送书吟回家。

回去的路上，他状似不经意地问："国庆什么安排？"

书吟正想问呢："你不是给了我两张度假山庄的卡吗？我和沈以星打算国庆的时候过去玩。对了，我没有在网上找到预订渠道，怎么预订啊？"

温泉度假山庄在南城后山，书吟在各大预订软件都只找到山庄的信息，寥寥几字，概括出山庄的信息，耗资数亿，顶奢温泉酒店，配备高端会所、儿童乐园、王府园林。

她是普通家庭出身的孩子，在她的认知世界里，特权这种词只出现在她的翻译工作里。

可商从洲不一样，在商从洲的世界里，没有"预约"这种词，甚至连"打折"这种词都不存在。

他淡笑着："不需要预约，直接拿着卡过去，会有人接待你们的。"

书吟好像明白了什么，眨眼的动作变慢："哦……好。"

商从洲云淡风轻地说："是我朋友投资的山庄，你哪天去，和我说一声，到时候我来找你吃饭，可以吗？"

他习惯于问她的意见。

行吗？

好吗？

可以吗？

书吟抿着嘴角，将心里的不适压了下去，说："好。"

回去的路上，她面色如常，只是心里始终翻检着。

她曾以为他们之间隔着的是高三教学楼和高二教学楼的距离，可那只代表着地理距离。地理距离轻易就能缩短，她往前跑几步，必定能跑到他的面前。

地位距离呢？阶层是可轻易跨越的吗？

答案，彼此心知肚明。

今天路上车格外多，堵车严重。小区大门外停了好几辆车，堵住了大门。

书吟觉得掉头麻烦，索性提议他，在小区对面的路边停下。她穿一条马路就行。商从洲采纳她的意见。

车停下后，书吟笑意晏晏地和商从洲告别。

商从洲目送着她的背影，陡然滋生出类似于心慌的情绪。

他降下车窗，在料峭秋风里叫她的名字："书吟——"

一辆车经过，发动机轰鸣。白色公交车如庞然大物，横亘在他和书吟中间，隔绝了他的声音，他的视线。

公交车出现，又消失。

隔着一条马路，书吟的身影消失得干干净净。

找不到了。

书吟没有回自己家。

她上楼，去了沈以星的家。

沈以星正拿着手机自拍，挤眉弄眼，龇牙咧嘴。

见书吟浑身无力地躺在沙发上，沈以星也不修图了，将手机一扔，跑到书吟边上，蹲下："书吟吟，你好像心情很不好，是发生什么事了吗？"

书吟双眼无神，极具说服力地说："买了一辆车，花了好多钱，现在很难受。"

对沈以星而言,能用钱解决的事,就不是事儿。

沈以星张了张嘴,想说"我不是说了给你买车吗,你干吗不要",话到嘴边,还是咽了下去。毕竟对书吟而言,能用钱解决的事,都是人生大事。

在很多年以前,沈以星想送书吟一双高跟鞋。

鞋子不贵,才三千多,却被陈知让拦了下来。

直到现在,沈以星还记得陈知让说话时的语气,训诫的、教导的口吻,语重心长地说:"星星,你的朋友和你不一样。她家境普通,你随便一件衣服,可能就顶她家一个月的收入,你送她东西,应当送她能回得起你礼的价格,明白吗?"

沈以星心思单纯,一心只想把自己觉得好的分享给书吟。

是陈知让,他耐心地教沈以星,送书吟什么样的礼物,才能让书吟不那么有负罪感。

所以沈以星不明白,为什么,陈知让现在会变成这样?

情绪似会传染,进屋时,只有书吟情绪不佳。

现在,书吟和沈以星两个人,叹气声此起彼伏。

蓦地,两个人又很有默契地同时笑了。

书吟:"我花钱,你叹什么气?"

沈以星:"我难受。"

书吟:"难受什么?"

沈以星冷哼:"陈知让。"

这份愤怒,未免太久了。

书吟忍不住问:"你俩为什么吵架?"

"秘密。"沈以星闷声,"反正,你记住,陈知让是个坏男人,你离他远一点。"

书吟心道自己一直以来离陈知让都蛮远的。

两个郁闷的人,就这么在沙发上躺着。

也就躺了半个小时,两人一个接一个地起来,忙碌工作。

成年人的世界是残酷的,哭完、痛完,得忍着心碎的痛楚,完成工作。爱情很重要,亲情很重要,友情很重要,可最重要的是活着。

仔细想想,学生时代的书吟,并没有因为喜欢商从洲,而影响学业。反倒因为他,她变得更好了。

不能再想了。

不能再想他了。

越想,越喜欢他,尘封的喜欢,都要甚嚣尘上了。

快到国庆假期,书吟新接了翻译的工作,合同上写的时间,是十一月底交稿,并不急。

沈以星也有工作,国庆期间,她要在微博上发五条广告。

两个人想着国庆去泡温泉，所以这期间，得先把假期的工作完成，才能安安心心地出去玩。

沈以星边修图边感慨："我读书的时候，作业都是赶在最后一天才写的，但凡我读书的时候有现在工作这么积极，肯定能和你上一个大学。"

书吟笑："我们也差不多像是上一个大学了。"

沈以星："那我就不用出国了。"

书吟瞥了她一眼，带着不怀好意："也就遇不到段淮北了。"

闻言，沈以星默了默。

沈以星挠挠眼皮，笑得很重色轻友："那还是算了吧，不努力学习，也挺好的。"

书吟"喊"了一声。

国庆节与中秋节相邻，假期连在一起，从周五开始。

忙到周三，二人伸了个懒腰："我完工了，你呢？"

"我也忙完了。"

"睡一觉，明天下午，我开车去后山。"沈以星关心她，"你的车什么时候能提？"

"应该就这两天吧，到时候销售会给我打电话。"

"到时候我陪你去。"

"好。"

周四下午，两人吃过午饭，前往后山。

书吟坐在副驾驶座，踟蹰半响，还是给商从洲发了消息。

其实这期间，他们断断续续地有在聊天，都是商从洲主动找她，书吟想视而不见，可她发现自己真的没有办法不回他的消息。

把他晾在那里的时候，书吟发现，自己的心也被晾着。

有种自作自受的无可救药。

消息发出去约莫十分钟，商从洲回她了。

是一条语音。

书吟想语音转文字的，突然，沈以星叫她，她心虚地指尖一颤，按到播放了。

商从洲的声音在密闭车厢内响起，醇厚的嗓音，咬字清晰，含着笑，通过电流传过来，格外撩人："我临时有事，会比较晚过去，你先在那边玩着，等明天我再找你吃午饭，好不好？书吟。"

又是"好不好"，又是"书吟"的。

书吟默了默，想着措辞。

一旁的沈以星听得鸡皮疙瘩都起来了。

试问，她和段淮北谈恋爱这么多年，都没有过此等恋爱体验。

温柔到近乎蛊惑人心的勾引。

是的。

勾引。

沈以星不蠢,特别在男女情爱一事上,聪明得很。

得知书吟家里晒着的衣服、垃圾桶里内裤的主人是商从洲后,沈以星就猜到了。她是和商从洲许多年没见了,可她听到过许多商从洲的事。

最多的便是,谁谁谁又在商从洲那儿碰壁了。

看似温和的人,实则最冷漠。

有人为此诋毁商从洲,说他那方面不行,也有人说他好男色。

总之,他不近女色是事实。

想想陈知让错过了书吟,挺遗憾的。可如果书吟身边的人是商从洲……

沈以星还是遗憾。

她多想亲上加亲,好友变嫂子啊。

陈知让他不配。

思及此,沈以星郁结更甚。

被陈知让影响,沈以星心情好不起来。再加上商从洲和书吟还没什么关系呢,就搞得这么暧昧,她家段淮北连商从洲一半的温柔都没有。

沈以星扯了扯嘴角,没什么情绪地嗤笑,装作听不出商从洲的声音,冷嘲热讽:"谁啊?声音挺好听的,但就是怎么说呢?和我身边的那些个渣男一模一样。"

书吟一愣。

"书吟吟,你可得小心了,渣男专骗你这种没谈过恋爱的纯情小白兔。"沈以星说得煞有介事,"谈恋爱前,管你叫'宝宝''宝贝',天天嘘寒问暖。真谈起恋爱来,你才发现,他那张叫你宝宝的嘴,不知道亲了多少个宝宝!

"大渣男!

"脏东西!

"离他远一点!"

书吟很确定。

商从洲发来的这条语音消息,声音没有任何的做腔拿调,声线与平时如出一辙,尾音略微上扬,真挚的,诚恳的,没有任何撩拨人的意图在。

怎么就渣男了?

难道就因为他天生渣男音吗?

沈以星的痛斥,一句接一句。

沈以星的语调,一声比一声高昂,仿佛被渣男狠狠伤过。

语音外放的窘迫与尴尬,被沈以星的谩骂一笔带过。

书吟无奈:"是商从洲。"

沈以星瞪大了眼:"什么?"

瞬间,沈以星义愤填膺:"商从洲竟然是渣男,没想到啊!"

书吟被气笑:"有你这样曲解的吗?"

"不是吗？"

"不是。"书吟倍感头疼，颇为无力地解释着，"我俩约了在度假山庄吃饭，我刚刚发消息问他什么时候到，所以他才给我回了这么一条消息。"

书吟是真的很无力。

他们现在，到底是什么关系？

就连沈以星也问："你们怎么关系这么好了，还约上饭了？"

书吟动了动唇，仿佛失去了语言功能。

她悲哀地发现，自己可能真的只适合当个翻译，将旁人的话，翻译出来。而不是自己组织话语，她的构词能力是苍白的，无法自圆其说。

好在段淮北一个电话打过来，救书吟于水火之中。

沈以星的手机连着车载音响，情侣间的甜蜜对话猝然外放，丝毫没顾及车里还有个单身狗。

不过对话也没有多甜蜜。

段淮北是个守规矩、讲分寸的人，知道车里还有书吟在，非常内敛。

"哥哥，你工作结束了吗？"

"明天结束，"他说，"我明天过来陪你。"

"那我明天早上睁眼就要看见你。"沈以星只有和段淮北撒娇的时候，带着恃宠而骄的娇羞，"好不好？"

"……书吟在，你说话注意点。"

"我已经很注意了。"沈以星瞥了书吟一眼，后半句，显然是在和书吟说话，"对吧，书吟吟？"

书吟戴上两边耳机，给沈以星无声的回答。

看见她这般举动，沈以星乐不可支。

到底碍于第三者在场，沈以星没有打很久的电话。电话挂断没多久，前方便是建筑雅致的温泉度假山庄。山庄大门是汉白玉石雕喷泉，水流涌动，折射出碎光。

大堂外，有穿着酒店制服的工作人员迎接她们。

"你好，请问您是？"

书吟拿出商从洲给的VIP黑金卡。

工作人员脸上挂着的职业化的微笑，霎时变得谄媚。

"请问怎么称呼您？"

"书吟。"

"好的，请往这里来，我们给您办入住手续。"

酒店大堂左厅是裸露天空的天幕与绿荫，层叠的百叶帘隔绝出舒适自然的生活岛屿。右厅则是与之相反的幽深、静谧，暗调灯光框出休息区，古典乐奏鸣。

饶是锦绣堆里长大的沈以星，都忍不住惊叹，这哪是度假山庄，完全就是销金窟。

单墙上的挂画,都是日本浮世绘知名大师的作品,有价无市,却轻易挂在山庄的大堂,被如此随意对待。

书吟递上两张卡,什么都不需要做,酒店人员便将她视为贵宾。

酒店经理为她们服务,经理脸上挂着训练有素的微笑,礼貌地询问:"你们喜欢哪款房型,我们这里只有两款房型,室内温泉房和露天温泉房。"

经理边说,边拿起平板,给她看两款房型的实拍图。

都是套房,露天温泉,有独立的庭院,青松、竹林、流水,组合而成。

而室内温泉房,躺在温泉池里,朝向一面的玻璃墙,能看见套房配备的露天庭院。

沈以星说:"露天的吧。"

书吟与她相反:"室内的。"

经理说:"隔壁房间,可以吗?"

书吟:"可以。"

很快,经理把两张VIP黑金卡递了回来。

书吟问:"房卡呢?"

经理说:"您手里的卡就是房卡,您拿着这张卡,可以在山庄里任何一个地方随意消费。"

书吟好像明白了:"退房的时候再统一付款吗?"

"不需要的,"经理解释得更清楚,"您手里头的这张卡,是我们老板的卡,这卡代表了我们老板,老板消费,不需要付钱。"

"我不认识你们老板。"

经理愣了下:"请问是谁给您卡的?"

书吟说:"商从洲。"

可她记得,商从洲说,是他朋友投资的度假山庄。

经理笑着:"原来是商二少的女朋友。"

书吟想否认。

然而,经理没给她张口说话的机会:"一样的,商二少也算是我们老板。"

书吟:"啊?"

"哎呀——"沈以星拉着书吟,理直气壮地占商从洲的便宜,"你管他呢,反正商从洲把卡给你了,你用着就行。他那么有钱,不差这么点儿钱。"

沈以星大概能猜到这是谁的产业——商从洲的生死之交,与他称兄道弟的城西齐家三少齐聿礼的地盘。商从洲能把这儿的VIP黑金卡送给书吟,意味着什么,不言而喻。

沈以星心里的天平,不知不觉间,往商从洲那边倾斜。商从洲为了追书吟,都把书吟带到他的生活圈里了。

光这一点,陈知让完败。

办理完入住,酒店经理亲自带二人去房间。

书吟昨晚熬夜赶工,有点累了,躺在床上,对着天花板,不知道在想些什么。

太阳光折射进来,她苍白的皮肤泛着光,她伸手,扯过被子,整个人都埋进幽暗里。

她突然后悔了。

后悔来这里,这里的一切,都在无声地提醒她:看吧,这就是商从洲的世界,富丽堂皇,奢侈靡丽。他是名利场食物链顶端的人,书吟,你是什么?

我是什么?

书吟想,我是个连名利场都进不去的普通人。

她和酒店大堂的工作人员,和迎接她们的泊车小弟,没什么两样。

潜伏多年的自卑再次涌上心头,她讨厌自己,讨厌喜欢商从洲的自己。

她以为只要自己足够努力,就可以摒弃原生家庭带给她的不幸,就可以消除因为贫穷而带给她的自卑,就可以有足够多的安全感,来抵御一切敏感带给她的不安。

直到此刻,她才意识到,面对商从洲时,她不可能不自卑。

爱一个人,是从自卑开始的。

她以为自己会哭,然而没有。

很多年前她就知道,眼泪是懦者的白旗,哭解决不了任何问题。没有人会心疼她的眼泪,没有人会问她心底的委屈与痛苦。

她咽了咽干涩得如同沙漠里的细沙的喉咙,起身,给自己倒了一杯水。

等到室外夜幕四合。

沈以星给她发来消息。

沈以星:我听说这里有酒吧。

沈以星:我们去喝酒吧?

沈以星:男朋友不在家,和闺蜜偷偷去酒吧,看看帅哥,开心潇洒。

书吟喜静,不喝酒。

可她今天难得有股冲动,想把自己灌醉。

她想了想,豁出去了:好。

酒吧内鼓点密集,光影迷幻。

书吟凭借着VIP黑金卡,由工作人员带到二楼卡座。二楼的视野极佳,能够看清楼下舞池贴身热舞的年轻男女,动作暧昧、大胆,热裤短衫,露出身体最性感的部位。

音浪与灯光交织,震耳嘈杂的环境,似乎能让人剔除脑海里的不愉快。

空气里,酒精发酵,迷醉着人的心智。往日克制的放纵,此刻大胆地宣泄而出。年轻男女的手,在异性身上摸寻、探索。激光灯时隐时现,手去往禁忌之地。

书吟仓促收回视线,仿佛做这种大胆的事的人是她,脸红心跳。

沈以星忙着点单,没发现她的不对劲。

沈以星似是发现了新大陆,满脸新奇,和书吟分享:"你看这些酒水的名字,好好玩。"

"鸭梨山大,新加坡司令,村里有个姑娘叫小芳,谁不想当个废物……"沈以星越念越觉得好笑,往后一翻,语调降了下来,没滋没味的,"什么啊,初恋、暗恋、失恋,就没有热恋吗?"

闻言,书吟双眸闪烁。

霓虹灯在她眼里,宛若单调的白炽灯。

沈以星特豪迈:"每样酒都来一杯,除了暗恋和失恋。"

书吟抿了抿唇,没说话。

"算了,暗恋和失恋也上吧。"沈以星心事重重地叹了口气,就当她替陈知让喝。

想到陈知让,她心情更糟糕,恨不得把酒都泼到陈知让的头上!

要不是陈知让,她心情也不会这么差,差到来喝酒。

很快,金色台面上摆满了密密麻麻的酒杯。

五颜六色的调制酒,看着像是饮料,闻起来,没什么酒味儿。

沈以星问:"暗恋是哪个?"

服务员目光一扫,指向书吟随手拿起的那杯酒:"她手里的那杯。"

书吟的嘴已经碰到酒杯杯口,停了一秒,嘴角扯起的笑,带有自我嘲讽的意味。

多凑巧。

她随手一拿,就是暗恋。

那失恋呢?

沈以星替她问了出来。

书吟把"暗恋"放回桌上,长手一伸,又拿了一杯。

服务员咳了咳:"……她手里那杯,就是'失恋'。"

沈以星大惊失色,突然变得迷信:"你千万别喝,你连恋爱都没谈过,怎么可以失恋?寓意不好,不许喝!"

"恋爱都没谈过,所以不会失恋。"书吟安慰她,出于私心,拿起"失恋",将酒杯送到嘴边,浅尝了一口。

清爽中带着甜,回甘却是酸和苦。

还真有点儿失恋的意思了。

沈以星问她:"好喝吗?"

书吟说:"没什么酒味。"

沈以星一副过来人的口吻:"果酒都这样。"

实际上,她也没怎么喝过酒。

她们并不知道,大部分的调制酒,后劲都很足。

一杯接着一杯，二人如同喝饮料般地喝着调制酒。

殊不知，隔壁卡座，是二楼最好的位置。

卡座上坐着的男人，坐姿慵懒，颀长双腿懒散地靠着金色台面，出众的眉眼，冷峭疏离，黑眸里泛着凛冽寒光。他孤身坐着，等的时间稍长，眉间出现不耐烦的褶皱。

他拿出手机，一副警告的口吻，给人打电话："商从洲，你还要我等多久啊？"

商从洲这会儿正忙着逗容屹，冷不防接到齐聿礼的电话，寒气森森。

"非得要去酒吧，你又不是不知道，我耳朵不行。"商从洲自我调侃。

"二楼没什么声音。"

是真没什么声音。

一楼舞池再喧嚣，隔音玻璃将其隔得七七八八。

二楼环境清幽，不像是酒吧，像是咖啡馆。

商从洲低"啧"了一声，他还想着去找书吟的，他俩愣是不愿意放他走。

"行了，马上过来。"

车停下来，容屹烦闷地往酒吧里走，商从洲落后几步。

经过一楼时，沸腾的音乐叫嚣得商从洲耳蜗嗡鸣。他面色平静、古波无澜地往楼上走。

到达卡座后，三人聊了没一会儿，容屹忽地跑了。齐聿礼优哉游哉地接着喝酒，商从洲揉了揉眉，起身去往洗手间。

台面上的酒，喝了约莫有三分之一。

沈以星接到段淮北的电话，聊了几句后，她面露惊喜，问道："你现在过来了吗？"

书吟知道，她这是要先走一步，去找段淮北了。

她朝沈以星挥了挥手："走吧。"

沈以星走之前，略带歉意地说："宝宝对不起。"

书吟轻哼了一声："和你打电话的才是你唯一的宝宝。"想了想，又用沈以星的话抨击她重色轻友的行径，"你嘴上管我叫宝宝，实际却和那个宝宝亲嘴。"

沈以星笑得花枝乱颤："你真的好有搞笑的天赋。"

书吟："快走吧，别让段淮北等你。"

沈以星："那你记得早点回房间，别喝太多。"

书吟："知道。"

待沈以星走后，书吟也起身，倒不是回房间，而是去洗手间。

她喝太多了，想上厕所。

洗手间是圆形设计，男女分开两边，中间由洗手盆隔绝。

书吟站在这边，低头，淅沥水声浇灌，对面也响起了水声。
洗完手后，书吟心不在焉地抬眸，出乎意料地，撞上了一双熟悉的深眸。
商从洲显然也没料到会在这里遇见她："书吟。"

第九章 她喜欢了十年的人

"暗恋者的悲哀之处在于,甚至连吃醋都没有资格。"
——《十六,十七》

　　酒吧内,灯光昏暗,就连洗手间,也没有任何顶灯,光从洗手台的镜子后面发出。诡谲的红,幽昧的暗,交织出纵情声色的夜。
　　书吟的喉咙好像哽住,酒意迟来,身上,热意蔓延。
　　商从洲绕到她边,低头,瞧见她迷离着眼,双颊泛着不正常的生理性红。
　　空气里交缠着二人唇齿里吐露出的酒气。
　　他酒量是无底洞,连他自己都不知道要喝多少杯才能醉。遑论,他今天连一杯酒都没喝完,所以他确定,占据他呼吸道的酒味,都源自她。
　　蓦地,书吟踮脚,骤然撞进他的怀里。
　　商从洲脸上的表情瞬间僵住。
　　下一秒,他的右耳,被她柔软的掌心覆盖住。
　　他喉结滚动,眼里有暴烈的情绪在翻涌,被他极力压制住。
　　商从洲问:"怎么了?"
　　书吟张唇,身高差距,她说话时的气息,扑洒在他的喉结处:"商从洲,这里这么吵,你的耳朵不好,不能来这种地方的。"
　　商从洲的视线往下拉,她仰头,分明是一脸郑重其事的乖巧。可他看见的,是她被酒气熏染的眼底,泛着红,晕着媚,还有几分娇。
　　他的眼神霎时黯了下去,带着不为人知的被触及禁忌后的神色。
　　他声线还是平稳,端方自持地问:"你喝了很多酒吗?"
　　书吟点点头,又摇头:"都是果酒,没什么度数的。"
　　她保持着趴在他身上的姿势,没有挪开的打算。

初秋天凉，室内却是热的，她脱下羊毛外套，身上只有一件单薄的衬衫，往日看着瘦瘦小小的一个人，靠在商从洲怀里，他感知到的，却是饱满的绵软，沿着单薄的两层布料，渐渐地，渗透到他的身体里。

他身体某处紧绷，被他压制住。

商从洲拉下她的手，企图让她自己站稳。

拉开的一瞬，她喉咙里溢出嘶声："头发——"

他敛眸，看见她的头发缠绕在他上衣扣子上。

商从洲低头，耐心地解。而她作壁上观，一言不发。

余光里，她始终凝视着他，灼热的呼吸洒在他的手背上，烫得他指尖紧绷，解头发的动作，变得慌乱。

"商从洲。"书吟盯着他的右耳，"疼吗？"

终于，头发解开。

商从洲下颌紧绷，表情有一刻的冷凝。

他再抬眼看她，气息沉稳："现在不疼了。书吟，你喝醉了，我带你回房间，好不好？"

他永远和记忆里一样，体贴又温柔，会认真地问她的意见，被他专注地盯着，仿佛被他认真地爱着。那双桃花眼，有着蛊惑人心的能力。

一眨，又一眨。

好像有蝴蝶，在眼前飞舞。

书吟清楚自己没有喝醉，清楚自己说的每一个字，每一个举动。

很多事，清醒的时候，她不敢说，不敢做。

好怕一不小心，惊扰了现实美梦。

他会包容一切，会包容醉鬼的发疯行径。

欲望啃噬着她的大脑，内心深处的卑劣在她脑海里爬行，操控着她做出没有分寸的失礼行为。

探索他的隐私，像恋人般靠在他的怀里。

书吟以喝醉酒的名义，做出这通毫无道德底线的事，但是被商从洲推开了。

她眼底滑过失落，迷离的光在她眼里闪烁，支离破碎。

"好。"她合了合眼，说。

而后，下一秒，商从洲将她拦腰抱起。

书吟躺在他怀里，怔怔地望着他。

喝醉了真好。她小心翼翼地，将脸靠在他的胸口，渐渐合上眼。

她沉浸在自己的世界里，没有察觉到，在她靠近的那一秒，商从洲的步调停了停，而后，迈开的步子，是不受控的乱。

酒吧离住处有些距离。

商从洲的车停在门外，见他过来，司机手疾眼快地下车，替他打开后座车门。

商务车，一人一座。

商从洲动作小心地把书吟放在座位上，然后，绕到另一边，坐在她身边的位置。中间，隔着一条过道。

他并没有撂着她不管，探身向她，手背贴了贴她的额头。

"怎么这么烫？"他齿间溢出抹轻笑，"不知道的，还以为你发烧了。"

书吟睐睁着眼，不说话，静静地盯着他看。

车厢内极静，错乱的呼吸缠绕在一起，像是绳索捆绑在一起，难以分离。

有什么东西，好像要喷薄而出。

不到五分钟，车停下。

司机说："到了。"

停下吧。

书吟脑海里也响起一道声音，制止她的卑劣。

她偏过头，声音里满是酒气："下车了。"

到此为止了。

她猛地直起身，身体不受控地往下倒，迎接她的，不是柔软的座椅，而是商从洲的怀抱。

他把她搂在怀里，胸腔里闷出一声笑："都醉成什么样了。"

他没再抱起她，而是扶着她，问她："房卡呢？"

酒精将她的理智都溶成渣了，她思维反应很慢，终于想起来："在我的包里。"

"包呢？"

"在卡座里。"

得亏是在自己的地盘，东西不至于被偷。

商从洲叫来大堂里的工作人员，让她和酒吧的人联系下，把书吟落在卡座里的包送过来，想了想，又问书吟："除了包，还有什么落在酒吧里？"

他呼吸洒在她额头，带着丝丝的热感，在她脸上升腾。

书吟垂下眼："衣服。"

商从洲和工作人员说："还有衣服。"

"好。"

交代完，商从洲思索着，要把她放到哪儿，是新开一间房，还是等酒吧的人送房卡过来。

"商从洲。"

怀里猛地一重，商从洲放在书吟腰上的手，转移阵地，按在她颈后。

呼吸错了节拍，他绷直着唇线，和工作人员说："没什么事了，你先下去吧。"

工作人员被他突然的举动吓到，半疑半惑地离开。

被吓到的何止是工作人员，商从洲自己也被吓到了，就连始作俑者书吟，都被吓到了。

他衬衣的纽扣，不知怎么就解开了，她湿濡的唇，毫无阻隔地贴在他胸口。

她僵住，氧气好像耗尽。她不敢呼吸，小小地吸气，鼻腔里，全是他身上的味道。

而她每次的呼气，商从洲都感知到了，像是无数只蚂蚁，爬过他的心脏，掀起无数的痒。

商从洲当即做好决定，把这个醉鬼带回自己的房间。

他无法想象，再待下去，他还能不能保持清醒。

两人脚步慌忙，呼吸错乱，眼神迷离。酒精覆盖住两人，逐渐发酵，将空气酿造成海。他们在大海里动荡不安地漂泊，氧气匮乏。

房门打开，关上。

书吟被压在门板上，商从洲站在她面前，挡住头顶的廊灯。大片的暗，笼罩住她的眼。他的身躯，笼罩住她。

书吟头昏脑涨，醉着，也清醒着。

她仰头，是他幽暗的眼，缓缓压下来。

鼻尖相抵的瞬间，空气无端静默。

气流闷热。

她喉咙发干，又嘶哑，残存的清醒，让她有些无措，喊着他的名字："商从洲……"

商从洲的嗓音，不知何时，变得低哑。

他没有醉，很清醒。他知道自己此刻应该松手，和她拉出安全距离，他不应该乘人之危，可他发现自己的自控力此刻荡然无存。

他流连她的身体，缠绕她的呼吸，无法将她推离自己的怀抱。

"我在。"

说话间，唇齿翕动，热意引诱着他们的唇，互相靠近。

书吟说："我醉了。"

她眼睫轻颤。

商从洲克制着理智，双眸晦暝难辨，哑声："我知——"道。

最后一个字，卡在喉咙里，他没有说出口。

因为书吟没有给他说出口的机会，她忽地吻了上来，嫩软的舌尖，湿濡地扫过他的唇瓣。

只一瞬，商从洲反客为主，强势地占有着她的呼吸。

她被迫仰起头，双手交缠，放在他颈后。

商从洲双手抱起她，边吻边转移阵地，来到床上。

套房内只廊灯亮着，光线昏蒙。

书吟被他放在床上，他手压在她两侧，勾着她柔软的唇。他边吻，边解开她的衬衣纽扣。指尖动作凌乱，又毫无章法。

商从洲自知局面失控，他望向她的眼底，起了层层的雾。

"书吟，我也醉了。"

天黑透了，室内只廊灯亮着。

隔着透明玻璃窗，竹林在夜风里摇曳，光影隔着透明玻璃窗沁入室内，在白皙的床单上晃着微妙又暧昧的影子。

风在啸，室外的温泉水声汨汨涌动。

室内的喘息声，一声高过一声，盖过浪潮。

意乱情迷的夜，因空气里的酒精而变得理所应当。

床单上缠绕的两个身影，放纵，沉溺，交叠。

书吟是在商从洲的怀里醒来的，被窝冒着源源不断的热气，暖得令她贪恋。

她被他搂在怀里，头枕在他的胳膊下，耳边就是他的呼吸声。

她的视线越过商从洲的脸，逐渐聚焦。

隐约，昼夜退场，郁葱的竹林里，透着熹微晨光。

昨晚的一切，在脑海里重现。

好学生的记忆力令她想忘都忘不了，他们是怎么从门口到床上，他们是怎么开始，结束后，又是如何去的浴室，在浴室里，攫住蒙蒙的水雾，他们又做了什么。

全部。

书吟都记得。

不仅脑子里记得，就连身体都记得。

稍稍一动，肌肉酸麻，提醒着她，过于放浪形骸的昨夜。

视线里，是紧抱着她的商从洲。人最放松的时候，是睡觉的时候，可即便他处于睡梦中，抱她的力度，也惊人地大，她连翻身都难。

也正因此，她看见了他颈间的吻痕，身上的抓痕。

斑驳、暧昧的红，明眼人一看就知道，他经历过什么。

她闭上了眼，心情万分复杂。

昨晚主动吻他的时候，书吟就已下定决心。

他们终究不是一个世界的人，他所在的圈子，纸醉金迷是平常。

她已经二十六岁了，能有如今的成就，仅靠她的努力吗？不是的，人只有在学校里才有所谓的努力就有回报，进入社会，努力不值一提。

她人生路上遇到过太多的贵人，所以知道，社会地位有多重要。

像商从洲那种家庭阶级出身的人，讲究的，是门当户对。

书吟可以提升学历，可以努力赚钱，但她没有办法改变她的家庭背景。

人世间有很多无能为力的事。

商从洲，我不贪心，能和你走到这一步，是十六岁的书吟从未奢望过的。

思及此，书吟情绪冷静下来。

她拿开商从洲放在自己身上的手，轻手轻脚地下床，套上衣服，火速逃离。

晨光出来了，金灿灿的阳光照拂在她身上，空气里有浅淡的桂花香。

书吟从前台那里接过自己的卡，回房前，用打车软件约车。她带了一个行李箱来度假山庄，还没来得及拆，离开也方便，直接提着行李箱走就行。

书吟在房间里坐了一会儿，还是没人接单，想来这地方太偏僻，过来的人都是自驾，要么是有身份有地位的人由私人司机开车带过来，像她这种没车没司机的人，恐怕不会到这种地方来。

梦该醒了。

书吟提醒自己。

她提着行李箱，问前台：“这边能打到车吗？”

前台说：“您要走吗？”

书吟：“嗯。”

前台：“我们可以送您到家的，我现在帮您叫司机，可以吗？”

这份面面俱到，让书吟脸上的笑有些挂不住。

可她还是笑着说：“可以的，谢谢。”

“不客气，能为您服务是我的荣幸。”

为她服务，还是为这张VIP黑金卡服务？

随即，书吟把手里的卡递给前台。

换来前台疑惑的表情。

书吟莞尔，声音里是耿耿于怀的释然，带着畅快和轻松："麻烦帮我把这张卡，转交给商从洲。"

到此为止了。

十六岁的喜欢，和二十六岁的喜欢。

终于可以画上一个完美的句号了。

光破穿云翳，刺得商从洲睁开眼。

他半靠着床头，双眼逐渐聚焦，扫荡四周。

被单潮湿，掀起层层褶皱，地面，衣服与裤子混作一团。场面混乱，空气里飘浮着糜烂的气息，诱人沉溺。

混乱间，手机嗡鸣声响起。

商从洲循着声音，终于在地上的浴巾底下，找到了自己的手机。

"喂。"嗓音哑得可怖。

那头的人愣了一下："商总，书吟小姐让我把您送她的卡转交给您。"

商从洲怔了几秒，淡声道："知道了。"

"她人呢？"

"走了。"

电话挂断。

商从洲合上眼，脸部线条冷淡。

再睁眼时，双眸清明，没有任何情绪。

他下半身裹着一条浴巾，下床，洗漱。

浴室的镜子敞亮,将他不着寸缕的上半身清晰地嵌在镜子里,颈部、胸口、小臂处,都有斑驳的红印。

平时看着文文静静像只兔子,在床上,倒是像只猫,还是野猫。

商从洲低头洗漱,洗漱完,回到主卧。

商从洲穿戴齐整,站在床边,审视着凌乱的床。昨晚的一切,仿佛还在眼前浮现。

可房间里剩下的是一片空荡。

门窗开着,风吹进来,欢好过的气息都被吹走了。

她走得干干净净,什么都没给他留下。

有时候,商从洲觉得书吟没有心。

或许是他错了。书吟是有心的,但她的心是冷的,是块捂不热的石头。

可他偏就认定她了,能怎么办?

他沉睫长思,良久,拿出手机,打了通电话出去:"你好,我是商从洲,之前我带了个朋友来你们店买车。她那辆车,什么时候能提?"

从度假山庄回来的第二天,书吟接到4S店销售的电话。

挂断电话,她换了一套衣服,打车去4S店提车。

节假日,4S店里人满为患,看车、买车、提车,以及送车来保养的人很多。书吟在销售大厅见到销售,却被他带着,弯弯绕绕,上了三楼。

三楼有别于楼下两层的热闹,格外安静。

脚踩在木地板上,能听见回音。

如果不是之前来过,知道这是家正规的4S店,书吟恐怕以为自己进了黑店。

把她带进屋后,销售给她倒了一杯茶,而后说:"稍等,我去给您拿车钥匙。"

书吟:"好的。"

4S店的办公室,都是透明的隔间。

书吟等了许久,都没见销售回来。或许是有事拦住了他,她不喜催人,心不在焉地等着,视线漫无目的地扫荡,轻飘飘的目光,捕捉到隔间外经过的人影。

只是侧影,高大挺阔,桀骜冷漠,透着股雍容的贵气。

她心跳漏了半拍,握着杯子的手,不受控地颤抖。

然后,那人消失在她的视野里。

她身后,是办公室的门。

"书吟。"商从洲的声音在身后响起,他往前走了两步,把门关上,径直走到她面前。

一时间,谁都没说话。

他眼神里没有任何情绪,只安静地看着她。

书吟被他这份安静裹挟,心脏不安地跳动着。

书吟迫使自己平静下来,她屏了下呼吸:"好巧,在这里遇见你。"

"不巧,"商从洲盯着她,"我是来找你的。"

书吟有些维持不住脸上的表情。

"关于那晚的事,我想,我们需要谈谈。"商从洲在她面前坐了下来,他手肘抵在膝盖上,上半身微往前躬,气势沉冷又极有压迫感,向她袭来。他语气严肃又认真,"那晚的事,我希望能对你负责。"

夕阳落在他脸上,勾勒出他精致的脸部轮廓。

他说对她负责的时候,神情是那样认真,像是为自己做的错事买单。

书吟不需要他这种责任感,不需要他为了负责而勉强自己和她在一起。

她尽量让自己的语气放轻松,态度随意得像是情场老手:"那晚的过程很好,体验感也很好,我想你应该也是这么觉得。"

"成年人之间的各取所需罢了,"她好似云淡风轻地笑了,"商从洲,你不需要为此对我负责。"

说完,她仍是心虚,视线飘忽着,不敢看他。

余光里,他的眼,没有半分偏移地盯着她。

气氛过于安静,静得让书吟感到窒息。

她想找借口离开。

这时,她听到耳边响起他嗤然一笑。

她眼睫轻颤,心里有不太好的预感。

商从洲慢条斯理地理着袖口,神色松散,忽地,眼梢轻挑:"抱歉,我说错了,是我需要你对我负责。"

书吟一脸难以置信。

黄昏正浓。

夕阳的光线将商从洲的脸部轮廓照得鲜明,清隽的脸、冷然的眉,眉弓下的桃花眼不含任何情欲,语气正经,仿佛像是在和书吟谈一桩合作。

于是,书吟也公事公办的口吻:"你好像也喝了酒。"

她听见了。

他说他也喝醉了。

两个醉鬼,醉酒后做的事,当不了真。

"我是喝了酒,我可能也醉了,但是部分情节,我还记得。"商从洲没有任何辩解的想法,姿态从容,仿佛不管书吟说什么,他都能游刃有余地应对。

那时的书吟并不知晓,坐在她面前的商从洲,极长袖善舞,能舌战群儒。他不依靠任何人脉,在华尔街那种鱼龙混杂,全是毒蛇的地方,建造了属于自己的关系网、人脉圈。

黑的都能被商从洲说成白的。

书吟胸腔起伏,调整呼吸,竭力冷静道:"商从洲,我想你应该见过很多类似的事情。成年男女,看对了眼,开个房,一夜之后,相安无事地分开,继续各自的生活。"

"我没见过。"商从洲面无表情地否认,语气迅速。

书吟哑然,默了默:"现在已经是二十一世纪了,我想你应该也不是那么保守封建的人吧?"她悄然试探着。

商从洲微笑。

书吟以为他赞同自己的观点,松了口气。

"抱歉,我始终认为,那种事情,只有和我人生的另一半才能做。"

书吟脸上表情僵住。

商从洲眼帘一压一抬,眉目清明地望着书吟:"我的家庭情况你可能不太了解,我家四代从政,家风森严,父母长辈们对我的管束严格,尤其是异性交友方面,要我洁身自好,不可随便和异性有肢体接触。我和你的肢体接触,想必你应该清楚,该接触的都接触了,不该接触的也都接触了。"

他拿过茶几上的杯子,抿了口水。

他皮肤白皙,手上的脉络如清晰的河流。

那只手,白净如玉,尘埃坠入其中,都像是种玷污。

那晚,也正是这只手,温热而放纵地撩拨着她,让她失控。

书吟登时口干舌燥,忍不住,干咽着。

商从洲将她的小动作尽收眼底,气定神闲地道:"书吟,发展到现在,只有两个结局。"

书吟:"哪两个?"

商从洲:"第一,我对你负责。"

书吟:"我选二。"

商从洲唇畔溢出轻笑,温文尔雅:"二就是,你对我负责。"

绕来绕去,还是绕回来了。

书吟整个人都处于混乱中,压根儿没心思找商从洲话语里的漏洞。漏洞百出到,连商从洲自己都心虚,他伸手,摸了摸鼻尖,而后,偏过头去。

有一瞬,他不敢看书吟,怕被她察觉到不对劲。

什么管束严格,他爸妈对他的教育,从来都是给他意见,他采纳也好,不采纳也罢。反正不管他做什么,他家里人都会无条件地支持他。

书吟心里百转千回,明明她都在心里和他划清界限了……

对他负责吗?

因为一晚的意乱情迷,所以要把一辈子都搭进去吗?

这对商从洲不公平。

两人陷入长久的沉默。直到,门被人敲响。

销售有苦难言,转眼就到下班时间,再不提车,天都黑了。

于书吟而言,销售的到来,是救命稻草,她看向销售:"可以提车了吗?"

销售人员迎着商从洲凉飕飕的眼神,颤颤巍巍地和书吟说:"车钥匙在这里,提车前,您得先下楼把剩余的钱交了。"

书吟:"好,谢谢。"
她转身离开,没看商从洲一眼。
无视他,冷待他。
商从洲倒也不急,他不怕她跑,他有的是耐心。
更何况——
他从她的眼里,看到了她在动摇。

约莫过了五分钟。
手机振动。
商从洲解锁。
看清发信人后,他嘴角翘起愉悦的弧度。
是书吟发来的消息:你开车来的吗?需要我送你回家吗?
她太讲礼貌了,把他扔在这儿,她良心上过不去。
商从洲边回她消息,边下楼找她。
书吟站在车旁,见他出现在视野里,耷拉着眼,没看他。
她轻声说:"我很多年没开车了,车技不太好,你真的要坐我的车吗,还是打车回去?"顿了顿,迫切之情溢于言表,"我可以帮你打车。"
商从洲低敛着眸,笑意不达眼底:"坐你的车。"
"……哦。"书吟说,"那上车吧。"
车厢里,气氛有瞬间的凝滞。
因为方才的事,因为那晚的事。很多事,发生了,如水过无痕,轻松释怀。但是那件事,对彼此而言,是初体验,人生第一次,与异性亲密接触。
如商从洲所说,该接触的都接触了,不该接触的也都接触了。
忘不了。

车窗上,突然有几滴雨砸了下来。
刚买的车,书吟并不熟悉,连雨刮器都找不到。
她手忙脚乱,一会儿左转灯亮了,一会儿又是右转灯。
商从洲看不下去,趁等红灯的空隙,越过她,手放在雨刮器按钮上:"这个是雨刮器,往这边转一下,就可以了。"
他演示着,雨刮器随之运转。
他靠过来的时候,四周的空气都被他身上的气味占据。
温凉乏味的雪松冷香,细细密密地渗进她的喉管里,她喉咙哽了下。有种无形的压迫感,侵袭着她。
书吟把着方向盘的手,指尖用力收紧,低声:"嗯。"
商从洲眸间微暗。
绿灯亮了,他语气是一贯的清越:"什么时候考的驾照?"
"大二升大三的暑假。"书吟说。

"考出来就没开过车吗？"

"开过，大四的时候找了份工作，是给一个外企的高管当生活助理。她有时候应酬，会让我开车。"

"看来是个女高管。"

男人可没有这么细心，男人恨不得把女人当作应酬的筹码。这种龌龊事，商从洲司空见惯。

"嗯。"书吟忍不住说，"是江教授介绍我去当她的生活助理的，那个女高管，我私底下叫她温姐，她以前也是江教授的学生。"

商从洲深眸含笑："我姨夫对你挺好的。"

书吟说："因为我家里条件不太好，我挺缺钱的，江教授知道，所以经常给我介绍工作。"

她的语气是前所未有的认真。

忽然提到了她的家庭，商从洲哪里能不明白她的用意。

可他完全不在意她的家庭如何，他叹了口气，嗓音破茧成丝，带着数不清的心疼："书吟，这些年，你过得很辛苦吧？"

书吟动作都定住了，鼻腔里泛起酸涩感。

所有人都知道她生活得有多努力，但从没有人问过她。

——"书吟，你过得很辛苦吧？"

眼泪悬在眼眶里，眼前浮起一片雾气。

她用力地眨眼，盯着前方的路况，认真地开车，没有再回商从洲的话，好似全然没有听到商从洲说话。

话题就此截住了。彻底冷场，没有人再说话。

直到送他到小区门口，书吟犹豫地叫了声他的名字。

"商从洲。"

商从洲已经解开安全带，闻言，瞥了她一眼。

她放在方向盘上的手，用力到泛白，声线却平稳："你说的负责是什么意思，交往吗？"

商从洲滚了滚喉结："结婚。"

书吟很慢很慢地点了下头："我知道了。但是，结婚不是件小事，你能给我点时间考虑一下吗？"

商从洲偏头，嘴角往上扬起。

他给她充足的时间："需要多久，年前给我答复，可以吗？"

书吟眼睫轻颤："我想，你也需要时间考虑。"

商从洲不置可否地笑了下，醇厚的声线，千丝万缕地缠绕着她："我是考虑过了，才来找你的，书吟。"

气流是温热的，她的每次呼吸，都伴随着灼热，几欲将她烫伤。

由此，她产生了不真实感，像是平白走在路上，捡到一张彩票，第二天被告知，手上的彩票，中了两千万大奖。她一边惊叹自己竟有这种运气，一边又陷入惶恐不安中。

毕竟这张彩票是她捡的。

她问心有愧。

对着近在眼前的大奖,她憧憬,却不敢伸出手。

商从洲下车后,书吟一脚油门,发动车子。

她没有回家,她现在需要一个绝对安静的环境,不想要任何人打扰。

所以,她去了乡下奶奶家。

奶奶见她回来,笑呵呵地责怪她:"回来前怎么不说一声?我好置办点儿菜。"

书吟搂着她的胳膊,说:"我很好养活的,随便弄点吃的就行。"

国庆七天假期,书吟在乡下待着假期最后一天。

她还有工作,得回去了。

她收拾着衣服,问奶奶:"你要不要去我那儿待几天?"

奶奶无情地拒绝:"不去,市区哪有乡下好?乡下空气新鲜,没什么事我就出门走走,遇到人唠唠嗑,晚上还能和隔壁的老太婆一块儿跳广场舞。"

书吟笑:"市区里也能跳广场舞,还有年轻小伙子陪你跳呢。"

奶奶笑着骂她:"说的什么话,奶奶才不要年轻小伙。你要是找个年轻小伙子,也好。"

书吟脸上的笑淡了许多,问:"你是不是也想我早点结婚?"

奶奶佝偻着背,身高只到书吟的肩,却是书吟多年来的倚靠。她抱着书吟,抚慰的力度,一下又一下,拍着书吟的背,蔼声道:"我希望你能幸福。"

书吟的笑彻底凝住,她眼睫轻颤着,那天和商从洲说话时没落下的泪,在此刻,终于落了下来。

老人家嘲笑她:"多大的人了,还跟小孩子一样,动不动就掉眼泪。"

书吟边擦眼泪边反驳:"不管我多大,在你眼里,我就是小孩子。"

她也只有在奶奶面前,才会露出孩子气的一面。

老人家替她抹着眼泪,笨拙地哄她:"好啦,不要哭了,晚饭给你做糖醋排骨,做一大锅,吃不完的话,你就带回去吃。"

"吃得完。"书吟弯着眉眼,"不管你做多少,我都把它吃完。"

"少吹牛。"

"我没有吹牛。"

祖孙俩笑着,打趣着。

等到吃过晚饭,书吟果然带着没吃完的糖醋排骨,开车回她自己的家。

奶奶说:"还是有车好,你看,这么多东西,都能装下。"

书吟还是舍不得她:"还能装下你呢,要不要跟我走呀,老美女?"

"什么老美女,"老人家一边不赞同,一边又笑得合不拢嘴,"好啦,赶紧走吧,都晚上七点了,我要去跳广场舞了。"

204

"广场舞比孙女还重要。"书吟笑着,"我走了,你要是想我,就给我打电话。"

"知道,你开车吧,路上小心。"

"嗯。"

车子开出去很远,书吟还能透过后视镜,看见那个模糊的、佝偻的身影。

书吟回到自己家,空空荡荡的,迎接她的,是冰冷的文字,是数不清的工作。

书吟洗完澡,刚在书房坐下,电脑登录的微信,就发出消息提示声。

她点开,是学姐发来的消息。

熊子珊:后天是我工作室成立三周年,你也算是工作室的一分子了,如果没什么事的话,能过来玩吗?亲亲/亲亲

熊子珊大学毕业后成立了"大熊猫翻译工作室",主要业务是提供电影字幕翻译。

工作室早期缺合适的译者,要么专业素养不过关,要么开价太高。熊子珊只得求助书吟。书吟远在国外,一边读研,一边在联合国实习,还一边替熊子珊接忙不过来的翻译活。后来招新,熊子珊总是问书吟的意见,书吟回国后,也时常去她工作室玩。

四舍五入,书吟还真是工作室的一分子。

书吟:你们周年庆在工作室办吗?

熊子珊:没呢,在一家餐厅,地址我发你哦。

熊子珊:包场了哦。

熊子珊:来吃晚饭哦。

书吟学着她的语气:好哦。

聊完,书吟接着工作。

接连两天,她都沉浸在工作中无法自拔。

等到大熊猫翻译工作室周年庆这天,下午四点,书吟化了个淡妆,开车去往熊子珊发给她的餐厅。

餐厅被工作室包场,气氛欢快。书吟一进去,就有人迎接她。

"天仙姐姐。"

"天仙姐姐。"

工作室的小姑娘们都这么叫她,至于谁给她取的称号,不记得了。书吟只知道,她们觉得书吟的气质清清冷冷的,不说话的时候,给人的感觉很高冷,很难接近,长得又漂亮,跟天仙似的。

所以管她叫天仙姐姐。

书吟没有当真,毕竟女孩子嘴都甜。

很快,书吟在人堆里找到了熊子珊。

熊子珊拉着书吟,坐在工作室合伙人这桌。

亏得都认识，要不然书吟恐怕得社死。她不擅长社交，期间，尽可能地降低自己的存在感，旁人高谈阔论的时候，她默默地吃着东西。

熊子珊敬了一圈酒回来，落座后，似是想到什么，拉着书吟，碎碎念。

"我前阵子和你雯雯学姐见面了，我俩聊到你那个相亲对象了。"

"……不算是相亲对象，"书吟差点儿都没反应过来，她和商从洲重逢后的会面，是江教授撮合着二人相亲，"你俩聊他干什么？"

"这不是觉得他挺帅的吗？"熊子珊说。

书吟无言。

熊子珊忽地换了副面容，神秘兮兮地压低了声音："我还挺好奇的，江教授的外甥，长得帅不说，又有钱。他那天送你回去，他开的什么车你还有印象吗？"

书吟想了想，老实巴交地回："黑色的车。"

熊子珊真的想把她脑壳敲开，看看里面到底装了什么。

"阿斯顿马丁啊！落地价得五百万。"

书吟古井无波地感慨："好贵。"

熊子珊说："有钱，长得帅，学历又高，怎么到这把年纪还是单身？这种男的，基本上都有点儿问题，要么是玩得花，是个渣男；要么就是身体那方面有问题。"

书吟忍不住为商从洲辩解："他不是渣男。"

"所以——"熊子珊说，"他身体有问题。"

有问题吗？

一晚三次，要不是酒店里没有套了，估计他还能继续。

这能有什么问题？

"你脸红什么？"熊子珊打断书吟的思绪。

书吟镇定道："我穿太多了，热。"

熊子珊接着刚才的话，说："你和他，应该没有后续发展吧？就算有，你最好还是断了。"

书吟不明白熊子珊为什么态度大变。

之前在江教授的寿宴上，熊子珊还撺掇着她和商从洲的，怎么现在就劝她和商从洲别有来往了？

书吟问："为什么？"

熊子珊颇为怅然的口吻，惋惜着："你知道他为什么还是单身吗？因为他是听障人士。"

书吟的脸色，不知何时，冷了下来。

熊子珊沉浸在自己的世界里，接着说："据说他的右耳，戴着助听器。你看，条件再好有什么用，听障人士，都能被叫残疾人了。书吟，以你的条件，完全可以找个条件很好的人，最起码，是个健康的人。"

末了，熊子珊长叹一口气，缓缓地道："他不值得。"

话音落下,过了许久,熊子珊都没听到书吟的回复。
她侧眸望着书吟。
书吟也正望向她,眼里没什么温度,隐约,淬着寒光。
"学姐。"
"啊?"
"我还有点事,先走了。"书吟怕自己再不走,会忍不住和敬仰多年的学姐吵架。
"什么事儿啊,很重要吗?"熊子珊问。
书吟声音逐渐紧绷,每个字都像是从牙缝里挤出来的,生硬,却坚定:"嗯,很重要的事。"
熊子珊:"那你快走吧,别耽误事儿了。"
书吟脸上挂着公式化的微笑,和工作室众人一一告别。

一离开餐厅,书吟就在包里翻找着手机、车钥匙。她动作慌乱,大脑乱也平静,做好了某个决定,但又不确定眼前到底是要先找手机,还是先找车钥匙。
如同在寻找命运的路上,被命运推向远方。
耳边,似乎响起一道熟悉的声音。
她愣愣地停住所有动作,抬头,看见马路对面站着的商从洲。
夜色晦暗,霓虹灯闪烁。
斑马线两端,是倒计时的红绿灯。
十秒。
九秒。
八秒。
…………
两秒。
一秒。
人潮涌动,商从洲拨开人群,风尘仆仆地来到她面前。

秋天到了,天气转凉。
书吟出来得匆忙,连外套都忘了拿。
商从洲站在她面前,看她身上只穿了件单薄的套头衫,无可奈何地叹了口气。继而,他脱下身上的风衣外套,替她披上。
"商从洲。"她怔怔地,微微抬头,入目的,是他的右耳。
她讨厌旁人用"残疾人"叫他,他分明看得见、听得见。
只是他听声音,需要助听器的帮助,和近视的人,需要靠眼镜才能看清世界,有什么两样?
为什么,瞧不起他?
他怎么会不值得?

他什么都值得，他值得这世上最好的。

商从洲以为她喊他，是不愿披他的衣服。她向来边界感很足。

"我只是怕你冷，"他声音有些哑，"别拒绝我，好吗？"

替她披上衣服后，商从洲没有一丝留恋地收回手，甚至往后退了一步。

他绅士、翩翩有礼，在没有确定关系前，他绝不会做任何让异性浮想联翩的暧昧举动，他和异性之间永远保持着安全距离。

书吟没法确定他对她的关心，是源于"负责"，还是源于他本身的良好教养，抑或是，他喜欢她？最后一种情况，微乎其微。

但她不想猜了。

她只想死磕到底。

"我对你负责，我们结婚吧。"夜风微凉，吹得她碎发凌乱，书吟拨开脸上的碎发，双眼直勾勾地盯着商从洲，声音忽然软下来，近乎恳求，重复着他刚才的话，"别拒绝我，好吗？"

繁华的街头，霓虹灯拉扯出绚丽的灯带，点燃单调骏黑的夜。

人声与风声混沌。

商从洲和书吟面对面站着，静得仿佛不属于这个世界。

说完后，书吟仰头，眼睛一眨不眨地盯着商从洲。

好些天没见，他似乎瘦了，眼睑处有层青灰色的暗影。他喉咙不受控地咳了几声，虚弱得好似一张单薄的纸。

"我以为你会说些开场白的。"他没想到，一见面书吟就直奔主题。

商从洲眼里有几分惊吓，也有茫然，困惑于她为什么下定决心，但他没有问，而是抬手把她身上披着的风衣纽扣一颗颗扣上："天冷，怎么穿了这么点儿就出门了？"

"商从洲，"书吟拨开风衣，慌乱地抓住商从洲的手，"我说，我对你负责。"

他目光往下，落在她紧握住自己的手上。

她的手很小，也很软，小心翼翼地探入他的掌心里，轻微颤抖着。他不动声色地收紧手心，包裹住她的手，紧密地包裹住，生怕她逃走。

商从洲声音低哑："听到了。"

书吟："那你……"

商从洲："很晚了。"

书吟以为他的意思是，她的答案来得太晚。

书吟心里"咯噔"一声，四面八方奔涌的风，像是数九天凛冽的风雪，朝她袭来。

"这个时间，民政局的工作人员都下班了。"四周灯火明灭，商从洲眼底浮荡着笑，不急不缓地说，"明天去领证，可以吗？"

书吟的眉头舒展开，在无序的心跳声里，她轻声说："好。"

书吟的衣服落在餐厅。

商从洲陪她去取。

餐厅外面有个小院子,院子的栅栏上挂满了星形灯环。透过窗户,隐约能看见里面举杯相碰的酣畅。年轻男女扬着风华正茂的脸,灿烂地笑着。

灯光是暖调的橙,烘托着热闹的夜。

商从洲问:"里面在办庆功宴吗?"

"一个学姐的工作室周年庆。"书吟和他解释,"那个学姐你可能还有印象,江教授寿宴那天,我和她坐在一块儿的。我们读书的时候关系很要好,后来她和人开了电影翻译工作室,忙不过来时,会让我帮忙翻译。"

商从洲的记性很好,很快记起了她口中的学姐。

当时她手里的咖啡洒在他衣服上,后来,有个女人过来,拉着书吟跑出他的视线。

书吟在星光里朝商从洲转身,问他:"你要不要跟我进去?"

只不过是拿一件衣服,商从洲心存疑惑,她真的只是拿一件衣服吗?

以他对书吟的了解,她不像是有了男朋友就会到处秀恩爱的人,也不像是会刻意把他介绍给自己的朋友的人。他翻过她的朋友圈,不是三天可见,是没有任何的时间范围,全部可见。

寥寥几条朋友圈,还都是替人宣传工作室的,有关她自己的,没有。

没有人能从她的朋友圈里知晓她的工作、她的生活、她的近况。

但他还是说:"好。"

他向来是个好说话的人,更遑论,面前和他提出要求的,是他的女朋友。

不,不是女朋友。

是未婚妻。

书吟和商从洲的手,始终没松开。

他们走进餐厅的时候,四周都安静了一瞬。这份寂静短暂得稍纵即逝,随之而来的,是投送在他们身上的八卦目光。

书吟直奔回自己的位置。

熊子珊背对着他们来的方向坐着,瞧见她回来,松了口气:"你回来拿衣服了吗?我给你打了好几通电话你都没接,还以为你不要这外套了。"

余光注意到书吟身边站了一个男人,熊子珊艰难地仰着头,视线缓慢上移,看清商从洲的脸后,猛地一怔。

"他……"

书吟拿起自己的衣服,轻描淡写的口吻,给他俩做介绍:"商从洲。"

"这是我师姐,熊子珊,也是江教授的学生。你们之前有见过的。"

商从洲低下头:"你好。"

熊子珊脸上的表情有些挂不住:"……你好。"

熊子珊问书吟："你俩？"

书吟弯了弯嘴角，淡笑着："他是我未婚夫。"

想到之前说的话，熊子珊如遭雷劈，脸色霎时变了。

书吟拉着商从洲的手，得体地和众人告别，然后，悠悠然离开。

她像是在争一口气。旁人诋毁、贬低、看轻商从洲，她偏偏反其道而行。不仅不远离他，还要和他纠缠不休。

叛逆吗？或许是。

同情吗？或许是。

但更多的，是心疼。

心疼他在旁人的眼里，不过如此。

他分明那么好，那么优秀。

所有人都在夸书吟有多好，有多优秀。可是只有书吟知道，让她变优秀的动力，是商从洲。

他对她造成的影响，声势浩大到，犹如山谷回音，空谷回响，隔了十年，她耳边依旧是连绵不绝的回音声。

她喜欢了十年的人，凭什么，他们凭什么贬低他？

昼夜温差大，夜风拂过，带来丝丝寒意。

出了餐厅，书吟把身上的风衣脱下，还给商从洲："你是不是生病了？"

商从洲披上衣服，咳了声，声音是带病的孱弱："重感冒。"

书吟脸上写着关怀："看过医生了吗？"

商从洲笑："看过了。"

穿衣服的时候，两个人的手分开了。

她的手自然而然地塞进口袋里，他的手心空荡，找不到借口，只能任由空气塞满他微凉的指缝。

"开车来的还是打车来的？"

"开车，"书吟问，"你呢？"

"我坐朋友车来的。"

书吟这才问他："你怎么会在这边？谈工作，还是，和朋友吃饭？"

周围都是餐厅，还有大大小小的咖啡馆。

商从洲敛眸看她："和朋友吃饭，中途，他接到女友的电话，就走了。我一个人吃也没什么意思，就想着到处走走，没想到……"他嗤然笑了，没想到，碰到了她。

"哦……"书吟问他，"那你吃饱了吗？"

"差不多。"

"差不多是什么意思？"

灯火迷离，商从洲轻飘飘地扫了她一眼，说："意思是，你要是没吃饱，我可以陪你再吃一点儿。"

书吟哪见过这种阵仗,睒睁着眼,呆呆地望着他,一时间,忘了动作。

商从洲笑着:"你吃饱了吗?"

"……嗯,"她说,"我要回家了。"

"能顺路送我回家吗?"他说话时的气息温热,裹着低沉的笑,很好听。

书吟瞄了他一眼,光影落在他身上,他咳嗽声不停歇,咳得脸颊浮现生理性的红。

"你真的只是感冒吗?"她问,"还有哪里不舒服吗?"

"可能有点发烧,"他伸手,手背贴了贴额头,眼睑懒懒地耷拉着,有种病态的颓靡,低哑的嗓音伴随着颗粒质感,很诱人,"回去吃点退烧药就好。"

书吟半疑半惑。

商从洲催她:"你车呢?再这么站在路边吹风,估摸着我的病情会更严重。"

闻言,书吟不敢耽误,连忙带他找车。

她的车停在路边的泊车区域,她车技一般,侧方位停车出来,不断地调整方向盘,踩刹车,踩油门,时不时看眼倒车影像,动作笨拙,又有些紧张。

商从洲身躯后仰,妥帖地靠在副驾驶椅背上,只觉她这份局促很可爱。

半个小时的车程,车厢内只有车载音乐流淌。

书吟偶尔瞥过去一眼,昏暗轿厢里,商从洲合着眸,呼吸绵长,间或夹杂着咳嗽声。他咳嗽时会把头偏向车门那侧,拳头抵在唇边,压低着声音,温雅地咳。

快到他家小区时,四周的路灯很亮,直直照进来。

书吟看见他咳得额上沁出薄薄的汗,脸上是毫无血色的白,就连双唇都没有血色。

书吟问他:"你还好吗?"

商从洲的声音比刚才还要哑几分:"回去吃颗药,睡一觉就好了。"

书吟抿了抿唇:"你家里有阿姨吗?"

商从洲说:"阿姨每天早上过来打扫卫生。"

到商从洲家小区大门了,商从洲伸手解安全带,按了好几下,锁扣才松动。

"你也回去睡一觉,明天我来接你。"商从洲说完,下车。

夜色里,他走得很慢,背微微弯着,好像随时都会倒下。

他在心里开始倒数。

十。

九。

八。

车轮碾压地面,而后,是锁车声,"咔嗒"一声,很轻。

商从洲放慢了步子,藏在夜色里的眼,渐染着得逞的笑。

"商从洲。"背后传来急促的声音。

商从洲回眸,入目的,是她担忧的脸。

离他近了后,她的脚步放缓:"我送你回家吧。"

书吟放不下心来,他一个人住,万一病倒了,也没人知道。保姆明天才过来,等到那时候,即便只是发高烧,怕不是要被烧傻了。

更何况,他耳朵还有问题,书吟害怕引起连锁反应。

她给自己找借口:"我怕你照顾不好自己,明天病情加重,没法去领证。"

商从洲顿了顿,声音哑沉:"怪不得人人都想结婚,原来生病了,还会有未婚妻照顾。"

未婚妻。

他是在回应自己在熊子珊面前说的那声"未婚夫"吗?

之前介绍时,她心里没有太多的波澜起伏。或许是环境太混乱,气氛欢脱,营造不出暧昧的风花雪月。

但现在,听到他叫自己为未婚妻,书吟的心里还是有了不该有的旖旎遐想。

她微低下头,把略发烫的脸,藏在了暗夜里。

这是书吟第一次来商从洲家。

入户电梯的设计,电梯轿厢门出来,就是他家玄关。

商从洲家给她的感觉,和陈知让家给她的感觉,如出一辙。

暗色调的极简风,慵懒的黑灰搭配,极具豪宅气息。干净得没有一丝人情味,不像家,更像是房产营销中心的样板间。

一进来就是宽敞的横厅,一整面的落地窗,映照出外面的城市灯火。

商从洲打开鞋柜,拿了一双全新的拖鞋出来。

书吟无意识地往里瞄了眼,清一色的黑色男款拖鞋。至于为什么她确定是男款,因为每双鞋,码数都奇大无比,就连商从洲递给她的这双,也很大。

"抱歉,家里没有女士拖鞋。"商从洲垂眸,神情里有几分无奈,"等到明天,我再去买。"

"不用。"她下意识地拒绝。

商从洲提醒她:"书吟,我们要结婚了。"

书吟霎时无言,更无措。

商从洲说得更直白:"这里从现在起,不再是我一个人的家,也是你的家,书吟。作为女主人,你没有一双自己的鞋子,合适吗?"

"……不合适。"书吟仓皇着逃离他的视线,她做不到他这样一本正经,头头是道。

她说不过他。

她最贪心的时候,也只是想他记住她的名字。

谁知道,命运像是脱轨的火车,不受控地往前驶去。

书吟不仅被商从洲记住了名字,明天,她的名字还要和他写进同一本结婚证里。

她换好鞋子,鞋子太大,使得她每步都走得慢悠悠的,生怕一个不小心,鞋子就飞出去。

"厨房在哪里？"她问他。

射灯照耀下，他脸色接近惨白，眉间紧皱，每咳一声，肩颈随之颤动。听到她说话，他抬头看了过来，猝然间，整个人轰然倒下。

书吟慌了，往前迈了几步。他人高马大，男女间重量悬殊，她想搀扶住他，不承想，却被他整个人压住，往后直直倒去。

身后是柔软的真皮沙发。

身前，是他的身体，略烫的体温，以及粗重的喘息。

这姿势过于亲密，如同交颈相拥的恋人。

商从洲的存在感很强。

身体、姿态、气息，如同火山迸发，滚烫岩浆以倾覆之势压向书吟。书吟浑身僵住，然而岩浆蔓延过她，她的身体随之发软。

室内一片沉默，呼吸声此起彼伏。

忽然间，商从洲睁开了眼，意识到当前的情形后，声音虚弱："抱歉。"

这远在他的意料之外，当时他的眼前一片空白，脚步虚浮，胸肺难受得都要炸裂，碍于她在场，连咳嗽声都得克制着。

他微微垂眼，看见她靠在自己怀里，眼睫轻颤，鼻子小巧，唇色嫣红。鼻息间，他闻到属于她身上的清甜气息，而她的唇，离他的喉结，只有两三厘米的距离。

他喉结不可遏制地上下滚动，速度很慢，喉间泛痒。

"你还好吗？"他适时抽身，坐在沙发上，手揉了揉眉间，"书吟，餐桌上放了个袋子，里面有退烧药，你帮我拿一下。"

书吟调整着呼吸，刻意忽略刚才发生的一切："好。"

餐桌上放着一袋药，书吟从中找到退烧药，按照医嘱又拿了几颗止咳药。

她四处张望，看到中岛台上的恒温饮水机，拿了一个杯子，倒了温水，连药一起，拿到商从洲面前。

他接过药，和温水一同饮下。

他身长腿长，弓着身子窝在沙发上，很是憋屈。

书吟问他："你要不要回屋躺着？"

沉默了一会儿，商从洲鼻腔里溢出声音："嗯。"

他放在扶手上的手忽然抬起，书吟见状，下意识地抓住他的手。她的本意，是想扶着他，免得他摔倒。碰到的一瞬间，空气仿佛静了一瞬。

也不是没牵过手。

一个小时前，她甚至拉着他的手，当着三十来号人的面，介绍他的身份。

当时并没有太多的情绪，而现在，有着迟来的羞赧与心动。

"咳咳咳——"

耳边是他的咳嗽声，书吟在心里提醒自己，他是个病人，照顾病人要紧，把那些小情小爱都收了回去。

书吟问:"卧室在哪儿?我扶你进去。"

商从洲站了起来。

两人靠得极近,他身上有着源源不断的热量,强势地吞没她周身的空气。

她屏了下气息:"你自己能走吗?"

"可以。"商从洲低咳了声。

他说话的气息喷洒在她耳边,很痒。

商从洲动作自然地牵住她的手,十指紧扣,拉她到了卧室门外。

他松手,指着斜对面的房间:"这是客卧,没有人睡过。你要是觉得累,就在这里睡下吧。房间里什么都有,"顿了下,他纠正,"……睡衣似乎没有,我给你找一套没穿过的干净睡衣?"

他一个病人,找什么睡衣?

书吟推搡着他:"不用了,你赶紧回床上躺着。"

商从洲:"那你呢?"

书吟说:"你别管我,当务之急是你赶紧退烧。"

落地窗窗帘大开,月光皎洁如水,堪比明晰灯光。

商从洲躺在床上,书吟替他盖好被子,抬了抬眼,语气软下来:"你先睡吧,待会儿我给你量一下体温,如果退烧了,我就回家。如果没退烧……我打电话叫120吧。"

商从洲被她的煞有介事给逗笑,他也安抚起书吟来:"放心,很快就能退烧了。"

书吟撇了撇嘴:"你又不是医生……"

好在,半个小时后,书吟再来量体温,商从洲的体温已经降了下来,恢复正常。

商从洲睡熟了。

书吟看了眼时间。

晚上九点半,不算晚。

她想了想,还是没在他这里留宿。

没有换洗的衣服,她不习惯,恐怕会睡不着。再者,环境陌生,一想到和商从洲同住一个屋檐下……书吟一时半会儿,仍旧无法消化他们明天就要领证这件事。

虽然是她提出来的。

她在满室寂静里悄然离开,回到自己家。

熟悉的环境,熟悉的床,她穿着自己的睡衣,在床上翻来覆去,怎么也睡不着。脑海里,不断地浮现着她对商从洲说"我们结婚吧"的画面,后知后觉地有点羞耻。

她竟然向商从洲求婚了?

连表白都不敢的人,竟然敢求婚。

书吟抓了抓头发，起身，去杂物间，她记得沈以星以前接过褪黑素的广告。

杂物间堆满了东西，书吟刚进去，脚就被一个箱子绊了下。她打开箱子，里面是满满当当的避孕套，深吸一口气，把箱子扔进角落里。

翻箱倒柜地，她终于找到了褪黑素，按照说明方法，咽了两颗褪黑素软糖。

不消多久，她眼皮一沉，睡了过去。

那天夜里，书吟做了个梦。

她梦见自己在商从洲家过夜，商从洲给她找了件衣服，当睡衣。

衣服是他的衬衫，穿在她身上，很宽松，堪堪盖过大腿根。

商从洲站在主卧门口，看着她洗完澡出来，身上隐约带着浴室的雾，湿漉漉的，清纯中带着性感。他偏过头，轻咳了一声。那声咳嗽和之前的咳嗽不太相同，伴有不甚自在的局促。

"我们都结婚了，"他神情正派克己，像是在陈述事实，"夫妻得睡一间房才对，你觉得呢？"

书吟双手拽着衬衫，想把它往下拉，盖住自己的腿，却徒劳。

她保持着语气镇定，轻轻松松地应："是应该睡一间房。"

然后，她走进他身后的卧室。

结果画面一转，书吟和商从洲已经在一张床上。

她坐在商从洲的身上，扣好的纽扣被商从洲一颗又一颗，慢条斯理地解开。

情潮涌动的时候，商从洲掐着她的腰，一起一伏间，他哑声道："你记不记得，那天晚上，我也是这么解开你的扣子……"

书吟羞耻得全身都红透，她咬了咬唇，轻声说："记得。"

梦就在此刻醒了。

书吟醒来才发觉，她是被手机闹钟吵醒的。

她按掉闹钟，重重地躺回床上。

刚醒的那几秒，书吟大脑一片空白，心跳快得都要从胸口跳出来了。

想她以前多单纯天真的人，如今竟然做起了……这种梦。

书吟恼得恨不得挖个洞，把自己埋进去。

闹钟又响了。

刚才只按停，没有按断，闹钟每隔五分钟都会响一次。书吟这次拿过手机，把闹钟按断了后，拖着疲乏的身体和混沌的脑子，去浴室洗漱。

洗漱完，她进厨房煮粥。

煮粥的时间里，她给商从洲发消息。等到粥煮好，她装进保温盒里的时候，手机响了。

商从洲给她回了消息：你回家了？

书吟：嗯，我给你煮了粥，待会儿送过来。

她想了想，问他：你能来楼下接我吗？

他家是一梯一户的设计，需要刷卡才能上楼。

商从洲回了个"好"后，书吟怕他等太久，赶忙把保温盒装进袋子里，小跑到玄关处换鞋。

电梯从楼上下来，金属质地的电梯门打开，里面站着一个人，英俊冷傲。

一股清淡的木质冷香钻入她的鼻里，书吟愣了两秒："上班吗？"

陈知让低"嗯"了一声，视线往下，停在她右手上。

她手里提着一只袋子，像是装餐盒的便当袋。

他抿着唇，冷淡的眉眼缓缓蹙起，问她："怎么起这么早？"

书吟说："有点事。"

陈知让："需要帮忙吗？"

她摇头："不用。"

电梯里亮着的按键，是一楼和地下一楼。

电梯往下，像是坐跳楼机，升至顶端，猛地往下坠，有种失重感。陈知让内心隐约有此感觉。

他忍住喉咙的干涩感，压着声问："离上班还有一段时间，你要去哪儿，我可以送你过去？"

"不用，"她还是拒绝，随即又解释，"我就去隔壁小区。"

"隔壁。"他重复着这两个字。

电梯到了。

书吟淡笑着走出去，边走边说："商从洲生病了，我过去看看他。"

她身形纤细、薄瘦，往外跑去。

室外有晨光，尽数落在她的身上，金灿灿的。微薄的光亮，落在他眼里，却刺得他眼疼，像是被尖锐的刀划过。

电梯门合上，往下驶去，最后停在地下停车场。

陈知让久久没有动静，像是被定住。

电梯门再度合上，没有人按动，就这样停在负一楼。

轿厢内，前后左右，都是金属质地的墙面，映出陈知让此刻的模样——怅然若失的狼狈。

过了很久，他缓缓垂眸，深邃的脸部线条颓废地沉了下来。他嘴角牵起一抹笑来，寡冷、凉薄。

"……你终于，得偿所愿了。"

再抬眸，他目光平静，神情里没有一丝温度，径直往外走去。

他身后，无人经过的电梯门，缓慢合上。

穿堂风阴冷，吹起地上一朵枯朽的叶，打了个滚，而后，消失不见。

另一端。

书吟低着头，电梯门打开，里面的人影，和她的人影重叠在一起。

"书吟。"

商从洲的声音传来，她抬头看他，走进电梯里。

气氛莫名很安静,她盯着电梯镜墙里的商从洲:"你身体好点了吗?"

"多亏你昨晚的照顾,好很多。"商从洲顿了顿,问,"怎么不留在家里过夜?"

家里。

书吟无端脸热,回道:"我还是喜欢穿我自己的衣服睡觉。"

脑海里,霎时浮现梦里的场景。她穿着商从洲的衬衣,在他的怀里坐着。

电梯到了,商从洲先出去,等了几秒,没听到身后的人跟上来。他折身,回望——

书吟此刻的表情,莫名有点儿……娇羞?

"咳……"她咳了一声,目光闪躲着,避开商从洲疑惑的视线,从电梯里出来,"我给你煮了粥,还有一些小菜,你还在生病,得吃点清淡的。"

说话间,商从洲已经弯腰,从鞋柜里拿出一双拖鞋。

书吟愣了下,是一双淡黄色的拖鞋。

她在自己家的拖鞋,也是淡黄色的。

"这鞋……"

"昨晚半夜醒来,睡不着,就给你买了一双鞋。"商从洲侧脸线条清癯,语气自然。

书吟慢吞吞地"哦"了一声,换好鞋后,问他:"怎么会睡不着?是哪里不舒服吗?"

商从洲笑了下:"没有。发烧,烧得一身汗,醒来后换了套衣服。"

"这样。"

"嗯。"

商从洲接过她手里的便当盒,放到餐桌上。

随即,他又绕去厨房,拿餐具。

他问:"你应该也没吃吧?"

她说:"还没。"

于是,他们一块儿用餐。

商从洲的身体似乎好得差不多了,昨天咳得异常凶猛,一夜过后,竟然没怎么咳了。

书吟都好奇他吃的是什么灵丹妙药。

吃过早餐,商从洲把餐具拿去厨房洗。

书吟迟疑着:"要不我洗吧?"

商从洲嘴角轻轻地拉出一个笑来:"你还真觉得我找个未婚妻,是为了照顾我的?"

书吟哪里是想的这个,她开口解释:"你是病人。"

"我现在没生病了。"

书吟抿唇:"……好吧。"

她说不过他。

商从洲洗碗，书吟无所事事，在客厅里坐着。突然，她瞥到茶几上放着的东西。

书吟的心里有种预感，凑近了一看，预感成真——

是户口本，和商从洲的身份证。

厨房里的水流声停了，商从洲的脚步声渐近。书吟这才收回视线，将注意力放在走过来的商从洲身上。

"现在就去民政局吗？"她未施粉黛的脸，白皙干净，瞳仁像是琉璃做的，透着光泽。

商从洲问她："你确定要对我负责吗？"

他再给她一次机会，也只给她这一次犹豫。

空气突然静了，光随浮尘无声涌动，潜入他们的眼里。

书吟微笑了一下，忽然说："我觉得我们需要谈谈，就我个人而言，我愿意对你负责。但是商从洲，恋爱是两个人的事，结婚却是两个家族的事。领证之前，你是不是应该要问问你父母的意见，看看他们对你的人生另一半，是否有期许、有要求，而我是否符合他们心目中未来儿媳妇的人选？"

她说得头头是道，条理清晰且分明。

可她不知道的是，她说这席话的时候，眼里的光，荡然无存。

她眼神很空洞，像是奔赴绝望之境。

聪明如商从洲，又怎会不明白她话里的言外之意。

"书吟，"商从洲眼梢轻抬，宛若长辈看不懂事的小孩，幽然地叹了口气，"我们两个结婚，是我要娶你当我的妻子，而不是我要娶你当我父母的儿媳妇。你为什么要顾虑他们对你的态度？当他们的儿媳妇，比当我的妻子要重要吗？"

书吟被问住。

运转的大脑浑浑噩噩，陷入混沌中。

她鲜有如此迷茫的时刻，眉头紧紧皱着，不发一言。

商从洲走到她面前，略弯下腰，视线紧锁着她的眼。

他无奈地漾了丝笑："结婚是我和你之间的事，其他的所有，你心里担忧的、害怕的、不安的，书吟，我们今后都会一起面对。未来是未知的，好或者不好，又如何？没有人的人生是一路顺遂到底的。"

顿了顿，他伸手，捏了下她的脸。

很多年前，他就想这么做了，而今，总算捏到了。

"你对我负责的同时，我也会对你负责。"商从洲说，"结婚意味着，我们要成为命运共同体。

"书吟，你愿意和我结婚吗？"

他嗓音低沉，还带着大病初愈的哑。他扬着一双桃花眼，眼里没有任何笑意，里面满满当当的，装的全是书吟，也只有书吟。

被他这样认真看着，给书吟一种错觉，他们似乎在百年前热烈地爱过。

书吟的心脏都要跳出嗓子眼,她压着内心的骚动,轻声说:"那就结婚吧,商从洲。"

　　话音落下,她眼睫往下低垂着。

　　自然也没注意到,商从洲听到她的回答后,紧绷的脸部线条,逐渐松散。他的唇齿间,也呼出紧张的气流。

第十章 晚安吻

> "后来我总会想,为什么明明知道你离我那么遥远,我却还要喜欢你?或许是因为,那些年喜欢你的日子里,我在慢慢变好。我那灰溜溜的青春期,是因为你才开始发光的。"
>
> ——《十七,二十七》

领证的时候闹了个大乌龙。

他们坐在工作人员对面。

工作人员愣了一下:"要离婚吗?"

商从洲强调:"我们是来结婚的。"

工作人员略尴尬:"这个是离婚窗口,隔壁窗口才是办理结婚的。"

二人尴尬地挪位置,去了隔壁。

对面的工作人员显然听到方才的对话,笑着安慰他俩:"标牌坏了,一直没补。经常有人会弄错,没关系的。

"麻烦出示下证件,双方户口本和身份证,还有结婚照。"

二人愣了下。

商从洲:"没拍结婚照。"

书吟解释:"第一次,没什么经验。"

工作人员笑了:"理解,没关系的,我们这里能够拍照,就是拍照技术没外面照相馆的好。不过你俩俊男靓女,怎么拍都好看。"

书吟瞄了眼商从洲,他怎么拍都会好看的。

她突然很后悔,应该化个妆再过来领证的。

工作人员问:"有做过婚检吗?"

商从洲:"还需要婚检报告吗?婚检报告多久能出?今天来得及吗?"

他一句接着一句,往日从容不迫的人,竟然也有如此急切的时候。

书吟忍不住笑了。

工作人员也笑了:"不需要,但是最好做一下,这样彼此都放心。"

"不需要的话,我们等领完证再去做,正好我今年还没体检。"书吟口吻轻松,"不过我俩身体都很好,没什么毛病。"

闻言,商从洲的面色,有些不自在的僵硬。

忽地,他手背传来柔软的温热触感。

他低头,看见她拉着自己的手,黯然的眼,如冰封的湖,而她是朝他奔涌而来的风,带着热,消雪融水。

终年寂静的深潭,也掀起了波澜。

工作人员受理好他们的结婚登记声明书后,提醒他们拍照片。

见到他俩,摄影师打趣:"我已经很少给小夫妻拍照了,还是这么养眼的小夫妻。大家都会提前在那种网红写真照相馆拍照,你俩怎么没去?"

商从洲优哉游哉的语调:"临时起意想来结个婚。"

书吟配合着,一本正经地点了点头。

摄影师拿着相机的手都抖了下,被他俩的直白给吓到:"你俩……闪婚啊?"

书吟瞥向商从洲:"算吧?"

商从洲拧眉思索:"我们认识有十年了吧,应该不算闪婚。"

书吟觉得他言之有理,改口:"是,不算闪婚。"

语气对话里,有种说不上来的怪,好像很亲昵,又好像很生疏。

摄影师摸不着头脑,云里雾里:"日久生情啊?"

书吟纠正:"是久别重逢。"

她心里响起另一道声音,再度纠正。

是一见钟情。

商从洲喉间溢出短促的一声笑:"是,久别重逢。"

摄影师笑了下,然后示意他俩在椅子上坐好。

摄影师在镜头后面,提醒着:"小夫妻靠得近一点,别离那么远,你俩是来拍结婚照的,要并肩步入婚姻殿堂,大好的日子,笑得开心点儿。"

书吟往商从洲那边靠了靠。

摄影师还在说:"靠近一点——"

书吟低着头,审视着二人的距离。

下一秒,商从洲靠了过来,猝不及防,两人的肩膀轻微地碰了碰。

随后,他再没挪开。

和他贴着的那半边身子,似乎都僵住了,书吟动弹不得。

耳边,摄影师的声音仿佛远去。

书吟只听到商从洲说:"书吟。

"别看我。

"看镜头。"

她转过头。

约莫十秒的时间,"咔嚓"几声之后,摄影师取下摄影机,显然,很是满意成片:"拍得真好看,看来我的摄影技术见长啊。"

有路过的工作人员奚落他:"分明是人家新婚夫妻长得好看,和你的拍照技术没什么关系。"

摄影师就当听不见:"就是我的技术好。"

照片很快打印好。

他们领着照片和材料,去婚姻登记员那里填写《结婚登记审查处理表》和结婚证书。最后,当着工作人员的面,签字,按手印。

经历一系列烦琐的事后,他们双双领取了结婚证。

"那个……"

"我们……"

他们同时开口,静了两秒,对视着,都笑了出来。

商从洲:"你先说。"

书吟说:"我还有工作,得先回家了。你待会儿还有事吗?"

商从洲:"是有点事。"

书吟总觉得他话里有话,问他:"你也要工作吗?"

"我今天要领证,所以请假了,不工作。"他目光投在她身上,像是此刻日光般柔和,说出来的话,却令书吟压力倍增。

他说:"书吟,我们是夫妻,我想,我们应该住在一起,你觉得呢?"

书吟晃了一会儿神,印象里,他好像也说过类似的话。

什么时候呢?

哦,她记起来了。

在梦里,他说:"我们都结婚了,夫妻得睡一间房,你觉得呢?"

再想起梦里的剧情走向,书吟脊背发凉,浑身却是发烫的。

她眨了眨眼,冷静地道:"但我最近工作很忙,资料特别多、特别杂,在书房里快堆成小山了。可能得等我工作结束,才能搬家。"

说完,她揣着小心翼翼,观察着商从洲的神情。

他眉骨轻抬,不甚在意地笑着,轻描淡写的语气,说:"既然如此——"

他刻意停顿了下。

书吟默默在脑海里替他把话补充完整——"搬家的事,以后再说。"

然而,耳边听到的,却是:"你回去忙工作,我也回去,收拾下东西,今晚搬到你那儿去住。"

书吟总算发现,和商从洲周旋,是极不理智的行为。

他看似温和,实则却有种轻易将局势往他那边倒的能力。

就如此刻,他若无其事的姿态,如同探讨着数学题目,步骤清晰,有一有二才能有三的解题思维。他先说搬去她家同居,再用顺理成章的语气,说:"你那里应该有多余的房间,我们暂时先不睡一间房,不知道你的想法是……"

听到商从洲这番话,书吟立马忽视了方才的同居,而在思考纠结,是否睡在一张床上。

"我那里还有一间房,虽然是客房,但都是沈以星在睡。"书吟斜睨他一眼,很快收回视线,声线是不可遏制的发颤,透着她的紧张情绪,"待会儿我收拾一下。"

"好。"商从洲嘴角勾起的弧度,是目的达成的愉悦。

人际交往里,他从未落过下风。

二人分开后,书吟回到家里,收拾客房。

她家是三室一厅的格局,一百二十平方米,不算小。然而对比起商从洲家,未免显得捉襟见肘了。不论是地段、户型、房子大小、装修设计,他家都远胜她家一大截。

不都说由奢入俭难吗?他怎么甘愿和她蜗居在这么小的一套房子里?

书吟大脑乱糟糟的,手机消息发出"噼里啪啦"的声响,吵得她更心烦。

她拆了套新床单送进洗衣机里,才得空看手机。

看清发信人是谁时,她脸色淡了下来。

熊子珊:我刚醒。

熊子珊:昨晚我是幻听了还是什么?

熊子珊:你说他是你未婚夫?

熊子珊:什么时候的事?

熊子珊:什么叫未婚夫啊?你俩订婚了吗?

熊子珊:到底什么个情况,书吟,你能和我说清楚吗?我现在脑子一团乱。

书吟倒了一杯水,白皙的手握着水杯,温水,没有一丝热意。

触碰着微凉杯壁的指尖,打出来的字也没有太多的情绪起伏。

书吟:没有订婚,但他确实是我的未婚夫。

她没有透露太多,只冷淡地回了这么一句。而熊子珊回了个"震惊"的表情包和一句"恭喜"后,也沉寂了。

是人和人之间的关系太脆弱,还是她把商从洲看得太重?以至于她容不得旁人说他一句不好。

临近中午,光线丰沛饱满,空气里,浮尘躁动地翻涌。

书吟的心不太平静,她再度拿出手机,给商从洲发了一条消息:我们结婚的事,能暂时先保密吗?

商从洲回得很快:可以。按你喜欢的方式来。

他不问为什么,她想要如何,便如何。

前所未有地,书吟在他这里,拥有着自如的松弛感。好像和他在一起,不管做什么,都是对的,他都会全力支持着她。

等到洗衣机运转声停歇,书吟把床单取出来,抚平上面的褶皱,也像是在抚平自己心里的褶皱。

下午三点多。

商从洲提着一个行李箱来到书吟家。

门打开，书吟咬了咬唇："要不，你输入一下指纹？"省得每次都要她来开门。

商从洲欣然点头："好。"

她指着24寸的行李箱，问他："你只有这么一点儿东西吗？"

商从洲不甚在意："反正离得近，缺什么，都能过去拿。"

书吟低低地"哦"了一声。

他输好指纹，二人进屋。

书吟带他去客卧，客卧很小，一张床、一个衣柜、一张桌子，再无其他。洗手间在外面，半开放式的洗手间，简单的干湿分离构造。

床单是新换的，灰色的四件套。书吟解释着："这个床单是沈以星的合作方送的。"不是她为了他的到来而特意买的。

商从洲突然笑了一下："这到底是你家还是沈以星家啊，怎么都是她的东西？"

之前的家居服也是。

书吟也笑了："我家有个杂物间是放她的东西，她家的书房，都放着我的书。"

她们的家是彼此的家。

"如果她问起来呢？"商从洲冷不防地问，斜睨向她，"你要怎么解释我们的事？"

"问起来，就坦白。不问，就不说。"书吟温声道，停顿几秒，扬眸看他，"你的想法呢？"

她并非强势之人，如果商从洲有不同意见，她也会听取、采纳。

商从洲耸了耸肩："和你一样。"

书吟淡笑着："好。"

简单收拾好东西，二人去附近的超市。

商从洲推着车，书吟走在他边上，偶尔拿起一样东西，问商从洲的意见。

"晚餐吃什么？"

"你除了糖醋排骨，还有什么喜欢吃的菜吗？"

书吟心微动："你的记性一直都这么好吗？"她只说过一遍而已。

他们站得很近，商从洲呼吸着，气息扑在她脸上，目光也一并停留在她脸上，眼神柔和又深刻，印在她眼里。

"也分人。"他轻飘飘地，落下三个字来。

而后，他放下推车，走去生鲜区，玻璃池里水花四溅，鱼虾跳跃。

他没让书吟过去，只自己站在那里，和工作人员交涉。

他穿着上万的高定，身边都是上了年纪的大妈居多。他屹立其中，显得格格不入。他手里拿着超市的透明塑料袋，很违和的画面。书吟从没想过他会有这一面,在她眼里,他是不食人间烟火的神。

事实上,这是商从洲第一次来超市。他的生活用品,都有专人采购,就连吃海鲜,也是当日空运。

不论是他亲眼见到,还是从书吟那里听说的,都是她出身于非常普通的家庭。

而其他未听到的,是他自己察觉到的,那就是,她的家庭令她在人际关系里,倍感自卑。

人的性格是后天形成的,商从洲不知道她到底经历过什么,但他知道的是,他需要维护她的敏感,淡化她在自己面前的自卑。

他没有强硬地把她带进自己家里,其实是有着私心的。

在她家,在她所熟悉的环境里,她会生活得更舒适。长此以往,或许,会在某个合适的时间,她愿意对他敞开心扉,和他聊她的过去,聊她千辛万苦才能走到现在的过去。

他想把她带到自己的世界里,但他知道,前提得是她愿意。

等到她有足够多的自信,等到她面对他的时候不再有自卑感时,他就可以小心翼翼地牵着她的手,用骄傲的语气,在一众亲朋好友面前介绍她。

——"她是书吟,是我很喜欢的人,是我决定要与之共度一生的人。"

逛完超市,二人驱车回家。

下车后,商从洲左右两只手提着购物袋进了电梯,书吟双手空空。她想拎,想替他分担,却被他制止。

到家后,书吟想帮他忙,仍被他拒绝:"我下厨,你去玩手机,或是看电视,都可以。"

书吟迟疑:"真的不需要我帮忙吗?"

商从洲:"不需要。"

书吟深知自己说不过他,遂作罢:"那我回屋工作了,你有事就喊我。"

商从洲淡笑着:"好。"

商从洲在厨房里忙活着,与此同时,书吟待在书房里,被顶灯照着的脸,是柔和又澄澈的白。

她低头,映入眼帘的,是一句话——

"My brain agrees with every word you say, but my heart simply won't."

翻译过来就是——你说的每个字都很有道理,理性上,我认同你的观点,但感性上,我不认同。

抑或换一种翻译——理智接受了这件事,但情感无法接受。

如同当下。

理智上,她接受了她和商从洲结婚的事实。

情感上,她仍旧无法说服自己这是真的,而非幻梦。

她面前是各式各样的翻译材料，默默推开，红色的结婚证藏在其中。

有证件做证，她不断说服自己，都是真的。

某个刹那，她心里有个念头隐隐作祟——

也许那张彩票是从她的口袋里掉出来的呢？也许，该中大奖的人，冥冥中就注定了是她呢？

晚餐，三荤两素，色香味俱全。

书吟诧异："你真的会做菜啊？"

商从洲不免好笑："以为我骗你玩？"

书吟说："我总觉得，你们那种家庭出身的小孩，应该是十指不沾阳春水的。"顿了顿，她举例子，"沈以星一度以为花菜是长在树上的。"

"陈知让呢？"他不动声色地提到陈知让。

书吟没察觉到任何不对劲，说："他倒是会下厨，我和沈以星经常去他那儿吃饭。"

商从洲语气很淡："是吗？"

书吟："嗯。"

后知后觉的钝感。

"我和他没什么交集的，"她开口，"如果没有沈以星，我和他估摸着说不上话。"

以她的性子，怕是和任何人都是泛泛之交。

唯独一个沈以星。

商从洲自然明白这个道理，就连他也是沾了沈以星的光，才在书吟那里留下微末的印象，让她能在经年后，叫出他的名字。

她给他的感觉，一直都是微薄的，游离于人群边缘，随时都会消失。像是清晨薄雾，风一吹，雾消弭散开。他抓不到她，也留不住她。

商从洲笑意慵懒："如果没有沈以星，我和你估摸着也说不上话。"

书吟愣了一下："好像也是。"随即又否定，"我们之间，除了沈以星，还有江教授。"

是千丝万缕的联系，切断一条线，还有另一条线。

商从洲眉梢轻扬，轻哂着："是，我们还是彼此的相亲对象。"

"相亲……"书吟淡笑着，"你竟然还记着这事。"

"为什么不？毕竟是我第一次相亲。"

这倒是让书吟惊住："你以前没相过亲吗？"

"以前知道是相亲，我都找各种理由推辞。那天确实是没有办法推，毕竟是我姨夫的生日，我想着过去露个脸，买完单就走。"商从洲双眼微眯，语气里有不动声色的危险，"你以前相亲过？"

书吟慢慢低下头，声音也低了下来，低柔的，隐忍着委屈与无奈，不仔细听，听不出来。

"我妈很早就想让我结婚,我每次和她打电话,她都会给我说一大堆男的,让我加他们的微信,和他们交个朋友。"

"你加了?"

"没有。"书吟朝他眨了下眼,像个顽劣的孩童,"我把我妈的电话给挂了。"

商从洲被她的模样逗笑:"后来呢?她没有再打回来吗?"

书吟说道:"有,但我把手机放在边上,她说她的,我做我的事。"

停顿了几秒,她问他:"你会不会觉得我很……不尊重我妈啊?"她也想不到别的词了,只能用"不尊重"来描述。

"不会,你只是不想做你不想做的事。"这话说起来未免像是绕口令,商从洲的目光定在她身上,带着一丝不解,"你太在意别人的意见,书吟。别人的意见都是参考,不要因为别人的话,而改变自己的想法,能决定你人生的,只有你。"

"可是……"她表情茫然,刚出锅的饭菜还冒着热气,扑到她眼前,双眼沾着雾气,"你不是别人啊。"

如果说有那么一瞬,商从洲意识到他爱她,那么一定是当下。

分明是再普通不过的一句话"你不是别人",甚至和情话都沾不上边。可他的心脏塌下去软绵绵的一块,那一块,都被她填满。

商从洲沉沉地往后一靠,双眸里"桃枝"斜逸:"是,我不是别人,我是你的丈夫。"

丈夫……

这个词太陌生了。

"你知道夫妻之间,是怎样的相处模式吗?"不给书吟任何反应的时间,商从洲追问。

"……不知道,我也是第一次结婚,没经验。"

书吟很谦虚,谦虚到商从洲都想撬开她的嘴,看看里面是否藏有言外之意——"要不我先和别人结个婚,再告诉你答案。"

偏偏她脸上一干二净,是不藏任何心眼的纯粹。

商从洲有着前所未有的无力感:"作为你的丈夫,情感上我无条件支持你做的每一个决定,理性上,我会深思熟虑,思考过后,再选择无原则地支持你。"

沉默半晌。

书吟轻笑着:"不都是支持我吗?那你深思熟虑什么?"

商从洲眉梢稍扬:"说服我自己。"

书吟一愣。

"即便是错的,但因为是你,所以是对的。"

"……什么啊。"书吟嘴上这么说,嘴角却是上扬的。

她这人就是如此,柔软的嘴,喜欢说冷硬的话。

他最喜欢的,还是吻她的时候。

可那机会不常有,他也仅得到了那一晚的拥吻。

新婚第一天,二人相敬如宾地吃着饭,吃完饭后,商从洲把碗放进洗碗机里。

满室清寂,书吟晃着眼珠,犹豫着要说什么。

"你工作结束了吗?"

还是商从洲先开口,和他在一起,书吟并不需要绞尽脑汁地想话题。

"还没。"

"回屋工作吧。"

"好,"书吟瞥了他一眼,"那你呢?"

商从洲说:"我也回屋工作。"

如此平淡的新婚之夜,书吟自己都不敢相信,进屋前,她推门的手,改为关门。

她转身,叫住欲进客卧的商从洲:"那个……我们要不要先聊聊?"

商从洲蹙了蹙眉:"聊什么?"

书吟想了想:"聊一聊我们的婚后生活。比如说,你有什么事需要我做,你对你的妻子有什么要求?"

话语微顿,她干巴巴地道:"毕竟我要对你负责。"

负责。

商从洲没想过她自己给自己挖坑跳。

他饶有兴致:"你打算怎么负责?"

书吟被问住了:"……这不还是得问你吗?你想我怎么负责,只要在我能力范围内,我都会满足你。"

商从洲喉结滚动,有的事,他想做,但他不能说,他怕吓跑她。

思忖片刻,他说:"我也没什么特别想要的,要不,为了符合夫妻的身份,我们每天一个早安吻和晚安吻?"

书吟屏在胸口的气,缓缓飘散。

一个吻而已,算不得多离谱的要求。

何况,他们做过比接吻还亲密的事。

她平淡地应了声,轻巧随性的模样,还挺有几分模范小娇妻的样子。

"可以的,但早上我可能起不来,早安吻怎么办?"

"没事,你睡觉别锁门,我早上会过来亲你一下。"商从洲疏松平淡的口吻,跟说"我早上吃豆浆"没什么两样。

"行。"

就此,新婚夫妻许下约定。

书吟清凌凌的眼盯着商从洲:"那今晚的晚安吻,要什么时候亲?"

主卧和客卧,只隔着一条过道。

气氛骤然陷入诡异的安静里,他们对视着,眼神试探,带着隐忍、期待、渴望。

　　空气仿佛被吸干，呼吸变得干涩，喉咙发紧、发烫，亟待温软的事物解救。

　　商从洲的目光压低，五官里自带儒雅感，轻轻压向书吟。

　　他的语气，是如常的温柔："现在，可以吗？"

　　喉结滚动的频率，极为缓慢，危险地、引诱地散发着蛊惑人心的荷尔蒙。

　　不知不觉间，二人往前跨了几步。

　　距离极近，谁也没说话，动作却万分默契。

　　他低头，她踮脚，仰头。

　　"商从洲……"

　　亲吻的动作一滞，她出声，想问是亲脸还是亲嘴。

　　然而，她话出口的那一秒，他突然偏过脸。

　　唇瓣与唇瓣相贴。

　　软的，干涩的，轻柔的。

　　突如其来的亲吻，令书吟瞪大了眼。

　　一时间，谁也没动作，吻只是吻，停留在唇瓣。没有任何色情意味，也不带任何欲望的探索，青涩又亲密。

　　不知过了多久，他们分开。

　　书吟眼神忽闪着，清了清嗓，强装镇定："那个……晚安。"

　　商从洲说："晚安。"

　　她惶惶地点头，而后，火速转身进了房间。

　　商从洲仍站在原地，他低下头，舌尖舔过被她亲吻过的唇，然后，嘴角不断地上扬。

　　书吟关上门后，没动作，她后背紧贴着门板，心脏都要跳出胸口了。

　　搞什么啊，做都做了三次，怎么现在接个吻还脸红心跳的？

　　书吟，有点儿出息好不好？

　　冷静！冷静！

　　不知过了多久，她平复好心绪，拿了换洗衣服，进主卧的浴室洗澡。洗完澡后，她推开门，屋内静悄悄的，客卧门缝里有光泄出来。

　　莫名地，她舔了下唇。

　　几乎是下意识的行为。

　　察觉到自己做了什么后，书吟深呼吸，低头，眼观鼻鼻观心，走进书房，安心工作。

　　她有一点好，即便周围纷纷扰扰，她都能很快地进入工作状态，心无旁骛地工作。

　　她学生时期就是如此。读书的时候，她时常看到有同学在老师上课的时候，在底下偷摸着写信。书吟对此表示不理解，一天有那么多的时间，为什么偏偏要在上课的时间写信呢？下课不能写吗？把下课玩的时间，用来写信，不行吗？

　　学生当然得以学习为主，情情爱爱都是其次。

成年人当然得以工作赚钱为主，卿卿我我都是其次。

白天事情太多，没做完的工作，都得挪到晚上。工作结束，已是后半夜，书吟伸了个懒腰，想去上个厕所。

手机被她放在书桌上，静音模式的手机，屏幕亮起，消息不断进来。

沈以星：书吟吟，你在家吗？

沈以星：我一个人睡不着。

沈以星：我来你家睡觉吧。

沈以星：你不会还在工作吧？

沈以星：那我自己过来了。

沈以星：你的宝贝可怜兮兮地抱着粉色小枕头来你家睡觉了呜呜呜。

书吟工作得头昏脑涨，到主卧的卫生间上厕所。

突然间，房间里响起"嘀嘀嘀"的声音，是指纹锁解锁的声音。

"书吟吟——"沈以星拖长着尾音，跟撒娇似的，叫书吟的名字。

房间的隔音效果很好，大半夜的，沈以星声音有气无力的，所以书吟压根儿没听到沈以星的声音。

等到书吟上完厕所，洗手的时候，突然听到一阵尖锐的叫声。

书吟用了两秒的时间辨出那是沈以星的声音，第三秒，她猛地提步，往卧室门跑去。

主卧门打开，正对着的是客卧的门，也敞亮地开着。

沈以星背对着书吟站着，双手紧抱着怀里的枕头。

沈以星双眼瞪得极圆，看到坐在床上敲打着笔记本的商从洲，吓得话都说不利索了："商商商商商商商——从洲哥？你怎么在这里？"

商从洲半靠着床头而坐，腿上放着笔记本电脑。

电脑屏幕泛着灰白色的光，屏幕右上角，显示着现在的时间是：凌晨一点三十七分。

万籁阒寂的夜，突如其来的尖叫声打破平静。

商从洲侧眸，看着不速之客，或许他才是那个不速之客才对——毕竟这个客房，以前都是沈以星睡的。

沈以星怀里抱着枕头，脸上的表情极其生动活泼——震惊、茫然。

商从洲好整以暇地望着她，视线掠过她，望向她身后的书吟。

"是你解释，还是我解释？"

沈以星惶惶惑惑地转过头，看着书吟："这是什么情况？为什么大半夜的你家会有个男人？而且这个男人还睡在我的床上？"

书吟纠正："是我买的床。"

沈以星强调："一直都是我在睡的床！"

书吟没说话了。

"好吧，是你的床。"顿了下，沈以星声调扬起，慷慨激昂，"所以，他为什么会在你的床上？"

这话听起来怎么这么奇怪？

偏偏书吟还不知道怎么纠出话里的毛病。

书吟倍感头疼，试图转移话题："你不在家睡觉，大半夜跑到我家来干什么？"

沈以星："我睡不着，我给你发了消息，你都没看吗？"

书吟无力地道："我刚在工作，手机静音了。"

沈以星不敢看身后的商从洲，她往前迈了几步，靠近书吟，声音压得很轻，只她们二人听到的音量，咬牙切齿："他为什么会在你家啊？"

书吟无意瞒她，又想起自己和商从洲许诺过的：问起来，就坦白；不问，就不说。

她眼梢稍敛，张嘴，正想说什么的时候，房间里，响起商从洲的声音。

商从洲说："先自我介绍一下，我是书吟的相亲对象。"

不知何时，商从洲下了床，走到客卧门边。

他穿着灰色的家居服，斯文端方，姿态慵懒，举手投足间带着端方的矜贵。他神色淡然，语气清润，说"相亲对象"这种官方又陌生的词时，给人一种理直气壮得像是未来老公的感觉。

沈以星被噎了一下。

她强撑着笑："从洲哥，你不像是会睡在相亲对象家里的人啊。"

"我还没说完，"商从洲笑着，"我现在是书吟的男朋友，以结婚为目的交往的男朋友。"

明明四周封闭，穿堂风都被拒之门外，沈以星的脊背却莫名阴凉。

她向书吟求证："真的假的？"

书吟向商从洲投去疑惑的眼神，他轻点下颔，示意她就这么说。

二人的小动作，落在沈以星的眼底，成了眉目传情。

沈以星很是无语："你俩什么时候谈的恋爱？我怎么不知道？我不是你最好的朋友吗？我们前几天还一起吃的饭！"

沈以星不在乎自己看中的未来嫂子成为别人的女朋友，她在乎的是，她的好朋友竟然背着她偷偷谈恋爱！

什么是好朋友？好朋友就是，我是第一个知道你谈恋爱的那个人。

想她和段淮北暧昧之初，就告诉书吟了，可书吟谈恋爱了，她却不知道。

思及此，沈以星双颊下塌，脸上的表情也逐渐冷却，一脸伤心得快要哭出来。

见状，书吟连忙说："今天才谈的恋爱。"

沈以星低着头，挑着眼，半信半疑："真的？"

书吟："真的。"

书吟歪头瞥商从洲。

商从洲也做证："嗯，第一天。"

只不过，不是第一天谈恋爱，是第一天领证。

如此，沈以星的心情才稍稍舒缓了些，但她还是不理解："第一天谈恋爱，就要住进她家吗？你们现在的年轻人都是这么谈恋爱的吗？还是说他们这些老年人是这么谈恋爱的？"越说，沈以星的语调越凉，她睨向商从洲的眼神，也凉飕飕的。

不像是朋友，像是娘家人，在替书吟说话。

敌意颇重。

都用"老年人"形容他了。

商从洲比她俩大一届，但他是仲冬时节出身，所以比同龄人晚一年上学。因此，他比她俩大两岁。

大两岁就是老年人了吗？

商从洲看向沈以星，眼里似有乌云，层层云翳倾覆而下，带着逼仄的窒息感。

"我想我们是同龄人，你说呢？"

"……我也没说不是啊。"沈以星逃避着他的眼神，她压着战栗，低声说，"我就是觉得很奇怪，哪有人谈恋爱第一天，就睡在一个屋檐下的。"

何止是睡在一个屋檐下，他俩没谈恋爱前，都滚在一张床上了。

严格上来讲，他们没有恋爱的步骤，跳过恋爱，直接领证了。

好像和商从洲周旋的次数多了，面对旁人刁钻的发问，书吟的心潮没有太多的起伏。似是无风的湖，沉寂清幽。

书吟淡笑着："我们又没有睡在一张床上。"

沈以星停顿了一会儿："他为什么会在你家？"

沈以星又问商从洲，神色里没有任何敌意，只是好奇："从洲哥，你要是没地方去，可以去我哥那儿睡啊。我哥那儿还有房间，你睡的，是书吟给我的房间。"

"抱歉，睡了你的房间。"商从洲从善如流地道歉。

他一贯的好脾气，反倒衬得沈以星小气了。

到底是叫了那么多年"从洲哥"的人，沈以星找他帮忙的次数比找自己亲哥帮忙的次数还要多，愧疚感霎时涌上心头。

沈以星磕磕巴巴道："我、我也没有那么小气，你睡就睡了，但是明天，不许睡了。"

商从洲眉眼柔和，笑着："好。"

沈以星松了口气。

书吟眨着眼，总觉得他在酝酿大招。

果不其然。

下一秒，就听到他说："既然那是沈以星的房间，书吟，明晚开始，我睡你的房间，和你一起睡。"

沈以星傻眼了。

她是这个意思吗?

另一边,书吟忍不住,偏头偷笑。

这才是商从洲,光风霁月的恶劣。

新婚夜,书吟不是一个人睡的,她的床上还有个人陪她。

不过,那人是沈以星。

沈以星霸占着整张床,在床上滚来滚去,头发乱糟糟的。见书吟回到卧室,她猛地从床上坐起来,语气无比幽怨地指责书吟:"书吟吟,我发现了,你比我还重色轻友。"

书吟绕过床尾,在床上躺下,心不在焉地道:"可能吧。"

"什么叫可能吧?明明就是!"

"嗯,好,我是个重色轻友的坏女人。"书吟问她,"我要睡了,关灯可以吗?"

"可以。"沈以星躺回床上,睡姿端正。

灯灭了,只安静了一小会儿,被套被扯动,发出窸窣声响。

沈以星慢吞吞地凑了过来:"你真和他谈恋爱了?"

书吟说:"嗯,真谈了,应该会结婚。"

沈以星慢慢咽下喉咙里的酸涩感,笑着骂她:"才谈恋爱呢,就想着结婚,书吟吟,你好恋爱脑哦。"

书吟听到了她嗓子里的哭腔,安慰她:"哭什么?你不是老催我谈恋爱吗?我现在和……一个很好的人谈恋爱,你应该开心才对。你以前经常夸商从洲的,你还记得吗?"

"我记得。"沈以星声音闷闷的,"但我和他很多年没有联系了,我不知道他现在是什么样的人,人都是会变的。他以前还说他要当外交官,他不也没当吗?"

"他出了一点事。"

"什么事?"

"他的右耳,听不太清楚声音。"书吟语速很慢地说。

沈以星差点儿就要从床上弹起来了:"什么叫右耳听不太清楚声音?我妈和华女士经常见面,我也没听我妈提起过这事儿啊。而且听不清,是怎么个听不清法?完全听不清吗,还是怎么样?商从洲他……他怎么会听不清呢?他毕业的时候不也好好的吗?"

沈以星慌乱得语言系统混乱。

书吟在被窝里找到沈以星颤抖的手,绵软的掌心包裹住她的手心,动作轻柔,带有抚慰的力度。

"具体的我也不太清楚,我没问过。"

"为什么不问?"

书吟翻了个身,声线如泠泠月光,清冷幽寂:"高三的时候,我去接开水,结果一不小心把水杯碰倒,热水把我的脚给烫伤了。你还有印象吗?脚背烫伤了一小块,特别疼,疼得我一直在流眼泪。后来去医院,医生给我处理,处理的过程更疼,恢复期漫长,还会发脓,长水泡,我还得忍痛把水泡给挑了。已经过去很多年了,但是每次想起来,我都觉得好疼,疼到骨头里。

"你要我怎么问他呢,星星?问他耳朵怎么会听不见,是谁造成的?他肯定会用轻松的语气告诉我,但是他心里在想什么?"

"没有人可以平静地面对自己的伤痛。"书吟说,"我不想那么残忍,让他回忆曾经的痛苦。"

沈以星不发一言,也不知过了多久,她声音很低很轻,心疼至极:"怎么会这样?"

"星星。"书吟弯了弯嘴角。

"嗯。"

"不要用同情的目光看他,商从洲不需要。"

"……嗯。"沈以星瓮声瓮气,"虽然他……但是,他要是对你不好,我还是会生气的。在我眼里,他不是商从洲,他就是你的男朋友,他欺负你,我一定会揍他的!我还会叫陈知让一起揍他!"

书吟失笑,笑完后,心事重重地问:"你怎么不劝我和他分手?"

沈以星睁大了眼:"为什么要劝你和他分手?"

沈以星似是想到了什么,带着鄙夷的口吻:"就因为他耳朵有问题,我就让你和他分手,我疯了吧?在你眼里,我就是那么不讲理的小人吗?而且我看商从洲听力没什么毛病啊,我和你说悄悄话骂他,他好像都听得到,他顺风耳吧他!"

在熊子珊那里遭受到的心酸苦楚,好像被沈以星,全部填满了。

沈以星骂骂咧咧:"现在人身上多少都有点儿毛病,小气抠搜、斤斤计较、自私自利。明明自己有眼睛耳朵,却只愿听别人的话,不愿意自己亲自求证,眼盲心盲的多了去。如果商从洲是这种人,我才会劝你和他分手呢!"

偏偏他那样好。

好到向来吹毛求疵的沈以星,说不出一句贬低他的话来。

沈以星头埋在被窝里,闷声道:"我以前总说,你要是找的男朋友没有陈知让优秀,我肯定千方百计地劝你俩分手。结果你还真找了个比陈知让优秀的,你可能不知道,我哥每次考试都被商从洲压一头。现在工作了,我哥还得求着商从洲和他合作。"

"我真的服了。"

沈以星愤愤然,只有她自己知晓,这份气恼,是针对陈知让的。

陈知让处处比不过商从洲也就算了,在追书吟这件事上,也落了下风。明明他比商从洲,多了那么多的机会。那么那么多,可他一次都把握不住。

也许陈知让缺的不是时机,他缺的是一颗真诚的心。

突然间,书吟听见沈以星严肃至极地叫她的名字:"书吟!"

书吟紧张起来:"怎么了?"

沈以星:"纸。"

书吟不明所以,半撑着身子,捞床头柜的纸巾。

沈以星一把掀开被子,讨好地笑:"哭得太认真,鼻涕流出来了。"

书吟才是真的服了。

她哭笑不得,抽了纸,递给沈以星。

昨夜混乱,沈以星缠着书吟说些有的没的,直到后半夜,她才消停。

阳光掠过窗帘的缝隙,拂去书吟眼睫处的阴影,她被光刺醒。

她醒时,身边的沈以星还在睡。

书吟轻手轻脚,不敢惊扰到她,连洗漱都去了客卫洗。

客卫的洗手台上,放着深灰色的电动牙刷;转身,目光远望,阳台上晒着男款的长衣长裤。家里什么都没有变,只是多了几样东西,他的存在感强烈到让她无法忽视。

再转去餐厅,书吟的脚步一顿。

餐桌上放着早餐。

珐琅锅保温效果好,锅盖打开,里面的皮蛋瘦肉粥还有余温。

桌上还有豆浆、烧卖、油条。

以及,一张写过字的纸。

笔锋流畅,落笔遒劲有力,并不算规整的字体,染上几分草书的潇洒。

> 粥是我煮的,其余的都是在望月路那家早餐店买的。记得吃早餐。对了,沈以星在,我不方便进屋,什么时候方便,补一个?

落款是一个"商"。

补什么?

书吟刚醒,脑袋晕晕的。

哦,她反应过来,补早安吻。

"你站在那儿发什么呆?"身后,沈以星打了个长长的哈欠。

书吟下意识将字条揉成团,藏进掌心里。

她问:"你怎么醒了,是我动静太大,吵醒你了吗?"

"被快递电话吵醒的,也不知道什么快递,非得要本大小姐取。"沈以星不耐烦,她走过来,瞧见一桌的早餐,眼底的浮躁不见了,取而代之的是惊讶,"你买的早餐?"

"……怎么可能是我?我刚醒。"

"那是……"

"商从洲买的。"

"这粥呢?"

"商从洲煮的。"

一时间,沈以星的神情难辨,投向书吟的目光,意味深长。

书吟皱了皱眉:"你那是什么眼神?"

沈以星哼笑了一声:"你恐怕不知道,商从洲厨艺很好,但他很少下厨。华女士嘴刁,家里有五个厨师,八大菜系的菜信手拈来。可她总觉得商从洲做的菜好吃,时常求商从洲下厨。商从洲平时看着好说话,但在这件事上,任他妈怎么说都改变不了他的想法。不做就是不做。"

昨晚也是商从洲下厨的。

书吟怔忡着,心脏好像被浸了柠檬汁的针扎过,有着密密麻麻的酸涩感。前调涩苦,后调却是回甘。

然而,她自问是生锈的物件,心思隐晦且不敞亮。

走神间,房门门铃响起。

沈以星离门近,走到玄关处,透过可视门铃,看见外面站着的人。

来人穿戴齐整的制服,手里似乎提着外卖盒。她也不确定是不是外卖盒,看着质感很好,四方的设计。

她扬声问书吟:"你叫外卖了吗?"

书吟闻声过来:"没有。"

半疑半惑间,她打开门。

门外的人,脸上挂着训练有素的微笑。

"请问是书吟女士家吗?"

书吟点头:"是,请问你是?"

"商二少在我们这里订了餐,他叮嘱我们务必在十二点前送达。"男人说着,把手里的外卖盒递了过来。

外卖盒上印着"悦江府"的logo。悦江府,是本城做本帮菜最好的会所,众所周知,得提前一个月预订才能订到位置。而悦江府,是不提供外卖服务的。能让悦江府提供周到备至的外卖服务的,身份非同一般。

混迹于悦江府的,非富即贵。

书吟只听说过悦江府的名气,从未进去过,也从没想过去那里吃饭。

她习惯待在自己的舒适圈,对跨越阶级的高消费并不感兴趣。

归根结底,是她物欲浅薄,安时处顺。

或许命运就是如此,野心越盛,越想做成某样事,越做不成。反倒是她这种不贪心的人,会被命运怜爱、给予、馈赠。

书吟接过外卖盒,说了声:"谢谢。"

男人胸口挂着铭牌,是经理。

他说:"不客气,祝您用餐愉快。"

送走他后,书吟把外卖盒放在餐桌上。

她没有拆,而是转身回屋,去找手机。

身后,沈以星迫不及待:"我拆了啊?"

书吟忍不住说:"你先洗脸刷牙,洗漱好再吃饭。"

沈以星撇了撇嘴:"好吧。"

书吟拿手机,是为了给商从洲发消息。然而聊天框打开,她脑袋霎时空白,不知要说些什么。

外面,洗手间里流水淅沥,响起又停。

外卖盒拆封,发出"刺啦"声响。

然后是沈以星的惊呼声:"好香啊——

"书吟吟,出来吃你男朋友订的甜蜜午餐了。"

书吟哑然,她走出去,在餐桌旁坐下:"别用那么奇怪的词。"

"哪里奇怪了?是男朋友奇怪,还是午餐奇怪?"沈以星故作不解,一脸促狭地揶揄她,"总不能是甜蜜奇怪吧?谈恋爱第二天呢,你们就不甜蜜了吗?"

书吟第一次觉得自己的嘴这么拙,无力反驳。

吃饭前,书吟对着餐食拍了张照。

换来沈以星大惊小怪起哄似的话语:"要怎么说呢?谢谢宝宝给我订的午餐?"

书吟气笑了,瞪了她一眼,无情道:"再用这种奇怪的词,你就别想在这儿吃午饭了。"

到底是吃人嘴短,加之起哄得也差不多了,沈以星憋着笑:"好好好,我不说了。"

书吟对着聊天框,思忖片刻,发了一张外卖餐食的照片,而后,发了一句话给他。

书吟:刚醒,就收到午餐外卖了。

商从洲回得很快:早知道你们起得这么晚,我就不买早餐了。

书吟有些难为情:……昨晚聊天聊到很晚,我平时睡得挺早的,起得也挺早的。

商从洲:希望不是在说我的坏话。

书吟迟疑着,仍是说了实话:我把你的事情和她说了。

收到书吟发来的消息时,商从洲刚驱车驶入医院。

他停好车,边往门诊楼走,边回书吟的消息。

看见书吟发来的这句话后,他神情无异样,双眸淡然,并没有因为她透露自己的病情而产生负面情绪。

怎么说,沈以星也算是他的世交妹妹,这事透露给她,也没什么大不了的。

商从洲出事以来,并没有隐瞒过任何人。而他的左耳听力正常,按照国家规定,实在无法划分到残疾人一栏,平日戴着的助听器极小,正常的社交距离下,别人完全不会注意到他耳朵里的异物。

无人问起,他总不好遇见人,上来就是一句:抱歉,我右耳戴着助听器。

那行为未免太傻缺了,显得他多需要人关照似的。

商从洲垂眸，打字回书吟：她早晚都会知道的，没关系。

书吟：嗯。

书吟：你吃饭了吗？

商从洲顿了一瞬，她似乎在关心他。

商从洲：还没，临时有点事，晚点再吃。

书吟：好。

聊完天，他收起手机，坐电梯到六楼的耳鼻喉科。

中午休息时间，2号诊室门紧闭，他敲了敲门，里面传来男人浑厚有力的声音，像是知道门外站着的是他："从洲？"

商从洲推开门，和风玉润地笑着："商主任，忙呢？"

面前坐着的是商从洲的表叔，商锦羡，国内知名耳鼻喉科专家，也是商从洲的主治医生。

商锦羡摘下鼻梁处架着的眼镜："这不等你吗？"

商从洲："路上堵车，过来得晚了，您吃饭了没？要不先去吃饭？"

商锦羡："不用，我待会儿和你爸吃饭。你爸在这边开会，你知道吗？"

商从洲顿了顿，拒绝道："算了吧，我和他吃饭，少不了挨一通训。"

商从洲他爸近些年视商从洲为眼中钉，看他尤为不顺眼，主要原因还是他大龄剩男，不找对象，更不愿找对象。

什么法子都试了，软硬兼施，也毫无作用。

商从洲有想法有主见，性子犟，没人劝得动他。逼急了，他干脆搬出家，反正他在外面有几十套房产，不缺地方住。

"谁让你还不结婚？"商锦羡说，"我家阿芙比你小三岁，都结婚了，再看看你。"

"我算是明白了，单身的人连呼吸都是错的。"

"那可不。"

商锦羡拿出商从洲的检查单，摘下眼镜又戴上，仔细地审视了遍。

"没什么问题，注意保持心情愉悦，别给自己太多压力。"

"我能有什么压力？"

商锦羡慢条斯理地道："结婚压力，趁着你还年轻，有几分姿色，赶紧找个女朋友。男人的花期就那么几年，你可得抓紧点儿。"

商从洲眼里闪过一丝荒唐："您说什么呢？"

商锦羡："过来人的经验罢了。"

商从洲嘴角慢展，拖腔带调："您这儿能做婚检吗？"

商锦羡瞧他这副吊儿郎当的浮荡模样就来气："能做，你做了有什么用？你有女朋友吗就做婚检，给我滚。"

商从洲神情轻佻："没女朋友，我有老婆了。"

商锦羡翻了个白眼，手指着门："请你滚出去。"

商从洲怡怡然叹了口气："怎么就不信呢？"

商锦羡在他身后喊:"有的话,骗别人就行了,别把自己也骗了,老单身狗。"

商从洲下楼,在门诊大厅问医院工作人员,什么时候能做婚检,得知下午才能做,一般三个工作日才能拿到婚检报告。

他遂又转头离开,去往私立医院。

私立医院的效率极高,当天就能出结果。

晚上,商从洲带上婚检报告,驱车来到书吟住的小区。

他的行动力高得惊人,等待婚检报告的时候,还租了个车位,就在书吟车位的斜对面。

他倒车入库时,斜对面的黑色奥迪,缓缓驶出车位,没一会儿,了无踪影。

商从洲下车,经过那个空车位,脚步骤然一顿。

他眼神幽暗,神色难辨,不知在想什么。

片刻后,他恢复平静,往电梯走去。

到家,他按门铃的动作,改为按指纹锁。这让他有了实感,他并非来做客,而是回自己家。

换鞋时,他听见门开的声音,紧接着是脚步声。

未消片刻,他看到了书吟。

她没有发现他的存在。

她穿着宽松的毛衣和直筒裤,伸了个懒腰,动作间,毛衣往上提,露出莹白的腰线,流畅蜿蜒。她把眼镜往上一抬,跟太阳镜似的支在头上,有种笨手笨脚的可爱。

走了几步,似是察觉到有人在看她,她心不在焉地往外瞥了眼——

"你回来了啊。"她停在原地,像是立正稍息般,手贴着腿。

"嗯,我回来了。"他问,"吃过晚饭了吗?"

"没,正准备吃,你呢?"

"我也没有,晚饭想吃什么?我来烧。"

"早上的粥还没喝,中午还剩了很多菜,"书吟眉眼皱着,温婉的声线,哪怕是抱怨,也无比动听,"你点了太多菜了,我和沈以星就两个人,根本吃不完。"

商从洲走去餐厅,瞧见桌上放着的外卖盒,里面的餐食,像是没被人吃过。

他问:"你俩胃口怎么这么小?"

书吟:"我俩又不是大胃王,哪有人给两个女生点八个菜的啊。"

"我的错,点太多了。"他拿着菜去厨房热菜,将手里的检查单放在餐桌上,示意书吟,"我刚去了一趟医院,做了个婚检,你可以看一下我的婚检报告。"

"啊?"书吟愣了愣,语气怔怔,"……你速度好快。"

热气拂了他的眼,他转过身,语气是一贯的温和:"想让你放心,书吟,我是个健康的成年男性。"

书吟听出他话里的深意,喉咙一哽,嗓音里带着几分潮湿感:"我挺放心的。"

书吟仓皇收回眼,仿佛再和他对视下去,自己就会溺毙在名为商从洲目光的深海里。

商从洲转身进了厨房,没一会儿,菜热好。

他把碗筷拿过来,放在她面前。

餐厅乳白色的灯光下,他们面对面吃饭,谁都没说话。

夹菜时,她偶尔瞥他一眼。

骨节分明又漂亮的手,挽至小臂处的衣袖,袖口嵌着金丝包边。

她的思绪不受控地回到多年前,嘈杂的礼堂,安静的广播室,百日誓师大会。

那天,他朝她伸手,接过她小心翼翼递给他的话筒。

长期紧闭的广播室,空气混浊,光线晦暗,她藏在角落的心事兀自发酵,无声无息。

书吟曾以为自己早就忘了他,毕竟过了这么多年,旧事就应尘封在年岁里,过期的喜欢理应随风月遗忘。

可是此时此刻,书吟终于意识到,关于喜欢商从洲这件事,历久弥新。

她能在每次和他的相处里,抽丝剥茧地想起过往。

没过一会儿,商从洲问她:"沈以星人呢?"

书吟咽下嘴里的饭,说:"她回她爸妈家了。"

似是想到什么有趣的事,她眉眼弯成一道线。她眼型细长,弯成一道弧线,像是弦月,泛着清冷冷的光,有种清寂的美。

商从洲好奇:"她不要她的房间了?"

他指的,是书吟家的客房。

"就是因为那个房间,她才走的。"

书吟还记得白天的时候,沈以星咬牙切齿地骂商从洲"奸商"的画面——

"我说那是我的房间,意思是让他收拾好东西从我的房间滚出去,从你家滚出去!"

"他倒好,一脸理所当然的恬不知耻,竟然说,要和你睡一个房间。"

"拜托,他只是你的相亲对象,昨天才升级成你男朋友,凭什么和你睡一间房?"

"他又不是你的老公,怎么可以这么理直气壮的?"

骂到最后,书吟竟觉得沈以星在替商从洲说话,于情于理,书吟就该和商从洲睡一张床。

"算了,我还是走好了,把这个房间送给商从洲吧。他也真是奇怪,那么多套别墅不住,非得和你挤在这小小的套间里。"沈以星叹气,起承转合得很突然,"可能这就是爱吧。"

不过是一句玩笑话,开玩笑的人神色疏淡,开启另一个话题。

书吟也配合着,面上笑盈盈,心底却似寒光败退,蒙尘的心躁动,心里冒出一个不可思议的想法来。

那晚,他真的喝醉了吗?

或者说。

她希望他是真醉,还是装醉?

"沈以星似乎不太赞同我们两个谈恋爱。"商从洲淡淡地道。

"没有,她……"书吟沉默了好久,有些难以启齿,"挺支持的。"

"等你忙完工作,我请她吃顿饭。"

"啊?"

商从洲眼皮掀起淡淡的笑:"讨好一下你的闺蜜。"

书吟心底莫名有点痒。

他笑得叫人心痒。

那股痒意如同蝴蝶效应,弄乱她心底平静的湖。她脱口而出一句话:"早安吻,什么时候补?"

话出口,她的理智才回笼。但也无心羞耻,她慢慢接受他们之间的关系——新婚夫妻。夫妻间,牵手、拥抱、接吻,甚至上床,都是合乎情理法规的。

商从洲敛眸望着她,声音充满磁性:"待会儿洗完澡?"

书吟问:"洗完澡,是晚安吻了吧?"

换来他短促一声笑:"二合一。"

他说:"便宜你了。"

书吟愣了愣,随即笑出声:"谢谢你哦,你真大方。"

吃完晚饭,洗碗的事交给洗碗机。

二人干坐着,书吟挠挠头,扔下一句"我去洗澡了",便进了房间。商从洲静坐在餐桌旁,放在桌上的手,食指有一搭没一搭地敲着桌面。

暗沉的夜色降下来,他眸色渐沉,晕着深不可测的心绪。

淅淅沥沥的水声如同雨声砸落。

书吟以为是幻听,出来一看,豆大的雨珠拍打着窗户,扰乱这寂静的夜。

她隐约听见商从洲叫她。

她推门,听到他确实是在叫她。

"有多余的浴巾吗?"他顶着湿漉漉的头发,额间被水雾浸湿,双眸又黑又亮,有种少见的束手无措,"我忘带浴巾了。"

"洗手间的柜子里有干净的浴巾。"

怕他找不到,书吟走向客卫洗手间。

干湿分离设计的洗手间,浴巾放在外面。

商从洲站在门边，看着书吟越走越近，最后，在他面前停下。

她没分他一个眼神，说："你让一让。"

他站在那里，她不好开柜子。

等他让开，书吟弯下身子，打开柜子，从里面拿出一条干净的浴巾来。

"给你。"

商从洲却迟迟不接。

书吟直起身，视线逐渐往上抬，眼睫微微颤动。

他沾染着水汽的家居服，最上面的两颗扣子都没扣，不知道是忘了扣，还是故意的。她已无法去猜，因为她受到了强烈的视觉冲击。

蓬勃的、散发着荷尔蒙气息的男性身体，身上冒着灼灼的热。

烫得她脊骨都不受控地发软，视线再往上，是他的喉结，上下滚动，速度很慢，似陷入煎熬的两难境地。

她不敢再抬头，只盯着他的喉结，声音很轻："你不要吗？"

"太远了，我拿不到。"他声线清冷，似不染尘埃的雪。

分明很近。

可她没有反驳，只是听话地往前走了一步，两步。

然后，她被他猛地按住腰，搂进怀里。

书吟抬头，迎接她的，是暗沉的影，不留余地地扑向她，却在她唇边停住，保持着要吻不吻的暧昧距离。

他说话的气息仿佛能顺着她唇齿进入她的口腔，她尝到了他嘴里清爽的薄荷香。

"晚安吻，是现在亲吗？"

略哑的嗓音，裹挟着细密的欲。

她看着他的眼睛，雾蒙蒙地散着湿气，如夏季的回南天，潮湿的空气痴缠着身体，每一寸皮肤都逃不过。

空气不断地升温。

她如缺氧般，喉咙发紧，绷得她声线都在颤："晚安吻吗？"

商从洲双眸渐深，呼吸轻洒，温柔的气息逐渐肆虐，低哑着嗓："你答应过我的，还算数吗？"

"……嗯。"

他笑了，如同微醺的人，桃花眼开成扇，轻易折起引诱的弧度。

"我要亲你了，书吟。"

不待她回答，他的气息与他的唇舌一同钻进她的口腔里。

温热的唇，灼热的呼吸，伴有清新的薄荷香，汲取她的气息，占据她的味觉，而睁开眼，是他充满情欲的眼，眼尾泛着红。

耳边是室外琳琅风雨声，雨水好似落在她的心里，掀起阵阵潮热，她躁动不安，心绪难平。

不知过了多久，商从洲终于放过她。

书吟被他抱在怀里，全身发软，靠着他才不至于掉落在地。她如同竭泽之鱼，小口地喘着气，维持呼吸。

而她脸靠着的地方，是他的胸口，他心脏剧烈地跳动着。

漫长的吻，剧烈的震荡声，她似看见她生锈的骨，迎着烈风燃烧。

书吟缓缓从他的怀里出来，若无其事地用浴巾给他擦头发。

"头低一点。"

"好。"他弯下腰，温热的呼吸洒在她锁骨处。她动作僵了下，随后，又无事发生般地给他擦头发。

片刻后，她说："擦得差不多了，你用吹风机吹吧。"

她指指另一个柜门："吹风机在这里。"

商从洲望着她平静的眼，她是终年的雪、冰封的湖、晦暗的谜，晦涩难辨。

"书吟。"

"……别叫我的名字。"书吟浑身一僵，唇都颤了，几乎是在控诉，"商从洲，昨天的晚安吻不是这样的。"

商从洲周身冷然的气息霎时柔和下来，询问她的意见："我今天似乎有点过分了？"

灯光拉长着她的影子，尤为僵硬。

书吟看着地面："……拜托，不要问我这个问题。"

哪有人接吻完，探讨那个吻是轻是重，是温柔或粗暴的？

往日情商超高的人，今日却格外不通透，他一遍又一遍地追问她："为什么？"

"商从洲，你很没有情趣。"书吟忍无可忍，涨红着脸，骂他。

卧室门"砰"地关上。

商从洲的心情是前所未有的好。

想来她并非沉默的湖，面对他汹涌的浪，也会掀起涟漪。

许是那晚的吻有失分寸，后来，书吟都如蜻蜓点水般地吻他一下。

天渐冷，南城的秋在一场场雨里悄然拉下帷幕。

立冬这天，商从洲接到华映容的电话。挂断后，他给书吟发了条消息，告知她自己今晚不回家吃饭，不过晚饭他会让人送过来。

商从洲照顾书吟如同照顾娇生惯养的公主。

家里家务都是他做，一日三餐，也都是他做。如果他不在家，便会叫悦江府的人送外卖过来。

书吟和他说过一次，她自己能照顾好自己，这么多年，她都是这么过来的。

商从洲云淡风轻地回她："我没有想过我的出现能给你起到锦上添花的作用，我希望我的存在，不是影响你原有的生活，而是给你的生活赋予另一种意义。"

"能够照顾到你，对我而言，这就是生活的意义。"

自那之后，书吟再没有提过这事。

今天，她也温顺地回他：好。

然后，她又变成体贴的妻子，叮嘱他：路上开车小心。

他每次应酬，她从不会问和谁，也不问有没有女的，更不会问什么时候回家。

只有每日吻她时，他才有种她是属于他的感觉。

其余时候，她都是沉浮的雾，让他捉不到。

华映容嘴刁，囿于曾经的主持人身份，名人效应，让她不论去哪儿，总有人找她合影。这与她当主持人的初衷相违背，主持新闻的主持人，与明星无关。因此，她在外用餐都选择保密措施极佳的会所。

悦江府是她常去的地方。

商从洲进包厢前，有预感包厢里有别人。

无外乎华映容的好友、亲人。

以往是姨妈、姑姑之类。今天，包厢里坐着的，与华映容相谈甚欢的，是华映容的多年好友，沈洛仪——陈知让和沈以星的妈妈。

沈洛仪："小洲，最近在忙什么？"

商从洲道："老样子。"

华映容撇嘴："他还能忙什么，当然是工作咯，总不能指望着他谈恋爱吧？不管他了，你儿子呢，谈恋爱了吗？"

沈洛仪叹气："他就是闷葫芦一个，半天憋不出一句话来，他那样子能有女孩子喜欢才是活见鬼了。"

同病相怜的二人双双举杯，碰杯喝酒。

她们闺蜜俩聊天，商从洲过来，主要起一个买单的作用。

中途，他出去了一趟，和经理订餐。

经理道："还是之前的地址吗？"

商从洲淡淡地"嗯"了一声，随后又说："今晚清月包厢的单记在我的账上。"

商从洲常年在悦江府应酬，每年年底清算的时候，他的财务会过来付清账单。

再回包厢的时候，包厢里多了个人。

陈知让一身端方的深灰色西装，领带都一丝不苟地系着。瞧见商从洲进来，他冷冷淡淡地微抬下颌，当作打招呼。

商从洲以同样的方式回应他。

瞧见这一幕，两位闺蜜般交好的家长不免一通唏嘘。

沈洛仪："你们俩小时候多好，都是一个班的还是同桌，天天待在一块儿。长大了倒是生疏了，连见个面都难。"

华映容则煞有介事地冷嘲："算了吧，我一年也见不了小洲几面。"
商从洲无奈："哪回您叫我，我不来见您的？"
华映容："我不叫你，你就不乐意见我了呗，你心里还有没有我这个妈？"
商从洲眼睫沉下来，低眉顺眼的姿态，任她如何说教也不反驳。
华映容看向陈知让，语气比面对商从洲时不知好多少："小让啊，谈恋爱了吗？"
陈知让声音堪称温和："没有。"
华映容犯愁："你俩可如何是好啊？一个个都单着。"
"别带我行吗？"商从洲饶有兴致的话语吸引了在场人的注意，他眉梢轻挑，似笑非笑的表情，"我有女朋友了。"
他表情里有种玩世不恭的风流，让人怀疑他话语里的真实性。
华映容先是一愣，随后眼里迸发出惊喜："真的？"
商从洲胸肺里闷出一声笑："您看我像是会拿这种事儿骗您吗？"
话音落下，他手机响了起来，面容稍凝肃："工作上有点儿事，我先去接个电话。"
商从洲向来不会在与华映容相处时，接工作电话。母子俩极少碰面，他不想因为工作而把母亲晾在一旁。所以，除非是极其重要的工作电话，要不然，他都会拒接。
华映容理解他："先去接电话吧，接完电话再来和我聊我未来儿媳妇。"
商从洲属实无奈，他离开包厢，寻了个安静的角落接电话。
楼梯间尤为安静，隐有说话的回音。
近十分钟的工作电话，结束后，他揉了揉眉骨，起身，往回走。
楼梯间出来，是走廊尽头。
窗户开着，风猎猎涌动，吹得室内暖气都凉了几分。
陈知让指尖一抹猩红，雾气后的眼，晦涩狠戾。
商从洲在原地驻足："什么时候学会的抽烟？"
陈知让说："刚工作那一年，压力很大，忍不住抽了一根。后来，就一发而不可收拾。"烟极容易上瘾，他并非意志力薄弱之人，却还是酗起了烟草。
陈知让问："你是怎么过来的？"
商从洲蹙了蹙眉："什么？"
陈知让拿烟的手，指了指自己的耳朵。
商从洲神色淡然："沈以星和你说的？"
蹙眉的人成了陈知让："她知道这事儿？"
商从洲淡声道："书吟告诉她了。"
陈知让抽烟的动作停了一瞬，他声音分外平静，却很哑，不知是被烟草浸泡得哑，还是心事压迫着的哑："你的女朋友，是书吟吗？"反问句，却是肯定语气。
"嗯。"商从洲往陈知让身后的窗外看去，外面是流光溢彩的城市霓虹，他眼里也闪烁着绚烂的光。

陈知让掸了掸手里的烟，烟灰四散，落在他纤尘不染的西装上。

倏地，他弯着嘴角，笑意森冷："你知道为什么我喜欢她这么多年，都没法追到她吗？"

突然的开诚布公，让商从洲的脸色慢慢凝住。

陈知让冷笑着："因为她心里住了一个人。我用了近十年的时间都没有战胜他，商从洲，你凭什么以为你的突然出现，做些我曾经为她做过的事，就能打动书吟，让她喜欢你？"

陈知让掐灭烟，轻蔑又鄙夷的目光，如同钉子，狠狠钉向商从洲。

有风吹来，迎面而来的，是一颗无形的子弹，重重地射在商从洲的心上。

他一击即溃。

有沈以星这层关系在，陈知让与书吟之间的接触，无法避免。

商从洲每天给书吟做饭又如何？早在他之前，陈知让就做过无数遍这样的事，或许还有更多别的。

时间埋藏着无数陈知让和书吟的交集往事，商从洲无从寻觅。

黑夜浮沉，夜风暗涌。

商从洲慢慢抬起眼："然后呢？"

和他说书吟暗恋一个人近十年，和他说你陈知让的付出，然后呢？

陈知让抽了口烟，茫茫烟雾弥漫在二人面前。

陈知让神情寡冷，语气漠然："你知道吗？这些年，我没有缺席过书吟的生活。我知道她付出了多少辛苦才走到现在这一步，而我更知道，她能够变得这么优秀，从一只丑小鸭变成白天鹅，都是因为她喜欢的那个男生。"

"当一个人给另一个人造成不可磨灭的、意义深远的影响后，那个人就永远不会消失在她的世界里。"陈知让的眼尾被烟雾熏红，他喉咙哽住，像是含了一口干盐，又苦又涩，有种孤立无援的绝望，"那人什么都不用做，就让书吟喜欢了他十年。"

"商从洲，你没法取代他在书吟心里的地位。"

空气里是会所特调的香薰气息，优雅檀香，混着难闻的烟草味。

陈知让沉默地吞云吐雾。

面前的商从洲，神色似雨中雪松般清冽。他眉眼里没有半分的恼怒与遗憾，柔光流转着，清雅贵气。

而后，商从洲笑了下："谢谢你告诉我这件事，但是陈知让，我可以很明确地告诉你，我不想取代那个人。他对书吟而言，一定很重要，在书吟眼里，他或许是世界上最好的男生，因为他在书吟眼里，永远是十七八岁的少年。"

长久的、求之不得的喜欢，是因为记忆里的那个人太过美好。

时间给喜欢加了滤镜。

商从洲说："或许你不相信，但书吟在我眼里，从来都不是什么丑小鸭。她成绩很好，人很努力，性格温柔，声音也很好听，至于长相——就我个人审美而言,她完全符合我的审美。"

商从洲私以为,现在书吟太瘦了,真的太瘦了。

高中时期的书吟,才是最好的。

婴儿肥的脸,拿着话筒的手很小,有点儿肉,皮肤很白,面对商从洲的时候,怯生生的。可是拿着话筒主持的时候,她语气坚定,好像在发光。

"那年五一会演,翁青鸾让她主持,你并不赞同。可你知道吗?是我和翁青鸾提议,让书吟主持的。"

商从洲神色清明,眼里,是明晃晃的嘲讽。

他轻嗤一声:"你竟然觉得她是丑小鸭。"

陈知让喜欢的,是成为天鹅的书吟。

然而在商从洲眼里,书吟从来都不是丑小鸭。

陈知让一下噤声了,猛吸一口烟。

商从洲还是温声叮嘱他:"少抽点烟,对身体不好。"

商从洲转身,回到包厢。他若无其事地在位置上坐下,离开前说的一句"我有女朋友",难免会被华映容追问再三。

华映容挤眉弄眼:"是不是之前视频的那个女孩子?"

想必商从洲接电话的空当里,华映容已经和沈洛仪畅谈分析了好一通,二人送来的目光,是如出一辙的八卦欣喜。

商从洲没说是,也没说不是,他慢条斯理地反问:"您觉得她漂亮吗?"

华映容"啧"了声:"一般。"

商从洲掀眸,眸里似装了半宿月光,微凉:"她是我女朋友。"

华映容这才说:"和我没什么关系,那当然一般;但她是你女朋友,那我只能说,美若天仙。"

包厢门开了又关。

鼻间嗅到幽冥的烟味,陈知让在商从洲边上坐了下来。

沈洛仪道:"小让,小洲都有女朋友了,你也得抓紧点儿。"

陈知让清越的嗓音有点哑:"嗯。"

沈洛仪说:"别只知道'嗯',口头答应没用,得行动起来。要不问问小洲的女朋友,她朋友里面有没有条件好点儿的,介绍给我家小让。"

商从洲眼皮一跳,你家陈知让恨不得把我女朋友给抢了。

他瞥了陈知让一眼,幽声道:"我女朋友身边条件最好的就是她了。"

沈洛仪愣了下,随后说:"也是,你看上的女孩,条件肯定很好。"

作为商从洲的亲妈,华映容表示没眼看,嗤他:"让你给小让介绍女朋友,没让你趁机秀恩爱!"

两位家长在,包厢里,气氛始终活络。

晚餐结束,华映容有自己的司机,不需要商从洲送。陈知让则要送沈洛仪回家。

商从洲一人开车,停在小区外的车位里。

他从车里翻找出一包烟,他没什么烟瘾,只不过有时候心烦意乱,会忍不住抽一口。他才抽了一口,就没出息地呛到,于是他夹着烟,手伸出车窗,任猩红的火兀自燃烧。

他抬眸,目光远眺,能够找到书吟的家。

静谧夜色里,烟雾氤氲无数的清愁。

空无一人,他没必要再装了。

他远没有自己口中说的那么大方。那个男人长久地存在于书吟的记忆里,而他只能刻舟求剑地寻找自己在她过往的存在。

他很介意那个男人。

他嫉妒得要疯了。

第十一章 告白诗

"我被困在了那个雨天,很多年。"

——《十七,二十七》

同一时间。

书吟结束工作,把翻译好的文档传给编辑。

然后,面对乱糟糟的书房,她长舒了一口气,用发绳扎了个丸子头,挽起袖子,开始收拾铺满资料的书桌。

堆积成小山的书,她一个不经意,便碰倒了。

有本书掉落在地,她弯腰去捡,伸手的动作陡然一滞。

那本书里夹着的一张照片,掉了出来。

沉默刹那,她把照片捡了起来。

泛黄的照片上,商从洲穿着黑色的中山装,眉眼有着十七八岁少年的青涩,俊朗清润。而她穿着附中老土的校服,拘谨地站在他身侧,鬈发披散在脑后,簇拥着一张婴儿肥的脸。细长的眼,皮肤近乎曝光的白。

那天还是五一会演,沈以星给她化了个精致的妆。

正因如此,书吟觉得,照片上的她,比记忆里的自己要好看很多。

拍立得照片下面是很小的一块留白区域,被她用圆珠笔写了一行字。

往事如同黄昏的钟,敲打着她的心脏。

她似是想起了什么,在满墙的书柜里,翻找出积灰的日记本。年代悠久,日记本边缘的纸张翘边。

一页又一页,里面记录着她数不清的少女心事。

日记最后停留在五月一号,拍完那张照片之后,书吟再也没有写过日记了。

沉吟许久,她眼皮耷拉着,拿起笔,在日记本上写下了一段。

我好像永远困在了十六七岁，困在了有你的世界。不管我做得多好，收到多少夸赞，可是在你面前，永远觉得自己不过如此。我的自卑里藏着敏感，敏感里又有悲观，我不相信你那么好的人，会喜欢上平平无奇的我。

　　写完后，她动作极慢地放下笔，合页。
　　书房门半开，她隐约听见细微的指纹锁解锁声响。
　　书吟恍然回神，动作迅速又慌乱地把日记本藏进书桌上的书堆里。
　　她走出书房。
　　玄关处，商从洲换着鞋，听见动静，他侧眸睨过来。
　　"这么晚了，还没睡吗？"他问。
　　"刚工作结束，准备睡了。"她说。
　　"好。"商从洲兴味索然，眼睑处拓下一层淡淡的阴影，倦意明显，"我先去洗澡，洗完澡就睡，你也早点睡吧。"
　　路过时，她闻到他身上的烟味、酒味，还有香水味。
　　香水味不重，是清新淡雅的茉莉香，可是萦绕在书吟的鼻息里，渗透进她的脑海里，挥散不去。
　　书吟想问他，今晚见谁了，和谁吃饭。
　　她唇齿翕动，嗫嚅着，还是只剩干巴巴的一句："……晚安。"
　　她不应该也不可以插手他的工作，即便是夫妻，也不该过多干涉对方的工作。
　　生意场大多逢场作戏，关系虚虚实实，三言两语，难以讲清。或许他也不愿和她说，她追问，会惹得他不耐烦也说不定。
　　她总是想太多，脑补太多，面对他时，如履薄冰。
　　就连晚安吻——是啊，他今天连晚安吻都不需要，直接和她道了晚安。
　　她低头，看见地板上，自己的影子，颓靡发暗。
　　听见商从洲出来的声音，她藏起心底的无助，折身回屋。

　　四下静谧的夜，喜欢变得异常喧嚣。书吟在床上翻来覆去，睡不着。
　　恍惚间，听见手机"嗡嗡"振动的声音，看清来电人后，她愣了一瞬。
　　手机的振动让她无法忽视，也无法拒接。
　　接通后，谁也没说话。
　　书吟敛眸，轻声问："怎么还不睡？"
　　商从洲说："睡不着，不想睡觉。"
　　书吟："那你想干什么？"
　　安静了几秒。
　　商从洲翻了个身，平躺在床上，直视着天花板。
　　他突然叫她的名字："书吟。"

书吟喉咙一紧，脚趾蜷缩，命运似被扼住。

黑暗空寂，黑夜仿佛吞噬掉他所有的理智，他喉结滚动，声音似是带着微醺的哑："想喝酒，想把自己灌醉，想和你牵手，想和你接吻，想把你按在怀里，亲得你喘不过气来。"

耳边，是他压抑的气息，低沉轻慢地问她："是不是只有喝醉了，才能和你接吻？"

像是低声下气地渴求。

突然，书吟呼吸屏住。

他们并非没接过吻，每日的早安吻与晚安吻，照常进行。

书吟每一次亲吻他，都如例行公事般，干涩寡淡、蜻蜓点水的一个吻，不掺杂任何情爱。

商从洲虽有所失落，但从不表现出来。

他安慰自己，人不要太贪心，往后的日子还长。她迟早会像那晚一样，热烈地吻他，舔着他的唇，咬得他唇出血。

她的呼吸能将他的理智都烫坏，她的亲吻、拥抱、触碰，都让他有种自己被她深爱的感觉。

是不是只有喝醉了，她才会对他热情？才会进入他的怀里？

他想要她清醒的爱、直白的喜欢，而非酒意上头的迷乱。

长久没有得到她的回答。

商从洲把手机挂断了。

他合着眼，无法入睡，满脑子都是陈知让说的话。

顷刻，房门响起敲门声。

他没动静。

而后，房门被推开。

一小道光影落入室内，书吟轻声问他："你睡了吗？"

静寂的空气里弥漫着紧张。

没得到回应，书吟放在门把上的手，渐渐收紧。

她把门带上，想要离开。

"为什么过来？"

房间里，响起商从洲的声音，随后，他从床上下来。

室内没开灯，他从暗处缓缓走来，停在她面前，清润的眼直勾勾地盯着她，若有似无的压迫感倾斜而来。

有那么一瞬，书吟觉得他方才说的，要把她吻得喘不过气来是真的。

书吟慢声道："我以为你喝醉了。"

要不然，怎么会和她打电话，说那么一通调情的话。这不是他的作风，他清隽温柔，与情欲不沾边。

商从洲逆光站在她面前，神情晦涩难辨。

他没来由地笑了声,笑得她心尖发颤。

"你希望我喝醉,还是没醉?"他把问题抛还给书吟。

书吟片刻失语:"我看不透你,记忆里,你都是温和的。可是重逢后,你好像总是在为难我。"

"这是为难吗?"

"……不是吗?"

商从洲的声调里携带着哄人的沉溺:"我只是想知道你内心的想法。"

她紧张,又放松。

像是弹簧,被他按压,又松开。

她喃喃:"我内心的想法?"

商从洲弯下腰,靠在她耳边。

他声音压得更轻柔,宛若爱人间的低语:"告诉我,书吟,你希望我醉了吗?"

希望吗?

她问自己。

"醉了……"她心软下去,心里又有点酸涩,鼻息里仿佛还能闻到那抹清淡的茉莉花香,"就要接吻吗?是想和我接吻,还是想和别人接吻?是喝醉了在通讯录里随便找到一个电话号码,还是喝醉了却只想到我?除了我,可以和别人接吻吗?"

交织的气息灼热,两厢据理力争的步步紧逼,呼吸死死地缠绕在一起。

周遭空气升温,她仰头,雾蒙蒙的眼看向他。

暗夜里,他的表情逐渐崩塌,像是信任被摧毁。

可他笑了,笑意不同以往的温雅,有抹阴冷感。

"你就这么想我?书吟,在你眼里,我是会乱来的人吗?"过于温和的人,连生气都是隐忍的、平静的。

书吟却在这份平静里,感受到了天崩地裂。

她别过眼,忍住眼里的潮湿,哭腔淡到近乎没有:"可你回来的时候,身上有香水味。"

商从洲愣了愣,眉间皱起褶皱:"我今天晚上和我妈吃饭了,估计是她身上的香水味。"

书吟也愣住了。

一个出乎意料的答案。

"你在吃醋吗?"他凑得更近,身体压向她,话语逼迫着她,鼻息间的气息也沉沉地压了过来,没给她回答的时间,他步步紧逼,回答她刚才的问题,"喝醉了,想和你接吻,没喝醉,更想和你接吻。"

他没有和她谈过任何性方面的话题,他在她面前表现得无欲无求,因为怕她被自己吓到。

在每一个无法入眠的深夜,想到她就住在隔壁房间,他都会控制不住自己,心控制不住，身体更控制不住。

客卫时常响起淅沥的水声，冷水浇灌着他，要过很久，他的体温才会降下来。

那次遇见她的时候，他发烧了，也是因为前一晚做了个梦。

梦到她那把好听到销魂的嗓子在自己耳边低语。半夜，他被热醒，在浴室里待了半个小时，才不痛不快地发泄出来。

漫长的冷水澡，直接导致他第二天醒来，发了高烧。

他不想和书吟提这些，怕吓跑她，怕亵渎她。

她是那样干净、那样清白。

他话里的内容太多，书吟脑袋很乱，一时无法消化。

她看着他，看见他双眼比室外的天还要暗，仿佛要吞没她。

"你……"她有些慌乱。

"今晚的晚安吻还没给我。"他终于找到了恰当的理由，喉结滚动着，俯身吻了过来，放在身侧的手，搂住她的腰。

好像有什么崩坏了。

他们吻得越来越深，气息逐渐凌乱，脚步急促。

门关上，隔绝了客厅的光。

睡衣尤其方便穿脱，三两下，便响起衣服掉落在地的轻声。

他轻抚着她身上干净的骨骼，手心里感知到她的战栗。她紧贴着他，没有半分要逃的意味。

直到那一刻，她声线发颤："商从洲……"

商从洲蓄势待发，低下头，与她额头相抵。

他哑声："宝宝，叫老公——"

窗外，有细密的声响。

南城迎来了今年的第一场雪，雪声拍打着水声，夜色缭绕、动荡，极不安稳。

夜幕沉入黑暗，风雪被染上霓虹。

爱是夜里升空的烟花。

商从洲醒时周遭空荡，怀里空无一人。

和那日一样的遭遇。

那晚，他甚至饮下了一杯低浓度的酒，记忆是清晰的，记得她来了又走。

昨晚他万分清醒，却觉得昨夜一切都是一场梦。

他甚至都想笑了。

他捞起手机，看见未读消息时，眼梢轻挑。

书吟也没那么没良心，给他发了消息。

书吟：我今天约了人，有事情，早餐在桌子上。

书吟：早安吻我已经亲过了。

书吟：[照片.jpg]

她发了张照片，是她亲他脸的照片。

商从洲心中柔软，一扫积郁的阴霾。

他把照片保存下来，当作聊天背景，然后才回书吟的消息：什么时候回家？

等了一会儿，没等到她的消息，估计在忙。

商从洲索性起床，洗漱好，吃早饭。

今天是周四，他懒得上班，请了一天的假。

雪簌簌落下，室内开着暖气，温暖如春。

很快，放在茶几上的手机"嗡嗡"振动，他以为是书吟发来的消息，放下里的笔记本电脑，去捞手机。未料想，他不小心碰到茶几上的杯子，杯子一歪，里面的水都洒了出来。

电脑键盘难逃一劫，屏幕蓝屏闪烁了几下，然后彻底黑屏。

想到里面的文件还没保存，商从洲神情里没有太多的波澜起伏，只是略无奈。

他拿起手机，结果看到发消息给他的不是书吟，竟然是翁青鸾。

他和翁青鸾的联系比和陈知让的联系多。

学生时期的感情脆弱单薄，翁青鸾被商从洲拒绝后，就转头和另一个男生谈起了恋爱。

商从洲早已不记得她那位男友叫什么名字，毕竟没多久，翁青鸾就又换了一个男友。

这么多年，她身边不缺乏优秀的追求者，她换男友的速度很快，但她最爱的似乎永远是下一任。

翁青鸾现如今在一家广告公司工作，那家广告公司和霍氏多有合作。

到底是老同学，翁青鸾来霍氏时，总会约商从洲出来吃个饭。

他们彼此心怀坦荡，没有任何异心，翁青鸾约他吃饭，话题始终逃不过她的现男友，说男友好，又说男友不好。喜欢吗？是喜欢的，但那份喜欢还不足以让她对对方有结婚的念头。

"日子那么长，生活里有那么多琐碎，因为一件琐事而产生分歧，吵架。一点点的爱是不够的，爱是消耗品，得要特别特别多的爱，才能支撑我们白头到老。"

她有时候像个游戏人间的浪荡女，谈及婚姻时，又有种执迷不悟的天真。

不可否认的是，商从洲赞同她这句话。

翁青鸾找商从洲，是为了告诉他：我要结婚了，下个月二十一号。请问赫赫有名的商二少，有时间来参加我的婚礼吗？

当初如浮草般漂泊不定的人，竟然一声不吭地要结婚了。

商从洲问她：怎么，这次遇到很爱很爱的人了？

翁青鸾：这次遇到很坏很坏的人了。

她接连发了几个"生气"的表情包。
商从洲逗她：还有男的坏得过你？
翁青鸾：喂！
翁青鸾：对孕妇友好一点，别惹孕妇生气行吗？
商从洲讶然。
翁青鸾：没办法，怀孕了，想了想，还是结婚吧。虽然他很坏，但我和他在一起这么久，我知道，他是爱我的。
谁能逃得过爱呢？
商从洲：恭喜，那天我一定到场。
翁青鸾：记得包个大红包啊。
商从洲失笑：一定。
翁青鸾：带个女的来行吗？没有女朋友，男朋友也行。
商从洲沉默半晌，回她：我尽量。

书吟是在下午四点收到翁青鸾消息的。
彼时，她处于百无聊赖的状态，手机一响，她便解锁，查阅消息。
她和翁青鸾顶多算朋友圈的点赞之交，这个赞还是她点的，毕竟书吟没怎么发过朋友圈。
翁青鸾找她，是给她发请帖。
翁青鸾道：和以前的同学都没什么联系了，翻遍整个朋友圈，发现自己只有十个不到的高中同学的微信。书吟，你一定要来参加我的婚礼，过来玩玩就好，不用准备红包的。
书吟：要准备红包的，是你结婚的好日子。
书吟：恭喜学姐步入婚姻的殿堂。
翁青鸾：你打算什么时候结婚呀？
电光石火间，翁青鸾就转移了话题。
书吟怔了几秒。
兴许见她沉默了，翁青鸾随即自圆其说地发来一句话：现在的年轻人结婚都晚，如果可以，能晚点结婚就晚点结婚吧。
书吟笑了笑：好像早结婚的人，都喜欢劝大家晚结婚。
翁青鸾：是吗？
翁青鸾：结婚太麻烦了，单一个婚礼都有好多事要操心。
聊着聊着，工作室里的人走了出来。
书吟给翁青鸾发了一条语音消息："学姐，我这边还有点儿事，晚点再聊。"
收到翁青鸾的"OK"后，书吟收起手机，和面前的工作人员交流着。
"你好，你的东西好了，NFC芯片已经装进去了，你打开你手机里的NFC，贴一下，手机就会自动播放音频。"

"真的可以吗？"书吟眉间一喜。

"可以的。"工作人员笑着，"你试试看。"

书吟拿出手机，贴了下，果不其然，手机里传来一句婉转动听的声音。

她说："真的可以哎。"

工作人员说："我们还是第一次做这种植入，感觉是个商机，挺有市场的。"

"是吗？"书吟对商机不感兴趣，她把东西放进包里，扬眸，问道，"多少钱？"

"本来是不需要多少钱的，但是您要装的东西太小，特别复杂，我们之前沟通时我也提到过……"

"没关系，多少钱？"书吟云淡风轻。

然后，工作人员报出了个书吟意想不到的数字。

她付款的时候，觉得心都在滴血。可血渍滴落，散开着火树银花的欢喜。

她拿着做了一天的东西回家，回家前，给商从洲发了消息。

书吟：我回来了。

商从洲：我在做晚饭，有什么特别想吃的吗？

书吟：没有，随便做吧。

商从洲：商太太可真好养活。

什么商太太啊……

他比沈以星还油腔滑调。

但她嘴角翘起的弧度，很是夸张。

家门打开，迎接书吟的，是玄关处亮着的廊灯，昏黄的温柔色泽，仿佛能够洗涤一身的疲倦。

厨房里油烟机运转，空气里是垂涎欲滴的饭菜香。

雪夜，爱人，晚饭。

组合在一起，是无比浪漫的人间烟火。

只可惜，他们算不上是爱人，只能称得上是，相敬如宾的夫妻。但是相敬如宾的夫妻，应该不会上床吧？

书吟深呼吸，不去想昨晚发生的种种。

见她回来，商从洲从厨房里出来："还有一道菜，再等一下。"

书吟："好，我先去上个厕所。"

她去了房间，把手里精心打包过的包装盒放在床头柜上。想了想，她又拉开抽屉，把东西塞了进去。

家里开着地暖，太热，她脱下身上的高领毛衣，换了宽松的家居服。

她不习惯穿高领，总有种被束缚的感觉，极不自在。然而今天是迫不得已，因为没了高领口的遮挡，脖子上的斑驳印记尤为惹眼，无声地说着昨夜的放浪形骸。

她此地无银三百两地在颈间上了层遮瑕，又将头发拨至身前，当作遮掩。

整理好后，她去了餐厅。

菜上桌，商从洲盛了两碗饭，放在桌上。

他多观察了她两眼，眼神极淡，滑过她颈间。

他什么都没说，反倒是书吟，不甚自在地拨了拨颈间的头发。

"今天几点起的？"商从洲神态自然地开启话题。

"七点多。"

"自然醒？"

"……算吧，心里有事，所以醒得早。"

对话里，竟有种老夫老妻的意味。

对于昨晚的云雨翻涌，没有任何探讨与回味。

然而下一秒，书吟便听到商从洲说："昨晚我把你从浴室抱出来的时候，都快凌晨三点了，你才睡了几个小时？"

仿佛一声重响，推翻她的认知。

书吟咬了咬唇，缓慢出声："昨晚麻烦你了。"

商从洲无知无识地笑："麻烦我什么？"

书吟语气平静："抱我去洗澡。"

商从洲："不麻烦，你很轻。"

书吟："……哦。"

商从洲话锋一转，说："但给你穿衣服比给你脱衣服要麻烦。"

书吟头皮发紧，强撑着笑："有吗？"

商从洲双眸低敛，语波无澜："你不愿意穿衣服，我刚把你左边袖子拉上去，去拉右边袖子的时候，你就把左手从衣服里抽出来了。"停顿两秒，他倏地弯了下嘴角，"我才发现，睡觉时的你比喝醉了之后还折腾人。"

书吟全然没有印象。

"……可能我还是自己睡比较好。"

空间无端陷入安静。书吟后知后觉，自己把天聊死了。

她敛眸，小心翼翼地瞟向商从洲。似是察觉到她在偷看自己，商从洲脊背往后靠，眼梢挑着，一动不动地看着她。

"我想我没有说任何让你误解的话。"他双唇翕动。

"……什么？"

"我只是说你喜欢折腾人，但我没有说，我不喜欢被你折腾。"商从洲微抬下颌，薄唇勾起散漫的笑，"不要害怕麻烦我，书吟，我很乐意被你麻烦。你依赖我的时候，我会觉得我的存在是有意义的，对你而言，我和别人是不一样的，这让我感到非常开心。"

对视时，他的眼神让她惊慌。

可她的心更慌。

吃过晚饭,商从洲问能否借用一下她的电脑。

"我的电脑键盘进水,没法用了。"

书吟说:"我工作已经结束了,你直接去书房工作吧,不要在房间里了。"

客房很小,没有多余的桌椅,商从洲工作都是在床上,电脑放在腿上,看上去,尤为憋屈。

像是在物质尤为匮乏的年代,只能屈就如此。

很难想象商从洲这种含着金汤匙出生的公子哥,会甘愿窝在这么个小地方,一丝抱怨都没有。

很难说清,书吟有没有怀疑过他对自己的感情。

是喜欢吗?

是喜欢书吟,还是喜欢这个和他一夜情的女人呢?

她很难给出准确的答案,每当有人靠近她的时候,她的第一反应永远是,对方什么时候会离开。

她不认为自己是值得被爱的。

怎么会有人越过她这张寡淡的面庞,爱她无趣的灵魂呢?

连她自己,也是苦熬了很多年,才勉强地喜欢上现在的自己。

商从洲进书房工作时,书吟待在厨房里烤饼干。

这看起来是个平静且温馨的夜晚。

妻子在厨房忙碌,丈夫在书房工作,窗外飘着茫茫飞雪,路灯是温柔的黄。这个冬天和曾经的每一个冬天没什么两样。

书桌仍有些杂乱,堆着几本名著,还有一个笔记本。

商从洲无意窥探她的隐私,将本子都堆叠在一起,整理的时候,有个巴掌大的东西从本子里滑落,飘落在地。

他俯身去捡,指尖碰到拍立得相纸的时候,身体仿佛过电般狠狠一震。

照片里的人物,格外眼熟。

男的是他,女的是书吟。

他记得,那年拍毕业照,无数人来找他拍合照。书吟被沈以星拉着,看他的眼神没有太多的起伏,姿势僵硬得像是被胁迫,和他拍下了一张合照。

他很少有现在这般情绪震荡的时刻,竭尽全力维护着表面脆弱的平静。直到他目光下拉,看清照片下面的一行字。

  终于鼓起勇气和你拍了张照片,但你还是记不得我的名字,不过没关系,十七岁的书吟只喜欢商从洲。

书房门打开,书吟端着果盘进来。

她看见他投向自己的眼神,似积攒了无数个冬天的雪,带来沉埋多年的旧梦。

然后，她看见他手里拿着的照片。

"……你发现了啊。"

"嗯，"商从洲声音里有歉意，"我只是想帮你整理一下书，没想到它从书里掉出来了。"

说不慌乱是假的，但已经被发现，似乎也没有什么逃避的必要。

她把果盘放在桌子上，手不知放哪儿，有些局促，不敢看他，索性看窗外的飘雪。

"要不要吃点水果？"

"嗯。"

"能给我点时间，让我组织一下语言吗？"她坐在窗边，落地灯就在她身边，水波纹的灯光摇曳着缥缈，她心里是无数个风吹草动的慌张。

橘黄色的灯光在室内亮起，他们之间相隔不过一米。

商从洲的目光定在她身上，深渊如海。

书吟深呼了一口气，说："……要怎么说呢？其实已经是很多年前的事了。我以为我早就不喜欢你了，我也说服过自己很多次，等到明天，等到明年，等到下次见面，我一定不喜欢你了。"

她听见风雪盘旋的声音，回忆里是无数个可望而不可即的暗恋瞬间。

"大三的时候，学生会有个学弟和我表白。所有人都觉得我对他有好感，但我只是觉得他的名字很好听，他的名字里，也有个'从'。他问我，为什么拒绝他，是因为他不够好，还是什么？我说不是的，不是他不够好，是因为我看到他，总会想起另一个人。"

"嗯，那个人是你。"

"也是那个时候我意识到，我压根儿没有办法忘记你。看到和你背影很像的人，就会忍不住跟上去，等到看清正脸后，才发现不是你。有人和我表白的时候，听到有和你声音很像的人，会忍不住和他交谈几句，可是那人没有你温柔。"她弯唇笑着，"没有人会比你温柔了。"

书吟用了近十年的时间说服自己放弃商从洲，可是脑海里关于十六岁那年的记忆，清晰得仿若昨日。

好像喜欢他，不是十年前的事，而是昨日。

只不过昨夜下了场雨，潮湿的雾让一切显得陈旧。

窗外的雪下得很大，或许想要将她的爱意覆盖。

她的心事是湿濡的沼泽地，重重地塌下去。

"每一个和你表白的人都被你拒绝，我有时候挺羡慕她们的，至少她们有和你表白的勇气。我做不到，商从洲，我不敢和你表白，不敢和你说话，甚至不敢和你对视，我怕你察觉到我的喜欢后，会远离我，讨厌我。"

所以她总是那样的生疏又客套，和他保持着安全的社交距离。怕他察觉到自己的喜欢，怕他因此远离她。

本就脆弱的关系，经不起一丝试探。

她的喜欢无声无息，藏在每一眼无声的遥望里，连风都不敢惊扰。

"被一个长相普通、不感兴趣的女孩子喜欢，应该是件挺困扰的事吧？"书吟自我调侃着。

商从洲无心多想，当下只想着给予她肯定："你不普通，你很好，书吟，我十七八岁的时候就觉得你很好，很优秀。"

书吟仰头，露出纤细白皙的脖颈，颈线弯着骄傲的弧度，可她的语气卑微到尘土里。

"不用安慰我，我知道，我是个平平无奇的人。"

"你从来都很优秀。"

"我不漂亮，成绩不好，家庭条件也很一般。"

"你很漂亮，你和沈以星站一起，我总忍不住看你。"

"被你喜欢着，让我觉得我很幸福。"

"我爱你，书吟。"

她一遍一遍地否定自己，而他一遍一遍地肯定她。

书吟眨了眨眼，眼里似有一只乌鸦飞出来，穿过堆叠的乌云，在空中，幻化成蝶，飘荡在商从洲的眉檐下。

他走到书吟面前，半蹲下来。

他的脸在灯光照耀下异常清晰，他用无比郑重、真诚的语气，一字一句地说："书吟，谢谢你不抱任何希望地喜欢我这么多年。"

她眼尾泛红，浮起雾蒙蒙的潮湿。

就连她自己都无法相信，那份单薄的喜欢，竟然支撑着她走过了无数个漫长的冬天。

灯光下，商从洲的影子轻晃，他连同他的影子一同拥抱住了她。

她听见他平稳低沉的嗓声，透着不可遏制的颤抖："也谢谢你的出现，让我可以爱你。"

他语气郑重得像是在许一个百年的誓言。

一切都有迹可循。

如果只是普通的学长学妹关系，书吟何必要答应他口译的工作？

如果那晚和她一夜情的对象不是商从洲，书吟还会答应对方无稽之谈的"负责"吗？

如果不喜欢，昨晚他俩都清醒，为什么还会纠缠在一起？

学生时期的每一个闪躲的对视，装不在意的动作，刻意拉开的距离，背地里藏着的，是她所有的、胆怯的少女心事。

礼堂后台她叫住他，祝他"高考加油"；楼梯间无意的相撞，她的恐惧与逃离，不过是为掩饰自己；雨夜的便利店，他出现在她面前时，她眼底一闪而过的惊喜……

她是晦涩的诗，句句藏爱却不说爱。

而商从洲，是字字言爱的告白诗，直白赤诚。

爱让人变成卑微的胆小鬼。

越是珍视，越是小心翼翼。

    书吟靠在他的怀里，感受到两颗心脏同时跳动，同频的、急促的。

连绵的雪好似瞬间消融，他带来无数个春天的炙热。

书吟大脑钝钝的："你说，你爱我？"

商从洲俯下身，鼻息里溢出一抹笑。

他苦笑着："书吟，你凭什么以为我会酒后乱性？那晚，我压根儿就没喝什么酒。也算不上是什么意乱情迷，我一直都很清醒。"

清醒地拥吻，热烈地回应。

正是因为清醒，所以理所应当地沉溺在她的身体里，沉溺在她的喘息里。

书吟睁着眼，整个人似浸在云里，或溺在海里，四面八方都是他。

原来她心里的若有似无，都是真的。

"……我那晚，也没有喝醉。"她喉咙干涩，慢声道。

商从洲神色平静："我知道。"

书吟讶然："你知道？"

商从洲笑："意料之外，意料之中。"

书吟又问："你什么时候知道的？"

商从洲说："看到照片的时候猜到的。"

他镇定又凌乱，脑海飞速运转，回忆过往，发现重逢后的每一个瞬间，都能找到她望向自己的痕迹。

那份爱是沉默的，不抱有任何奢望的，和她给他的感觉一样。

可他希望她能够活得再喧嚣一点。

他希望她眼里是碧波万顷的湖，而非死气沉沉的潭。

书吟笑了笑："一张照片，好像把我所有想说却说不出口的东西，都说了出来。"

商从洲说："不是照片，是照片下面的字。"

书吟从他的怀里出来，拿过他手里的照片。

"我当时以为你不知道我的名字。"

所以她才会写下这么一行话的。

"没想到我竟然记得。"

"嗯，那天在柏悦，你竟然叫了我的名字。"那日起伏的心潮仍在胸腔里回荡，书吟怔怔道，"我们已经有近十年没见面了，你怎么还会记得？"

"你总是看轻你自己。"商从洲说，"我希望你能够把自己看得重要一点，你不普通。"

书吟顿了顿，心里有难言的情绪。

商从洲抓着她的手，紧握着，他掌心有着微末的潮意。

难以置信，方才的一通对话下来，他紧张得手心冒汗。

商从洲还有工作，情热并未持续太久，而且他们需要时间平复——
这份暗恋，这份相爱。

晚上，两人还是分房睡的。
还是彻夜难眠。
比昨晚还要心乱如麻。
书吟无法入睡。
即便承认自己喜欢他时，她是那样平静，平静得连她自己都难以置信。
当初连和他说话都要费尽所有力气的人，有朝一日，居然能够心平气和地说："商从洲，我喜欢过你，我也试图放弃过你，可是时间不听话，把每一个下定决心不再喜欢你的明天，推至永远不会到来的明天。"
放在床头的手机亮了一下，书吟有预感，是商从洲找她。
她拿过手机一看，果然是他。
商从洲：睡了吗？
书吟：没有。
商从洲：睡不着吗？
书吟：嗯，你呢？
商从洲：完全没有办法睡着，闭上眼睛，就会想到你。
商从洲：我想抱你。
商从洲：书吟。
商从洲：可以吗？
窗外有一抔雪落了下来，发出轻微的声响。
书吟仿佛被落雪砸中，五官挤成一团，仔细瞧，满是欢喜。
她用力抿了下唇，压着嘴角的弧度：只是抱吗？
她无法相信他的话，昨晚发生的一切尚历历在目。他说他想接吻，可事实上，他得寸进尺地吻遍她的全身。
商从洲：当下的念头，只是抱你。
商从洲：但抱到你之后，或许还想亲你，你知道的，我没法不对你动别的心思，我承认我是个贪得无厌的男人。
这就是商从洲，有种恶劣的坦诚。
这个曾经困住她青春的人，把她带到了他的未来里。
再没有比现在更幸福的时候了。
面对他清风朗月的恶劣，书吟无法拒绝，甚至倍感幸福——他只在她面前如此。
她拥有的，是毫无保留地将完整一面平铺在她面前的商从洲。
要有多信任，才会毫无顾忌地把完整的自己，暴露在另一个人面前呢？
书吟用力眨了眨眼，撇去眼里的湿漉。
她回他：两点了。

商从洲：可我想你了。

书吟心软得无以复加：那就抱一下吧。

商从洲：好。

回完消息，书吟按下床头灯，她穿上拖鞋，往外走。

门打开，还不待她抬眸，一只手臂猛地从门外伸了过来，把她按在一个温热的怀里。

一个吻不由分说地压了过来。

他的唇很软，吻得很轻，细密的呼吸随着唇齿在对方的口腔里翻涌，温柔得让她不忍离开。

她没有闭眼，他也没有，他们在昏暗中灼热地接吻，彼此的眼很亮，亮得能装下一整片星空。

他们吻了又吻，停下，离开，再度贴在了一起。

渐渐地，她合上了眼，全身发软地被他拥在怀里，抱回房间。

身下，是还带有她体温的床；面前，是他倾覆而来的情热。

床头灯暗灭，世界堕入昏沉的夜色中，唯有风雪喧嚣。

没有人能抓住风，拥住雪。

但他们眼里游荡的，是风花雪月。

无比清晰的夜晚，无比清晰的缠绵，情生意动时，商从洲手托着她的脸，迫使她和他对视。

"你看我眼里是爱你更多，还是欲望更多？"他喑哑的嗓，蛊惑着她的心智。

涔涔热汗，她浑身发烫。

没有给她思考的时间，他突然间的动作，给了她答案。

全是欲望。

平日温润如玉看似与情爱不沾边的人，竟然也有如此放纵浮浪的一面。

到最后，她眼里沁出薄薄的泪来，隔着泪光，她看见他的脸，温柔又肆虐，尤为矛盾，又尤为和谐。

这是第一个，书吟醒来后，不需要偷偷摸摸离开的早晨。

如果她把下午三点定义为早晨的话。

她整个人昏昏沉沉的，靠在床头，拉扯着被子。一碰一动，后知后觉，她发现床单被套换了一套。

也不知道商从洲什么时候把床单换了的。

她到后来都睁不开眼，心底却很踏实，因为知道有他在。

好像只要有商从洲在，她什么问题都不需要面对，不需要思考。这有悖于书吟二十多年来建立的人生态度——她不需要依靠任何人，因为没有人能够完全地给她依靠。

稍稍发了一会儿呆，她拿起床头的手机，里面躺着不知道多少条未读消息。

七点三十分。

商从洲：我走了，早餐在桌子上。

七点五十五分。

商从洲：我到公司了。

八点十分。

商从洲：要去开会了，你什么时候醒？醒来记得吃早餐。

九点半。

商从洲：刚开完会，你还没醒吗？

十点半。

商从洲：你醒了给我发条信息好吗？

十一点五十分。

商从洲：我保证，下次会收敛点，你快醒好吗？

下午一点三十五分。

商从洲：书吟。

下午一点四十分。

商从洲：你人呢？

下午两点。

商从洲：我的老婆呢？

下午两点十五分。

商从洲：老婆。

下午三点十分。

商从洲：我想我需要回家一趟，看看你是不是又跑了。

原来他谈起恋爱来是这样的，好黏人哦。

可仔细一想，他本来就是个很温柔的人，对于还只是学妹的书吟，都能照顾有加，更何况是对他的爱人呢？

书吟怕他真旷工了，连忙回他：我刚醒。

她垂下眼来，深知前两次的离开有点儿……不地道。但那时的情形，书吟不知道要怎么面对他。

她说：不会跑。

商从洲几乎是秒回：饿了吗？我让人送饭过来。

书吟笑：你好像总是在操心我吃没吃。

商从洲：有吗？

书吟：有。

商从洲：我还给你买了一条围巾，天冷了，出门记得戴围巾。

书吟：啊？

商从洲：在客厅放着，待会儿去看看，不喜欢的话，我再买一条。

商从洲送的围巾是某品牌今年的爆款，也因为是爆款，很难买到。

前几天，书吟还收到沈以星的消息，吐槽怎么现在的奢侈品品牌方越发不当人，小小的一条围巾都搞上饥饿营销了。

当时书吟把照片放大，看了一眼围巾，发现确实挺好看的，怪不得受人哄抢。似乎那个时候，商从洲从她身边路过了。

但他没有问，只是把这件事记在心里。

书吟很难想象他是怎么和人描述这条围巾的，又是问了多少个人，才买到的这条围巾。最难想象的，是他把她的事记挂在心里，为此竭尽脑汁的模样。

她心里总有种落雪满城的感觉，压得她喘不过气儿来。

心事很沉，身体却是轻盈的，像是被人托举着，哪怕世界下一刻就要爆炸，也不害怕。

她翻了翻日历。

商从洲的生日在小雪前一天。

距离他生日，还有十天。

日子不紧不慢地过，很快，到了商从洲生日前一天。

商从洲下班到家时，书吟正坐在沙发上看电影，见他回来，笑盈盈地道："你回来啦。"

商从洲把外套放在另一旁的沙发上，而后，坐在书吟身边，长手一伸，把她拥在怀里。

他身上有着风雪的味道，清冷凛冽。他眉宇间有几分疲惫，书吟伸手，动作并不熟练地帮他按了按后颈。

"今天很辛苦吗？"她鲜见他这般劳倦。

"有个合作方很难缠，土暴发户，喜欢酒桌文化。"商从洲眼里闪过一丝厌恶和烦躁，"明天还得陪他喝酒。"

"明天……吗？"她手上的动作停了下来。

"嗯，怎么了？"

"明天是你的生日。"

"我好像没和你说过，你怎么知道的？"他饶有兴致地盯着她。

书吟的答案显然不是他期望的："结婚证上有你的身份证号码。"

商从洲神情里有几分失落："还以为你偷偷调查我。"

"我是喜欢你，但我不是变态，背地里调查你这个、调查你那个。"书吟觉得好笑，"我不是你，假装路过，实则偷看我的手机。"

商从洲仰头，双眸眯成一道小小的缝，睨向她："是不喜欢我送你的围巾吗？"

"喜欢。"

"以后有喜欢的东西，都和我说。"

"不行。"

"别不舍得让我花钱。"

"说了就没有惊喜了。"书吟说,"我喜欢惊喜。"

商从洲愣了下,随后,对上她的笑眼,他也笑了,眉宇间的疲惫一扫而空。

无尽温情的夜晚,洗过澡后,商从洲欲去书房工作。

书吟叫住他,她手里拿着一个盒子,巴掌大小。

商从洲隐约能猜到里面是什么东西,但不敢承认,他总觉得不可能。

书吟说:"本来是打算明天送你的生日礼物,但你明天还要工作,也不知道几点才能回家。我想了想,还是现在送你吧。"

商从洲:"什么东西?"

书吟:"拆开看看。"

商从洲接过来,拆开。

深黑色的盒子里,装着一枚戒指。

设计很特别,起伏嶙峋的线条。

他不解:"……这是?"

书吟说:"我录下了我的声音,声音数据经过几何拓扑优化后,形成的最佳结构——做出来的戒指。"她把桌上的手机拿过来,递给他,示意,"里面还有NFC芯片,你扫一下,能听到我的声音。"

商从洲低敛着的眼,幽暗难辨。

用她的声音做出来的戒指……

即便他听不见,也能看见她叫他时,声线是如何起伏波动的。

他垂落在身畔的手瞬间脱力。过了好久,他如梦初醒般地回神,捏了捏掌心,而后,接过手机,扫过戒指。

耳边,响起的是她在密闭空间里录下来的一句话。空幽婉转,像是在云雾里浸泡过似的柔软。

她说——"商从洲,我喜欢你。"

哪怕有朝一日你听不见,但依然能看见,我说喜欢你时,波澜起伏的声线。

第十二章 具象化的爱

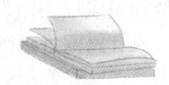

> "十六七岁的时候，最爱股装。装满不在意的一个对视，装云淡风轻地擦肩而过，装不为所动的对白。没有人知道，我会在人群中一眼锁定你的背影，也没有人知道，光打在你脸上时，我有多心动。"
>
> ——《十六，十七》

商从洲回到书房，四周是绝对的寂静。

这种寂静反倒让他无法平静下来，心跳声过于响亮，甚至隐约能听见细密滚动的血液涌动声。

他抬手，望着指间的戒指，想到十分钟前，听见手机里响起的她的声音，他是前所未有的手足无措。

得知他佩戴助听器之后，书吟从未对此过问好奇过。

他以为她不在乎。

现在想来，因是她的体贴让她藏起那份好奇。

她常说他温柔，实则温柔的人是她才对。

堆积的工作还有很多，理智提醒他应当将感情搁置一旁，而感情却又让他无法从这枚具有特殊意义的戒指上挪开眼。

商从洲是在信托金中长大的，外公给他的信托金足够他骄奢淫逸十辈子。

他从小到大收到的礼物，分为两种：价值连城和有市无价。

无论哪样，都是指间戴着的这枚戒指无法匹敌的。指间的戒指，似乎掩去了所有礼物的光芒，商从洲认为这是他收到的最好的礼物。从此以往，都不会有比它更好的了。

戒指很轻，却又很重，装着书吟一整个青春的喜欢，连绵的、长久的、反复挣扎的喜欢。

这份爱是平静的休眠火山，只有商从洲知晓，其中的汹涌澎湃。

长久的安静，电脑进入待机状态。

商从洲拿出手机，给书吟发消息：什么时候买的戒指？

书吟回得很快：你专心工作。

书吟：第二个早起跑掉的早上。

商从洲指尖顿了下。

他低垂着眼：谢谢。

他知道说"谢谢"很生分，可是除此之外，他不知道要用什么词来表达他的心情，只有感谢，感谢她的出现，感谢她的认真，感谢她喜欢他。

书吟：这是我送你的新婚礼物。

书吟：谢谢你喜欢它，我很开心。

即便没有被他发现那张照片，书吟还是会送出这枚戒指。但她不会告诉他，戒指里的秘密。

她的喜欢是被淹没的渔火，没入宁静的湖泊。

手机一振，商从洲又发来一条消息。

商从洲：抱歉，我没有给你准备戒指。

书吟笑意疏淡：现在准备或许也不晚。

商从洲：希望如此。

隔着两堵墙，二人在手机里聊天。

到最后，还是书吟暂停了对话：你快点去工作吧！

书吟：我要看会儿电影。

商从洲：好，我尽量在电影落幕前结束工作。

不工作的日子里，书吟有个习惯，每晚睡觉前，看一部电影，或者是一本书。

书吟靠在床头，选了部电影。

电影近两个小时，时间很快过去，离结束还有十分钟的时候，卧室门被人由外推开，穿着深灰色家居服的商从洲走进来。

与此同时，沈以星打了通视频通话过来。

书吟莫名心虚，示意商从洲别说话。

商从洲："我就那么见不得人吗？"

书吟哭笑不得："星星就是怕你和我睡一张床，所以才不来我这儿睡的。她以前，一周起码有三天睡在我家。"

商从洲皱眉："谁谈恋爱不和男朋友睡一张床的？"

书吟脸微红："……她可能一时间没法接受闺蜜谈恋爱的事。"

商从洲目光低低地压下来，无奈地认同："好吧。"

视频接通，沈以星的脸占满整个手机屏幕。

"你在干什么呀？书吟吟。"

"看电影。"书吟问她，"你呢？"

"我好无聊，想来找你，想和你睡觉。"沈以星恨恨道，"商从洲不会还在你家吧?"

"他……"书吟瞥了站在床边的商从洲一眼,底气不足地说,"在我家。"

"他自己没有家的吗?为什么老是在你家睡?他好烦。"

书吟无奈。

"你俩应该是分房睡的吧?你不要被他所迷惑了,虽然他长得很帅,个子又高,又有钱,为人体贴又大方,但是!但是!但是!"

她接连说了好几个"但是",书吟耐心地等,久久没等到下文。

"但是什么?"

"但是面对诱惑,我们要勇敢地说,不要——"

"——不要停。"

沈以星愣了下,随后又笑又叫,笑得气都喘不过来:"算我求你了,不要把你的搞笑天赋用在这种地方。"

书吟弯唇一笑。

沈以星问她:"同居生活开心吗?"

书吟看了眼商从洲,他也在看她,神情里隐有期待她的回答。

"你和段淮北的同居生活开心吗?"她反问沈以星。

"我和段淮北?他大部分时间都在研究所,跟他同居,和我自己待着没什么两样。他唯一的作用,就是我晚上踹被子的时候,他会帮我把被子盖好。"即便只有这么一个作用,沈以星脸上的幸福也呼之欲出。

"商从洲应该不会大晚上帮你盖被子吧?你应该是会保护好自己的,晚上把房门反锁了,对吗?"沈以星一脸殷切地看着书吟。

书吟沉默了一瞬。

再抬眸时,她手心一空,手机辗转至商从洲的掌心。

大半夜的,沈以星看见屏幕里的书吟消失,紧接着,出现在她眼前的人,成了商从洲。沈以星跟见了鬼似的,表情惊恐,唇瓣打战。

她皮笑肉不笑:"从洲哥,这么晚了,还不睡呢?"

商从洲慢条斯理:"你不也还没睡吗?"

沈以星读出了他的话外音:你快点去睡,别烦我和我女朋友谈恋爱。

她语速迅速,干脆利落地道:"我好困,我先睡了,从洲哥晚安!拜拜!"然后,没有一丝拖泥带水地挂断了视频通话。

嘈杂的房间,霎时恢复安静。

书吟失笑:"你吓到星星了。"

商从洲皱眉:"她不安好心。"

他把手机递还给书吟,继而掀被,上床。

"哪有?她只是觉得我第一次谈恋爱,怕我被人骗。"书吟知晓沈以星的担忧,"大学的时候,有个学长追我,送了我一个礼拜的玫瑰花,还在宿舍底下摆了很多蜡烛,弹吉他和我表白,挺高调的。"

闻言，商从洲像是咽了一颗生涩的青梅，唇舌都是酸的："挺多人追你的啊。"

又是学生会的学弟，又是学长。

这还仅是她提到的，没提到的，恐怕还有更多。

他从不怀疑自己的眼光，他看上的，一定是最好的。

"后来我才知道，他和他们学院的同学打了赌，赌一个月以内把我拿下。"书吟笑里没有太多情绪，"沈以星知道后，气炸了，恨不得找人揍他，我劝了她好久，才拦住她。"

商从洲大学时也见过类似的事情，他没想到，书吟竟然是这种事里的女主角。

他眉头微拧："还好你没答应他。"

书吟起承转合，回到最初："所以沈以星真的很怕我被人骗。"

"可是已经骗到手了。"

结婚证都领了。

书吟惆怅幽怨："沈以星要是知道我俩不是男女朋友，而是夫妻，她估计会气炸。"

商从洲："放心，一切交给我。"

书吟："你说的。"

商从洲："嗯，我说的。"

第二天是商从洲的生日，可他不过生日已有很多年。

但书吟记着这事儿，早上睡得迷迷糊糊的，察觉到他起床，她自动自发地抱过来，困得眼都睁不开，惺忪着嗓，说："生日快乐。"

"嗯，我很快乐。"他手指陷入她的发间，呼吸停靠在她唇边，轻轻地压下一个温热的吻，低沉的嗓，极具蛊惑意味。

有你在，我很快乐。

昨夜直到凌晨才睡，他却精神饱满，能在七点起床，去上班。

迎接他生日的，是烦琐的工作。

一整天，商从洲都在忙着工作。一旦得空，他必定是拿起手机，给书吟发消息。

书吟一边看书，一边回复商从洲时不时发来的"骚扰信息"。

直到下午四点。

手机跳出低电量提醒，书吟找充电器充电时，手机有来电提醒。

来电人是她许久没联系的王春玲，她的妈妈。

书吟缓缓接了起来。

"喂，妈。"

"你最近在忙吗？吟吟。"

"没有，在休息。"

"我身体不太舒服，你哪天回家一趟？"

"哪里不舒服？"书吟神色焦急，她没有任何犹豫，"我现在就回来，带你去医院看看。"

"现在吗？"王春玲嗓音里很是开心。

"嗯，你不是不舒服吗？病不能拖。"书吟边换鞋边说，语调是焦虑担忧的，全然没察觉到任何不对劲，"我买了车，很快就能到家。时间还早，能带你去医院看病。"

王春玲更开心了："还买车了啊？"

书吟："嗯，前阵子买的。"

电梯里信号不佳，滋滋电流声里，那端喧嚣的对话声，显得无足轻重。

书吟没有在意，她只听到王春玲说身体不舒服，心急如焚，没有心思想别的。

"我这边信号不好，妈，我先挂了。"挂断电话前，书吟不忘叮嘱王春玲，"你找一下社保卡，去医院看病要社保卡的。"

电梯到了，她跑向自己的车，火速发动车子，去往父母家。

过去的路上，书吟反思自己，疏于对父母的关心与照顾。

她大学时买房，是为了独立，是为了远离父母。

高三那年，书吟家里拆迁，书志国和王春玲回南城做起了清闲的拆迁户。他们不再上班，每日待在家里。书吟曾渴望的父母陪伴，在高三这一年终于实现。

只是这份迟来的陪伴，带给书吟的是意想不到的疲倦。

王春玲和书志国时常吵架，吵架的理由千奇百怪，日常有太多鸡毛蒜皮的小事，他们对彼此没有太多的宽容，一丁点儿小事都能吵得热火朝天。

书吟常常在二人吵架的背景声中做题，做到一半，王春玲到她的房间，哭诉书志国的百般不好。

她正高三，压力很大，然而面对王春玲的哭诉，书吟回回都耐着性子安慰。

不知多少次，书吟也累了，她问："妈，你有没有想过和爸爸离婚？"

王春玲喋喋不休的话陡然停住。她愕然："你为什么会有这种想法？"

书吟说："你不是嫌弃他吗？"

王春玲嫌弃书志国在家什么都不干，洗衣、拖地、烧饭、炒菜等所有家务，都是王春玲自己做。如果书志国做了什么家务，那他一定会来这么一句话。

——"我在帮你做家务。"

好像女人天生就该做家务，男人天生就是坐享其成的。

王春玲嫌弃书志国每天出去打牌，回来的时候带着一身烟味。

王春玲嫌弃书志国对家里的事不上心，洗手间的灯泡坏了也不愿换。书志国被逼急了，以一句"我又不是电工，怎么会换灯泡"回应。

"你现在也不缺钱，自己一个人生活，应该也挺好的。"书吟说，"你俩要是离婚了，我肯定跟你。"

回应她的,是王春玲的指责:"书吟,我是真没想到你竟然要你的爸妈离婚?你有没有心的啊,哪有女儿盼着爸妈离婚的?"

那你们到底在吵什么呢?

书吟想不明白。

既然无法包容他的懒惰,无法忍受他的大男子主义,看他哪儿哪儿都不顺眼,为什么还要和他生活在一起呢?

后来也不知怎么,或许是他们终于意识到,家里还有个高考生,需要保持安静的环境,于是没怎么吵了。

但书吟的压力更大了。

——"这是妈妈特意给你做的菜,你不在家,我们都不舍得买这么贵的肉,你多吃点。"

——"要不是为了送你上学,爸才不会起这么早呢?冻死人了这天。"

——"我好像看到有个男生站你边上,你该不会谈恋爱了吧书吟?爸爸妈妈努力供你上学,是要你考个好学校,不是为了让你谈恋爱的!"

——"你看我们对你多好,每天给你做这么多好吃的,你看那谁谁谁,他爸妈有这么好吗?"

…………

如此种种,自我感动式的父爱母爱,以及窒息感十足的关心,压得书吟喘不过气儿来。

原来她梦寐以求的陪伴,并不如想象中的美好,甚至称得上是天差地别。

大学时,她用拆迁款买了一套房。

房子在奶奶强烈的要求之下买的,起初她不懂,后来——对于她出国一事,书志国和王春玲并不赞同。

——"留学有什么好的?要我说,你就好好考编,去学校当个老师,安安稳稳的多好。"

——"工作两年,再找个体制内的男朋友,要个孩子,到时候爸妈都会帮你带小孩的。你们现在的年轻人,没什么压力的。"

——"等你留学回来,都几岁了?到那时候,条件好的男孩子都被人挑走了。"

——"你该不会不想结婚吧?书吟,你不结婚,爸妈的面子往哪儿搁?"

面子。

面子。

全是面子。

她成绩好,说出去有面子。

她考上北外,过年时走亲访友,也有面子。

她长得漂亮,也有面子。

如果她考编当老师,岂不是光宗耀祖有面子了?

书吟总算明白了奶奶的用意。

她不和父母同住，不再听她不愿听的唠叨，不再听父母打着为她好的口吻催她结婚、考编、生子。
　　无数个独居的寂寥日夜里，书吟总是会心软地劝说自己。
　　他们是她的爸妈，总不会害她。
　　他们没怎么读过书，所以思想还停留在过去，认为生儿育女是所有人都要经历的。
　　他们也有许多对她好的时候。
　　她不能因一时的烦躁，而忽视了他们多年以来的关心。
　　说到底，书吟十八岁以前产生的所有开支，都是用的他们的钱。

　　母亲身体不舒服，书吟自然着急。
　　她急匆匆地把车停在单元楼下。
　　王春玲和书志国住的小区没有电梯，共六层楼，他们住在三楼。
　　书吟几乎是跑着上楼的，大门微掩着，书吟推开，而后，愣住。
　　家里很是热闹，客厅沙发上坐了好几个人，放眼望去，都是中年妇女。她们边嗑瓜子，边聊天，不知聊些什么，气氛火热。
　　最边上的单人沙发上，坐着一位成年男性，目测年龄三十岁左右，衣着打扮具有浓烈的理工男气息，长相周正、斯文。
　　王春玲从厨房里端了一盘水果出来，余光瞥到门边的书吟，眉间一喜："吟吟，你怎么这么快就到家了？快快快，快过来坐着。"
　　半推半拉间，书吟被拉至屋里，和一堆陌生的人打招呼。
　　"阿姨们好。"
　　她想拉过王春玲，问妈妈到底哪儿不舒服。
　　不料，王春玲拉着书吟，停在男人面前："这是你许阿姨的儿子，年纪和你差不多，你和他聊聊天。"
　　书吟的脸，"唰"地冷了下来。
　　书吟霎时明白过来。
　　王春玲哪有病？她是在装病，骗书吟回家，相亲。
　　王春玲看见了她冷下来的脸色，硬拉着她，压着声音，道："这么多人在，你给妈点儿面子。"
　　又是面子。
　　书吟到底是心软的，强撑着笑，和面前的男人打招呼。
　　"你好。"
　　"你好，我叫许钧豪。"
　　"书吟。"
　　"我知道你的名字，书吟，你的名字很好听。"男人站了起来，夸赞完，反倒自己不太好意思，略有些拘束地挠了挠头。
　　"钧豪这人就这样，很腼腆害羞的。"边上坐着的一位阿姨开腔了。

许钧豪叫她："小姑……"

"好好好，我不说了，你们年轻人聊，我们打麻将去了，给你们小年轻腾地儿。"

说完，沙发上坐着的人都走了。

王春玲钻进厨房："快到晚饭时间了，小许啊，你留在家里吃个晚饭再走。"

许钧豪看向书吟。

冬日阳光光线稀薄，落在书吟的脸上，是毫无血色的惨白。她嗓音里不含一丝温度，说："吃了晚饭再走吧。"

以为她会把人赶跑，没想到她却松口留人。

王春玲心想，书吟该不会看上这小许了？

她趁热打铁："书吟啊，小许是北师大毕业的，现在在附中——你母校，当数学老师。人家就比你大一岁，你俩应该有共同语言！"

许钧豪诧异："附中是你母校吗？"

书吟神色清冷："嗯。"

许钧豪说："也是我的母校。我是2015年毕业的。"

书吟："我是2016年。"

许钧豪："那你得叫我一声'学长'。"

见他俩就此展开话题，王春玲喜上眉梢，适时离开。

"说不准我们还见过呢？我——"

余光瞥见王春玲进了厨房，书吟打断许钧豪："我们换个地方聊聊，可以吗？"

许钧豪顿了顿，说："可以。"

王春玲和书志国执意给书吟留了个房间，但书吟没在这里睡过一晚。

她走进来，敞着门，不待许钧豪开口，她直说："抱歉，我很久没回家了，我爸妈对我的事不太了解。"

许钧豪讷讷："什么意思？"

书吟声音平淡："我已经结婚了。"

许钧豪脸上表情崩坏，过了半分钟，他找回自己的声音："你开玩笑的吧？不想相亲你可以直接说的，没必要用这种理由拒绝我。哪有人结婚不告诉自己爸妈的？"

受过教育的知识分子到底是不一样的，他有理有据地分析着："王阿姨也和我说过，她之前给你介绍过几个男的，你连面都没见就拒绝了他们。我希望你不要太拒绝相亲这种事，也不要太有压力，相亲不过是认识人的一种渠道，不是说，我和你相亲了，我俩就是要结婚的。"

怪不得王春玲要用这种方式骗书吟回家。

许钧豪俨然是她母亲眼里的完美女婿人选。

要学历有学历，要工作有工作，谈吐大方又有礼貌。

兴许是他太过体面，让她的拒绝，有些难以启齿的狼狈。

"我没有和你开玩笑，许……老师，"她记不住他的名字，只记得他是老师，她的呼吸裹挟着疲惫，"前不久领的证，隐婚，暂时没有和任何人说。"

许钧豪仍旧不相信，但他也不相信，会有人拿结婚当挡箭牌。

书吟胸肺里沉着口浊气，她说："你比我高一届，那你应该认识商从洲吧。"

许钧豪："认得，他和我还是一个班的。"

书吟："他是我丈夫。"

许钧豪呆住了好半晌。

他脸上的表情很是精彩，震惊、茫然、错愕，到最后，竟然隐有一丝的鄙夷。

"开什么玩笑？他是你丈夫？"

书吟怎么会看不出他眼里的嘲笑呢？

人们常在相亲后面加一个词，市场——相亲市场。

因此，相亲与做生意没什么差别。

相亲的人，总要审视另一方，与其是否配对。学历、身高、外貌等等都在考察范围内，匹配成功，才有进一步了解的机会。这是门槛。

而在这个市场里，商从洲是放在高端商场奢侈品店的顶级商品，全球限量款。

至于书吟。

说得好听点叫全职翻译，难听点呢？是没有固定工作、固定收益的无业游民。家境普通，最拿得出手的，是她的学历。

可在繁华的南城，重点大学毕业的学生一抓一大把。

一句话简单概括——比上不足比下有余。

不是一个世界的人，怎么可能会在一起？

书吟双唇翕动，但她意识到自己和商从洲的事，又岂是三言两语能说得清的。

光尘涌动，沉默间，许钧豪离开她的房间，走去了厨房。

王春玲的嗓门很大："什么？这就走了？"

"书吟，你送送小许啊！"

也不知道许钧豪说了什么，王春玲气急败坏地走到书吟面前："你和小许说了什么？他不是答应了在家里吃晚饭的吗？怎么又走了？"

"我和他说我结婚了。"

"什么？"王春玲的声音响得几欲掀起天花板，"你上哪儿结婚的？你和谁结婚，你结婚我怎么不知道？"

"就是和一个男的结婚了。"

"书吟！"王春玲气得脸上下垂的肉都在抖，"你现在什么理由都能编出来了是吗？"

"我没有编，我也没有骗你。"书吟淡声道，"我要回家了。"

"回什么家？这里不是你的家吗？"

"是我家，是我没住过一晚的家，是连书桌都积灰的家，是我一进屋就发现屋子里坐着一堆我不认识的人的家，是我一年回一次，迎接我的不是爸妈的关心问候而是相亲的家。"

"妈，你看这里像是我的家吗？"

她双眸紧合，再睁开，眼里流淌着的无奈，落在王春玲眼里，是无可救药的嘲讽。

回应她的，是"啪"的一声。

疼。

刮骨的疼。

极用力的一个巴掌，扇在书吟的脸上。

她被打得脸往一侧斜去，身体不受控地晃了晃，险些站不稳。

不知安静了多久，王春玲恍然回神，她神情里有自责。可木已成舟，巴掌已经扇了出去，再自责也无济于事。

她心疼地问："……疼吗？妈妈不是故意的，书吟，你能不能考虑一下妈妈的感受？这里就是你的家啊，我是你的妈妈。如果你是我，你听到自己的女儿说的这些话，你心里会好受吗？"

火辣辣的疼感在脸上蔓延。

冬天昼短夜长，日落尤为迅猛。

天色暗了下来，书吟半低着头，脸藏于暗处，看不真切表情。

她深呼吸着，反复几次深呼吸，眼里的潮气叠浪翻涌，都被她噙在眼眶里，没有落下来。

"嗯，我的错。"书吟温顺又服从的姿态，是个完美的乖乖女，"那你呢，你就没有错吗？"

她始终低着头，没有看王春玲，连反抗都是轻声细语的：

"骗我说你生病了，你知道我有多着急吗？"

"我说过很多遍我不需要你给我介绍相亲对象，你有听过我的话一次吗？"

"你总是让我去考编当个老师，为什么？我有说过我喜欢当老师吗？还是因为你觉得有个当老师的女儿很体面，很有面子？"

过去，有太多的委屈时刻了。

分明她是家中独女，可书吟很少有受父母宠爱的时刻。

读书时，只要她成绩倒退，迎接她的不是安慰，而是数不清的指责。

怪她不努力，怪她不认真。

等到上大学了，得知书吟勤工俭学，他们便直接断了书吟的生活费。

书吟要买房时,父母一万个不同意,要不是奶奶把书吟的户口本偷出来,房子估计买不成。因为在父母的眼里,书吟迟早是要嫁出去的,她的未来老公会备好新房,她一个小姑娘买什么房?

商从洲反问过书吟,当他们的儿媳妇,比当他的妻子要重要吗?

其实二者,一样重要。

因为书吟从小到大被灌输的观念是:

——"你得学做家务,等结婚了,要给老公做饭的,你不会做饭,你俩怎么过日子?婆婆会说你的。"

——"你的房间怎么这么乱,要是被男朋友看到,估计会嫌弃你。"

——"结婚了肯定要生小孩啊,至少要两个,不生小孩的话,婆婆肯定不开心。现在婆媳关系多紧张啊。"

书吟真的很想反问她妈一句"你到底是给自己养女儿,还是在给别人养儿媳妇"。

可即便如此,长年累月的"训导",造就了书吟敏感多疑的性格,造就了她的讨好型人格。

她要讨好所有人,除了她自己。

听到书吟的话,王春玲的表情,有震惊,但更多的,是受伤。

"我是你妈,我还会害你不成?我让你当老师,是因为老师这份工作很安逸很稳定!我让你相亲——哪有人是不结婚的?早点相亲,就能遇到条件好的男孩子,等你岁数大了,遇到的都是被人挑剩下的残羹冷饭!"

放在以前,书吟肯定会反问一句,结婚有什么好的。

但现在不一样了。

书吟忍着脸上的疼感,每说一句话,嘴角牵动着脸皮,生疼。

她说:"我真的结婚了,上个月领的证。"

王春玲眼刀锋利:"和谁结婚的?你结婚之前不带那个男的回家让我和你爸见见吗?书吟,在你眼里,到底有没有爸妈?"

书吟说:"见不见都不影响我和他结婚这件事。"

王春玲大怒:"你被那男的灌了迷魂汤了!"

王春玲斥道:"家长都不见就把你骗去结婚的男人,能是什么好东西?书吟,你都这么大了能不能动动脑子?"

相比王春玲的暴怒,书吟万分平静。

书吟颤抖着手,捂脸,缓缓抬起头,眼里蓄着一行泪:"反正我和他已经结婚了。"

王春玲气得整个人都在抖:"你把他叫来!"

她猛地扑向书吟,翻找着:"你手机呢?给那个男的打电话,让他滚过来见我和你爸!"

王春玲力气很大,书吟躲闪着,一个趔趄,整个人跌倒在地。

手机也从口袋里掉了出来。

恰好手机响起来电音乐。

书吟想去拿，王春玲快她一步，拿起手机。

书吟瞥见来电人，是商从洲。

书吟心猛地一紧，脸上的表情不再是平淡无澜的，紧张又慌乱："妈，你把手机还给我。"

王春玲抽了抽嘴角："这就是那个骗你结婚的男人，对吧？"

然后，王春玲没有一丝犹豫，按下了接听按钮。

"妈——"书吟瞳仁地震，声嘶力竭地喊着。

声音透过手机，穿过耳膜，直抵商从洲的耳边。

还不待王春玲开腔，手机因为没电，自动关机了。

王春玲看见眼前黑屏的手机，痛心欲绝："书吟，你看看你现在，为了个男人，和妈妈吵架？你别忘了，是谁怀胎十月把你生下来的，又是谁含辛茹苦把你养这么大的。父母的养育之恩，比不过一个半道认识的男人吗？"

她盯着书吟好一会儿，而后，满脸失望地离开了书吟的房间。

紧接着，是大门打开的声音。

书志国新奇道："楼下停了辆宝马，崭新的，听说是咱们家吟吟的车？真的吗？"

王春玲冷哼了一声，冷嘲热讽道："你家闺女赚钱了，发达了，不把爸妈放在眼里，做事那叫一个随心所欲。"

书志国不明所以："怎么突然脾气这么大？"

他顿了顿，疑惑："和吟吟吵架了？该不会因为相亲那事吧？"

王春玲没好气："我要给你们做晚饭，她在房间，你问她去！"

王春玲骂骂咧咧："大半年才回一趟家，为了她回家，我还忙里忙外地买好吃好喝的，就为了她回来能舒舒坦坦。供她吃哄她喝供她上大学，结果呢？念完书，直接搬去外面住，有主见有想法了，可真是了不得。早知道这样，我就不该让她读书！"

"不让我读书，让我二十岁就结婚生小孩是吗？"

不知何时，书吟走了出来。

书志国见她左半边脸，印着明显的指印，震惊之余，很是心疼："谁打的你？"

王春玲怒道："书吟，你是不是以为读过书就很了不起？敢顶撞我了。"

父母多矛盾，一边想要自己的子女在外独当一面，一边却无法接受子女在自己面前有独立的思想。

书志国一头雾水："到底在吵什么啊？"

王春玲转头斥书志国："你养的好女儿！"

怒火迁移到书志国身上来，他本就听得莫名其妙，现下更是火大："说什么呢？女儿是我一个人的吗？"

一派争吵声里，书吟面无表情地离开了。
身后，书志国叫她："书吟——"
王春玲故意抬高了声音："叫什么？你闺女说了，这不是她的家！"

书吟几乎是跑着下楼的，步伐慌乱，像是逃离。
夜色昏沉沉的，周遭是苍茫的雪，路灯时明时暗。
寒冷的雪天，街道里是寂寥的空旷。小区里点着一盏盏灯火，菜香浸在湿冷的空气里，寒风卷过，被凛冽吞噬。
书吟孤身一人往前走，低着头，漫无目的。
出来得匆忙，她才发觉，车钥匙和手机，都落在了爸妈家里。
一阵寒风吹过，极冷，冻得她鼻尖泛红。
不知走了多久，书吟似是终于支撑不住，在边上积雪重重的公共座椅上直截了当地坐了下来。
落雪如同雪崩般压在她身上，盖住她的衣服，她的肩，她的头发。
头顶是一盏朦胧昏黄的灯，隔着枯朽枝丫，在她身上落下一层光圈。
商从洲跑动的步子，顷刻间停住。
附近的街道他几乎跑了个遍，终于找到了和她极像的身影。他浑身冒汗，气喘吁吁地走到她面前。

湿了的眼睫如同淅沥眼帘般，书吟看着面前出现的人，隐忍着的泪，终于滴落。
商从洲俯身，和她的视线保持着同一水平线。
他忍不住伸手，微凉的掌心，触碰到她冰凉的左脸，不受控地颤着。
"疼吗？"他问。
书吟眨眼，眼泪夺眶而出，蔓延至他掌心。
她带着哭腔问他："你怎么会在这里？"
他问："疼吗？"
她说："疼。"
他深吸了一口气，呼吸间带着白雾。
雪好像在这瞬间下得更大，将他们都埋住。
商从洲解开衣服，把书吟抱进自己的怀里。
他怀里是温热的，柔软的毛衣抚慰着她的脸，她听见他的心跳声，也听见了他的心碎声。
"你怎么会出现在这里？"她问。
"因为我觉得，你需要我。"他说。
像是电影画面般，他的出现，伴随着救赎的宿命感。他是心软的神，让她难以抗拒。
突然挂断的电话，失去平静的声量，搅乱着商从洲的思绪。

商从洲今晚的应酬定于悦江府,他和平时一般,和会所经理订餐,让他送到书吟那儿。

悦江府没有固定的菜单,当日菜品取决于后厨进了哪些菜。商从洲询问过菜品后,打算问书吟几点吃饭,送得太早,怕菜冷了;送得太晚,怕她饿了。

却没想到,电话那端是破碎的一声"妈"。

之后,再拨过去,手机里响起的便是通讯公司客服官方的声音:"电话无法接通……"

商从洲隐有不好的预感,他从未听到过书吟这般颤抖的声音。

当下,他联系容屹。

容屹虽有不耐烦,但听到他话里的冷厉,还是答应了。

那位合作的滕总,看到商从洲带着四个一米九一身腱子肉的大汉保镖,本就心情不佳。一听商从洲有事先走,要派小容总过来陪他喝酒,他吓得不轻。

"要、要不咱们直接把合同签了?"

商从洲瞥了他一眼:"抱歉,因为我个人的关系,所以今晚没有办法陪您吃饭。滕总,我会让助理重新拟一份合同,给您让一个点。"

闻言,滕总喜出望外:"真的吗?"

"嗯。我先走了,抱歉。"

说完,商从洲转身,立马上车。

然而输入导航地址时,他却寻不到方向。

他对书吟的了解,太少了。

仔细想起来,他和书吟结婚,冲动占了百分之八十。

恋爱是两个人的事,结婚是两个家族的事。理智回笼,倘若再来一次,商从洲还是会选择和书吟结婚的。自始至终,他喜欢的是书吟这个人,是书吟本身。任何人事,都无法阻拦他俩在一起。

他不知道她爸妈家在哪儿,好在他能联系到沈以星。

沈以星是手机不离身的人,几乎是电话刚拨出去,沈以星就接了。

她快快的,语气很别扭:"从洲哥,有什么事你让书吟联系我行吗?你背着书吟,联系她的闺蜜,感觉怪怪的,像是咱俩在干什么见不得光的事。"

"沈以星,"商从洲表情冷淡到近乎没有,声线寡冷,"你知道书吟爸妈家在哪儿吗?"

意识到他嗓音里的凛冽,沈以星收起调侃心思:"怎么突然问这个?"

商从洲:"你知道吗?"

沈以星:"……我只去过她奶奶家。"

商从洲:"那她奶奶家在哪儿?"

沈以星:"乡下。"

商从洲:"具体地址知道吗?"

沈以星:"我导航里还有,我找给你。"

商从洲:"好,谢了。"

约莫半分钟,沈以星把书吟奶奶家的地址发了过来。

地址详细具体,导航过去,车准确无误地停在了书吟奶奶家。
院子里点了一盏廊灯,商从洲到的时候正巧是饭点。
书吟奶奶在客厅里边看电视边吃饭,冷不丁瞧见一个长相英俊陌生的男人出现在面前,很是疑惑:"小伙子,你找谁?"
商从洲一身风尘仆仆,问道:"请问您是书吟的奶奶吗?"
"是啊,你认识我家书吟啊?"
"奶奶,您好。"商从洲掏出随身带着的结婚证,自领证那天到现在,他都带在身边,"今天事发突然,改天我一定正式上门,和书吟见您。我和书吟在上个月领证了,这是我俩的结婚证。"
老人家沉默了一瞬,接过他手里的结婚证,反复地瞧。
结婚证照片上的主人公,确实是她的孙女没错——她只读过一年书,不认识什么字,连孙女婿的名字也不认得。
老人家活了大半辈子,经历过动荡不安的日子,也在风雨泥沙里翻滚过,听到孙女偷偷结婚的事儿,也没有太多的心潮起伏。
她弯着眼,鱼尾纹掀起层层褶皱,笑呵呵地问:"那你怎么一个人过来,没带书吟?"
"她去她爸妈那儿了。"商从洲问道,"奶奶,书吟爸妈家在哪儿啊?"
去往书吟奶奶家,商从洲开了一个小时的车。
然后,他又开了四十五分钟的车,才抵达书吟爸妈所住的小区。
书吟奶奶知道书吟爸妈住的小区,她偶尔会过去一趟,但她知道过去的路,并不知道具体在几号楼几单元。
商从洲像只无头苍蝇到处找。
这边的小区年代幽远,没有门卫,他连问的人都没有。
他冥冥之中有种书吟在外面的感觉,于是跑遍周围的街道。
终于,他找到了她。
只是她的情况,比他想象的,要糟糕许多。
一张脸被雪吹得惨白,上面还留着鲜明的指印。
商从洲也有过顽劣不羁的狂妄岁月,被爸爸逮住,马鞭落在他背上,打得他血肉模糊。一旁的华女士哭得不能自己,仿若那伤痛是落在她身上。
商从洲为自己犯的错买单,甘愿受罚,因此,忍着裂皮溅血的疼,紧咬着牙,一声疼都没发出过。他是军人世家长大的孩子,有军人的铮铮傲骨。
他当时不明白,华女士为什么哭得那样凄惨,悲痛欲绝。
此时此刻,他终于感同身受了。
此刻,他恨不得那巴掌落在他自己的脸上。
他忍着胸腔里的隐隐阵痛,问她:"手机呢?"
书吟说:"落在家里了。"

他问:"车钥匙也是吗?"

书吟:"……嗯。"

饱满大朵的雪花簌簌落下,堆积在她头上,他伸手,轻轻地拂下。

商从洲声音轻柔,哄人的语调:"我的车就在附近,我们回车里好不好?"

书吟慢慢地从他怀里出来,瓮声瓮气:"嗯。"

商从洲拉着她的手,放进自己的口袋里,牵着她往前走。

雪地里,留下或深或浅的足迹。

白皙的雪,泥泞的路。

命运的风口浪尖里,他带她奔向远方。

车里的暖气一直没关。

暖烘烘的,书吟身上的雪很快融化,变成雨滴,渗透进衣服里,冰冷的水淌过她的皮肤,冷得她牙床打战。

她毫无生机地坐在座椅上,像是随时都会消失。

商从洲心慌,面上是不动声色的平静,探过身,给她扣上安全带。

一路无言。

到家里地库,商从洲想叫她,侧眸过去,发现她合着眼,似乎睡着了。

他没有把她叫醒,下车,绕过车子,到她这边,动作很轻,怕把她吵醒,直接把她从车里抱了下来。

一锁好车,远处,一辆黑色奥迪缓缓驶来,车灯很亮。

车子驶入车位,停好,随即,商从洲身后响起急促沉缓的脚步声。

电梯在下行,金属门上显示着模糊赶来的身影。

离得远时,陈知让内心里闪过一丝龌龊的念头。误以为他俩在车里做了什么,激烈到,书吟昏睡过去。

走近了,他才发现书吟脸上的指印,左半边脸略微发肿。

陈知让皱了下眉,压低了声音:"怎么回事?"

商从洲脸上表情很挫败:"我找到她的时候,她就已经是这样的了。"

陈知让:"她……该不会是她爸妈打的吧?"

商从洲心底蓦地一沉。

这份沉重,来源于陈知让对书吟的了解。

世界上很多事都能弥补,唯独过去,一腔孤勇在过去面前也无能为力。

电梯到了,他们相继进入电梯。

陈知让替他们按了楼层。

商从洲并未作答,等电梯到了,他抱着书吟离开。

然而,陈知让跟了过来。

"你确定你还有多余的手开门?"陈知让声线凛冽,问。

"麻烦了。"

"密码。"

商从洲报给他一串无意义的数字。

门口放着一个外卖的保鲜盒,四方形,略有点大。

门解锁后,陈知让把保鲜盒拿了进来。

商从洲把书吟抱进卧室,轻手轻脚地把她的外套脱了,放进被窝里。

盖好被子后,他悄然离开卧室,来到客厅。

玄关处,陈知让目光沉冷,静静地盯着他。

暗昼昼的房,两个外形出众的男人,面对面站着。

气氛陷入一段诡异的沉默里,直到陈知让点了一根烟,青灰色的烟雾缭绕。

陈知让嗓音淬冰,嘲弄意味颇浓:"堂堂商二少,竟然连自己的女朋友都保护不好。"

商从洲难得像现在这般无力:"如果只是来嘲讽我,你可以出去了。我没那么多闲心思用在你身上,也麻烦你少花些心思在书吟身上。"

"我和她没有任何私联。"陈知让一派清正肃然。

"那你在这里干什么?关心别人的女人干什么?"

"因为我比你了解她。"陈知让走了过来,晦昧光影里,他望向商从洲的眼底,是呼之欲出的同情与可怜,还伴有几分炫耀,"我和她认识十年,从她十六岁到二十六岁。我没有错过她任何一个重要时刻,我知道她的高考成绩,知道她哪天收到的大学录取通知书,知道她大学四年拿了多少次奖学金,知道有很多人追过她,我还当过她的挡箭牌。我知道她和她父母为什么关系不好,甚至,我还去过她奶奶家吃饭。"

"如果没有沈以星,你算什么?"商从洲猛地抬眸,眼里飘过万重雪,锋利冷峭,"你骄傲自满什么?没有你妹妹,你陈知让在书吟那里,查无此人。"

"而我——"商从洲起身,走到陈知让面前。

室外廊灯的灯光从他们二人面前穿过,划出泾渭分明的两个世界。

他们都跻身暗处,他们都满身荆棘。

当初那枚对着他心脏射出的子弹,现如今,商从洲原封不动地还给陈知让。

商从洲话语里不带任何炫耀的情绪,有的,是向死而生的庆幸。

"——我是书吟喜欢了十年的人。"

"我不需要你和我说你对她的了解,要想知道她的过去,我有的是办法去查。"商从洲极少有这样的不羁与狂妄,嶙峋的傲骨,几乎戳穿陈知让唯一的引以为傲,"但我不想查,我不想从别人那里了解我喜欢的人,别人夸她好或不好,那都是别人道听途说,而不是她的真实感受。"

"我要的是书吟她自己亲口告诉我,她以前过得很不好,很糟糕。"

然后,他会抱住她,告诉她,感谢她从那段时间熬过来,感谢曾经坚强的书吟。

从此以后,所有的苦难,她都不会再一个人面对。她不是孤身一人了,她还有他。

书吟睡了一觉,醒来时,头脑昏沉。

她记得自己做了很多梦,一觉睡醒,一个梦都记不起来。

脸上的疼痛感,拉扯她回到现实生活。

她伸手摸了摸,左脸是很明显的肿,连带着,她嘴角都在疼。

恍惚间,房门被人推开,脚步声轻得埋没在雪声里。

商从洲见她醒了,淡笑着:"醒了,饿了没?"若无其事的,仿佛全然没见到刚才雪地里她的窘迫,也没见到她脸上的狼狈巴掌印。

书吟也擅长不动声色的平静。

她说:"好像有点饿,晚饭吃什么?"

他说:"我熬了点粥。"

书吟掀开被子,下床。

路过架在地面的全身镜时,她还是被自己现下的模样吓了一跳。

睡醒的头发乱糟糟的,哭过的眼红肿,双眼皮线条被拉扯得很宽。脸更糟糕,脸上的手指印越发鲜明。

狼狈又落魄。

她绕去洗手间,梳头发,洗脸。

红肿发烫的脸被温水浇灌,脸部肌肉蜷缩了下。

书吟忍了忍,把眼里涌动的潮湿给抹去。

她对着镜子练习了一个微笑,而后,才出了房间。

客厅里,放着一只保鲜袋,书吟盯着它,有些失神。

商从洲问:"是你买的东西吗?我在家门口看到的。"

书吟记起来了:"是我给你买的生日蛋糕。"

她连忙上前,把蛋糕从里面拿出来。好在室外温度低,放在外面,奶油没有融化。她把蛋糕拆了,放在桌子上。

"你今晚不是有应酬吗?怎么会突然出现在那里?"

"应酬取消了。"商从洲轻描淡写的口吻。

"所以……"书吟问他,"你到底怎么找到我的?"

"如果我说是心灵感应,你会信吗?"

书吟闻言笑了起来,她笑起来的模样很文雅:"信啊。"

商从洲也弯起眼角:"我问沈以星要的地址,但她给的是你奶奶的地址,我绕了一大圈,最后才知道你爸妈家。"

书吟一愣:"……好麻烦。"

商从洲说:"能找到你,一切都好说。"

他叹气:"以后别让我联系不到你,好吗?"

书吟看了他一眼:"我手机落在我爸妈家了,我……"她停顿了几秒,在脑海里组织着语言,想着如何同他解释今天这一遭。

然而商从洲似乎对此不感兴趣,他拉着书吟的手,到餐桌边,说:"先吃饭吧，吃饱了再说别的。"

经历了今天这一遭，书吟的胃口一般。

胃里面没装什么东西，胃上面的心，却是沉甸甸的。

书吟没吃几口就撂下勺子，她不自觉地笑了下："真奇怪，好像每次狼狈的时候，你都会在我身边。"

"每次？"

"嗯。"她声音缥缥缈缈的，有着千帆过尽的淡然，"有一次，我在公交车上，找不到公交卡，是你给我刷的卡。"

"……还有这么一回事儿？"商从洲没有任何印象。

"嗯。"书吟说，"还有一次，在柏悦，陈知让的升学宴。抱歉，我没有故意偷听你和你妈的对话，那天我妈给我打电话，我在你下面一层的楼道，一边听我妈训我，一边听你妈支持你。"

"我那时候，特别羡慕你。"书吟忽地仰头，朝商从洲笑了下，轻声道，"真的很羡慕你。"

并非仅仅羡慕他成长在物质条件优渥的富贵家庭，书吟羡慕的是，父母给予孩子尊重，认真倾听孩子的想法，并无条件支持孩子的那种家庭氛围。

可惜的是，书吟家既没有钱，也没有关爱。

她有的，是父母劈头盖脸的鞭策与批评。

"我今天回我家，不是一时兴起，是我妈妈给我打电话，她说她身体不舒服。"

"嗯。"

"结果回家了我才知道，她身体很好，她让我回家，是为了给我介绍相亲对象。"书吟还有闲心思和商从洲开玩笑，"你的妻子要有男朋友了呢。"

商从洲心里浮起的，是真诚又束手无措的爱莫能助。

他压着心口被灼烧的钝痛，问她："那脸上，是怎么一回事？"

书吟说："我说了一些很难听的话，我妈生气了，所以她打了我一巴掌。"

商从洲没法想象书吟会说什么难听的话，她是个连生气都很克制隐忍的人，讨好型人格让她无法对人轻易发火。她太在乎别人对她的看法了，以至于常常忽视自己的感受。

蓦地，书吟说："不过我和她说了，我结婚的事。"

商从洲眼皮重重一跳，这份颤抖不是为他，而是为书吟。

"你妈妈，她什么反应？"

"骂了你一通。"书吟略过那些难听的词汇，她看向商从洲，"你爸妈要是知道你背着他俩结婚，会不会骂我？"

"不会。"商从洲起身，坐到她边上的位置，伸手，搂过她的肩，把她按在自己的怀里，笑意松散，"我爸妈只会骂我，骂我不尊重你，结婚之前不带你见他们。"

"他们或许还会叮嘱你，以后可别这么草率了，万一遇到个骗婚的怎么办?"说到这里,商从洲大概能猜到,书吟的母亲是怎么骂他的了。

可不是骗婚吗?

他是用了手段,骗她和他结婚的。

"什么以后?"书吟笑,"难不成我还会二婚?"

"当然不,但是我妈很有可能说出这样的话。"

"她在电视里,看上去是个很优雅端庄的女性。"

"电视里罢了,私底下是个需要人哄的老仙女。"商从洲没辙,"她喜欢自称老仙女。"

"但你很配合。"

"她喜欢,我就叫,左不过一句称呼罢了,能讨得她开心也好。"

"我见过你哄你妈妈的样子。"书吟说,"她住院的时候,你在楼下的小花园,和她打电话,画面很温馨。"

商从洲瞥了她一眼,忽然一笑:"当时我边上有两个人,一个男人在抽烟,一个女孩躲在一边。"

书吟脸上神色僵住。

她几欲找不到自己的声音:"你知道我在?"

商从洲双眸轻敛:"嗯。"

很多事,他认为没有提的必要,过去都过去了。

可他不想让书吟长久地困在酸涩的、单方面的暗恋之中。

"那时候心情很不好,所有事都压在我一个人的身上,烦闷躁郁,想着出来走走,想着去便利店看看,"他顿了下,眼里沾染着朦胧的雾气,仿佛进入了过去的时空里,"看看便利店里有没有那个刻苦学习的学妹。那个学妹有种很奇特的魅力,在她身边,我就会特别放松。

"很凑巧,我看到了学妹从便利店出来,然后我就做了件非常傻的事,跟着学妹,到了医院的小花园。"

书吟觉得呼吸好似在拉扯着心脏,她有些控制不住自己的情绪。

商从洲说:"当时没想过自己会喜欢上一个人,即便过去那么多年,也没觉得那是喜欢。"

只是觉得面对她的时候,他很放松。

这算是喜欢吗?

难以辨清。

诚然,她是特殊的,只是这份特殊,与男女情爱无关。

商从洲说:"我也很难说清到底是什么时候喜欢上的你,只是每次和你见完面,都会忍不住想你。

"想到那个在图书馆里睡觉的你,想到在便利店安静做题的你,想到穿着礼服在舞台上主持的你,想到把咖啡倒在我身上的你……安静的、优秀的、闪闪发光的你,敏感、狼狈的你。"

他看见书吟散落在世界上的碎片。

"所有模样，在我脑海里形成了具象化的爱。"

他一片片地捡起，一片片拼凑，拼凑出完整的书吟。

书吟靠在他的怀里，听着他说这番话时，心脏极速跳动着。

商从洲感知到胸口传来的潮湿。

他伸手，擦着她脸上的眼泪，低笑着，哄她："好了，别哭了，再哭下去，就不好看了。"

书吟哽着嗓："你难道不应该说，你掉眼泪的模样也很漂亮吗？"

商从洲说："我只说实话。"

他说："我就是觉得你很漂亮，不管是以前，还是现在。"

书吟觉得这眼泪止不住了。

她很少流眼泪，很少有脆弱的时刻，她是受苦难教育长大的人。

"先苦后甜""梅花香自苦寒来""吃得苦中苦，方为人上人"——这是书吟从小接受到的教育。

"不过你现在确实比以前优秀了很多。"商从洲抽了几张纸，动作轻柔，细腻地帮她擦去脸上的眼泪，"这些年，是不是很辛苦？"

"大家都过得很辛苦啊，没有过去的辛苦，也不会有现在的我。"书吟笑着，"哪有人的人生是一帆风顺的？"

"但我希望你少吃点苦，希望你的人生过得轻松一点儿。"商从洲眼里的心疼呼之欲出，他怅然道，"书吟，你要知道，不是苦难造就了你，是你成了你。"

书吟怔怔的，又荒谬，又难以置信。

她以前曾反复问自己，到底喜欢商从洲什么？

而今似乎终于可以给过去执迷不悟的书吟一个答案。

——因为他优秀却不带优越感，身上有着数不清的优点，他是闪闪发光的，但他不吝啬将身上的光，照耀在别人身上。

大雪仍在下着。

室内的潮热感被暖气烘干。

书吟缓缓从商从洲的怀里直起身，揉了揉眼，说："今天是你生日，你有打火机吗？点个蜡烛，许愿。"

商从洲说："没有。"

书吟拿着蜡烛进了厨房，没一会儿，拿着点燃的蜡烛出来。

商从洲问："家里有打火机？"

书吟漫不经心地道："煤气灶点的。"

商从洲眼皮一跳："你可真是剑走偏锋。"

书吟把蜡烛插上，将蛋糕放在商从洲面前，然后，把四周的灯都关了。空间里唯一的光，就是摇曳的烛光，她催他："好啦，寿星，许愿啦。"

商从洲挑眉:"没有生日歌吗?"

书吟:"有。"

她唱着,她有一把好嗓子,出乎意料地,唱歌跑调严重。

但商从洲眼梢弯成细细的线,如听天籁耳暂明。

商从洲已经很多年没过过生日了,即便过生日,他也不会许愿。

他物欲很淡,又因家境优越,想得到的东西都唾手可得。至今为止,并没有任何事物需要他劳心劳力过。

在今天以前,他是这么认为的。

今天之后,他有了心愿。

他希望书吟未来的人生,顺遂平安。

许完愿,他从口袋里掏出一样东西,很小的一个四方丝绒盒。

和书吟送他的盒子,极像。

摇曳的烛火,似将周围的氧气耗尽,空气越发稀薄,呼吸逐渐紧促。

书吟明知故问:"这是什么啊?"

商从洲是很有耐心的人,边打开盒子,边解释说明:"结婚戒指。"

是枚无比闪耀的钻戒。

领完结婚证,商从洲便联系国内知名的钻戒设计师,设计了这枚戒指。苦等一个多月,终于在他生日这天收到。

他拉过她的手,给她缓缓戴上。

戴上后,他俯身,像是世上最虔诚的信徒,在她指上落下一吻。

"戒指都戴上了,商太太,以后可不许再和别人相亲了。"

翌日醒来,书吟望着镜子里的自己,左脸还有些肿。

她静静地看了一会儿,方才洗漱。

冬日光线昏昧,辨不清上午还是下午。

书吟想找手机看下时间,翻遍了整个房间都没找到,后知后觉地想起来,手机落在她父母家了。

一想到要回去拿手机,她就心烦意乱,没来由地,一阵心慌。

书吟直觉商从洲会去找自己的父母。

即便她没有告诉过商从洲,自己父母家在哪儿。可她不敢低估商从洲的能力,他想了解一个人,想必只需动动手指头,不消多少时间,便有人将书吟的资料递到他手上。

手机不在身边,她无法联系到他。

书吟回屋,迅速化了个妆,确保旁人看不出自己脸上的指印后,连忙出门。

灰霾遍布的雪天,书吟在路边等了好久,才拦到一辆出租车。

她报了霍氏的地址,车一路飞驰到公司外,书吟拿出现金。

司机收到现金的时候还愣了下,边给她找钱边调侃着:"这年头,给现金的人可不多了。"

书吟接过找的零钱,匆匆忙忙撂下一句"谢谢",没有一丝停留,进入办公大厦。

办公大厦进出需要过安检闸机,只有在这里上班的人才有工卡刷闸进入。

书吟理所应当地被拦在外面,她与前台沟通:"你好,我找一下商从洲。"

前台小姐脸上挂着训练有素的微笑:"请问有预约吗?"

书吟:"没有,我是商从洲的太太。"

前台小姐敲打键盘的手一顿,边上的几位处于空闲状态的前台也都纷纷侧眸过来。

"自称商总女朋友的挺多,但是太太,您还是第一个。"到底是大公司的前台,说这话时,神情很是真挚,没有半分嘲讽的意味,"要不您自己联系商总?"

书吟难以启齿:"我没带手机。"

"抱歉,女士,我们没有办法替商总处理没有预约的访客信息。"

打工人都有各自的难处,书吟没有为难她。

思忖半晌,她记起当初自己来翻译时,接待她的助理。

"你能帮我联系一下周行止助理吗?"

"周助理吗?"前台忽地往书吟身后一指,"周助理在那儿。"

书吟顺着她手指的方向望过去,瞥见了刚从室外进来的周行止。

她和前台说了声"谢谢"后,连忙跑向周行止。

周行止刚送完客户,一进大堂,就被人拦住,定睛一看,似乎有点儿眼熟。

"请问你是?"

"你好,我叫书吟,不知道你对我还有没有印象?今年五月的时候,我给容总当过法语翻译。"

如此一说,周行止想起她来:"书吟小姐,请问你找我有什么事吗?"

书吟说:"我手机没带,有点急事,想找商从洲,你能带我去找他吗?"

周行止皱了皱眉:"商总半个小时前离开公司了。"

书吟:"那他去哪儿了?"

周行止:"抱歉,我不是他的助理,不太清楚他的行程。"

书吟急得不行。

跟在总经理身边的人,个个都是擅长察言观色的人精。

周行止对书吟的印象,除了翻译水平高得惊人外,更多的,是那日总裁办传来消息——商总因为私事,推了与亚太投资银行副总的应酬。

商从洲向来都是公私分明的人,那还是他头一次因人误事,并且,是个女人。

周行止直觉书吟与商从洲的关系,非同一般。

见书吟面露焦急,周行止掏出手机:"或许,需要我帮你给商总打个电话吗?"

书吟顿了顿:"麻烦你了。"

电话接通,周行止说:"商总,书吟小姐来公司找您了,但她似乎忘带手机……好的,我把手机给她。"

言毕,周行止将手机递给书吟。

书吟说了一声"谢谢"后,接过手机。

有一两秒无话的空当。

还是商从洲先开口,含笑的嗓音:"怎么突然来公司找我了?"

书吟不答反问:"你在哪里?"

商从洲:"车里。"

书吟:"你去哪儿?"

车窗外,是经过岁月洗涤的老小区,墙面失去底色。

商从洲从容应答:"去一趟分公司。"

书吟问他:"是不是去找我爸妈了?"

"怎么会这么想?"

书吟深吸一口气:"商从洲,你和我说实话,你是不是去找我爸妈了?"

对话陷入沉默。

沉默已然是一种回答。

余光里,周行止不知何时悄然离开,给书吟腾出空间与商从洲通话。

周围没什么人。

隔了很久,书吟说:"你总是问我,结婚的意义是什么,我以前无法给出你答案,但是商从洲,我想现在我能告诉你,在我眼里,结婚的意义是——

"不管遇到什么事,我们都会一起面对。

"你去找我爸妈,无非是和他们道歉,你为什么会拉着我结婚。但是商从洲,结婚不是你单方面的事。和你结婚,是我深思熟虑后,做的决定。既然是我们两个人的事,为什么你一个人去面对?这不公平,对你不公平,对我也不公平。"

她条理清晰的模样,让商从洲无法不顺从她。

他极少有过如此被说教的时刻,更极少有这样欣慰的时刻——书吟终于,把这份冲动之下的婚姻,放在心上了。

商从洲脸上露出笑:"我在你爸妈家这边,等你过来。"

书吟悬着的心,落回原地。

电话挂断,她侧眸,身边是一面落地窗。

窗外,风吹云涌,阳光刺穿层层云翳,柔和的光线,照着每一朵在空中飞舞的雪花。

书吟的嘴角,下意识地弯起愉悦弧度。

书吟父母家住的小区虽说是老破小,但胜在一点好——学区好。

小区东南方向，是本城最好的小学，再往前，是本城最好的初中。高中没有学区之分，然而最好的南大附中，离小区，直线距离八百米。

出租车绕着小区缓慢行驶，透过车窗，书吟找到了商从洲的车。

车子本身就很惹眼，更遑论是连号"8"的车牌。

下车前，书吟问了出租车司机现下的时间。

司机道："下午四点半了，再过一会儿就能吃晚饭了。"

书吟付了车费，立马下车。

车内的商从洲也在同一时刻发现了书吟。

二人几乎同时下车。

风声潇潇，书吟扑到商从洲的怀里，他怀里是温热的。

商从洲搂着她的腰，低下头："去我公司找我，让我想想，是不是被人拦在外面了？"

书吟没有太多的怒气，反倒以开玩笑的语气说："我说我是你的新婚妻子，结果你们公司的前台说，自称是你女朋友的挺多，太太还真是头一个。"

商从洲笑着："吃醋了？"

书吟摇了摇头："没有，就是觉得挺有趣的。"

闻言，商从洲煞有介事地叹气："有时候我真希望你的情绪能够不那么稳定。"

书吟乜斜他一眼："又不是十七八岁的小女生，会吃这种莫须有的醋。"

她理直气壮地反问："换作是你，你也不会吃这种醋的，不是吗？"

"不，我会吃醋。"商从洲眉目疏淡，声音沉在凉风里，没有一丝温度，"但我只会在心里吃醋，不会说出来。"

书吟一脸不信。

"怕你觉得我小心眼。"商从洲反手捏捏她的脸颊，随即转移话题，"不说这个了，你怎么会知道，我会过来找你爸妈？"

书吟想了想，用昨晚，商从洲说的那句话回他。

"如果我说是心灵感应，你信吗？"

"信啊。"商从洲回以同样的话语。

"书吟，"商从洲目光深敛，"要不要先打个电话给你父母，告诉他们，我们过来了？"

"不用，直接过去吧。"书吟想了想，还是拒绝了。

商从洲随她，而后，松开怀抱，绕至后备厢。

箱门缓缓往上抬起，里面备着的礼品盒，露出真面貌来。

书吟凑过去一看，头皮发麻。

烟酒补品等就不提了，哪有人第一次上门拜访岳父岳母，送金戒指、金项链、金耳环的？

往下看，书吟还看到一摞金条。

书吟忍不住说："太贵重了。"

商从洲说:"毕竟没见过他俩,我就把他俩的宝贝女儿娶走。我在他俩心里,留下了一个很糟糕的印象了,可不得多拿点东西讨好讨好他俩。"

"可是这也太多了。"

"不多。"

商从洲拿上所有东西,朝书吟抬了抬下颌:"带路吧。"

见劝不动,书吟无奈:"我帮你拿一点儿吧?"

商从洲笑:"就这么些东西,我拿得动。你就在前面带路。"

已是小学放学的时间点,小区里多是接送孩子放学的老人。

一老一小并排走在一起,小孩子手里拿着根糖葫芦,叽里咕噜地和身边长辈碎碎念着今日在学校发生的趣事。长辈手里提着充满童趣的书包,听得开心地弯起眉梢。

融洽、和谐、温馨的画面。

书吟和商从洲身处其中,稍显格格不入,路过的人,纷纷朝他们投来好奇的目光。

商从洲问:"你在这边住过多久?"

得到的,是意料之外的回答。

"一天都没住过。"书吟说,"我是留守儿童,打小和奶奶住在一起。高中的时候家里拆迁,我爸妈拿了拆迁款,在我大一的时候,买了这里的房子。我那时候也买了一套房子——就是我现在住的这套房子。所以我和他们,不住在一起。"

这就能解释得通了。

商从洲仍记得,当初送她回家,她住的房子,藏在深巷里,头顶是挨家挨户的晾衣杆,将天空划出不规则的形状。

沉默片刻,书吟咬了咬唇,说:"商从洲,我和我爸妈的关系一般。"

商从洲收起脸上的笑,视线滑过她脸上被化妆品遮盖住的指印。很多东西都能隐藏,也会随时间被遗忘,可他无法忘记,他找到她的时候,她的狼狈与破碎。

他眼里掠出一抹漠然气韵,淡声道:"我知道。"

很快就到单元楼楼下,老式小区的楼道很是狭窄,他们一前一后地上楼。

空寂廊道里,穿堂风被踩在脚下。

到二楼,书吟就听到了母亲熟悉的声音。

她身边似乎有别人,两人正说着话。

王春玲:"小许啊,书吟她怎么可能结婚呢?她就是气我装病骗她回家,所以故意用这种子虚乌有的理由糊弄你的。"

许钧豪心平气和地道:"王阿姨,我本人是很满意书吟的。但是她昨天的话,实在太荒唐了,我觉得我和她真的不合适。"

"怎么就不合适了？你看你俩，不管是学历还是外貌，各方面都挺般配的。而且我家书吟厨艺好，又会做家务，和那些娇滴滴的女孩子可不一样。你和她结婚了，你只管在外面忙事业，家里的事，书吟都会安排得明明白白。"

"我知道，书吟是个非常好的结婚人选，但是阿姨，书吟似乎对我没有想法。我不喜欢勉强别人，也希望阿姨您不要勉强书吟和我相亲了。"许钧豪冷笑了一声，"她用的理由实在太荒唐了，竟然说和我的同学结婚了。"

书吟就是在这个时候，推开的家门。

沙发上的二人，纷纷侧眸过来。

昨晚那一巴掌，让王春玲看向书吟时，神色还有些不自然。

心虚、心疼、后悔，皆有之。

而许钧豪的神情，堪称精彩纷呈。

他的视线越过书吟，落在书吟身后的商从洲身上。

"……商从洲？"许钧豪一脸活见鬼的表情。

"许钧豪？好久不见。"商从洲眉梢轻扬，似笑非笑的表情，"听说你是我太太的相亲对象？"

第十三章 新婚夫妻

"我不需要人拥抱我的怯懦,我想要人相信我,肯定我,一遍又一遍地告诉我:你很好,你很优秀,你是个值得被喜欢的人。"

——《十七,二十七》

许钧豪艰难地维持着脸上的表情。

于许钧豪而言,书吟是非常不错的相亲对象。要长相有长相,要学历有学历,有车有房,全职翻译,带出去,非常有面。然而昨天书吟的话,不管她是否结婚,总而言之,都是在拒绝许钧豪。

同时,也变相地否定了许钧豪。

这一行为很大程度地伤害到许钧豪身为男人的自尊。

许钧豪今天过来,就是为了讨回些面子,冷嘲热讽书吟——书吟看不上他又如何,他还瞧不上书吟呢!

然而他实在没有想到,书吟回来了。

更没有想到的是,商从洲和书吟一同出现。

许钧豪眼里的瞳孔疯狂摇晃,用了很长时间,才消化掉这个事实——所以书吟并非是梦女肖想过度,她说的都是真的,她真的和商从洲结婚了?

再看商从洲,他面色一如既往的温润斯文,无形中,隐隐的压迫感扑面而来。

许钧豪紧张得嘴角微抽:"……那个,你什么时候结婚的?怎么瞒着老同学?"

商从洲从容不迫地道:"原本想公开的,但是书吟想确定好婚礼时间再公开。"

商从洲淡笑着,话语里满是宠溺味道:"我都听她的。"

书吟微皱眉,不是为他的自作主张。而是,他撒谎的模样好镇定。

许钧豪却从商从洲的脸上,读出了凛冽的森森寒气。

"到时候,我一定备上一个大红包。"许钧豪语气干涩。

"谢了。"商从洲嘴角扬起一个轻佻又寡淡的笑,"不知道要把你安排在哪一桌?是我的同学那桌,还是我太太的相亲对象那桌?不过书吟的相亲对象,似乎只有你一个,是吗?"

最后那句问话,商从洲温柔地睨向书吟。

书吟淡然地笑了:"是的。"

许钧豪的表情相当精彩,雄赳赳地来,含着一口闷气离开,脸上挂着的笑,写满了自讨苦吃。

他们仨的对话,王春玲听得云里雾里。

见许钧豪要走,王春玲试图挽留:"小许啊……"

许钧豪头也没回。

王春玲这会儿挂着张慈祥的面容,望向面前的陌生男人。

在许钧豪之前,有不少人同王春玲给书吟介绍相亲对象。

是人都有缺点,相亲对象也是如此。

有钱的没学历;有学历的没钱;学历高又有钱的长得丑;长得帅学历高又有钱的……那也轮不到来相亲。而许钧豪,有点儿小帅,学历高,体制内工作,还是老师,王春玲满意得不行,要不然也不会装病骗书吟回家相亲。

至于眼前的男人,西装革履,宽肩窄腰,整个人浸润着清冷的矜贵感,像是电视剧里走出来的人。

长相无可挑剔,那学历工作经济收入呢?

"你……"一时间,王春玲还真不知道要怎么开口。

这个背着她拉着她女儿结婚的男人。

思及此,王春玲是又气又恼。

没有母亲面对这种事会不生气。

商从洲先把手里的礼盒相继放在王春玲面前,之后,才做自我介绍:"阿姨,您好,我叫商从洲。很抱歉,瞒着您和叔叔,和书吟偷偷领了证。"

王春玲冷笑道:"都领完证了才来和我们说,我都怀疑你是真抱歉还是虚情假意。"

书吟忍不住了:"妈,结婚是我和他共同的决定,你要骂,先骂我。"

王春玲一记眼刀飞向书吟:"昨天我已经骂过打过你了。"

书吟被打过的左脸,隐隐作痛。心脏似被拉扯着,溅出来的血渍泛着羞耻的红。

"阿姨,抱歉,一切都是我的错。"商从洲眉眼低垂,温驯又满怀歉意的模样,不复往日天之骄子的骄傲,"我今天和书吟上门拜访,也是想来向您和叔叔道歉。"

王春玲气得不轻,再三确认:"你俩是谈恋爱还是真领证了?"

商从洲:"领证了。"

王春玲:"你爸妈知道吗?"

商从洲犹豫了下,还是说出实情:"不知道。"

王春玲更怒:"你俩真行啊,婚姻大事,能瞒着爸妈。"

敞开的门,空寂的楼道,穿堂风冷峭。

蓦地,一阵高跟鞋的踩踏声,打破僵持住的气氛。

清脆的高跟鞋声,在他们这一层楼道停下,随后,响起熟悉的,似乎在哪儿听过的,婉约优雅的声音:"不好意思,我想问一下,书吟家在这里吗?"

众人循声而望,看清说话人时,书吟和王春玲皆是一怔。

王春玲显然认出来人:"你是……那个主持人,华映容吗?"

华映容摘下羊毛手套,露出纤细柔嫩的五指,路过书吟时,微微一笑,俨然是看儿媳妇的眼神。再往前,是商从洲,她无比幽怨地瞪了他一眼。等到了王春玲面前,华映容已整理好脸上表情,是恰到好处的热情:"你好,我是华映容,是商从洲的妈妈。"

话一顿,华映容与王春玲握手的手,松开。

"同时,也是,你的亲家母。"

时间回到一个小时前。

商从洲挂断书吟的电话,神情凝肃,眉头紧锁。

不知想到了什么,他拨通了华映容的电话。

"华女士,在忙吗?"

"如果你有事找我帮忙,那我肯定是在忙。如果你要找我吃饭,那我必然是不忙的。"华映容不冷不热的语调,缓慢道。

"那就是不忙的意思。"

"那就是要帮忙的意思,"华映容很果断,"我很忙,再见。"

"我结婚了。"

话音落下,电话挂断。

不到两秒,手机屏幕里显示"华老仙女"的来电。

商从洲嘴角微翘,接了起来。

不愧是主持人,华映容语速快得飞起,一口气说了冗长的一段话,没有任何停歇:"我刚刚是听错了吗你说结婚了难道不是你想结婚你要结婚怎么就是你结婚了呢?"

"没听错。"商从洲语气温暾,重复一遍,"我结婚了,华女士,您的儿子瞒着您,偷偷骗小姑娘结婚了。"

"商从洲!"

饶是一贯高贵优雅的华映容,也不免破口大骂:"你懂不懂尊重人啊?都不把小姑娘带回家给我见见,就带人去领证,你是不是有什么毛病?"

声音尖锐,刺得商从洲耳朵疼。

他开了免提,无奈揉眉:"事发突然,我也不是故意瞒着您的,我和您打这通电话,是为了别的事。"

华映容面色阴沉,嘲讽着他:"你主意大得很,有什么事是你做不到的,需要我出面?"

"她妈知道她偷偷和我领证的事儿,给了她一巴掌。"

安静了几秒。

华映容语气软下来:"怎么就动手了?你没拦住吗?商从洲,你是不是男人?"

商从洲苦涩:"我当时没在场。"

华映容大致能猜到他是为了什么事儿找自己,深深叹了口气:"行了,不就是见家长吗?把地址发我,我过去帮你搞定。"

商从洲抿唇:"麻烦您了,妈。"

"麻烦是麻烦的,这笔账等你爸回家了我再和你算。"华映容说,"她妈养大个女儿也不容易,你俩瞒着她结婚到底是你俩错了。但是生气打人是不对的,打的还是我儿媳妇儿,她当妈的不心疼我还心疼呢。儿子,你放心,妈保准过去,给你俩撑场面。"

"你打算怎么撑?"

"五百万彩礼怎么样?"

商从洲无奈。

"好像不太好听,要不八百万?"

"妈。"商从洲低声,"您能别和外公一个模样吗?"

想当年,商从洲以中考第一的成绩考上附中。

他外公开心到给附中捐了一栋实验楼,顺便把附中的教学楼、宿舍楼上千台空调给换了。

想他外公一个儒商,华映容又是出行低调的人,偏偏在商从洲的事儿上,喜欢大刀阔斧地砸钱。

闻言,华映容不太乐意:"世界上不管什么事,有钱就好办事,你别不信。"

商从洲拿她没办法。

一墙之隔。

两边父母会谈,商从洲和书吟在她的房间里。

书吟有些状况外:"你妈妈……你怎么叫她过来了?"

商从洲说:"我原本是打算自己出面解决的,但是你过来了,很多东西,我都不方便聊。想了想,还是让华女士过来解决吧。"

如果书吟没有给商从洲打电话,商从洲会毫不犹豫地将在生意场上用的手段,用到书吟的父母身上。

那一巴掌,扇得商从洲心疼得无以复加。

"不管我怎么说,在你爸妈眼里,我就是个骗婚的。好像怎么解释,都解释不通。倒不如让华女士来,他们会看在华女士的面子上,说话不会那么难听。而且华女士的交际能力不容小觑,黑的都能说成白的,有她在,事情会简单很多。"

也会体面很多。

这句话,商从洲没说。

他不想把自己和书吟的事,比作一桩生意。

他们是相爱的关系,爱不是生意,无法交易。

书吟笑了:"还以为要我们共同面对对方的父母呢,我都做好再被打一巴掌的准备了。"

商从洲笑不出来:"以后别人打你,记得躲。"

书吟说:"她是我妈。"

顿了顿,她眼睫低垂,神情里很是疲惫,那种疲惫,像是对某样事物,失去希望。

"我想过她会生气,但我没想到,她会打我。"

商从洲喉结滚动,上前,把书吟搂进自己的怀里。

他唇贴着她的头发,气息吻过她的发丝,声音温柔:"没关系的,都过去了。我想你妈妈也是气急上头,她一定也很后悔。"

"……会吗?"

"当然,你忘了,你可是她怀胎十月,冒着生命危险生下来的女儿。"

书吟靠在他怀里,声音闷闷的:"她应该是爱我的吧?"

商从洲听出了她话语里岌岌可危的希望,他安慰着她:"哪有母亲不爱自己女儿的?她当然爱你。"

书吟轻轻地"嗯"了一声。

她没看见,商从洲说这话时,冷而乏味的脸色。

他相信大部分的母亲都爱自己的女儿,但是表达方式不对,再爱也无济于事。

他的书吟,一直以来,都没有被妥善地、好好地爱过。

所以她这样敏感、自卑,觉得自己不配被爱。对待每一份爱,她始终小心翼翼,像是对待从天而降的惊喜,又怕这份惊喜转瞬即逝。

他抱着她,感受到她心脏里遍布的荆棘,扎得他心疼。

得益于华映容女士的三寸不烂之舌,更得益于她的主持人身份。年年春晚的主持人,在普通人眼里,她仿若风向标的存在。见到她,人们不自觉露出微笑,对其产生好感。

总而言之,两方父母会谈,过程不算融洽,但也没有过多的争执。

很快房门被敲响。

是书志国的声音:"吟吟啊,带你男朋友出来吧。"

书吟抬高声音应了声。

"男朋友,出去了。"

"什么男朋友?"商从洲明知故问,"不应该是老公吗?"

书吟瞥了他一眼:"有本事你当着我爸妈的面这么说。"

商从洲眉梢轻扬,她倒是越来越能说会道了。

二人出了房间。

华映容姿态优雅地坐在客厅沙发上,因她的存在,简陋的客厅像是高档的会所,蓬荜生辉。她手里拿着的是一次性纸杯,浅抿一口茶水,举手投足间,像是在喝进口的咖啡。

客厅里除了华映容,再无他人。

分明是自己家,书吟无端生出局促感。

"……阿姨。"书吟和她问好。

华映容弯着柳叶眉,温柔微笑:"虽然你俩已经领证了,但还是得叫我'阿姨',毕竟我还没给你改口费。"

"啊?"书吟不知如何作答,她不像华映容,也不像商从洲,长袖善舞。她求助的眼,望向商从洲。

这一眼,商从洲很受用。

他说:"华女士说得对,还没给改口费,得叫阿姨。"

于是,书吟又叫了声:"阿姨。"

华映容蔼声道:"你爸妈回屋换衣服了,等他们换好衣服,我们去外面吃晚饭。"

一大家子人出发去往悦江府。

华映容不知何时又叫了一辆车过来,戴着白手套的司机替书吟的父母打开车门,恭敬的模样,直叫他俩受宠若惊。

书吟和他们坐同一辆车。

商从洲撂下自己的车,和华映容一辆车。

坐上车后,华映容颈线扬起骄傲的弧度,语气里也是得意忘形:"你妈厉害吧?几句话就搞定了你的岳父岳母。"

商从洲淡笑:"您和他们说什么了?"

华映容:"能说什么?无非是夸你有多好,嫁给你,他们女儿不吃亏。"

商从洲语气平静:"谢了。"

静了一瞬。

"怎么说呢?我一直以为,我的未来儿媳妇,你的未来伴侣,她或许活泼开朗,文静内向,端庄大方,但总而言之,她一定是个和你门当户对的女孩子。"华映容语调是轻松的、闲适的,不带任何嘲讽意味,"她出乎我的意料。"

"也出乎了我的意料。"商从洲不置可否。

"她一定非常优秀。"华映容说。

"我不知道她在别人眼里如何,但是妈,"商从洲转眸,与华映容对视,神情严肃又透着一股坚定,"在我眼里,她真的特别好,好到让我时常怀疑,我配不上她的爱。"

华映容从未在商从洲眼里看见过这样一种情绪。

欲望。

极致的渴望。

他向来要什么就有什么,整个家族都在为他的人生铺路。他在名利场里滚一圈,周身仍旧不染一丝烟火气。这就是商从洲,事事淡漠,物欲薄凉。

学生时期,华映容问他,想考第一吗?他平平淡淡又毫不在意地说,不是我想不想考,而是我只要去考,第一必定是我。

寡冷淡漠的自信,让人恨不起来。好像他天生就是如此,好像王冠在他头顶才有意义。

即便如此,华映容也没在他眼里寻觅到一丝野心。

华映容心底骇然,面上还是不动声色:"真这么喜欢?"

商从洲淡淡地"嗯"了一声,嗓音里含着三分笑:"不喜欢也不会瞒着所有人,骗她和我结婚。"

华映容一挑眼:"难得见你这么喜欢。"

商从洲没心没肺的笑收敛起来,淡声道:"我也没想到我会这么喜欢她。"

车往前飞驰,路灯灯光光影明暗,落入车内。

华映容低叹着,声音很轻:"我也不是什么传统封建的人,门当户对抵不过你的一句喜欢,能被你这样看重的姑娘,必然是个很好的姑娘。她爸妈确实有点儿市侩,可那又怎么样呢?你们结婚是你俩过日子,又不和她爸妈一块儿过日子。但是商从洲,你瞒着所有人和她结婚,这事是你错了,你得和人父母好好赔个礼道个歉。不能因为对方家条件一般,就随便敷衍糊弄。"

"我知道。"商从洲说,"我明白的,妈。"

"他们这边我差不多搞定了,但你爸那边,你自己搞定。"

"我自己搞不定,"一想到要面对他爸,商从洲一个头两个大,"妈,你不管你儿子的死活吗?"

"不管,嫁出去的儿子泼出去的水。"华映容无情拒绝。

"我爸把我打伤了,您不心疼?"

"那是书吟该关心的事儿。"

"……华女士,您真行。"

商从洲与华映容对话的时候,后排紧跟着的车内,书家一家人,有几分尴尬的沉默。

书吟坐在副驾驶座,书志国和王春玲坐在后排。

书志国在后排东瞅瞅西看看,清了清嗓子,试图化解这份尴尬:"这车挺贵的吧?"

司机道:"还可以。"

书志国:"得多少钱啊?"

司机说:"三百多万。"

书志国倒吸一口冷气,干笑着:"这车是租的还是买的?"

司机说:"是买的。不过不是小姐的车,是我家老爷的车。"

书志国:"小姐是……"

司机说:"华映容是我家小姐,我家老爷是小姐的父亲,也就是商总的外公。"

书志国咋舌,压低了声音:"什么家庭?咱家吟吟这都不是钓了个金龟婿,这是金山啊。"

闻言,书吟心里泛起层层褶皱,刚想出声,就被王春玲的呵斥声堵住:"什么金不金山的?咱家又不图他家的钱。书吟,你要是看上他的钱,妈劝你立马跟他离婚。我送你去读书,不是为了让你成为一个贪慕虚荣的人。"

书吟哑然:"我没图他的钱。"

不知道是不是书吟的错觉,她好似听见王春玲松了一口气。

"不是图钱就好,妈就怕你被金钱名利迷糊了头脑。"王春玲惆怅满腹,"你大三的时候给别人做助理,你知不知道我知道这事儿后,愁得整宿睡不着,以为你在做谁的情妇。我知道你当我的女儿很辛苦,但我害怕你为了过得轻松一点,去走捷径。"

闻言,书吟心"咯噔"一怔。

"我是给女的当助理啊。"

"嗯,我后来知道了,才放下心来。"

王春玲说:"商从洲条件是不错,我们家比不上。但是吟吟,我是你妈,在我眼里,你就是最好的,没比任何一个人差。我当初看中小许,是因为在妈这个圈子里,小许是我能接触到的条件最好的男孩子了。所以妈不想让你错过他,即便找借口骗你,也要把你骗回来。"

"嗯。"

"我和你爸给你攒了嫁妆钱,等你俩办婚礼了,那些钱都给你。"

"……不用,你们赚钱也不容易。"

"有什么不容易的,我俩这辈子不都是为你努力的?"王春玲笑着,"你就是我俩的盼头。"

书志国附和着:"是啊,吟吟,爸妈的钱都是你的。"

王春玲说:"你爸现在也不赌了,家里每年收租金能收几万。那些钱我们都没动,攒着给你当嫁妆。钱挺多的,有几十万,等你嫁过去,婆家也会稍微看得起你一点儿。你也不用靠他们的钱过日子,人活着,争的不就是一口气吗?不想被任何人看不起。"

说到这里,王春玲顿了顿,自嘲般地说:"没想到你找了个条件这么好的,他们估计也瞧不上咱家那点儿小钱。"

书吟喉咙哽住,想说些什么,却又不知道怎么说。

她总觉得她的父母是爱她的,可大部分时间她都感受不到。

所以大部分的时间里,她都觉得他们不爱她。

每当这么一小部分的时间里,他们表达出一丁点儿对女儿独一无二的宠爱时,书吟就轻易地原谅了大部分时间的不爱。

晚餐订在华映容最爱的悦江府。

仍是清月包厢。

来的路上,华映容已经选好几道招牌菜。正是吃蟹的时节,她特意问过后厨有没有俄罗斯红毛蟹和帝王蟹。后厨说是正好有两只,都是六斤重的霸王蟹。

华映容满意了,和亲家吃饭,必然得吃最贵的。

商从洲在一旁听着,电话挂断前,不忘补充一句:"来份糖醋排骨。"

换来华映容疑惑的侧眸。

商从洲解释道:"书吟爱吃。"

华映容狠狠地翻了个白眼:"请问商总,您知道您的妈妈喜欢吃什么菜吗?"

商从洲不咸不淡地道:"那是我爸该关心的事。"

算是回应刚才华映容那句——那是书吟该关心的事。

华映容气笑:"儿子,你记性可真好。"

商从洲谦虚:"客气了,妈,我这叫虎妈无犬子。"

华映容气得龇牙咧嘴:"你才虎!我是仙女。"

商从洲望着车窗外掠过的街景,声音很轻,近乎自言自语:"书吟才是仙女。"

晚上饭局,更是和谐到了极致。

话题进展的速度堪比火箭上天,落座后不到五分钟,话题一下子变为——书吟和商从洲要不要订婚,订婚给多少嫁妆、多少彩礼,他俩什么时候办婚礼。

书吟和商从洲没有任何发言权。

两边家长你一句我一嘴,敲定一切。

华映容:"我们尊重你家的意见,你们想要多少彩礼?"

王春玲:"八十八万吧,数字吉利。我家吟吟的嫁妆也是八十八万。"

华映容心里默默想,自己到时候再给书吟一张卡吧,或者把市中心的别墅送给书吟。

华映容面露微笑:"可以的。"

华映容又想到什么:"明年听说是寡年,要不后年办婚礼?"

王春玲心想,怎么富家大小姐也这么迷信的?但她还是点点头:"可以的,不过吟吟,你和小洲婚礼之前别怀孕。"

这一点，华映容和王春玲想法一致。

华映容："你俩可以背着家长领证，但不能再背着我们偷偷怀孕。妈年纪大了，真的经不得吓了。婚礼那天事儿特多，吟吟要是大着肚子操劳这些，累着了怎么办？小洲啊，你得考虑一下吟吟。"

她俩一口一个"小洲""吟吟"，叫得不知道多欢实。

书吟和商从洲眼神交流着。

书吟：你妈给我妈灌什么迷魂汤了？

商从洲：我也不知道，可能这就是华女士的魅力。

书吟：你妈比你还有魅力。

商从洲故作生气地瞪她一眼。

书吟忍不住笑了。

包厢的座位与座位中间，隔着约莫有两个人的身位。

眼瞅着两位母亲越聊越嗨，书吟静默片刻，掏出手机，给商从洲发消息。

书吟：你想过办婚礼的事吗？

发完，她看了眼商从洲，对他敲了敲自己的手机屏幕。

得到示意，商从洲拿过手机，查看消息。

很快，他回复：你不想办我们就不办，他们的意见不重要，重要的是你的想法。

书吟：我也没有说不想办，就是我们才在一起没多久，结婚都在我的预期之外了。

书吟：比起你的妻子，我好像更沉浸在你女朋友的角色里。

商从洲瞬间明白了她的意思。

她还停留在谈恋爱的阶段，可是长辈们似乎把她带入到婚姻的世界里。

进度太快，她无所适从。

商从洲：婚礼还早，起码还得等一年。

商从洲：一年后，如果你还是沉浸在我女朋友的角色里，也没有关系。

商从洲：我不希望婚姻成为束缚你的枷锁，不管你是我的妻子还是我的女朋友。对我而言，你都是我人生的唯一伴侣，我不会因为你的身份转变，改变我对你的心意。

那天两边母亲聊得热火朝天，然而最后也没得出个准确的订婚、结婚时间。

毕竟两位主人公——书吟和商从洲，没有明确地表态。

不过好在，两个人算是正式地见过家长了。

商从洲的父亲始终没有露面。

华映容淡笑着，说："他爸常年在部队待着，一年到头不怎么回家。他估摸着下个月就休假，到时候我们两家人再一块儿吃个便饭，如何？"

王春玲问："亲家在部队里待了很多年吗？"

华映容轻描淡写的口吻："是的。"

饭局结束，书吟和商从洲的车还停在她父母家小区附近，二人回家前，还得去取车。

书吟仍是跟父母一趟车。

王春玲眉头紧锁，没有女儿飞上枝头变凤凰的惊与喜，有的是惆怅与苦恼："我以前总想着，你找个条件过得去的，能安稳过日子的就行，没想过你会找一个条件这么好的。"

书志国有种天真的愚蠢："吟吟找了个金龟婿，你还愁上了？"

王春玲斜睨他一眼，示意他闭嘴。

"证都领了，还能怎么样？但是吟吟，你不能因为商从洲家有钱，想着有他在，就可以衣食无忧地过日子。"王春玲苦口婆心地道，"女孩子有自己的事业，才有底气。掌心向上，伸手要钱的日子，到底是不好过的。你妈我太清楚这一点了。"

闻言，书志国不乐意了："你什么时候和我要钱，我没给过你？"

王春玲："你什么时候是痛痛快快给我钱的呢？嫌我花钱多，觉得我把钱都用在自己身上，在你眼里，你一个月给我一千块钱，这一千块钱，能让我们饭桌上顿顿有肉，我们每个月都能买一身新衣服。最好，等到年底，我还能攒五千块钱。"

书志国明显底气不足："……我可没这么说过。"

王春玲："你是没这么说过，但你给我的感觉就是这样。"

书吟不想参与父母间的对话，诸如此类的话语，她听过太多了。

她撇头望向车窗外掠去的街景，声音似灌了凉风，清冷缥缈："妈，你放心，我不会放弃我的工作的。我知道谁都靠不住，我能靠住的，仅有我自己。"

话里的别有深意，未免太直白，教书志国和王春玲的脸色，都难堪了几分。

王春玲给了书吟那一巴掌，书吟在王春玲的心上，也回了一巴掌。

她看似柔弱清冷，实则心里记着一笔账，谁欺负了她，她都得还回去。谁对她好，她也会加倍奉还。

她无法原谅伤痛，亦不会轻视偏爱。

又过了两天，是周日。

书吟带商从洲回了趟奶奶家。

奶奶盯着商从洲："我见过你的，前几天来找我，你说你和我家书吟结婚了。"

书吟挽着奶奶的手："奶奶，你觉得他帅吗？"

她鲜有这样灵动的模样，像个小孩，也像迟来的春天，生机勃勃。

奶奶说："帅，站在我们吟吟边上，特别般配。"

出乎意料的是，老人家并没问这位孙女婿太多问题，她像是毫不在意商从洲从事什么工作、有没有钱、学历高不高。

她只问书吟:"他对你好不好啊?"

书吟慢动作地点头:"很好的。"

午后的阳光微醺,老人家躺在躺椅上慢悠悠地晃。

她嗓音沧桑,蔼声道:"那就好,那我就放心了。"

片刻,她从躺椅上下来,佝偻着背,回到房间。出来的时候,她手里多了个厚实的红包。

商从洲下意识地拒绝:"奶奶,不用的。"

"要的——"

"我们这儿的习俗,如果满意孙女婿,就要给他一个大红包。"老人家的话,让人无法拒绝。

商从洲还是收下了。

回家的路上,他把红包给了书吟。

书吟拒绝:"奶奶给你的,不是给我的。"

商从洲说:"我们家的传统,老婆管钱。"

书吟失笑,故意道:"你的工资卡怎么没给我?"

商从洲说:"工资卡都在我那套房子里。

"要不搬到我那儿去住吧?我那儿地方大,衣帽间腾了一半的地方给你放衣服,卫生间里也备给你买的洗漱用品。冰箱里有新买的排骨,正好给你做你最喜欢的糖醋排骨。"

话题于是就这样自然而然地绕到了搬家的事上,商从洲放在方向盘的手有一搭没一搭地敲着,他扭头看她一眼,眼角笑意勾人,渗着蛊惑的意味。

安静了好一会儿。

此刻呼吸声变得万分清晰,紧绷的,闲适的,二者有之。

书吟眼里似盛了两弯月亮,轻巧地应道:"好啊。"

她口是心非地补充说明:"正好家里没有排骨了。"

商从洲笑:"嗯,只是因为糖醋排骨。"

书吟:"是。"

回家的路上,车厢内气氛有些说不清道不明的暧昧。

书吟感受到自己加速跳动的心脏、滚烫的血液,不知不觉呼吸紧张,与商从洲说话,都心不在焉的。

并非没有同居过,可之前答应住一起时,比起期待,更多的是紧张。

是的,她现在的心情,是期待远多于紧张。

或许是因为明确了对方的心意,或许是因为见过对方的家长,所以当下的同居,并不是同居。而是隐隐有种,新婚夫妻过日子的意味。

不能再想下去了,她怕自己太激动。

于是,她想了个话题,说:"你还记得吗?我们之前在医院遇到,当时你妈妈住院,我奶奶也在住院。"

商从洲:"原来住院的是你奶奶。"

书吟"嗯"了一声，淡笑着："我奶奶出院的时候，有人替我们交了医药费。我当时还怀疑过是你，但看你的反应，应该不是你。"

"不是我。"商从洲没往自己身上邀功，他瞥了书吟一眼，"后来有查出来是谁吗？"

"没有。"书吟耸了耸肩，"也不知道是哪位好心人。"

商从洲观察着车况的眼清寂冷淡，眉头微微皱起。

他心里似有答案，但不敢确定。

半个小时的车程，到家后，书吟进屋收拾衣服。

她拿了两个行李箱，一个装最近买的书，一个装衣服。

简单收拾好后，二人去往商从洲的住处。

放书的行李箱较重，商从洲提着进了书房，把书拿出来，放在书架上。

书吟则推着行李箱去了衣帽间。

商从洲的衣帽间比她的卧室还要大，衣帽间是黑色极简风。

贴墙三面衣柜，一面衣柜挂着商从洲的衣服，清一色的西装。剩余两边衣柜，一边已挂满商从洲为书吟买的家居服，另一面衣柜空着，给书吟放衣服。

书吟挂好衣服，忙活了一下午，身上沁出汗来。

衣帽间外，商从洲的声音传过来："你收拾好了吗？"

书吟扬声道："差不多了。"

商从洲问她："要不要先洗个澡？我去做饭。"

书吟想了想："好。"

洗澡前，她站在挂着睡衣的衣柜前。纠结着，扭怩着，过了好久，她似是下定决心般，挪步到悬挂着商从洲衣服的衣柜前。

她拿了一件白衬衫。

洗完澡，她穿上白衬衫，看似平静，实则扣纽扣时手忙脚乱，透露出她此刻的慌乱。

浴室里雾气氤氲，她伸手擦去镜子上的湿气，隔着层层水雾，她看见自己现在的模样。

热水将她的脸醺红，皮肤上淌着湿漉漉的水珠，把白衬衫浸得一片干一片湿。湿的部分，衬衫贴着她的皮肤，若隐若现她的身材线条。

她取下扎束着头发的皮筋，披散着及腰的头发，走出浴室。

出来时，商从洲正在客厅里打电话。

他站在落地窗边，侧身朝着窗外，侧脸冷峻、凝肃，唇齿翕动间，说出来的话令书吟微怔。他竟然说着一口流畅标准的意大利语。

书吟能用意大利语进行日常的沟通，然而听不懂商从洲嘴里说出的话，应当是与金融相关的专业术语。

她太过集中听他的发音，不觉间，抬眼，猛地撞进他清淡的眸子里。

她看见他寡冷的眸子瞬间变了，如同窗外天色般幽昧晦暗。

他眉梢轻扬，好整以暇的神情望着她。

书吟有些不自在，别过脸，伸手指了指餐桌，小声道："我先去吃饭。"

转过身，她往餐桌处走。

一步。

两步。

第三步的时候，腰间一重，多了只手，拦住她的去路。

商从洲的呼吸和身体一同压近她，温热的鼻息滚在她耳边："怎么穿我的衣服？"

书吟尽量让语气镇定："不能穿吗？"

商从洲："能。"

他俯着腰，隔着单薄的衣服，她身上没擦的水珠，似乎渗透到他的身上。

像是回南天，彼此潮湿一片。

"但是你知道穿我的衣服的后果吗？"他嗓音是如常的温柔，却透着危险。

书吟咬了咬唇："什么后果？"

商从洲贴在她耳边，呼吸吻过她的耳，紧接着，是他的唇，沿着她的耳朵，往脸畔、颈线，渐渐往下。

她艰难扣上的扣子，被他轻松地解开。

"像这样。"他说。

很轻的一声，衣服掉落在地。

"会被我脱掉。"

书吟的呼吸一滞，毫无遮掩的感觉，令她忍不住闭上眼。

房间里，响起缓慢的电动声。

原本敞亮的落地窗，两边窗帘缓缓拉拢。

空气在唇齿间变得稀薄，温度升高。

黑色的真皮沙发，覆上重影，书吟白皙的皮肤与黑色的沙发形成鲜明对比，极具视觉冲击，让人想撕碎，毁灭，占有。

商从洲在上面落下一个又一个吻痕，起先是温柔的，而后，在疯狂的震荡起伏中，他失控般蛮横。

书吟整个人像一张被浸泡在水里的纸。

她眼前一片雾气，嗓音也是被水浇灌过的湿："……先吃饭，不行吗？"

商从洲的脸还是清冷薄雪，只眼神含着情："先吃你，再吃饭。"

书吟想反驳，下一秒，声音被他撞得支离破碎。

过了很久，商从洲捡起地上的白衬衫，帮她擦身上的汗。

他并未第一时间抱她去洗漱，而是抱着她，坐在单人沙发上。

书吟坐在他的怀里，伸手掐了下他的胳膊："好酸。"

力道轻得跟被蚊子咬了一口没差，商从洲大快朵颐后，心情甚佳，骨子里的浮荡劲儿冒了出来，带着男人特有的恶劣："哪儿酸？"

商从洲揉着她的腰，揉着揉着，手逐渐往上。

书吟的呼吸紧着，那种感觉又上来了。

"……别这样。"

"不喜欢？"他语调斯文，动作却没有停。

书吟的脸皮薄，咬着唇，艰难地把声音咽回嗓子眼里。

而他像是故意的，往深处一点点探去，温濡的沼泽包裹住他的手，她的呼吸因他的动作而凌乱，逐渐失控。

她看见光影在晃动，光晕朦胧暧昧。

他俯身吻她，她仰着头，细细密密地回吻他。

隐隐能听见窗外的落雨声，越来越大，与浴室里的水声重叠在一起。

书吟累得眼皮都睁不开，却还是忍不住伸手戳戳他的胸膛，小声指责他："商从洲，我觉得你的自控力有待加强。"

商从洲抓住她的手，轻笑了声，继而低头，吻过她戴着钻戒的指间。

"抱歉，在你面前，我不是很想要自控力这种东西。"

同居的日子过得很快，眨眼到翁青鸾婚礼这天。

这天是周四，商从洲照常上班。

请柬上写着傍晚六点二十分婚礼开始，商从洲虽说下午五点下班，但临近年关，他几乎每天都加班到晚上八九点。

书吟没有和商从洲一块儿过去，翁青鸾的微信列表里，既然有书吟的存在，那必然有沈以星的存在。因此，书吟是和沈以星一起过去的。

一上车，沈以星瞥了书吟一眼，直觉怪怪的。

沈以星忍不住一而再，再而三地朝书吟瞟去。

书吟问："你干什么？"

沈以星："你是不是变了？"

书吟下意识拉开遮阳板镜子看自己："可能是我换了个口红？"

沈以星摇头："不是。"

沈以星抓耳挠腮。

恰好红灯，沈以星转过身，一双漂亮的眼睛宛若X射线般扫向书吟。

书吟被迫举手投降，她朝沈以星伸手，无名指指节处有枚格外耀眼的钻石戒指。

沈以星龇牙咧嘴："商从洲和你求婚了？什么时候的事儿？你居然不告诉我！"

"绿灯了。"书吟撇了个头。

沈以星一脚油门快要踩到底了。车犹如脱缰的马，往前驶去。

车厢里响起地图导航的官方女声，温馨提醒着："限速四十，您当前时速六十五。"

沈以星旋即又踩下刹车减速。

她怏怏道:"到底什么情况?"

书吟担忧她听到自己早就和商从洲结婚的消息时过于激动,置生命安全于不顾,提议道:"要不等到酒店了,我再和你交代事情的缘由?我怕你太激动,控制不住踩油门。"

这句话更是激起了沈以星的好奇:"你俩到底发生了什么?"

书吟表现得很淡然,轻轻一笑,说:"说来话长。"

沈以星扬了扬眉梢:"行,等到了酒店,你和我长话短说。"

话音落下,二人无端地同时笑了起来。

短促的几声笑后,沈以星聊起了今晚婚宴的主人公——

"翁青鸾的未婚夫我认识,算得上是富三代了。要不然也没法在宝格丽办婚礼不是?

"他俩谈了有一年多了吧,分分合合的次数都有十来次了,但还是结婚了。

"也不是年纪到了,主要是……"

沈以星欲言又止地卖关子。

书吟很给面子,装好奇:"主要是什么?"

沈以星满意她的友情出演,幽幽道:"学姐怀孕了。"

书吟品咂着这句话,感慨时光飞逝:"上次和学姐见面,还是高中。"

没想到再重逢,竟然是在对方的婚礼上。

书吟问:"学姐的未婚夫,是什么样的人?"

沈以星说:"有钱人家的公子哥,基本分为两类。一类是洁身自好的,另一类是花花公子——学姐未婚夫是后者。不过他俩谈恋爱之后,她未婚夫没再在外面拈花惹草了,但架不住人长得帅啊,多的是女孩子前赴后继;学姐也漂亮,身边不缺优秀的追求者,两个人时常为此事儿闹个不停。"

书吟忍不住笑:"这大概就是所谓的,势均力敌的爱情?"

沈以星瞄了书吟一眼,试探地道:"你不在意吗?"

"什么?"

"学姐以前和商从洲表白过。"

书吟还以为是什么事儿。

书吟淡淡地笑着:"那都是多少年以前的事儿了,有什么好在意的?再说了,她只是和商从洲表白,又不是和商从洲在一起过,不至于让我耿耿于怀。"

但她脑海里不由自主地冒出了那条朋友圈——

翁青鸾目送商从洲进高考考场。

"倒也是。"沈以星意味不明的语调,说,"学姐蛮有意思的,被商从洲拒绝后,转头追起了别的男生。"

"啊?"书吟茫然。

"我没和你说吗?学姐换了个人喜欢,那男生要去高考,学姐特意早起送他去考场。"

书吟怔了一瞬。

原来一切的一切，都是一场误会。

真相真是迟来多年的礼物。

翁青鸾的婚礼办得很隆重，新娘子化着精致的妆容，穿着定制的迎宾纱站在迎宾区。

书吟和沈以星把彩礼给礼台的人员，登记好名字后，和新娘子合影留念。

翁青鸾仍是那个好相处的学姐，亲昵地叫着她俩的名字："好多年没见，谢谢你们愿意抽出时间参加我的婚礼。"

沈以星擅长说漂亮话："毕竟以前在学校，你那么照顾我俩，你结婚，我俩肯定要来。"

翁青鸾脸上簇拥着甜蜜幸福的笑，又问："你哥呢，他没和你们一块儿来吗？"

沈以星："他得等下班才能过来。"

翁青鸾："怎么和商从洲一样？都得等下班。他俩一个是副总，一个是正总，又不需要打卡，怎么还这么守规矩？"

沈以星撇撇嘴，吐槽道："他俩爱工作远胜于一切，如果结婚对象不限制物种，他俩的新婚妻子一定是工作。"

听得翁青鸾笑得合不拢嘴。

前来婚宴的宾客一茬接一茬，她们并未寒暄太久。简单地聊了几句后，翁青鸾便安排工作人员，带她俩去位置上。

翁青鸾邀请的同学好友，共三桌。

沈以星和书吟被带至同学桌。

桌与桌之间相隔甚远，远远地，能看见那桌人聊得热火朝天。

书吟似看到一张熟悉的面孔。

离得近了，她听见周围的人津津乐道地喊那人的名字："许钧豪前阵子和我说，他相亲遇上了个特满意特漂亮的女生，不知道进展如何？"

许钧豪说："别说了，那人瞒着家里人结婚了。"

"啊？这么狗血。"

"瞒着家里结婚？是不是骗婚啊？"

"估摸着女孩子单纯，那男的不是什么好东西。"

许钧豪刚想反驳，眼帘一压一抬，前方空着的两个空位，突然有人落座。

待看清正脸时，他的脸僵住，带着说人坏话被当场抓包的窘迫。

沈以星和书吟的到来，霎时吸引了同桌人的注意力。

沈以星不消多说，他们都认得她——陈知让的妹妹，比他们小一级的级花。当年沈以星进附中时，很受大家欢迎。他们两个班的男生也蠢蠢欲动，无意间得知她是陈知让的妹妹后,再多的躁动都被老老实实地按捺住。

她如今是知名美妆博主,无论哪个自媒体软件都能刷到她的身影。

有人同她嬉皮笑脸地打招呼:"星星妹妹,好久不见,你又变漂亮了。"

"嗨。"沈以星是一个都不认得的,回答的话术很客套,"可能是化妆技术最近进步了。"

"别谦虚了,你是天生丽质,化妆品无非是锦上添花。"

"学长,你好会夸。"沈以星都想敬他一杯了。

而后,众人将注意力转移到沈以星身边的书吟身上。

"这位美女我好像没见过?"

"是我们班的吗?还是星星妹妹的朋友?"

沈以星介绍起书吟:"她是我朋友,以前是学校广播站的。你们高三五一会演,她是主持人之一。"

静了一瞬,众人神容是迷茫的,显然对书吟没有任何印象,却还是笑笑说:"原来是她啊。"

书吟莞尔,伸手拿过边上的杯子,喝了口水。

她抬手时,指间的钻戒无比耀眼。

兴许是大家对她不甚熟络,也有可能是她无名指处的戒指,昭示着她已名花有主,因此没人再追问有关她的信息。

话题再度绕到了他们的同学——许钧豪身上。

"许老师,说说呗,你看上眼的相亲对象,有没有照片啊?"

"她老公条件怎么样?我寻思着,不会条件特好,你说要是条件好,怎么会拉着小姑娘偷偷领证?"

话题的主人公近在眼前,许钧豪顿感如芒在背。

余光里,他瞥见书吟悠闲的模样,事不关己地,好似在听陌生人的八卦。

许钧豪硬着头皮说:"别瞎说,人家老公条件挺好的。"

"什么什么?"沈以星像是地里的猹,到处找瓜吃,"谁老公?相亲对象老公?这年头,有老公了还出来相亲?这女的也太过分了吧!"

书吟有苦难言,拉着沈以星的衣角:"星星。"

沈以星拍开她的手:"吃瓜呢!"

书吟叹了口气,心有余而力不足地劝她:"没什么好吃的,别吃了。"

沈以星很固执:"不行,你知道的,我就爱听点儿八卦。"

这时,桌子另一边,在层层逼问下,许钧豪招架不住,心一横,交代出详情:"她老公你们都认识——商从洲。"

"什么?"

"谁?"

"商从洲?"

惊讶声一声高过一声。

同桌的人纷纷望向许钧豪,唯独沈以星,她慢吞吞地偏过头,面无表情地盯着书吟。

书吟在沸腾声里,脸部肌肉扯动,扬起一抹假笑。

沈以星冷哼了一声,脑袋后知后觉地转过弯来。

"幸好你没在车里和我说这件事,要不然咱俩现在已经车祸被送进医院了。"沈以星顾盼左右,压低了声音,"我算是发现了,凡事涉及商从洲,你瞒得是真好。"

书吟诚心道歉:"不是故意瞒着你的,我和他的事……可能会超出你的认知范围。等回去了,我再一五一十地和你交代清楚,好不好?"

她温温软软地道歉,沈以星完全没法发火。

遑论她最大的火气,早已发泄给陈知让了。

爱是勇敢者才配拥有的宝藏,陈知让不配。

沈以星眼睫低垂:"好,到时候你可得把每个细节都告诉我,不能有一丝隐瞒。"

书吟稍显犹豫。

沈以星佯装生气:"你犹豫什么!"

书吟欲言又止:"……那有点儿少儿不宜了。"

毕竟她和商从洲是从一夜情开始的。

沈以星瞬间红了脸,脸上闪过一丝不好意思的羞赧,她清了清嗓子:"算了,闺蜜特权,你可以不用太详细。"

书吟忍不住笑了。

书吟和沈以星这边岁月静好,桌席内其余人则是炸成一锅粥。

没有人敢相信许钧豪说的话。

许钧豪找到了盟友:"是吧,我一开始也不相信她的结婚对象是商从洲。"他脊背往后靠,懒散地坐在椅子上,认命般地笑了下,"第二天我去她家,商从洲和她出现在我的面前,证据确凿。

"算了,我说出来你们也不信,"许钧豪没把书吟推至风口浪尖,他说,"等会儿商从洲来了,你们可以问他。"

听到这话,沈以星靠近书吟,小声道:"他人其实还可以。"

书吟认同道:"是挺不错的,还是附中的老师,条件挺好的。"

沈以星打量着他,徐徐道:"但配不上你。"

书吟无奈:"在你眼里,没有男人配得上我。"

"哪有?"沈以星夹带私货,"商从洲配得上你,陈知让也勉勉强强配得上你。"

书吟若无其事地瞟了沈以星一眼,玩味地说:"你该不会想过,让好闺蜜变成你的嫂子吧?"

沈以星理直气壮:"不行吗?肥水不流外人田。"

书吟没回答,只勉力笑了笑。

周围的桌席渐渐坐满，认识的人都在互相打招呼。

书吟拿起手机，给商从洲发消息，问他什么时候来。

商从洲回得很快，是条语音消息。

宴会厅嘈杂热闹，不方便听语音，她转了文字：临时又有一个会，我大概晚上九点才能结束。我刚看到群里的人说，他们待会儿吃完酒席，转战去KTV唱歌。我在群里没说话，却被点名要过去，你要不要和我一块儿过去？

想必是他们同学群里发的消息。

同桌的人也邀请了沈以星和书吟。

沈以星是麦霸，对此跃跃欲试。

书吟想了想，给商从洲回了个"好"。

直到婚宴结束，商从洲和陈知让都没有来。关于商从洲结婚的八卦，也没得到当事人的证实。

他俩工作缠身，不过好在不会缺席晚上的唱歌活动。

附近有一家KTV，商从洲以示歉意，给他们订了包厢。果盘、酒水、小吃，摆满了金色台面。

包厢里的人都是高中同学，翁青鸾是二班的，一班和二班是兄弟班，两个班的学生玩得很好，跟同班同学没差。这算得上是高中同学聚会，沈以星和书吟是格格不入的无关人员。

是以，沈以星进了包厢直奔点歌台，手拿着话筒开始点歌。

书吟则坐在暗角沙发处，心不在焉地玩着手机。

她能感受到，许钧豪时不时佯装无意地瞥向她一眼，欲言又止。像是想和她说点什么，能说些什么呢？道歉还是别的？书吟并不在意，也不需要他的道歉。

对与她无关的人，她向来轻视之，淡漠之。

高中同学聚在一起，最爱聊彼此一同经历过的学生时代。

书吟今晚喝了好些玉米汁，肚子有些不舒服，于是起身，迎着明暗变幻的诡谲光影，悄然离开了包厢。

几乎是她刚消失在KTV的长廊尽头，走廊的另一端，就出现两个挺拔高挑的身影。

说来凑巧，商从洲和陈知让停车时遇到了。

他们若无其事地打着招呼，一同上楼。

包厢门打开，里面的人聊得热火朝天，无暇顾及门外来人是谁。

他们坐在方才书吟坐过的地方。

晦暗角落处，不仔细瞧，没人会注意到他俩。

听了一会儿，他们才知晓大家在聊高中时谁喜欢谁，这种每逢同学聚会都会出现的话题。

有人开起话头，说自己喜欢隔壁班的女生，每天下课都跑到她们班教室找她，结果被她们班班主任抓了个正着。

年少轻狂的时候，万分豪横地说了句，自己绝对会和她结婚。结果大学还没毕业，两个人就分手了。

换来好一阵唏嘘。

也有人说，那时候主要还是暗恋。

有人附和道："是，我当时还暗恋过翁青鸾呢！"

年华匆匆过去，以往难以启齿的话语，在此刻毫无负担地提及。

大家促狭着："刚刚她结婚，你怎么不上去抢亲？"

"多少年前的事儿了，早就不喜欢了。"那人说，"翁青鸾那时候不还喜欢商从洲吗？一转眼，他俩都结婚了。"

提到商从洲，有人咋咋呼呼地喊着："你们谁给商从洲发条消息，问问他到底什么时候过来？我到现在还不敢相信他结婚这事儿。"

闻言，陈知让愣住，猛地看向商从洲。

不知是谁碰了下射灯开关，昏昧的包厢霎时被光填满。

人群里接二连三地冒出惊讶声："商从洲，陈知让，你俩什么时候来的？"

好似为这通对话提供安静的环境，歌也停了下来。

商从洲静坐在那里，坐姿优雅，早在他们交谈之际，他就发现了人群中坐着的许钧豪。想必他结婚一事，也是从许钧豪口中透露出来的。

他并未生气，毕竟结婚并非丑闻，而是喜事。

他神色温淡，不急不缓地说："刚来没一会儿，看你们聊得起劲儿，就没打断。"

有人迫不及待地问："许钧豪说你结婚了，真的假的？"

商从洲眸光清寂，语气沉静地说："真的。"

包厢内先是安静了一瞬，下一秒，迸发出无数的尖叫声。

霎时，商从洲成为主角，被人问到底是何许人士，能够拉他这等神入凡尘？

商从洲对此哭笑不得："我哪是什么神？我就是普通人。"

余光里，他看到陈知让起身，离开了包厢。

同学们七嘴八舌的，商从洲有些招架不住："哪还需要我多做介绍，你们今儿个还和她一块儿吃饭了。"

沈以星笑着，插了句："谁让你老婆那么沉得住气，任别人如何猜你老婆是什么人、做什么工作的，她都安安静静地吃饭。"

商从洲问她："书吟人呢？"

沈以星左右张望："估计上厕所去了吧。"

商从洲起身："我去找她。"

丢下满室起哄傻眼的人，他飘然离开。

走廊拐角处，陈知让指尖夹着猩红的烟。

光影晦暗，将他的脸部轮廓勾勒得分外立体，神情里的凛冽也比往日冷了几分。似终年皑皑的雪山，冰凉孤寂。

商从洲离得近了，才发现陈知让拿烟的手不受控地颤抖，眼里布满红血丝。

到底是世交，商从洲于心不忍："抱歉，我和书吟结婚的事，不是故意瞒着你的。"

陈知让没有看他，只看向正前方。

过了好久，他嗓音喑哑道："你俩结婚，迟早的事。"

略微停顿，他咬字："恭喜。"

"谢了。"商从洲的目光有种深海的幽远，"高三的时候，书吟的奶奶住院，是你交的医药费。"

应当是疑问句的，可不管是遣词造句还是语气，他用的都是陈述肯定。

"这重要吗？"陈知让深吸了口烟，两颊凹进去一大片，"我做的时候没想让她知道，现在更不想让她知道。"

"为什么？"

陈知让轻嗤一声："聪明人不该刨根究底。"

商从洲说："我不明白，这中间有近十年的时间，你为什么不和书吟告白？"

"因为她配不上我。"陈知让睇向他，眼神里没有任何的鄙夷与嘲讽。

商从洲隐约从他的眼神里读出了顾影自怜的意味。

"我不像你，整个家族都会为你铺路。我不行，所有的一切，都得靠我自己争取。我爸妈从小到大常说的一句话是，你是哥哥，你得照顾好妹妹。所以星星成绩不好，没关系，哥哥成绩好就行。星星可以做她想做的事，但我不行，我得按照我爸妈设想好的路，一步步往前披荆斩棘。"

"父母对我的人生伴侣有着严格的要求，家境、学历、外貌、工作……其实什么都不重要，只要她能够对我的事业、她的家庭能够对我的事业有帮助，就行。"

陈知让慢慢垂下眼，手指着自己的手和脚："看到了吗？"

商从洲莫名："什么？"

陈知让说："束缚在我手脚上的无形的镣铐。"

商从洲无法安慰他。

任何的安慰都是无力的，尤其是他见过太多陈知让这类的人——需要靠联姻巩固自身地位，以婚姻作为代价，为家族谋利。

"每个人的喜欢都有结局，我和书吟的结局就是没有结局。"陈知让胸中的郁结似乎都随烟雾散在空中，他嘴角扬起笑，"不管你信不信，我是真心祝福你俩的。祝你们幸福。"

画面清晰又模糊，有那么一瞬，让商从洲想起曾经学生时代的他们。

竞赛成绩出来前，陈知让和商从洲百无聊赖地坐在教室里。

陈知让问："你觉得这次是你第一，还是我？"

商从洲语气很淡："不出意外，应该还是我。"

陈知让笑了下："我让你的。"

商从洲也笑:"是吗?次次都让我?"

空气莫名又静了下来。

陈知让忽然说:"你知道我妈为什么给我取这个名字吗?她希望我什么都知道,但又懂得谦让。"

商从洲无波无澜的语调:"原来每次考第二,都是你的谦让。"

陈知让笑着摇摇头,他叹了口气,无力得像是能叹出山河灰来。

"长大了才知道,世界上多的是我做不到的事。我做不到,又不想承认自己的无能,所以只能用'谦让'当作借口。我以为这样我会好受些,"那是他们唯一的一次交心,陈知让自嘲般笑了笑,"实则并不,只有懦夫才会给自己的失败找冠冕堂皇的借口。"

半个小时后,竞赛成绩出来。

第一的位置,还是商从洲。

陈知让是第二。

陈知让说:"好像遇到你,我就没赢过。说句你可能不太喜欢听,但是我肺腑之言的真心话:希望高考后,我们的人生不会有什么交集,我怕我又成为你的手下败将。"

一语成谶。

他们的人生因为书吟,再次有了交集。

烟雾缭绕,商从洲敛了敛双眸,说:"不是我让你成为我的手下败将,陈知让,是你让你自己成了你的手下败将。"

烟燃至尾端,几绺烟灰落在陈知让的鞋面上。

轻如尘埃的烟丝,却像是千斤石般,砸在陈知让的脚上。他动弹不得,他羞愧难当。

好半晌,他的声音隐入尘埃中:"或许吧,但她是裁判,你忘了吗?她一心只想让你赢,你又怎么可能会输?"

远处传来一道温婉的女声:"商从洲?"

他们齐齐望去。

KTV的廊道里装着LED灯,黑暗的环境中,亮着暧昧的红光。

书吟嘴角挂着抹温柔的笑,缓缓向他们走来。或许,是缓缓朝商从洲走来,因为到了他们跟前,她才发现陈知让的存在。

"……你也在啊。"她朝陈知让点了点头。

陈知让眸光疲乏,朝她轻抬下颌,当作回应。

他像是很累,挥了挥手:"你俩走吧,让我一个人静静。"

书吟和商从洲离开,走了三四米远,陈知让看见书吟垂在身侧的手,主动去牵商从洲的手。

他不知道他们在说什么,只知道她看向商从洲时,侧脸弯起愉悦柔和的弧度。

那是他和书吟认识近十年，都没有在她脸上看到过的，轻松、幸福，蔓延着鲜活的爱。

陈知让慌乱地别开眼，颤抖着手，掏出一根烟，打火机点了好几下，才点上火。

KTV廊道里环绕着各包厢传出来的鬼哭狼嚎。

书吟声音细软，和商从洲说话时不得不靠近他，抬高音量："你什么时候过来的，怎么没给我发消息？"

商从洲说："刚过来没多久，想找你，发现你不在包厢里。"

书吟："我上了个厕所。"

商从洲"嗯"了一声，忽地停下脚步，敛眸睨她："刚刚我不在，有没有人欺负你？"

书吟疑惑："你同学欺负我干什么？"

旋即，她像是猜到了什么，失笑："我和你结婚的事儿？许钧豪人挺好的，知道要是把我和你结婚的事儿说出去，估计我今晚要被你们同学的唾沫给淹死。所以他一直没说。这一点，我还是蛮感谢他的。"

商从洲不置可否地扯了下嘴角。

他瞄了眼不远处的包厢，问她："还要进去待会儿吗？"

书吟问："可以走了吗？你不是刚来吗？"

商从洲："我怕你在里面待着不自在。"

迟疑中，书吟的腰猛地被锢住。

电光石火间，她被商从洲带入空包厢里。

没有缴费的空闲包厢，无法启动灯光系统，满室黑暗，唯有彼此的那双眼，如月光般皎洁。

一进来，商从洲劈头盖脸地吻了过来，书吟想说话，声音逐一被吞没在他的气息里。

潮湿又灼热的空间里，都是细细密密的吻声。

他手心托着她的头，吻得热烈又缱绻，书吟有些招架不住，气息破碎，整个人往后仰，像是在躲他，也像是被亲得失力，手脚发软。

吻了不知多久，书吟双腿发软，她双手绕至他的后颈，靠挂在他的身上。

她轻声道："还在外面。"

商从洲声线低哑着："嗯，但我想亲你，忍不住。"

以前对男女之事有多不屑一顾，现在就有多热衷。他想埋进她的身体里，想和她坦诚相待，想在她身上每个部位都留下自己的痕迹。

"今天的婚礼怎么样？"他捏着她的耳垂，温情地转移话题。

"菜很好吃。"

"是吗？"

"嗯。"

"那你抬头，"商从洲嗓音含笑，"让我看看我的菜。"

很奇怪，分明都是第一次谈恋爱，但他的情话信手拈来。

某种情愫剧烈，仿佛要从胸腔里炸出来。书吟有种头晕目眩的幸福感，像是被无数烟火击中。

到头来，她还是乖乖地仰起头。

商从洲勾了勾嘴角，问她："有想过我们的婚礼吗？"

"……有。"书吟在他肩颈处挨蹭了几下，找了个舒适的位置，脸颊趴在上面，说话时的气息温温热热的，铺洒在他颈间，像是轻柔的吻。

"我想在沈以星之前办婚礼，想让她当我的伴娘，给我送戒指。"

"哪有人办婚礼，想到的是伴娘？难道不应该先想新郎官吗？"

"因为没和你在一起的这些年，都是沈以星在照顾我、鼓励我。在她眼里，我是全世界最好的书吟。"书吟仰头，亲了下商从洲的下颌，讨好地说，"你们是我生命里最重要的两个人，别不开心。"

商从洲压根儿没生气，他就是故意那样说。

"沈以星知道我们结婚的事儿，有和你闹吗？"

"她能和我闹什么？"书吟说，"她很好哄的。"

她仰头，入目的，则是商从洲过分白皙的脖颈，以及脖颈处凸起的喉结。

莫名地，她口干舌燥，眼睫颤动，似风卷烈火，眼里燃起幽幽的火。

她踮脚，舌尖舔过他的喉结。

很快，耳边响起他错乱的呼吸。

他放在她腰间的手，力度收紧，克制不住地往温软之地伸去。

商从洲语气还算平静："……好了，不许亲了。"

书吟纠正："我又没亲你脸，我亲的是你喉结，这也不行吗？"

一本正经的话语，不含任何情色意味。世界上恐怕只有她，把这档子事说得如此清新脱俗。

商从洲学不来她的纯情。

他喑哑着声线，说："回家。"

回家前，他们得先去包厢，和商从洲的老同学们打声招呼。

商从洲不仅迟到，还早退，放在学生时代，是尤为恶劣的坏学生行径。

成年人与学生的不同点在于，没有规则管束，全靠个人道德自我约束。行事作风更自由，更无拘无束，这便是所有人眼里的长大。

进了包厢后，所有人的目光都齐聚在商从洲和书吟身上。

他们自然难逃被追问、被恭喜新婚、被催促何时办婚礼等诸多事宜。

沈以星拉着书吟到角落处坐着吃果盘，任由商从洲一人面对腥风血雨。

商从洲被簇拥在人群中央，无论如何追问，他脸上始终挂着温和又不失礼貌的笑，没有半分局促感，反倒游刃有余。

二人时不时在人群中对视一眼，喧嚣里藏着绵柔的爱。无人察觉。

书吟突然想到什么，和沈以星说："你之前不是说想去一家餐厅打卡吗？去了吗？"

"没去呢！"说到这儿，沈以星很来气，"提早了半个月预约，结果前一天晚上餐厅的工作人员给我打电话道歉，说是明天有个明星过生日，包场了。他们说给我退双倍的定金。真无语，我缺那几百块钱吗？"

"元旦放假的时候，我们去那里吃饭好不好？你问问段淮北有没有时间。"

沈以星转了转眼珠子："商从洲想要讨好我是不是？"

书吟笑："他早就说了要请你吃饭，但你前阵子不是忙吗？"

"你告诉他，讨好我没用！夺闺之仇，不共戴天。"沈以星愤愤然，"你是我的闺蜜，他是我的敌蜜。"

"那不吃了？"书吟一言难尽，沈以星总是飙出些奇怪的网络用语。

"……还是要吃的。"沈以星像个狗腿子，甜甜腻腻地撒娇，"那家餐厅的菜据说是南城一绝，我真的约不到，求求你了，让你的男朋友、你的宝贝、你的老公帮我约一约吧？"

书吟听得面红耳赤、羞愤欲滴："闭嘴，别说了，吃你的西瓜吧。"

沈以星逗她逗得自己乐不可支。

一番闲聊过后，商从洲和书吟率先离开。

离开前，商从洲说了一句："今晚包厢的费用都记在我账上，大家尽情吃喝。"

他向来出手阔绰，高中时班里聚会，也都是他买单居多。

周边没有停车的地方，商从洲的车停在远处小区的停车场里，走过去需要十来分钟。

夜深风凉，书吟为参加婚礼，特意穿了一双露脚背的尖头高跟鞋。

女孩子都爱漂亮，室内暖气打得足，穿短袖都不冷，但室外就不一样了。

商从洲帮她把羽绒服的拉链拉到顶，将帽子戴上，她整张脸只露出一双湿漉漉的眼。

隔着衣服，书吟的声音闷闷的："我像不像木乃伊？"

她语气是上扬的，声线如雪花般飞舞翩跹。

商从洲笑："不像，我背你过去好不好？"

书吟犹豫了一下，还是摇头："你工作一天了，肯定很累，还是不要背我了。"

路灯灯光昏黄，商从洲在风雪里与她对视。

她的眼睛很亮，雪融的白、寒露的湿，瞳仁里簇拥了一汪月色。

商从洲叹息："我能不能改一下我的生日愿望？"

冷不防听到这句话，书吟不解，却还是顺着他的话，问他："你想改成什么？"

商从洲说："希望你能够多依赖我一点。"

"……我只是怕你累。"

"我希望你少为我考虑,多听从自己的内心想法。"商从洲又问了一遍,低沉的声线,极具蛊惑意味,问她,"我背你过去好不好?书吟。"

书吟眨眼,她窥见他眼底乍泄的无尽春。

她是摇摇欲坠的雪花,是融入他眼底的月色。

她听见雪花滴落的声音,听从自己内心的声音——

"我想你背我。"

商从洲脸上露出清越的笑,他弯下身子,背她去往停车场。

商从洲呵出口雾气,天是冷的,心是滚烫的。

"我说过的,书吟,我喜欢你麻烦我,这样会让我知道,我对你而言是不可或缺的。"

书吟头埋进他的背后:"嗯。"

她忍着鼻腔里涌上来的酸涩,轻轻道:"好喜欢你。"

商从洲的回应如山谷回音,落在她耳边,有连绵的回响。

"我也喜欢你。"

无法宣之于口的是暗恋,直白热烈的是爱。

雪落春檐,爱意回荡。

第十四章 关于暗恋成真

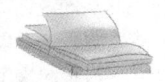

> "我时常觉得命运苛责我,让我总是在和命运做抗争,总是在艰难又努力地活着;可我偶尔又会觉得命运眷顾我,在与你相遇的时候,在你温柔的问候声里。你从来都不知道,你的'举手之劳',对我而言,有多重要。
>
> 月亮并不属于我,但月光曾有一瞬照耀在我身上.."
>
> ——《十七,二十七》

元旦放假三天。

书吟和商从洲说好了请沈以星吃饭的事,也说了沈以星想去的餐厅,问商从洲有没有法子订到位置。

商从洲闻言,说:"很耳熟的名字,我帮你问问。"

结果第二天中午,他问书吟哪天吃饭,随时都能去。

书吟想了想:"你元旦放假吗?我和沈以星都放假,看你的时间。"

"放假。"

"行,那我问问沈以星具体哪天吃饭。"

最后敲定的时间,是一月一号,元旦当晚。

不过段淮北没法出席,沈以星一脸讳莫如深:"研究所好像出了点儿事,研究资料被偷了,所有研究人员都被关在研究所里,一个个地调查。结果没查出来前,都得在所里待着。"

沈以星对此浑不在意,转头就问书吟:"商从洲订的是包厢还是大厅位置?"

"包厢,玻璃墙,能看到院子里的风景,你不是喜欢拍照吗?我特意选了最好的景观位。"

"书吟吟,你太好了,呜呜呜。一想到你是商从洲的老婆,我就很气!你为什么不能是我的老婆!"

"……冷静点,别做不符合国情的事。"

"哎，你不懂，老婆是一种态度，不是一种身份。"

书吟惶惶惑惑地"哦"了一声。

元旦当晚，书吟和商从洲提早去餐厅。

过去的路上，书吟问商从洲："你是怎么订到位置的？"

商从洲说："还记得有次我生病不舒服，你来我家照顾我吗？那天我和朋友一块儿吃饭，结果他为了女朋友中途放了我鸽子——那餐厅就是他开的。"

书吟记起来了，是她和他"求婚"那天。

"你朋友……"

"过阵子和我朋友们一块儿吃个饭？"商从洲瞥了她一眼，"如果不忙的话，下个月的年会，能和我一块儿出席吗？"

突然两个邀约，书吟愣了愣，斟酌了一会儿，问他："年会的话，你是不是得举着酒杯一桌桌敬酒啊？"

商从洲哭笑不得："你说的是婚宴。年会就是和员工们一块儿吃个饭，他们吃他们的，我们吃我们的，中途抽个奖，其他时间互不干扰。"

书吟低低地"哦"了一声，小声反驳："我没参加过年会，不知道年会是什么样的。"

"嗯，那下个月跟我一块儿过去？"

"好。"

答应后，她又苦恼："我以什么身份过去？你的女朋友还是未婚妻？"

不待商从洲回答，她自问自答道："……突然忘了，我去你们公司找你的时候，和前台做的自我介绍，是……你太太。"

商从洲："正好，坐实了你商太太的位置。这样以后来公司找我，不需要刷卡，刷脸就行。"

书吟脸上的表情，类似生无可恋。

"太高调了。"

"希望你以后能多来公司找我。"

"我一般出了大事才会着急忙慌地找你，"书吟说，"基本不会有什么大事。"

"不能因为'想我了'这种小事来找我吗？"

书吟一愣。

"我办公室里有张床，很软。"

书吟脸部掀起一阵热意，她呼吸渐渐紧绷，小声斥他："商从洲，你少勾引我。"

车子在停车场的车位里停下，熄火后，商从洲俯身凑近她面前。

他那双桃花眼平日里清淡寡冷地垂着，每每到她面前，眼梢轻挑，眼尾恣肆，绽开浮荡的笑意，尤为勾人。他气息是清洌的，说出来的每个字，都散发着情热："下次去我办公室坐一会儿，好不好？"

坐一会儿？

还是，做一会儿？

他神情里满是不怀好意的坏心思，书吟没法不曲解他的话。

沉默的对视里，气息勾缠着，都快要亲上去了，车厢里突然响起微信语音通话邀请。书吟伸手推推商从洲的肩："我手机响了。"

"嗯。"商从洲按着她的后脑勺，得偿所愿地吻住她的唇，柔软的、湿意的。

一吻完毕，微信语音已经停了。

书吟解锁手机，看见是沈以星的来电，她充满雾气的眼，毫无杀伤力地瞪向商从洲。

商从洲替她整理接吻时弄乱的头发，文质彬彬的："今天口红颜色很好看，是什么口红？我再去给你买几支。"

书吟没搭理他，而是给沈以星回拨电话。

沈以星："吟宝吟宝，你们到了吗？我再过一个路口就到了。"

书吟："我们刚停好车。"

沈以星："OK，那你们在大厅等我吧，我们一起过去。"

书吟："好。"

通话结束，书吟抬眼，撞上商从洲幽深晦暗的眼，如深海般窥不见底。

"吟宝？"他慢条斯理地复述着这两个字。

"沈以星经常有些稀奇古怪的称呼，而且朋友之间叫声'宝宝'不挺正常的吗？"

"也没见你叫过我'宝宝'。"

原来在这儿等着她呢。

书吟平日和女性朋友聊天，时不时会互称对方一句"宝宝"，然而仔细想想，她叫商从洲，好像都是叫他的名字。情侣爱人间的爱称，她总觉得叫不出口，太肉麻。

商从洲自己也很少管书吟叫"宝宝""老婆"之类的，一般这么叫她，都是在床上，动情难以自拔时，她模糊听见他喑哑迷乱地叫自己。

见书吟始终不发一言，商从洲多少是知道她的性子的，并没想为难她。他从她面前抽身离开时，手忽然被抓住，书吟凑近他耳边，温热的气息淌过他耳尖，她低喃着，喊他。

"宝宝。"

书吟还是头一次管商从洲叫这么肉麻的称呼，叫完后，像是做了什么亏心事儿，转头下车，快速地往餐厅大门走去。

商从洲的目光流连在她的背影上，幽深清寂的眸子里染着数不清的笑。

书吟不管不顾商从洲，闷头往前走。

蓦地，她停下了脚步。

她好像看到了陈知让，他身边站着个女生，很眼熟。

女生偏过头，和陈知让说话，侧脸更是分外熟悉。

是熊子珊。

书吟皱了皱眉，陈知让和熊子珊怎么会在一起？

在她发现他们的时候，他们也看见了她。

陈知让朝她轻抬了下下颌，以示打招呼，而后冷淡地进了包厢。

熊子珊缓缓走了过来，好像什么都没发生过一样，好像劝书吟离商从洲远一点的话不是她说的一样，熟络亲昵地同她打招呼："怎么这么巧，在这里遇见你？"

后来书吟想过，熊子珊劝书吟，也是为书吟好。有的选，还是要选个身体各方面技能正常健康的。只是因为熊子珊鄙夷的人，是书吟喜欢了很多年的商从洲，所以书吟才会情绪上头。

何况，过去几年的照顾作不得假。

书吟也装无事发生一样，素净的面上挂着笑："学姐，好巧，我来这里吃饭，你和陈知让……"

"我和陈总谈点工作上的事。"熊子珊简明扼要。

书吟对陈知让的工作并不了解，沈以星给其简单概括："凡是和钱相关，都与他的工作有关。"

所以，书吟并未起疑："原来是这样。"

熊子珊笑了笑："你和朋友吃饭吗？"

书吟说："和商从洲。"

熊子珊愣了下，视线往下滑，落在她指间的戒指上："你俩结婚了？"

书吟："领了证，还没办婚礼。"

熊子珊的目光在明灭灯火间，隐约藏了几分欲言又止。她眼睫颤动着，薄唇滑出抹淡笑："那我可期盼着喝你的喜酒了。"

"嗯，到时候我一定会发请柬给你。"书吟真诚地叫她，"学姐。"

熊子珊回到包厢，包厢一面墙能够看见外面的竹林，陈知让坐在窗边，身侧一盏孤灯，神情落寞清寂，仿佛在渔火中等一个不归人。

熊子珊坐在他对面，没头没脑地冒出一句话来："值得吗？"

陈知让面上平静，眼里淬着寒意。

熊子珊目光垂下："因为她，你愿意投资我们工作室成为最大的股东；也因为她，工作室每个季度都会给她一单翻译生意。她以为是学姐对学妹的照顾，其实一直以来，都是因为你。

"陈总，我看到她手上的结婚戒指了。"

"戒指很闪，戴在她手上，很漂亮。"陈知让侧脸，看向窗外幽密的竹林。

他想起方才见到的书吟。

她脸上挂着的笑，是轻松的、畅快的、自在的，一看便知道，她过得很幸福。

"她结婚了,那我还要给她介绍翻译单子吗?"

"嗯。"陈知让停了几秒,捡起桌上的手机,起身离开。

离开前,他撂下一句话:"别让她知道,也永远别和她提起我。"

离开包厢,陈知让往餐厅大门走。

其间,餐厅拥进一堆人,一张张年轻稚嫩的脸庞,声线是不沾世故的青涩。

陈知让无意偷听,只怪她们谈论的声音太大声,落入他的耳里。

"他当时做了一件多蠢的事你们知道吗?为了拥抱她,抱了全班所有人。"

引得周遭好友纷纷笑了起来。

陈知让面无表情地停在过道里,垂在身侧的手,微微颤了一下。

他看见玻璃镜面里反射出自己的身影,他看见镜面里骄傲不羁的年轻人,像个溃不成军的将士,输得一塌糊涂。

暗恋是胆小鬼的游戏,是在靠近对方的路上,一边举白旗,一边说喜欢你。

结局是心甘情愿的败局。

和熊子珊分开后,书吟来到包厢。

没一会儿,商从洲和沈以星一同过来。

沈以星手里提了一个黑色的购物袋,袋子上印着白色的山茶花。

沈以星矫揉造作的语调,慢悠悠地说:"我本人呢也不是喜欢占人便宜的人,既然你老公请我吃饭,那我身为你的宝宝,肯定是要送你一份礼物的。"

"宝宝"一词,让书吟无可避免地想起刚才,自己在车上喊商从洲"宝宝"一事。

书吟抿了下嘴角,语气还算平静:"你不会又送我包吧?我家里都没地儿放包了。"

闻言,沈以星指向商从洲,煞有介事地说:"从洲哥,我家书吟在暗示你给她弄个超大的衣帽间。"

书吟沉默了,她是这个意思吗?

商从洲好整以暇道:"现在的房子住着确实有点儿小,我打算年后带书吟去选婚房,到时候给她弄个大点儿的衣帽间。"

沈以星得寸进尺:"衣帽间里可不能都是我送她的东西,得是你送她的名牌包吧?"

商从洲:"当然。"

他俩一问一答的,分外流畅自然。

书吟愣是一句话都插不进嘴。

有沈以星在,这顿饭很是热闹。

中途,沈以星想起什么,问书吟:"明天天气挺好的,要不要去普济寺拜一拜?"

以往每年元旦,她俩都会相约去普济寺祈福。

近些年普济寺在口口相传中，被冠上了求姻缘的好去处。但她俩去那儿从未求过姻缘，祈求的都是落于俗套的发财。

书吟："我明天也没什么事，可以呀。"

沈以星："早上去还是下午去？"

书吟灵魂拷问："你有早上吗？"

沈以星冷下脸，一本正经地说："我什么时候醒，什么时候就是早上。我的时间由我的身体做主！我决定了，明天早上十五点，我们出发去普济寺。"

书吟："下午三点是吧？好。"

沈以星委委屈屈："你就宠着我点儿吧。"

书吟笑道："好，早上十五点。"

于是，明日的行程安排就这么定下。

吃过晚饭，沈以星独自开车回家。

时间尚早，书吟和商从洲决定去附近的电影院看电影。

小众的英语电影，几年前在国外上映过，如今才被国内引进。商从洲选的影片，书吟上完厕所回来，发现竟是自己翻译过的影片。

商从洲说："心有灵犀。"

书吟拉着他的手往影厅里走，浮沉的灯火，好像是她怦然的心跳声。

商从洲看电影三心二意的，一会儿问她这个，一会儿问她那个。

书吟耐心地回答着，总算察觉到了他的企图。

有部青春校园暗恋电影在元旦档上映，来电影院看电影的，几乎都是奔着那部电影来的。所以这个影厅里，除了他俩，只有三名观众，坐在五六排的样子。而他们坐在最后一排，相隔甚远。

书吟后知后觉，他从买票的位置就居心不良。

"有监控。"她提醒他。

"就亲一会儿。"他倾身落下温热的吻。

一场电影，他们亲一会儿看一会儿。

到最后，书吟刁难性地问他电影的剧情，他居然对答如流。

书吟不知是开心还是难过："……你三心二意的功夫好厉害。"

商从洲这才说："这部电影我之前在伦敦的时候看过了。"

书吟："这是爱情电影，你和谁看的？"

商从洲斜睨她一眼，垂在身侧的手，和她十指紧扣，慢条斯理地道："和我一个表妹。我正好在伦敦出差，她刚失恋，哭哭啼啼地拉我去电影院看这部电影，看完后还在朋友圈发了张我的背影照，仅她那个该死的前男友可见。"

书吟"扑哧"一笑，了然："不服输的女孩子。"

她被吊起了胃口："后来呢？她那个该死的前男友有说什么吗？"

"后来，那个男的开车过来找她，车速快得恨不得把车从我身上压过去。"商从洲很是无奈，"他趾高气扬地指着我，朝我表妹吼：'你从哪儿找来的小白脸,他就图你的钱你知不知道?你真的是空有长相的花瓶!'"

书吟笑得不行:"那是你几岁的时候?"

商从洲:"二十三四吧?我被他的话给吓得不轻,这到底是夸我呢,还是骂我呢?"

地下车库里有暖气,他们在满室的温暖中,谈论着从前的趣事。

"结果,我表妹也指着我,说:'这是我表哥,他就是长得帅了点儿有钱了点儿,你凭什么叫他小白脸,凭什么说我没脑子?'他被吓傻了,急忙点头哈腰地和我道歉。和我道完歉,他又去安抚我表妹的情绪,一口一个'老婆''宝贝'的……到最后,他俩抱在一起,在我面前亲来亲去。"

书吟靠在他的怀里畅快地笑。

见她笑得如此愉悦,商从洲恶劣心起,伸手挠了挠她腰间。

她全身上下的敏感点他都知晓。果不其然,她躲闪着,被挠得直不起腰来。

"还笑吗?"他故意冷吊着眉梢,"有这么好笑吗?"

"有,非常好笑。"书吟说,"没想到你成了第三者,还是吃软饭的小白脸。"

"也从侧面证明,我小有几分姿色。"

"……不要脸。"

"难道不是吗?你难道不喜欢我的脸吗?"

商从洲打开副驾驶的车门,书吟坐在位置上。

久久,他没有离开,而是站在门边。

书吟怀里抱着爆米花桶,看电影时只顾着和他接吻了,爆米花都没吃几颗,她抓了几颗塞进他嘴里:"好吃吗?"

"还行。"

"还要吃吗?"

"不吃了,有点甜。"

书吟和他大眼瞪小眼:"那你还不关门干什么?"

商从洲笑:"还想亲一会儿。"

书吟指指车库:"都是车,有人看见就不好了。"

商从洲眉梢轻挑:"没人看见就行了?"

书吟耿直地点头:"没人看见,想干什么都行?"

然后,她就在商从洲的神情里,察觉到了不怀好意。

他脸上挂着幽幽的笑,书吟脑海里不受控地冒出些不该有的画面来。

半个小时后,封闭的地下车库里,只有商从洲一辆车——

宽敞的后座因为容纳了两个人,而变得狭窄起来。

他压在她身上,热腾腾的气息朝她涌来,空气好似在静静燃烧。

书吟脸上的笑渐渐退了下去,她手被他带着,解开了束缚着的皮带。

安静的车厢里,眼神对视间,产生暧昧的禁忌感。

"……回家好不好？"她迟疑着。

"没关系，我不碰你。"商从洲按着她的手，不断往下。

好像碰到了什么，烫得她想收回手。

他把她抱在自己的腿上坐着，双腿敞开，用衣服盖住，连书吟自己都看不见自己在做什么，只是配合着他的动作，勾起他无数的欲望。

她看见他眼底滋生的红，听见他因为她或克制或愉悦的呼声。

她靠在他肩头，待一阵急促凌乱的呼吸过后，他平复了一会儿，而后，抽过湿巾，擦她的手。

他面容是清淡的，望向她时，有种败坏的浮荡。

书吟一看他，就会想起方才的事，于是别开眼，小声道："你就不能回家再做吗？"

商从洲说："可我一直在想，有机会和你在车里来一次。"

书吟埋在他颈间，脸烫得过分，她不知如何回答，只能装聋作哑地打了个哈欠。

商从洲："困了吗？"

书吟说："有点。"

他说："到家了再睡，乖啊。"

书吟闷声笑："哄小孩呢？"

他也笑："没呢，在哄小姑娘。"

到家的时候，书吟已经睡着了，商从洲把她抱回屋。期间，她意识模糊地醒来，嘟囔了句："睡觉要穿睡衣。"又沉沉地睡去，像是在说梦话。

商从洲还是给她换了套睡衣。

书吟不工作的时候，作息还是挺规律的。

每天早上七八点醒，夜里十一点前睡。

第二天早上七点多，她和商从洲都醒了。

商从洲带了些工作回家，吃过早饭，他去书房办公。书吟则在他边上看书。

下午一点多，作息也是很规律的沈以星准时醒来，给书吟发消息。

书吟给她发了一条"我问问他"后，转头问商从洲："你要不要和我们去普济寺？"

商从洲反问她："你想我去吗？"

书吟没有犹豫："想。"

她描述着："普济寺有棵树，香客都会在树上挂红布许愿。那里的大师说，情侣在同一块红布上许愿，愿望成真的可能性特别高。"

"好，我和你们一块儿去。"商从洲是不信神佛的，却还是答应了书吟。

普济寺坐落在山中，每逢节假日，无数香客前来祈福敬香。

商从洲的车停在远处的停车场，三人徒步十分钟才能抵达普济寺。

今日阳光果然很好，白雪消融，空气里满是彻骨的湿冷。

书吟和沈以星姐妹好地挽着手走在前面，商从洲跟在她俩后面。

她俩不知道聊些什么，彼此笑出了声。

商从洲好似被感染，也笑了出来。

她在沈以星面前，总是格外鲜活，像是带着潋滟春色的花。

大雄宝殿前的空地里烟熏火燎，香客们双手持香，虔诚向天地间的神明许愿。

不远处的千年古树挂着条条红布，在阳光下涤荡起伏。

排队领红布的队伍太漫长，沈以星没了耐心，持香去拜其他的神佛。

商从洲陪书吟排队，队伍看似很长，实则排了两三分钟就到他俩的顺序。

商从洲付钱领红布，而后和书吟拿了支笔。

他问："要许什么愿？"

书吟早已想好，说："愿我们的爱永远是爱。"

无论加多少前缀，爱只是爱。爱不会褪色，不会过期。

商从洲执笔，一笔一画地写下这句话。

然后，他抱着书吟，书吟拿着红布条，系挂在树梢上。

郁郁葱葱的树，红布迎风飞扬。

近处分发红布的僧人不知被人问了什么，他淡笑着，沉声道："神明不渡看客，只渡有情人。"

蓦地，书吟和商从洲对视着，心跳在此刻同频、共振。

今年二月中旬才过年，沈以星坐不住，热情地邀请书吟去马尔代夫度假。

雪看久了，人难免向往夏天的晴朗，只不过书吟心里还惦记着一件事。

书吟问商从洲："你们公司年会什么时候？"

"二月一号，年会结束，就开始放春假。"

"那，我去马尔代夫玩了。"

"好，什么时候回来？"

"一月三十号。"书吟把时间掐得很紧。

"行。"商从洲揉揉她的头发，"什么时候过去？"

"后天，明天我和星星逛街，买几件衣服。"

书吟说得轻巧是去买衣服，实则是去买泳衣。

去马尔代夫，带上夏装就行，她何必多此一举逛街买衣服？买的自然是她没有的泳衣。

因为不应季，专门卖泳衣的店铺尤为难找。好在商场里的内衣店也售卖泳衣，款式也很明确，要么是性感的比基尼，要么是俏皮可爱的连体泳裙。

沈以星身材干瘪，没有什么曲线，连泳衣都懒得试。但她积极性很是高涨，凑到店员耳边，十分豪放地说："把你们这里最性感的泳衣拿出来。"

书吟都不需要听她说什么，就知道她不安好心。

书吟:"简单一点的泳衣就行。"

沈以星大声道:"暴露一点的!"

书吟无语。

沈以星笑容烂漫:"你身材那么好,就应该大胆展示出来。而且我们有自己的无边泳池,又没有别人在,你怕什么?"

"还是说,"沈以星压低了声音,咬牙切齿,"你小气到只愿意让商从洲看,不舍得给别人看!"

书吟无言:"欲加之罪何患无辞。"

沈以星笑:"你考虑一下嘛,走成熟风,不要走幼稚风。"

书吟瞥她:"泳衣还能幼稚吗?"

沈以星想了想,上下打量着书吟,最后得出结论:"也是,就你这身材,给小孩儿的童装泳衣穿你身上,也很有诱惑力。"

事实证明,沈以星说的是对的。

书吟试穿了一件粉色的连体泳衣,颈后系着条蝴蝶结。尤为简单的泳衣,穿在她身上,裹得她腰线纤细,胸部饱满。她皮肤白,最近被商从洲养得重了几斤,腿不是干瘦的,有着紧实的肉感。

总而言之,是极易让人浮想联翩的身材。

听到"咔嚓"一声,书吟扭头。

沈以星举着手机朝她晃了晃:"这么美好的画面,当然得发给你的亲亲老公。"

书吟已经对沈以星嘴里冒出的各种亲密称呼免疫了,她问:"你到底是我闺蜜,还是商从洲的闺蜜?把我的照片偷偷发给他干什么?"

"第一。"

"你不叫'喂'。"

沈以星笑得花枝乱颤:"你还是这么有搞笑天赋。"

书吟假笑:"谢谢夸奖。"

沈以星说:"第一,我没有偷偷发给他,我是光明正大地发给他;第二,我解释一下我为什么拍照发给他,因为你的亲亲老公,半个小时前转了我十万块钱,让我带你在马尔代夫尽情地玩。"

书吟皱了皱眉:"你收了?"

沈以星:"当然没收。"

书吟松了口气,她不是舍不得钱,只是对于花商从洲钱一事,没法做到如此坦然。

沈以星看出了她心里的顾虑,待买好泳衣后,二人去海底捞解决晚饭。

沈以星说:"你就是心理负担太重,总觉得花别人钱是欠他的,你以前也是这么对我的。但是书吟,我给你花钱真的很开心。"

书吟:"我知道,我也很努力在改。"

沈以星追问:"真的有在改吗?"

书吟哽了下:"真的。"

沈以星很干脆:"好,那你去马尔代夫的全部花销都由商从洲买单。"

书吟抽了两下嘴角赔笑:"要做到这种地步吗?"

沈以星一脸失望:"你还是不愿意花商从洲的钱,你听过一句话吗?不爱他所以才不愿意花他的钱。"

书吟莫名:"谁说的?"

沈以星:"反正你不花他的钱就是不爱他!"

书吟无言以对。

吃完晚饭,书吟开车,先把沈以星送到家,然后才回家收拾去马尔代夫的行李。

家里没人,商从洲还在加班。

书吟打开两只行李箱,把衣服、化妆品之类的放进去。

她和沈以星打算玩一圈,以马尔代夫为起点,玩一个礼拜,再去新加坡玩一个礼拜,最后的时间留给泰国。近二十天的旅行,需要带不少衣服。

收拾东西的时候,衣帽间外传来声响。

书吟转身,看见商从洲不知何时已然出现在衣帽间,半蹲着身子,打量着她行李箱里的衣服,眉头稍皱,像是遇到什么棘手的事儿,神色里满是疑惑。

他捡起一块巴掌大小的布料:"请问这是什么?"

"抹布吗?"他自问自答。

书吟一顿:"是丝巾,可以当抹胸穿。"

商从洲被科普,了然地点头。他又好像没听懂,一本正经又虔诚的姿态,问她:"能麻烦书吟女士,穿上身让我看看吗?我还是不明白,丝巾怎么可以当抹胸?"

"就……"书吟思索着用词。

想了想,还是难讲清,于是她接过丝巾。

她将丝巾对角线对折,就着身上的衣服,裹着胸,转过身,她没系蝴蝶结,只是演示:"像这样,在后面系个蝴蝶结,就好了。"

"那你里面还穿衣服吗?"

"穿胸贴。"

商从洲不置可否,遂又捡起行李箱里的衣服。

十件衣服,有八件是吊带、裹胸样式的。

"你在夏天也是穿这些衣服吗?"商从洲一边给她把衣服叠好放进行李箱里,一边心不在焉地问。

"没有,这都是度假才穿的,平时穿的话……有点儿夸张。"

"度假才穿。"商从洲意味不明地重复了一遍这四个字。

书吟莫名:"怎么了?"

商从洲抬眼,长吁短叹:"陌生人能看到你穿这种衣服的模样,身为你的老公,却没有机会见到自己老婆落落大方展示身材的模样。"

他看着她的目光,有几分委屈。

"我现在就穿给你看。"绕了半天,还是绕回来这句话。书吟好气又好笑。

"好。"

没消一会儿,书吟打开浴室的门。她站在里面,光照在她身上,皮肤白皙似雪。身材曲线分明流畅,腰线往里凹,掐出细软的腰。裹胸裹着的是迤逦饱满的线条。

商从洲的目光渐暗,他缓缓朝她走过来,指骨贴在她蝴蝶骨处,手指挑着后边的系带,要解不解的动作,格外磨人。

"好漂亮,以后夏天也经常这么穿,好不好?"

衣衫轻解。

他的气息压得书吟喘不过气来。

她的注意力,都被他带动着,惊起一汪春池。

衣帽间里挂置着的家居服,均为两套挂在一块儿。

商从洲有着奇怪的癖好,譬如说,一定要和书吟穿情侣家居服。

沈以星曾经放在书吟家的那套家居服品牌,是知名的情侣家居服品牌。书吟搬来商从洲家后发现,商从洲把该品牌市面上所有的售款都买了过来。

她今天穿的家居服是白色真丝,印着小草莓,蕾丝镶边,清纯至极。

她躺在床上,看见商从洲穿的是配套的纯黑色真丝,黑色衣服,衬得他清淡寡冷。

折腾了将近一个小时,商从洲还是那副衣冠楚楚的模样,精力充沛,替书吟洗了个澡,还穿上睡衣。

书吟默默感慨,他到底哪儿来的这么多精力?一天上十二个小时的班都不累的吗?难不成吃药了?要不然都快三十岁了怎么还跟十几岁的小男生一样这么精神?

她躺在床上胡思乱想了一会儿,又爬起来,检查了一遍要带的证件,确保东西都收拾好后,她才安然睡去。

迷糊间,她好像被拥入一个温热的怀抱。

商从洲蜻蜓点水地亲了亲她的唇,轻声道:"晚安,宝宝。"

夜色宁静,他们相拥而眠。

第二天醒来,商从洲送书吟和沈以星去机场。

她们是十一点的飞机,从家到机场约莫一个小时的车程,还得提前到机场。

因此,八点之前就得起床。沈以星因此,干脆通宵。书吟接到她的时候,只看到她眼底重重的黑眼圈。

书吟:"你没睡啊?"

沈以星摇头:"没呢,你手上拿着什么?好香。"

书吟递了过去:"水煎包,早餐。"

沈以星啃了两口,感动得要哭了:"好好吃,哪里买的?"

书吟笑:"商从洲做的。"

沈以星:"要不你俩结婚,我当你的陪嫁丫鬟吧?"

闻言,驾驶座的商从洲轻哼了一声:"你来我家当陪嫁丫鬟,还得我和书吟伺候你。"

"怎么可能?"沈以星义正词严,理直气壮地说,"我怎么会舍得让书吟伺候我?肯定是你伺候我俩啊!"

将二人送至机场,商从洲马不停蹄地开车回公司。

临近年关,他工作比以往翻了好几倍。

一得空,他便掏出手机,给书吟发消息。

书吟回消息的速度时快时慢,甚至于,她回消息的速度,还没有商从洲在沈以星朋友圈看她的行踪快。

书吟显然很享受度假,每天的活动丰富多彩。

今儿个浮潜,明儿个快艇出海,傍晚还巡航看海豚。

她经常会发照片给商从洲,但发的都是风景照。好在商从洲早就串通好沈以星了,沈以星给他发来许多书吟的照片。

沈以星还不忘补充一句:你老婆身材真好。可恶啊,她竟然是你的老婆!你何德何能,有这么好的老婆!

沈以星:该死,被书吟发现我给你发她高清无码性感比基尼照片了。

沈以星:你老婆生气了。

商从洲一下子就急了。

结果下一秒,他就看到聊天界面多了一条语音消息。

似是偷偷录的,书吟的声音离得有些远,在阵阵海浪声里,显得缥缥缈缈的。她是真的挺生气的,喊着:"你拍的这些照片都没有修图过!还是偷拍,我都没有表情管理!"

商从洲忍不住笑了出来。

怎么办,她好可爱。

度假的最后一站是泰国普吉岛。

她们住在科莫雅姆度假村,景观房,配备无边泳池。

书吟和沈以星二人在泳池里晒太阳,畅聊人生。

得知书吟和商从洲是怎么领的结婚证后,沈以星冷笑三声,锐评:"他竟然还是这么具有男德的男性,他放在古代,肯定裹小脚!你就是太好骗了,被他随便说了几句就被糊弄去领证,他哪会是把第一次看得那么重要的男人?"

沈以星咬牙切齿:"他早就对你图谋不轨了!"

书吟笑:"嗯,我也喜欢他啊,要不然我也不会答应他的负责。"

沈以星是真的佩服她:"你居然在我眼皮子底下玩暗恋,甚至暗恋了他这么多年。"

书吟说:"我也没想过我会喜欢他这么多年的,就是……一直放不下他吧。"

沈以星:"可能这就是命运吧。"

书吟不无认可地弯了弯嘴角:"或许。"

放在泳池边的手机相继作响。

沈以星的手机,显示段淮北来电。

书吟的手机,则显示商从洲来电。

二人相视一笑,而后拿着各自的手机,游到泳池的另一端,和彼此的心上人通话。

泳池里的水推浮着她,书吟胳膊撑在泳池边,慵懒惬意地接通了来电。

一接通,商从洲问她:"在干什么?"

书吟说:"在酒店的泳池里游泳。"

商从洲轻笑了一声:"看起来你似乎很享受度假生活,那后天还想回来吗?"

书吟有气无力:"不想,南城好冷啊。"

商从洲说:"要不在那儿再待一阵子?"

书吟拒绝:"不行,我答应了你,要陪你参加公司年会。"

"没关系的,你难得出去玩一趟,总得玩得开开心心的。"

"我已经玩得很开心了,人不能放松太久,会变懒的。"书吟说,"再过半个月就得过年了,过完年又得工作了,事情很多。"

"大忙人啊。"

"哪有你忙?"书吟撇嘴,"你天天都后半夜才回家,怎么这么多工作?"

"因为想早点做完。"

"早点做完,就能早点放春节假了吗?"

"公司已经提早两天放假了。"

"……那你提早做完也没法提早放假,"书吟不理解,"为什么还要提早完成工作?"

办公室的门被助理敲开。

助理见商从洲在打电话,动作轻慢,将手里头的机票放在桌上。

机票的落地点,是普吉国际机场。

商从洲示意助理出去,他语气平静,缓缓地道:"因为不想见到你的时候,我还被公务缠身,没法儿陪你。"

书吟笑了笑,没猜到他话里的别有深意。

她当然也猜不到,商从洲会来找她。

当晚,书吟睡觉前,沈以星在泳池边打游戏。

她俩的作息向来不同,即便睡在一起,也互不影响。书吟先睡,过了约半个小时,沈以星结束游戏,走进房间,确定书吟睡着了,她从包里掏出两张房卡。

一张,是她今天下午刚订的房间房卡,另一张,是这间房间的房卡。

她把房卡交给酒店前台,叮嘱前台,明天有位姓商的男士过来,把房卡给他。

而后,她功成身退地来到新房间。

"书吟吟,你好幸福。"

随后,她又拿起手机,谴责起段淮北来:你以前可以开三个小时的车带我去看海的,可你现在能够三个小时不给我发消息,你不爱我了。

段淮北秒回消息:我什么时候超过三个小时不给你发消息了?顶多半个小时!

段淮北:说吧,又在网上刷到什么恋爱情节了。

沈以星:别人的男朋友突然出现在女朋友面前,给她一个惊喜。

段淮北发来一条转账信息。

沈以星收了转账,无情冷漠:不浪漫。

段淮北:下周放假,到时候你想去哪里就陪你去。

他再次发来一条转账信息。

沈以星收了转账,勉勉强强:好吧,现在有点儿浪漫了,还有待进步啊段老师!

段淮北:段老师收到。

书吟这一觉睡得很沉,醒来的时候感觉有些不对。

她盯着床上躺着的另一个人。

短发,宽肩,像个男的。

书吟迷迷糊糊醒来,整个人还有点儿晕。她眨了眨眼,男人翻过身,待看清他的正脸时,她彻底清醒了。

她怀疑自己在做梦,伸手,小心翼翼地戳了戳他的脸。

是真的。

商从洲居然来普吉岛了?

她后知后觉,原来他是为了过来找她,所以提早完成工作。

书吟心里像是激起怦然的水花,惊喜一簇一簇地盛放。

她默默地往商从洲怀里靠,视线直勾勾地盯着他,不舍得挪开。

兴许是她的注视太直白,惊扰了睡梦里的商从洲。

他眼睑处还有疲倦的青色,瞳仁里却是宠溺的笑:"怎么不把我叫醒?"

书吟说:"你肯定很累,不想叫醒你,想让你多睡一会儿。"

商从洲搂着她腰的手紧了紧:"自己钻进我怀里来的?"

他记得,自己睡的时候生怕吵醒她,特意睡在床的另一边。他的睡姿向来很好,没有大开大合的动作。

"不知道,可能是你睡着睡着,把我搂到你怀里的。"书吟不愿承认。

商从洲是知晓她的,小姑娘脸皮薄、矜持,让她叫声"宝宝"都能脸红一宿。

她这人,说不出什么甜言蜜语,但会做许多事,让他知道,自己有在被她认真地爱着。

"原来如此,是我睡梦里还不老实,要抱你。"商从洲慢条斯理地道。

书吟忍不住笑:"昨天打电话的时候,怎么不和我说你过来的事儿?"

商从洲:"想给你一个惊喜。"

书吟想了想,说:"可是如果你告诉我的话,等你过来的时间里,我也会很开心很幸福的。"

闻言,商从洲低头亲了亲她的脸颊:"下次一定和你说。"

见商从洲眉眼间透着疲倦,书吟又在床上陪他躺了一会儿。等到中午,二人换了泳衣下水游泳。

一对戏水鸳鸯,看得沈以星眼都红了。

结果,商从洲还杀人诛心,请她帮忙给他俩拍张照。

沈以星狮子大开口:"一万块一张。"

商从洲轻描淡写:"拍完结账,只要你能拍,不管多少张我都一次性付清。"

沈以星没有赚钱的快感,忍着心口滴血的不适,给他们这对恩爱小夫妻拍照。

她恍然意识到,自己现在做的事,还真像个陪嫁小丫鬟!

好在商从洲和书吟并未有太亲密的肢体接触,顶多搂个腰、摸个脸什么的。

本就是最后一天的旅程,商从洲的到来,并没有给闺蜜的度假造成任何负面影响。沈以星也没有太多当电灯泡的感觉,书吟大部分时间还是属于沈以星的。

旅程结束,三人搭乘飞机回国。

落地南城机场,段淮北前来接机。

沈以星如同蝴蝶般飞扑到他怀里,甜甜蜜蜜地朝书吟摆手:"我走啦。"

书吟:"路上小心。"

商从洲的司机也在机场等候,他们推着行李箱,很快司机过来,接手了行李箱推车。

南城的气温比普吉岛低了快有三十摄氏度,天上飘着簌簌白雪,书吟外面裹着羽绒服,内里还是在普吉岛穿着的吊带上衣,搭配一条长裤。

"又回来了。"书吟望着窗外的落雪,小声说。

商从洲牵住她的手,十指紧扣,凑近她耳边,低声道:"我好像忘了问。"

"什么?"

"离开这么久,你有没有想我?"

书吟挠了下他的掌心,轻声道:"好想好想你。"

比与你未见的八年,还要想你。

长久未见的后果，便是商从洲从进电梯开始便对书吟动手动脚。

因是一梯一户的电梯，中途不会有任何人上下，商从洲把书吟抱在怀里，他个高，盖过监控，把她藏在监控死角，对她上下其手。

大概是身处热带季风气候地区久了，整个身子骨像是被那股潮热浸透，即便她回到南城，浑身也似被热带的雨季侵袭般，又热，又黏。

商从洲一如既往毫无自制力，折腾着书吟。

到最后，书吟泪眼涟涟，泪水与汗水滴落在浴缸里，藏在凌乱动情的呼吸里。

书吟睡着前，似看到了黄昏欲颓。

再醒来，已经是第二天中午。

她足足睡了二十个小时。

她坐在床头，起身想去捞手机，无意间碰到床头柜上摆放着的东西。

很小的一个物件。

黑色的。

是商从洲的助听器。

商从洲进屋时，就看到书吟对着自己的助听器，怅然若失的模样，脸上的表情，是悬泪欲滴的。

"发什么呆？"他神态自若地走过来，接过她手里的助听器，快速戴在耳边。

"商从洲。"书吟深吸一口气，脸色凝肃，盯着他，"你想不想和我说你耳朵的事？"

不是我想听，也不是我要听，而是试探的、疑惑的、全凭他心意的——你想不想说。

如果不想，那就不说。

她给他回答的自由。

商从洲给她倒了一杯温水，递给她后，坐在床边，语气清淡又不失温度地娓娓道："大二那年暑假，我想着无所事事，便去了趟法国。彼时法国难民骚乱严重，随便停在路边的一辆车，都可能会被人砸窗，抢了里面的东西。"

更遑论说背着包在路边走的路人，身上的包随时都有可能被人抢走。

是谁说过，街边小贩摆地摊卖的包，有百分之九十的可能是真包。因为都是劫匪从专柜里抢来的。

商从洲与朋友约了晚饭，想着距离不远，于是走路过去，恰好遇到了一个母亲带着三个小孩。

一个小孩还在推车里，其余两个，最高的也没超过商从洲的腰线。

商从洲跟在他们身后，听他们在聊日常琐碎的对话。

"晚上想吃什么？"

"奶酪。"

"我想吃三文鱼沙拉。"

"饭后甜点可以是巴斯克蛋糕吗?"

"当然可以。"

走着走着,到路口,他们分道扬镳。

商从洲和好友发消息时,忽然听到呼喊求救声,他立马循声跑去。

迎面撞来两个小孩,小孩子吓得腿软,跌倒在地,站不起来。

商从洲抬眼,看到了一幕画面,血腥又暴力。

三个壮汉,一个手里持刀,刺向婴儿车。年轻的母亲在边上号啕大哭,却被一个壮汉踩在地上,目睹自己的孩子受伤。

商从洲微微怔住,就这么一晃眼,他手里抱着的孩子猛地挣开他,往母亲那儿跑去。

"砰"的一声枪响。

孩子当即倒在他面前。

商从洲回神,护住另一个孩子,手捂住他的眼睛,用法语让他冷静。

接下来又是几声枪响,有一粒子弹,速度飞快地滑过他的耳边,没有碰到,但他耳朵迅速升起火烧火燎的烫意。

再后来,那几名壮汉围殴商从洲。

商从洲并非武力不行,只是想护着怀里的孩子,回手显得犹豫。也是那次,他的耳朵受到重击,影响了听力。

"说来不过是件想逗英雄却没逗成功的窝囊事。"商从洲神色淡然,提及过往的伤痛,没有半分的难过,有的是遗憾,"那条路很黑,我应该提醒他们,别往那条路走的。"

书吟早已满面泪痕:"还有一个孩子呢?"

商从洲说:"万幸,他还活着。"

书吟说:"你哪里不算是英雄?至少你救活了一个孩子。"

商从洲抽纸,擦着她脸上的眼泪:"以前总想着以一己之力对抗万物,也妄自菲薄地想要改变全世界,让所有国家都不再有战争,各国人民和平共处,互助互惠——我曾经就是抱着这种心态,去考外交学院的。可是后来我才知道,人能做的,只有改变自己。以改变自己为前提,影响他人,进而扩大范围,一步一步,让我们国家变得更好。"

"你看,我们的国家现在多好。凌晨三点出门,迎接你的不是劫匪,而是烧烤摊。"商从洲不想让话题变得那么沉重,不动声色地转移话题,"我给你点了烧烤外卖,想不想吃?"

"不要。"书吟说,"不想吃。"

"那想吃什么?"

书吟抬眸,湿漉漉的眼,可怜兮兮地望着他,声音娇娇柔柔的,说:"想让你抱我,商从洲,你抱抱我吧——"

话音落下,她如愿跌入温热的怀中。
商从洲抱着她,双眸低垂,他抬起手,动作轻柔地拍了拍她的背。
指尖那枚她特意定制的戒指,波动的声线,代替她,无声地说:我好喜欢你。
爱是心疼,是常觉亏欠。

翌日便是商从洲所在公司,霍氏的年会。
想着出席年会,中午,书吟待在衣帽间里,左挑右选,想选出条精致又不高调的礼服裙。
礼服裙是商从洲叫人送过来的,二十多条,原本宽敞奢华的衣帽间,霎时涌入这么多条礼服裙,显得分外窄小。
商从洲得出结论:"还是得换套大房子,等过完年,我们去选婚房。"
他们现在住的这套平层不算小,四百多平方米。
商从洲以前独居还行,书吟搬进来后,他习惯给她买东西。书吟很宅,工作又不需要怎么出门,因此很少买衣服,基本每个季度出去逛一次街,买个三五套衣服。
然而,商从洲是个衣帽间里会挂五十件同款白衬衫的人。
所以,商从洲时常给书吟买衣服。
不光衣服,护肤品、沐浴乳等小东西,也都是商从洲买的。
商从洲将自己的审美渗透到书吟的审美中。
他选的礼服裙款式各异,风格不同,书吟最后选了两条礼服裙,纠结着。
一条是黑色缎面礼服裙,抹胸设计,腰间系有优雅的蝴蝶结。
另一条是白色礼服裙,吊带长裙设计,裙上嵌满钻饰,羽毛在裙上翩跹起舞。
一黑一白,两种风格。
书吟拿捏不住,于是问商从洲。
商从洲想了想,说:"白色的吧。"
书吟问他:"为什么选白色?"
商从洲的回答很干脆:"因为我今天穿的是灰色的西装,你穿白色,明眼人一看就知道,我们是夫妻,穿情侣装。"
"好幼稚。"话虽如此,但她嘴角还是控制不住地上扬。

换好衣服,书吟又化了个清透的妆。
她皮肤本就白皙,穿上白色礼服裙,有种冰雪消融时的透亮,泛着晶莹的光,整个人带来蝴蝶蹁跹的春日潋滟感。
一切收拾妥当,二人出发前往年会会场。
霍氏是本城的龙头企业,书吟一个不上班的人,对霍氏的了解仅限于CBD最高的两栋楼就是霍氏的商业办公楼。霍氏生产的手机占据手机市场份额的百分之三十，但凡提到国产手机，霍氏的手机必然是排在第一个。

和商从洲在一起后，书吟知道霍氏有四位总经理，商从洲是其中之一。

剩下的三位，是商从洲的好哥们儿。

其中一个是容屹，她曾见过。

不过今天四位总经理，只有商从洲出席。其他的，容屹和齐聿礼向来不喜欢这种热闹人多的场合，霍南笙昨天肠胃炎，身体不舒服，霍以南便推了年会，在家陪霍南笙。

而在他们四个人里面，商从洲是最适合出席这种场合的。

他长袖善舞，能说会道，气质温润清雅，给人一种如沐春风的感觉。

霍氏是上市公司，又有单独的影视分公司，因此，年会还弄了个员工走红毯的环节。

员工在红毯上走，边上，对方的同事举起手机给其拍照。

书吟发现商从洲身上并没有大老板的架子，一下车，员工们便和他打招呼。

"商总。"

"商总，你要不要过来走红毯？"

"我们给你拍照啊商总！"

商从洲淡笑着拒绝，绕过车子，到另一边，替书吟打开车门。

书吟下车的时候，空气好像很明显地安静了一瞬。

举着手机拍照的人里面，恰好有前台，她认出书吟来，诚惶诚恐的口吻："她是不是那个自称是商总的太太的人？"

"好像……是她……"

"不是，她真的是商总的太太啊？商总什么时候结婚的？"

"好突然好震撼……"

有胆子大的问商从洲："商总，这位是……"

商从洲弯腰，帮书吟理了理裙摆后，直起腰来，嗓音清淡地说："我太太。"

"您什么时候结婚的？"

"没多久，"商从洲说，"等办婚礼了，再给大家发喜糖。"

他搂着书吟的腰，替她挡下所有好奇的打量："你们一个个的什么眼神，像是豺狼虎豹，恨不得把我太太给抢走。我本来就想把她藏在家里，你们再这么看下去，小心我以后再也不带她来和你们吃饭了。"

他语调轻松，闲适，人群里响起一阵欢声笑语。

商从洲和书吟没走红毯，他们直接进了宴会厅。

附近都是人，商从洲并未一直搂着书吟。他在家里如何放浪形骸，有外人在时，总是清冷自持的。

书吟忍不住："你刚刚的用词，太夸张了。"

类似于金屋藏娇了。

商从洲拿了块甜品给她,眼梢稍抬,云淡风轻的模样:"有吗?喜欢一个人,藏在心里是不够的,会想把她藏在家里。"

书吟接过甜品,尝了一口:"好甜。"

她眉头皱成一团,又舍不得扔,几乎是下意识的行为,把咬了一口的慕斯蛋糕递到商从洲的嘴里。

在家里,她吃不完的东西,都是商从洲解决的。

商从洲也是下意识的行为,张嘴,含下那块甜得发腻的蛋糕。

"甜吗?"书吟问。

"没吃过这么甜的。"商从洲面不改色。

"那你还吃下去?"

"你都喂进我嘴里,想着吃了得了。"商从洲浑不在意,"而且是我先把甜品给你的,不好吃,理应我解决。"

书吟:"你真好。"

商从洲声调散漫:"我只是做了垃圾桶该做的事,哪儿好了?"

书吟忍不住笑。

商从洲的位置是主桌,十人桌,其余八个位置坐着公司高层。

他们年龄看上去,比商从洲大至少二十岁。

他们毕恭毕敬地叫他一声"商总",朝书吟举着酒杯,说着希望早日能吃上他俩喜糖的客套话。

春节假期是在腊月二十八这天开始的。

腊月二十七这天,商从洲接到了父亲商良弼打来的电话。

电话里,商良弼语气严肃,如同领导对待下属般的严苛语气,要求商从洲务必将书吟带回家,他难得回家一趟,想和未来儿媳妇见个面、吃个饭。

商从洲纠正他:"不是未来儿媳妇,我和她已经领证了,她就是你的儿媳妇。"

"哦。"商良弼说,"麻烦你带儿媳妇回家,我已经让人收拾好她的房间了。"

"她和我一个房间。"

"抱歉,我说的就是你的房间。"

"原来那已经是她的房间了。"商从洲淡笑着,"爸,在您眼里,我这个儿子能有点儿地位吗?"

"咱们家向来都是老婆最大。"商良弼道,"多听老婆话,人生才会顺风顺水,明白吗?"

"知道了。"

商从洲打电话时,书吟就在他边上。

他们父子间的对话没有任何温情可言,甚至客套得像是上下级,但书吟还是从里面隐约读出他们父子间专属的默契。

电话挂断，书吟眨了眨眼，问他："我们什么时候去你家？"

商从洲说："你想什么时候去就什么时候去。"

书吟："要不明天？"

商从洲："行。"

随即，书吟又自我否定："不行，我不能空手过去，明天我得去买些东西。你爸妈喜欢什么？"

"我爸妈只喜欢一样。"

"什么？"书吟疑惑。

"儿媳妇。"

书吟撇嘴："说正经的！"

商从洲搂着她的腰，把她按在自己怀里，语调潺潺如早春融水："真的。我爸看我不爽很多年了，以前每逢过年，他都把我关在门外不让我进屋，都是我爷爷替我求情，说等明年我一定会带女朋友回家，我爸才勉为其难地给我爷爷一个面子，让我进家门。"

"你爸爸真这样啊？"

"嗯。"

"我以为……"

"以为什么？以为我没有被催婚的烦恼？"

"嗯。"

"你对我父母有很深的误解。"商从洲说，"我爸妈是自由恋爱的，婚后虽然二人异地，我爸一年到头，在家里待着的日子满打满算不超过一个月，但他俩感情很好。因为他们的感情走得顺又很幸福，所以他们也希望我早日找到我自己的幸福。"

不幸的原生家庭里的父母，希望子女早日组建家庭；幸福的原生家庭里的父母，希望子女早日找到自己的幸福。

商从洲说："你真的什么都不需要准备，我爸妈只要见到你，他们就很开心了。"

即便如此，书吟第二天还是买了一大堆东西。

到底是第一次正式上门见家长，瞒着双方家长领证已是非常不礼貌的行为，空手去对方家里，实在是太没有礼数了。别说见家长，书吟去沈以星家都会带些礼盒的。

商从洲知晓她讲礼数，陪她在商场里，根据华映容的喜好，选了东西。

结账时是书吟刷的卡，商从洲没干涉。

买完，二人驱车前往商从洲父母家。

商家是苏派建筑，宅门前蜡梅傲然盛放，途经的路人被景色吸引，纷纷驻足，举起手机拍照。他们俩在一众好奇眸光里，缓缓推开古铜色的门。

园林式布局，山环水绕，大门进去，是曲径通幽的廊道。廊道底下卧着一条河。河面碧波荡漾，四周是万年长青的松柏，河边盛开着嫩黄色的迎春花，点缀着将醒未醒的湖畔春色。

近处是两层楼高的宅邸，宅邸门开着，里面的人瞧见他俩，眉间一喜。

"少爷。"

"芳姨。"商从洲同她打招呼，随即和书吟介绍着她，"芳姨，一直跟在我妈身边照顾她，家里的事情都是芳姨操劳着。"

芳姨欢欢喜喜地迎了上来："这是书吟吧？真漂亮。"

书吟："芳姨好。"

芳姨迎着他俩往里走，絮絮叨叨地说："你俩可算是来了，先生和夫人一大早就醒了，两个人激动得不行，连后厨的菜单，都询问了五遍。"

商从洲半信半疑："是吗？"

"真的。"

"他俩现在人呢？"

"回屋换衣服去了。"芳姨说话时，时不时瞟一眼书吟，眼里的满意与喜欢，呼之欲出。

书吟不知道说什么，所以一直笑着。

芳姨说："坐着坐着，今儿一早空运来的车厘子，草莓是生态园刚采摘过来的，没有打过农药。还有这桂花糕，是夫人昨天做的，书吟，你尝尝。"

芳姨热情得让书吟有些招架不住。

还是商从洲替书吟解围："芳姨，您问问后厨，能做个糖醋排骨吗？书吟爱吃这个。"

芳姨："喜欢吃糖醋排骨吗？行，我立马让后厨加个菜！"

她兴高采烈地离开，脚步轻盈又欢快，仿佛是见自己的儿媳妇。

等她走后，书吟才说："菜单不都定好了吗，怎么突然加菜？太麻烦人了。"

商从洲："我这不是看你一副束手无措的模样，想着替你把芳姨支走吗？"

书吟悻悻然道："……她好热情。"

商从洲说："她喜欢你，所以才对你这么热情。"

他捡起果盘里的车厘子，想要喂书吟，反遭她拒绝，她手拿过来，左右张望着，确保四周没人后，才轻声说："我自己吃。"

脸皮是真的薄。

商从洲故意逗她，明知故问："怎么不让我喂你吃？我的手挺干净的。"

书吟："……要是被你爸妈看到，影响不好。"

商从洲："有什么影响不好？只能说明我们俩很甜蜜，影响好得很。"

书吟说不过他，只能瞪他，以示自己对他的不满。

安静下来，隐约能听到对话声。

一男一女，女声很有特点，是华映容的声音。

男声自然是商从洲的父亲，商良弼。

商良弼："我觉得身上这套衣服一般，要不我再去换一套吧？"

华映容语气里满是无奈："都换三套了，你和我谈恋爱的时候，都没有这么忙着打扮自己过吧？"

"哎，那不一样。"商良弼说，"你们总说我太严肃，我怕吓着书吟。你说我要不换件红衣服，喜庆点儿？"

华映容忍不住笑了出来："要不穿粉色的衣服吧？粉粉嫩嫩的，书吟看了还觉得你有少女心呢。"

对话有一两秒无话的空当。书吟以为商良弼会反驳。

哪料想，商良弼语气里很是诚恳："真的吗？"

书吟大脑宕机了，她满目疑惑地看向商从洲。

商良弼和商从洲口中的商良弼，好像是两个人。

不仅书吟疑惑，商从洲更是匪夷所思。这简直不像是他父亲，他们相处了近三十年，商从洲从未见过商良弼这一面——紧张的、无措的，莫名温馨体贴，像个慈父。

可商良弼对商从洲一直是不近人情的严厉。

华映容被烦了一上午，终于爆发了："我终于知道你为什么想要个女儿了，你要是有女儿，真是实打实的女儿奴。见个儿媳妇而已，看给你紧张成什么样儿了？"

被骂了，商良弼也不恼，沉沉地叹了口气："我这不是紧张吗？咱家小洲找到喜欢的人了，你也很喜欢那个小姑娘，我不像你们母子俩，能说会道，我怕我表现不好，给她留下坏印象。"

商从洲嘴角勾起。

余光里，他瞥见书吟头低垂。

他问："怎么了？"

书吟摇摇头，声音发紧，轻颤着："没什么，就是觉得……你爸妈很好。"

商从洲的父亲，商良弼，身上穿着的是浅蓝色的毛衣，很显年轻。

他五官偏硬朗，尤其是眉眼，浓眉黑眼，眼窝微陷，面无表情地盯着人看时，给人不寒而栗的压迫感。但他从见到书吟那刻开始，脸上一直扬着笑。

长年绷着脸的人，笑起来的模样很是僵硬，像是强颜欢笑。

可书吟知道，他是怕自己表现不好，让未来儿媳妇害怕他、反感他。

商良弼并非能说会道之人，因此吃饭时，都是华映容与书吟聊天。而商良弼，说得最多的是："这个菜好吃，书吟啊，你尝尝。"

书吟："谢谢叔叔。"

商良弼这才露出一个尤为轻松、畅快的笑来。

华映容问书吟："我听小洲说，你是我妹夫的学生，你俩是他介绍认识的。"

书吟:"是的,算是江教授介绍认识的吧。"

商从洲笑:"我俩一个高中的,她是沈以星的好闺蜜,准确来说,我俩是沈以星介绍认识的。"

"星星的闺蜜?"华映容震撼之余,是心有余悸,"幸好星星没把陈知让介绍给书吟,要不然书吟哪轮得到你小子?"

"您这话说的,陈知让和书吟也认识,但书吟只喜欢您儿子——我。"商从洲玩世不恭的姿态,神态里隐有几分遭人恨的狂妄不羁。

华映容面无表情:"脸皮真厚。"

她和书吟道歉:"我儿子身上有很多缺点,尤其是脸皮厚这点,你多担待着点儿。"

就连商良弼也插话道:"从洲啊,凡事低调些,你已经成家了,要有为人夫的沉稳,要实事求是。"

商从洲:"不是,在您二老眼里,我不够帅吗?"

华映容:"你不过是遗传了我和你父亲的优秀基因,你有什么可骄傲的?"

商良弼并不认同:"我的沉稳,他没有遗传到。"

商从洲被说得哑口无言。

书吟唇边的笑意不断加深。

晚饭结束,因为华映容的几句——"你别看小洲爸爸这么严肃,像是毫无情趣的直男,事实上,他们商家只出情种。从我俩谈恋爱到现在,三十多年,他每个月都会给我写一封信。你要不要看?"书吟跟着华映容来到家里的书房。

书房在二楼,面积很大,视野开阔,沿着落地窗能看见宅院里的池园与嶙峋假山。

华映容边翻找着书信,边和书吟说:"你可别误会了,小洲父亲家世代从政,清廉正洁,以他家的财力,是买不起这套宅院的。这套宅院呢,是我父亲送我的嫁妆。我以前和小洲都住在大院里,后来小洲有能力了,赚钱了,请了设计师,把这儿重新翻修了一遍,我才搬到这儿来住的。

"说起来其实挺遭人恨的,我觉得我是个特别幸福的人,但这份幸福有很大一部分,是基于幸运上的。

"不是每个人都有这份幸运的,大部分人,都是很普通地度过一生。相爱会随着岁月褪去色彩,热恋期的时候你侬我侬,你看像我这个年纪的夫妻,还有多少出门在外,是会手牵手散步的?"

书吟怔怔:"您和叔叔,还会牵手散步吗?"

华映容说:"当然。"

书吟:"我父母……我好像从没见过他俩牵手。"

华映容不以为意:"大部分的夫妻都是这样——所以我说,我是特别幸运的,即便结婚三十多年,我依然能从你商叔叔那里,拥有多年如一日的被爱证明。"

终于翻找到一部分书信,华映容示意书吟过来看:"这些是小洲出生那年,我和你叔叔写的书信。你看外面,我写了年份。"

华映容说:"我和你叔叔说过,等以后小洲有了女朋友,就把这些都给她看。"

书吟:"啊?"

华映容脸上隐约有羞赧:"……炫耀一下,父亲总不能和子女另一半炫耀,自己把孩子养得多好吧?做父母的不就应该把孩子教养好吗?我和他父亲一致认为,我们能和你炫耀的,除了爱情,也没别的了——要知道,连父母都这么相爱,你们更应该相爱。"

"好啦,你在这儿看吧,我先下楼啦。"

窗外飘起了白雪。雪夜酪酊,书吟坐在书桌前,一页页翻动着泛黄的书信。

未多时,房门推动,商从洲进来,他身上裹挟着微末酒气。

他走到她身边,忽地伸手,抱起她。

他坐在了椅子上,而后,把她放在自己腿间。

书吟放下书信,双手捧着他的脸:"怎么突然喝酒了?"

商从洲唇齿间是醇厚的酒味,嗓音被酒精浸渍,低沉而富有磁性:"我爸说,我难得做件让他开心的事儿,太开心了,庆祝一下。"

书吟笑:"你结婚,你爸妈比你还开心。"

商从洲说:"因为我是和你结婚,你都不知道,书吟,我爸妈有多喜欢你……书吟,我好怕我哪里做得不好,让你觉得和我结婚不过如此。"

商从洲学生时期被整个家族寄予厚望,他都没有任何的压力。

当时的他,年轻气盛,人生顺遂得仿佛只要沿着这条路一直走,沿途都是光明照耀着他。

时过境迁,他仍是天之骄子,想要的唾手可得。唯独和书吟有关的,令他不甚惶恐。

他太怕自己哪里做得不够好,配不上她的爱。

夜色昏沉,雪无声无息地落下。

漫天飞雪中,商从洲的声音渐渐沉了下来,他头埋在她的肩颈处。大抵是真的醉了,他一遍又一遍,轻声呢喃着:"你对我有什么不满的,你一定要说,我会改。"

"我真的很喜欢你。

"书吟。

"对不起,骗你结婚。

"可我真的不知道要怎样才能和你在一起。

"我好爱你。"

他说话颠三倒四、毫无逻辑,但每个字都砸落在书吟心上最柔软的部位。

室外夜凉如水,却也难抵室内柔情似火。

书吟放下手里拿着的书信，书信上，写着一句话——我对小洲的期望，不是他有多优秀多出色，我只希望小洲想要的都得到，一生顺遂，平安喜乐。
　　不仅是他父母对他的期望。
　　也是她对他的期望。
　　商从洲，如果我爱你能够让你此生再无遗憾，那我愿意用一辈子回答。

　　书吟待到第二天下午才走。
　　毕竟再过一天就是除夕，她得回家过年。
　　离开前，她发现华映容的脖子上，戴了她精心挑选的珍珠项链。
　　华映容喜爱穿旗袍，珍珠项链尤为搭她的旗袍。她对书吟赞不绝口："还是女孩儿好，体贴又细心。"
　　芳姨也说："这项链可真好看，书吟的眼光真好。"
　　就连商良弼也夸："很漂亮。"
　　商从洲轻哂："反正书吟做什么都是好的，送什么都是好的。"
　　华映容："爱屋及乌嘛，你要明白这个理儿——当然，前面的'屋'，指的是书吟，不是你。"
　　商从洲态度谦逊："放心，我明白。"
　　华映容："你知道就好。"
　　商从洲是真的既好气又好笑。不过再气，一看到书吟，他就气消了。
　　书吟今天穿着的是华映容特意叫锦琅府定制的旗袍，倒大袖旗袍，随性中带有几分精致美感，月牙白，衬得她如月光皎洁。
　　好像她出现在自己的眼里，他就会格外安心、安逸。
　　不是这一次，是上一次，每一次，第一次。
　　"我也觉得，"商从洲忽地说，"她做什么都是好的。"

　　书吟家是在乡下老家吃的年夜饭，乡下过年的年味更重些，早早就开始放鞭炮。
　　吃过晚饭，奶奶在客厅里看春晚，书吟爸妈则和叔伯们一起打麻将。
　　书吟收到商从洲的消息，心不在焉地陪着奶奶看春晚，等他过来。
　　手机再一作响，书吟差点儿蹦起来。
　　奶奶嗑着瓜子，却一眼看破："小洲来找你了？"
　　书吟笑盈盈道："嗯，他来带我放烟花。"
　　奶奶从兜里掏出一个红包："这个给他，就说是奶奶给孙女婿的压岁钱。希望他新的一年，平平安安，健健康康。"
　　书吟笑着接过，故作委屈："他的比我的还厚！"
　　奶奶："小丫头！这醋都吃！"
　　又说了几句，手机再度振动了下。
　　书吟匆匆撇下一句"我先走了，奶奶你记得早点睡"，就跑出了家门。

门外,商从洲站在车旁,穿着黑色的大衣,眉眼间是绝美的潋滟春色。

他替她打开车门,车内暖气开着,暖融融的。

书吟递给他红包:"奶奶给你的。"

商从洲眉梢轻扬,礼尚往来地掏出一沓红包来。

书吟傻眼了:"这是什么?"

"这是爷爷给你的,这是奶奶给你的,大伯听到我来找女朋友,特意包了个红包,还有大伯母,也拿了一个。姑姑今年和我们一同过年,也给你准备了红包,还有这俩,是我爸妈给你的。"

"还有一个呢?"

"当然是我给你的。"商从洲说,"这是我们在一起过的第一个新年,我当然得给你准备红包。"

"……可我没给你准备。"

"你的出现,是世界给我最好的礼物。"

窗外是升空的烟花,霓虹拉扯出暧昧的晕色。

他们在一簇簇烟花中接吻。

他们并未吻多久,因为商从洲说要带她去看更漂亮的烟花。

开了约莫半个小时,车子最后停在郊区的河畔。

像是特意为他们而放的烟花,他们到后,不消半分钟,漆黑的夜幕被烟花点燃。

迎着冷峭寒风,书吟仰着头,望着天上的烟火。

商从洲一眨不眨地盯着她。她是那样漂亮、那样明亮,她的出现,照亮了他原本无光的生命。

焰火四散,他们在半壁璀璨中拥抱,缠绵热吻。

看完烟花大会,商从洲和书吟在车里待了会儿,就送她回家。

商从洲说:"我年初六再过来?"

书吟:"嗯。"

商从洲问她:"初五有什么安排?"

书吟:"没有安排,在家躺着。"

商从洲:"那能出来陪我吗?"

书吟:"你不拜年吗?"

她一双眼清冷冷的,如弦月清冷、澄澈。

商从洲无可奈何:"初五是什么日子,你是真的不关心。"

书吟:"什么日子?"

问完,她恍然醒悟:"……情人节啊。"

商从洲:"所以你要出来约会吗?"

书吟:"好啊。"

商从洲:"到时候我来接你?"

书吟:"好。"

年初五这天,书吟早上九点就起了。
她很早就不跟随父母去亲戚家拜年了。去拜年,总是逃不过被催婚的话题,即便结婚了也不好过,会被催问孩子。有孩子的依然难逃其咎,会被催什么时候要二胎。
她父母要去拜年,书吟送他俩过去。
拜年的地方正好离她父母家很近,书吟把车停在小区,下车时,她拿起放在副驾驶座的包。
包很大,里面放着的东西却很简单,一支口红、一盒粉饼、一个车钥匙,以及,一个日记本。
日记本纸张泛黄,页脚掀起褶皱,里面记载着多年前潮湿的心事。
书吟左思右想,觉得把这个送给商从洲当情人节礼物,再合适不过了。

时间尚早,书吟背着包,四处闲逛。逛着逛着,她竟到了附中附近。
雪落水洗过的学校标牌清澈生光,因是春节,学校空荡,校门紧闭。
书吟驻足久望,而后给商从洲发了一条消息,让他来附中接自己。
她最后停在校门口不远处的公交车站台。
眼前,陆续有车经过,很快,一辆公交车在她面前停下,又离开。
霎时,记忆似春风,纷至沓来。
她想起多年前,穿着校服的自己,胆怯又小心翼翼地跟在商从洲的身后。
少年背影清隽挺拔,哪怕是能远远看着他的背影,都能让她开心很久。
她想起那年情人节,她和商从洲,在同一辆公交车,一上一下。她站在站台,与公交车里的他对视。
少年的目光干净温柔,他眼里是雪后初霁的清澈。
她想起那年夏天,他站在车旁与她告别。少年意气风发,微风漾开他眼底的涟漪。
她看到了春天的树、夏天的风、秋天的夜,与冬天的雪,她看到走过一个又一个四季,长久地喜欢他、跟在他身后的自己。
她对他的喜欢,藏在四季的风里,连天光都无法窥见。

停在她面前的公交车,是她曾坐过数百上千次来学校的公交车。
公交车停下,又离开。
隔着条马路,有人降下车窗。
商从洲的声音似穿过荒山,似声声哗然的春天:"书吟。"
他叫她。
好像什么都没变。
他车停靠的位置、日复一日的公交车、附中门外宽敞的马路、远处的风、天上的云。

好像也有什么变了。

这一次，商从洲朝她走来。

在潮湿的春日，她看见风里的思念、云里的相逢，也看见他眼底的她。

她看见他在自己面前停下，身上带着一场浪漫的融雪："抱歉，路上堵车严重，你是不是等我很久了？放心，以后约会，我一定不会迟到。"

像是在解释他今天的迟到。

也像是在回应他迟到的许多年。

然后再同她许下一个百年。

书吟摇摇头，说："谢谢你的出现。"

这么多年，感谢你的出现。

对我而言，你每一次的出现，都是刚刚好。

如果人生是一本书，书吟想，她会在扉页里写上一行字——

　　商从洲，谢谢你赋予我全部的，关于初恋，关于暗恋成真的美好幻想。

番外一 吃醋

书吟和商从洲结婚后没过多久便搬进新家。

他们的新家是市中心的平层,一梯一户的格局,需要刷卡才能进电梯,并且刷卡只能停留在自己所住房子的楼层。

一月底,恰逢年终清算,商从洲几乎日日加班到后半夜。

他每天很晚回家,又很早起床。

以至于,书吟有好几天没见到商从洲了。

倘若没有每天醒来看到餐桌上有商从洲做的早餐,书吟都怀疑自己是否结婚了。毕竟她现在的生活,和单身生活没什么差别。

她最近在翻译一部外国电影,下午五点多,接到快递电话,是她买的生鲜,需要当面签收。于是,她暂停工作,随便拿了一根皮筋绑头发,火急火燎地搭乘电梯到地下室。

冬日昼短夜长,下午五点多,夜幕已然降临。

地下室没有地暖空调,空气里透着湿冷寒气。

小区在地下室设立了快递驿站,书吟签收包裹后,抱着装有生鲜的泡沫箱回家。

她刷卡进电梯,电梯门打开,又缓缓合上。

冷不防电梯间响起声音:"等一下!"

闻言,书吟半疑半惑地按下开门键。

电梯门打开,映入眼帘的,是个女人。

女人头戴鸭舌帽,下半张脸被口罩裹着,黑色羽绒服长至脚踝,整个人包裹得严严实实的。

进了电梯,女人摘下口罩,长长地松了口气。然后,她转过头,和书吟道谢:"谢谢你啊。"

书吟也礼貌性转头,四目相对,她看清了来人的脸。

"……李诗怡?"

知名演员李诗怡,童星出道,成年后主演的剧几乎部部都是爆剧。书吟认得她,不足为奇。

见对方认出自己,李诗怡嘴角扬起标志性的微笑,温柔有度,声音甜美:"你好。"

书吟:"你好。"

话音落下,电梯到达书吟所住的楼层。

书吟在李诗怡的微笑中,走出电梯。

书吟并没意这件小事,对她而言,李诗怡不是明星,只是与她住在同一栋楼的住户。

没过几天,沈以星来她家,电视里正好播放李诗怡主演的古装剧。

书吟:"她也住在这里。"

沈以星愣了愣,旋即放下手里的奶茶,眼睛一眨一眨地盯着书吟:"你怎么知道?"

书吟:"前几天坐电梯遇到她了。"

她心挺宽的,还笑着说:"李诗怡长得比电视里要漂亮很多。"

沈以星抿了抿唇:"她以前追过商从洲,你忘了吗?"

书吟这才记起这一茬来,她哑然失笑:"都是多少年前的事了?而且她只是追过商从洲,又不是和商从洲谈过恋爱。"

"可是很尴尬啊,你们居然住在同一栋楼里,万一她看到商从洲,重燃爱慕之心呢?"

"可是我和商从洲都结婚了。"

"她又不知道。"

沈以星差点儿被带跑偏:"重点是这个吗?重点是——书吟吟,你难道一点儿都不介意她吗?不吃醋吗?"

书吟很是茫然:"我为什么要介意?为什么要因为她吃醋啊?就因为她追过商从洲?"说到这里,她失笑,"追过商从洲的女生那么多,我吃醋吃得过来吗?"

沈以星打量着书吟,半响后,她扬眉:"所以,你一点都不在意?"

书吟很大方地摇头:"不在意。"

沈以星朝她竖大拇指:"佩服!"

书吟也以为自己是不在意的。

第二天，周五晚。

商从洲难得早下班一天，他没有和书吟说，想给她一个惊喜。回家的路上，他还特意绕去花店，买了一束玫瑰花。

车停在地下车库，一下车，身后便响起一道试探的声音："商从洲？"

他循声望去，对方摘下口罩，飘逸的长发被她挽至耳根，露出张明媚张扬的脸来，嗓音里满是欢喜："真的是你啊，商从洲。"

得益于良好的记忆，商从洲认出她来："李诗怡？好久不见。"

李诗怡快步上前，走到商从洲面前："你怎么在这儿？"

"我住这里。"

"这么巧！我也住这里。"李诗怡眉眼间是藏不住的笑，"这么多年没见，没想到我们会住在一个小区，你说是不是一种缘分？"

说话间，商从洲隐约在晦暗的地下车库见到一个熟悉的人影。

他眼神里沾染了些许温柔。这抹温柔落在李诗怡的眼里，像是一种默认——默认他也感慨彼此间的缘分。

只是下一秒，她便听见商从洲说："抱歉，我得先走了，我太太来接我回家了。"

李诗怡脸上的表情僵住："……太太？你结婚了？"

少年时期，李诗怡曾大张旗鼓地追过商从洲，然而商从洲属实对她没有任何想法，他虽为人随和好相处，但在男女关系上边界感十足。即便李诗怡曾通过各种人脉求得商从洲的联系方式，但商从洲从未加上过她的好友。

也因此，李诗怡并不了解商从洲的近况，也不知晓他已婚一事。

商从洲笑："是的，我结婚了。"

他转身打开副驾驶的车门，从里抱出一束鲜花。

是一束清新的白玫瑰。

李诗怡扯了抹笑，顺着商从洲的目光看过去，视线定格，不远处站着的女生，她似乎见过。

哦，她记起来了，那天电梯间遇到的女生。

与商从洲怀里的白玫瑰一般，商从洲的太太，是寡淡的白。

商从洲与李诗怡简单说了几句后，便撇下她，快步走向书吟。

地下室温度较低，书吟穿着简单的黑色羊绒裙，商从洲走近后的第一句话便是："怎么穿这么少就下来？冷不冷？"

书吟摇头："不冷。"

商从洲将怀里的花递给她，书吟接过，二人进了电梯。

闭塞的电梯间里，书吟半张脸都埋在花束里，辨不清神情。

等到家后，商从洲才发现她的异样。

她格外沉默。

商从洲倒了一杯热水,坐在她身边,低声问:"怎么了,心情不好?"

书吟否认:"没。"

商从洲笑:"你知不知道,你撒谎的时候,眼睛从不正眼看人。"

书吟泄气,她掰了片花瓣,有种束手无措的疲倦:"很久以前,我就知道李诗怡追过你,我当时想,她那么漂亮又那么优秀,你居然拒绝了她。那到底会是什么样的女孩子,才会被你喜欢?"

商从洲脸上的笑一点点淡去。

他没有打断书吟的话,听她接着说:"我以为我不在意李诗怡,毕竟她只是追过你,又不是和你谈过。毕竟你现在是我老公,我没必要因为一个并不重要的追求者吃醋。"

顿了顿,书吟仰头,看向商从洲:"可我刚刚看到你和她面对面站着,有说有笑的时候,心口好像被堵住了。商从洲,你会不会觉得我很小气?"

对视了三四秒后,商从洲忽然笑了,笑得万分开怀。

他把书吟搂进怀里,喉咙里涤荡着笑意,道:"我们在一起这么久,这是你第一次吃醋。怎么说呢书吟?你是挺小气的,可我希望你能够经常这么小气,我很喜欢看你吃醋。"

书吟莫名:"为什么?"

商从洲说:"因为这样我就可以确定,你很喜欢我。"

书吟失笑:"喜欢才不是用这种方式证明的。"

她把头埋在商从洲的胸口,鼻间闻到他身上的味道,独属于商从洲的味道,令她安心,也令她欢喜。她轻声说:"我喜欢你,如果你听不厌的话,我可以和你说一千次一万次,我喜欢你。"

商从洲摸摸她的头发,如同过去的每一次,她发出的声音都会有所回应。

——"我也只喜欢你,书吟。"

番外二 谁能用爱当作筹码

陈知让第一次听到书吟的名字,是从沈以星的嘴里。

周日,沈洛仪要求沈以星老实在家做作业,不要出去瞎逛。

沈以星双手高举,反抗:"妈妈,您还没认清吗?您的女儿真的不是学习的料。"

沈洛仪:"我不想认清。"

沈以星一脸讨好,明媚地笑:"哥哥负责学习,而我负责貌美如花。"

沈洛仪拿她没办法:"我也不要求你考什么年级第一、第二的,前一百我都没想过,但是麻烦你,沈以星同学,不要在倒数一百名里瞎晃行吗?"

她勒令陈知让,务必监督沈以星学习。

陈知让从书房出来,他大部分时间对沈以星都是宠溺有加的,小部分时间——譬如谈及学业之时,他是严苛寡冷的。

"把作业带过来,有不会的,我教你。"

沈以星的演技堪称精绝,两三秒的时间,两滴眼泪滚落:"妈妈!我不想做作业,我想出去玩。"

沈洛仪朝沈以星晃了晃手,无情又残忍地拒绝:"你在家和哥哥一起做作业,妈妈出去玩了,拜拜。"

沈洛仪离家后,沈以星企图和陈知让撒娇,让他放自己一马。

惨遭陈知让无情地拒绝:"你还是学生,凡事要以学业为主。"

沈以星:"我也想学习,但我真的学不进去。"

陈知让压着她在书桌前做题。

他目光冰冷，似裹着碎冰。沈以星招架不住，只得执笔，装模作样地学习。

不到五分钟，她上下眼皮打架，困得打了个哈欠："我要是像书吟吟一样热爱学习就好了。"

"谁？"

"书吟，我同桌。"

"她成绩很好？"

"当然很好！"

"年级第一？"

"……前百。"

陈知让送过来的眼神，带着明显的嘲弄，明晃晃地写着——"前一百居然也算成绩好"。

毕竟他常年在年级前三，瞧不起年级前百，再正常不过。

沈以星说："但我很喜欢她。"

陈知让："别告诉我，你的性取向和我一样。"

沈以星翻了个白眼，把他的话还给他："你的性取向居然和我一样，不可思议，我一直以为，如果恋爱对象不分物种的话，你会和课本恋爱。"

陈知让眼风冷淡，斜睨她一眼："闭嘴，写题。"

沈以星将笔一甩，摊了摊手："我一道题都不会。"

陈知让："我教你。"

从某种角度来说，陈知让也是一个优秀的哥哥。

他会耐心地给妹妹讲题，一遍听不懂，那就第二遍，第二遍听不懂，便讲第三遍，直到沈以星听懂为止。

他也会在父母不在家时，下厨给沈以星做饭。

他会把零花钱，都给沈以星。即便他知道沈以星拿钱去买化妆品，去追星，他也从不斥责她。

得知沈以星的好朋友来家里，陈知让也会问她："需要买什么东西吗？"

沈以星说："不需要买东西，但我希望你能对她露出笑脸。"

陈知让面无表情道："恐怕无能为力。"

那年冬天，陈知让在家里见到了沈以星的朋友，书吟。

他并未想起自己曾在学校的车棚里见到过她，一面之缘而已，他每天遇见的学妹太多，与他打招呼的学妹更是数不胜数。他对与他无关的人，并不上心。

因此那年冬天在家里的照面，是他在多年后，会时常拎出来，翻来覆去回想的。

她站在他面前，一扇门分隔着二人。

门内是她，门外是他。

她眼里有着小心翼翼的期待,却在瞧见他时,期待转变为紧张与局促。

后来的每一次见面,她都是如此。

紧张、不安,躲闪着他的视线。

他不认为是他周身的压迫感太强,使得她面对自己时,手足无措。

他以为,是她喜欢他,所以才惶恐慌乱。

陈知让对书吟的印象浅薄、简单。

一个学妹。

妹妹的好友。

声音好听。

成绩还算可以。

但她这种女孩子,放眼陈知让的朋友圈里,着实普通、不起眼。

过分内敛的性格,胆怯又敏感,家境无法用普通来形容,对比陈知让家,可谓是捉襟见肘。

是什么时候开始注意到她的呢?陈知让也记不清了。

他真正意识到自己喜欢她,是在发现她喜欢的人是商从洲那天。

何其幸运又何其不幸,原来喜欢的另一面是嫉妒。

书吟望向商从洲的眼神,是截然不同的。

她藏得很好,就连好友沈以星都没发现,可陈知让发现了。

那份深藏的喜欢,湮没在人群里的遥望,看见商从洲时,她嘴角会无意识地翘起。

原来,她喜欢的人,不是他,是商从洲。

陈知让垂在身侧的手,渐握成拳。

论成绩,他比不过商从洲。

比家境,他也比不过。

为人处世,他学不会长袖善舞。

就连书吟,何其普通的一个女生。凭什么,凭什么也喜欢商从洲?凭什么不能喜欢他?

少年被嫉妒蒙蔽了双眼,自问自己也是天之骄子,为什么无法吸引书吟的注意?

为什么连书吟,也喜欢商从洲?

为什么不是他陈知让?

他的骄傲让他无法说出自己对书吟的喜欢。他是被无数夸赞吹捧的少年,向来是旁人迎合他、附庸他,他从未向任何人低头。他不会为爱低头。

没有人会困在年少悸动的爱里,年少的爱,会被时间带走。爱会不断地转移,他的人生是辽阔的旷野,他会遇到比书吟漂亮、家境优渥、成绩出色的女孩子。

绝对会遇到。

他也绝对会忘了她,喜欢上另一个人。

他说服了自己无数遍,可到五一会演,拍毕业照那天。他还是以极其别扭且生硬的方式,与书吟拥有了人生中,第一张也是唯一一张合照。

即便中间还有个沈以星。

可那不重要了。

这张照片,被他妥帖地放在口袋里,垂在身侧的手,时不时碰下口袋,生怕照片遗失。

然而转头——

他看见的,是书吟和商从洲并肩站在一起。

少男少女中间隔着生疏的距离,少女姿态僵硬。

陈知让喉结滚动,胸肺像是被重石堵住。

他拿出口袋里的照片。

原来照片里的自己,也是这样僵硬。

因为喜欢,因为激动,更因为遗憾。

——就此分别了,以后恐怕不会再见了,书吟。

然而,陈知让错了。

他和书吟之间,有个沈以星。

陈知让和沈以星是无法分割的兄妹,沈以星性格骄纵任性,与她示好的女生众多,她却没一个瞧上眼,唯独书吟,喜欢得紧。

在沈以星眼里,书吟做什么都是好的,书吟什么样都是漂亮的。

她时常将书吟挂在嘴边。

书吟考试进步了。

书吟喜欢吃糖醋排骨。

书吟带我去书店看书了。

书吟带我回家吃饭了,她做的饭也太好吃了吧!

…………

所有所有,都是书吟,萦绕在陈知让的耳畔。

远隔重洋,书吟的存在感仍旧强到令陈知让无法忽视。

或许,是他无法不在意有关书吟的一切。

她的朋友圈没有任何动态,但沈以星是个每天会发一堆乱七八糟的朋友圈的人。

彼时的沈以星,疏于学业,每天最爱做的事,是在上课时悄摸在底下用新买的化妆品化妆。一到了课间,她便跑到隔壁班,缠着书吟问东问西。

沈以星的朋友圈动态皆似如此。

△今天化的妆,blingbling得像个小公主,书吟吟说把"像"字去掉。啧,低调啦!

△别人让我学习，我：NO！书吟吟让我学习，我：呜呜呜好吧好吧。

△今天和我的吟宝逛街咯！

基本上每条朋友圈，都是文字加照片。

陈知让会在照片的夹缝角落里，捕捉书吟的身影。

他看不见任何人，看不见他的妹妹，只能看见书吟。

偶尔学习累了，他也会打开沈以星的朋友圈，看看是否有书吟的痕迹。

他知道自己这样不好，可他无法说服自己放弃。

明知是凛冬，却还要跋涉于此，去追一座不存在的春山。

陈知让认为这是瘾，得戒。

他一度戒掉过，然而产生了戒断反应。

他整宿整宿地睡不着，脑海里全是书吟，即便睡着了，梦里还是她。

他开始不断社交，融入留学圈，参加一个又一个聚会，遇见了很多异性。

有许多人给他介绍对象，就连翁青鸾也给他介绍了女朋友。

陈知让下意识要拒绝，视线触及女生的脸时，蓦地呆滞住，喉咙像是被什么堵住了，发不出声来。

那个女生的侧脸和书吟很像。

她的正脸比书吟更精致，有种明媚的漂亮。不像书吟，素味寡淡，如白开水。

他尝过上百种酒，却还留恋一杯白开水。

到头来，陈知让还是拒绝了："算了。"

这声"算了"，是说给好友听，更是说给他自己听。

算了，不勉强自己了，能忘就忘，不能忘……

就惦记着吧。

想念不犯罪。

我又初恋了